One

Phillip Swann

Il Codice Amadeus

romanzo

Traduzione dall'inglese
di Jacopo Lenkowicz

Nord

Prima edizione: giugno 2014
Titolo originale: *The Mozart Conspiracy*

via delle Fornaci, 66 – 00165 Roma
tel. 06.39366384

Stampato in Italia – Printed in Italy

Progetto grafico: Grafica Effe

Phillip Swann

Il Codice Amadeus

Prologo

Parigi, Francia
giugno 1778

Se il suono potesse essere un colore, sarebbe rosso acceso. Se un'emozione, pura gioia. Se una condizione atmosferica, senza dubbio un uragano. Un accordo di minima seguito da due semiminime proruppe dall'orchestra in un *allegro* che risuonò per tutta la Salle de Suisse e scosse le casse toraciche degli astanti. Dalla sezione degli archi fluì una raffica di semicrome accompagnata dall'eco dei fiati e dei corni. I presenti riferirono più tardi che quella musica aveva influenzato perfino la loro respirazione. Qualcuno confessò di essersi spaventato di fronte alla novità di quel che aveva sentito. Altri ancora giurarono che in quella sera d'estate, a Parigi, dio si fosse rivelato nella successione di accordi tonici e dominanti di un capolavoro assoluto.

Il direttore si muoveva come un ballerino mentre conduceva l'orchestra tra le melodie cadenzate dell'andante verso il terzo e ultimo movimento, un altro *allegro* frenetico. Con la precisione di un chirurgo il maestro fendeva l'aria con le bacchette, mentre i violini correvano su e giù per le scale musicali come uno stormo di farfalle incapace di trovare un luogo dove posarsi. Ogni battuta sembrava voler canzonare il pubblico suggerendo una falsa chiusura. Alla fine molti si arresero e, semplicemente, si alzarono in piedi per applaudire. Quando la fine giunse davvero, fu istantanea e improvvisa... *E tre, quattro!* Spontaneamente, senza un cenno da parte del re e della regina, l'intera assemblea andò in visibilio.

Con il sudore che gli rigava la fronte, il direttore sorrise all'orchestra, si voltò verso il pubblico e fece un inchino. Il sorriso era largo, a piena bocca. Il viso giovanile, ossuto, solo leggermente truccato e incipriato, sosteneva quel sorriso senza sforzo e senza imbarazzo. Aveva un parrucchino grigio cenere, alto sopra la testa, con una coda di cavallo intrecciata che scendeva fino al colletto della camicia. Faceva oscillare le braccia senza sosta. Gli occhi si muovevano da una parte all'altra come per non lasciarsi sfuggire un solo istante di quel che accadeva intorno. Il corpo slanciato e fragile sembrava danzare libero e scatenato anche quando restava immobile. Guardare Wolfgang Amadeus Mozart era guardare energia pura.

Il re Luigi XVI e Maria Antonietta, sebbene molto più posati degli altri, si alzarono e offrirono il loro elogio. Anche l'anziano signore alle loro spalle si alzò in piedi, ma si limitò a fissare il giovane compositore. Osservando quel comportamento, la regina sussurrò qualcosa all'orecchio del marito. Il re si voltò preoccupato. «Dottore, il programma non è stato di suo gradimento?»

L'anziano gentiluomo indossava un *roquelaure* di raso rosso, calze bianche di seta e scarpe di cuoio nero con le fibbie; il tutto abbinato a un cappello di feltro scarlatto inclinato da un lato su una chioma di capelli grigi pettinati all'indietro e raccolti in una treccia. Per un uomo di settantadue anni che soffriva di gotta cronica, Benjamin Franklin era, a giudizio di tutti, molto elegante. «No, Vostra maestà, chiedo venia,» disse in francese perfetto «al contrario, sono davvero... stupefatto.» Franklin iniziò ad applaudire: «È la cosa più straordinaria che abbia mai avuto il privilegio di ascoltare.»

Il re sorrise. «È il momento di presentare il nostro apprezzamento. Viene con noi, dottore?»

«Ne sarei onorato, Vostra maestà» rispose Franklin.

Luigi, che aveva solo ventiquattro anni, avanzava sicuro di sé in una redingote d'oro sontuosamente adornata, pieghettata sul collo, con piume d'uccello sulle maniche e ricami d'argento all'altezza del petto. La parrucca era bianca e più imponente di quella di ogni altro uomo nella sala; il viso pesantemente cosparso di cipria accentuava il colore blu dei suoi occhi.

Ma era Maria Antonietta a catalizzare l'attenzione generale. Il vestito lungo fino a terra, color panna, era largo quasi due metri alla base e aveva decorazioni d'oro e lustrini. Il motivo ornamentale era studiato per mettere in risalto la linea generosa della scollatura che, senza troppo pudore, lasciava scoperta la parte superiore del seno. La collana di diamanti e rubini, che le ricopriva il collo dal petto alla base del mento, sembrava fatta di stoffa per la fitta trama di gioielli di cui era composta.

Il viso perfetto era coperto da uno strato di cipria, e impreziosito da un'ombra di rosso sulle guance. Ma era l'acconciatura a colpire chi avesse guardato la regina. Alta più di un metro. Numerosissime le trecce e le pieghe. Capelli bianchi come la neve impreziositi da un pettine intarsiato di diamanti posto a tre quarti dalla sommità.

Il trio, affiancato da un gran numero di valletti e damigelle, fu scortato in un salotto nell'ala est del palazzo. I musicisti stavano conversando allegramente quando entrarono Franklin e la coppia regale. Subito tutti si ammutolirono, e s'inginocchiarono. Il re e la regina avanzarono al centro della sala. «Vi ringraziamo per il dono della musica che avete elargito questa sera a tutti noi. Il re vi benedice, e possa dio portarvi pace e serenità in questo fausto giorno. *Adieu.*»

I musicisti rimasero inginocchiati mentre la coppia regale si voltava per andarsene. Franklin, che era rimasto un po' in disparte, continuava a sorridere ai musicisti muovendo trionfalmente il braccio per congratularsi.

Un ometto con le labbra sottili era a meno di due metri dal re e si torceva le mani. Esitando, fece un passo avanti con la testa bassa. «Vostra maestà, Vostra altezza. Sono Jean Le Gros, direttore dei Concert Spirituel. Desidero ringraziarvi per avere onorato con la Vostra regale presenza l'inaugurazione della stagione operistica.»

Luigi si voltò. «Monsieur Le Gros, vi ringraziamo per il dono della musica che avete elargito questa sera a tutti noi. Il re vi benedice, e possa dio portarvi pace e serenità in questo fausto giorno. *Adieu.*»

Le Gros sorrise a disagio, e quando il re e la regina fecero nuovamente per andarsene cominciò a balbettare. «Gra... grazie, Maestà. Come sempre siete troppo gentile. Se permettete, Vostra maestà e Vostra altezza, vorrei presentarvi il compositore dell'opera che avete ascoltato questa sera.» Le Gros si voltò e fece cenno a Mozart di avvicinarsi. Venne avanti lentamente dall'angolo della stanza nel quale si trovava. Le Gros, irritato per l'atteggiamento informale di Mozart, digrignò i denti e, quanto più velatamente possibile, gli fece cenno di inchinarsi. «Se mi è concesso vorrei evidenziare, naturalmente in tutta modestia, di essere stato io stesso a commissionare il brano che avete ascoltato questa sera. Ho pensato che il re e la regina avrebbero gradito qualcosa di nuovo per la serata inaugurale.»

Il re fece un profondo sospiro, si avvicinò al giovane compositore e disse di nuovo, ma questa volta con minore entusiasmo: «Monsieur Mozart, vi ringraziamo per il dono della musica che avete elargito questa sera a tutti noi. Il re vi benedice, e possa dio portarvi pace e serenità in questo fausto giorno. *Adieu*.»

Il re e la regina stavano per andar via quando Mozart parlò: «Cosa le è piaciuto esattamente?»

Un sonoro mormorio riecheggiò per tutto il salone. Il re voltò il capo e sollevò il sopracciglio ben marcato. «Ha detto qualcosa, Monsieur?»

«Sì. Cosa è piaciuto esattamente a Vostra maestà del mio lavoro?» domandò Mozart.

Un mortificato Le Gros intervenne: «Vostra maestà, la prego di perdonare l'impudenza di Monsieur Mozart, non aveva intenzione di...»

«Invece sì, Le Gros!» lo interruppe Mozart. «Vorrei sapere cosa è piaciuto al re. Mi ha ripetuto la stessa cosa che aveva già detto al resto dell'orchestra. Mi viene il dubbio che abbia dormito per tutto il tempo...»

«Sua eccellenza,» implorò Le Gros «domando il Vostro perdono per...»

Il re sollevò una mano per imporre il silenzio. Si avvicinò a Mozart, che aveva il capo chino, e lo squadrò dall'alto in basso. Senza mai levare gli occhi dal suo cranio, il re estrasse dalla veste una scatoletta di peltro, prese un po' del contenuto tra pollice e indice, lo avvicinò lentamente alle narici e inalò. La stanza era rimasta in silenzio, in attesa del prevedibile scoppio d'ira del sovrano. Il re chiuse gli occhi per assaporare l'effetto dello stimolante. Quando li riaprì, fece un largo sorriso che si trasformò in un ghigno giallastro a denti scoperti che eruppe infine in una risata stridula, quasi effeminata. Dapprima nessuno poté essere certo che il divertimento del re fosse autentico, e così nella sala ci fu solo qualche isolato scoppio di risa. Ma quando divenne evidente che la risata era genuina, contagiò tutti, con la sola eccezione di Mozart che rimase immobile davanti a Luigi. «Monsieur Mozart, passerò sopra la sua maleducazione solo perché lei non è francese» farfugliò il re tra le risate. «Ma la prego di rendersi conto che per una tale mancanza di rispetto potrei, con una sola parola, ordinare la sua morte» proseguì. «Quando il re di Francia le fa un complimento, lei è tenuto ad accettarlo con gioia e umiltà, senza domande.» Luigi guardò verso la sua regina che graziosamente teneva una mano davanti alla bocca. «Oh, voi austriaci! Siete proprio delle teste dure.»

Maria Antonietta mosse la mano verso Luigi in un civettuolo gesto di smentita.

Mozart, ancora in ginocchio con la testa bassa, rispose con calma: «Vostra maestà, la prego di accettare le mie più sincere scuse. Non era nelle mie intenzioni mostrarle alcuna mancanza di rispetto. La ringrazio per le sue gentili parole e per la bontà con la quale ha voluto perdonare la mia...» Mozart deglutì a fatica come se stesse per soffocare «stupidità.»

Luigi continuò a ridere, quasi senza ascoltare le parole di Mozart.

«Molto bene, *adieu*.»

Il re e la regina si voltarono e nuovamente fecero per andarsene, ridendo e bisbigliando come se si stessero raccontando uno scherzo privato. Mozart, continuando a tenere la testa bassa, rimase fermo per un po', poi si voltò di scatto e tornò con aria di sfida nell'angolo del salone.

Per tutto il tempo del bizzarro scambio di battute tra Mozart e il re, lo sguardo di Franklin era rimasto incollato al giovane e insolente compositore. Nei due anni che aveva trascorso in Francia, non gli era mai capitato di vedere una tale aperta ostilità nei confronti del re e della regina.

«Vostra maestà, Vostra altezza» disse Franklin. «Con permesso, gradirei molto rimanere un altro po' per visitare questo meraviglioso palazzo. A patto che, naturalmente, voi siate d'accordo.»

«Il Louvre è suo, dottore. E sono sicuro che Monsieur Le Gros sarà onorato di farle da guida. Non è vero, Le Gros?»

«Certamente, Vostra maestà» rispose l'obbediente Le Gros.

«Bene. A presto, dottore. Abbiamo ancora questioni della massima importanza da discutere riguardo ai rapporti tra i nostri due Paesi. Ma per ora si goda pure il resto della serata. E per l'ultima volta, mi auguro, un *adieu* a voi tutti.» E con ciò il re Luigi XVI e Maria Antonietta, seguiti dalle damigelle che sorreggevano la chioma della regina, lasciarono il salone.

Le Gros si mise immediatamente a disposizione di Franklin. «Onoratissimo, dottore. È mio privilegio farle da guida per il Louvre.»

«Monsieur Le Gros, è molto gentile. Ma mi domando se per caso potrei visitarlo da solo. Preferirei sperimentare in solitudine la maestosità di questo luogo. È uno dei miei piccoli *pecadilloes*.»

«Come desidera, Monsieur. Rimango a disposizione per qualsiasi cosa.»

«In effetti, Monsieur Le Gros,» domandò Franklin «c'è una cosa che potrebbe fare per me. Desidererei poter parlare con Monsieur Mozart.»

«Mozart, Monsieur?» La richiesta pietrificò Le Gros.

«Sì» rispose Franklin con un sorriso.

«Come desidera, Monsieur.» Le Gros raggiunse l'angolo del salone, dove Mozart stava raccogliendo gli spartiti. Franklin vide Le Gros che scuoteva un dito davanti al naso di Mozart come rimprovero per l'incidente occorso con il re e, presumibilmente, per raccomandargli una buona condotta in questo nuovo incontro.

Mozart annuì con disciplina, si avvicinò a Franklin e s'inginocchiò.

Franklin lo guardò, rise sotto i baffi e disse in tedesco: «Herr Mozart, si alzi, la prego. Non appartengo a nessuna famiglia reale.»

Sorpreso, Mozart alzò lo sguardo. «Monsieur, lei parla la mia lingua.»

«Ma certo. Ed è una bellissima lingua. Ora la prego di alzarsi. Il mio udito non è più quello di un tempo, e inoltre conversare con la testa di un uomo è... be'... un po' strano.»

Mozart si alzò in piedi. Erano entrambi alti ma Mozart lo sembrava di più per via della sua figura asciutta. Franklin continuò in tedesco: «La sua composizione è straordinaria. Posso domandarle se ha un nome?»

Gli occhi di Mozart si spalancarono, e con un ghigno disse: «La chiamo *Sinfonia a dieci instrumenti*. Davvero le è piaciuta, Monsieur?»

Franklin rise. «Sì, molto. Ne è sorpreso?»

Mozart si leccò nervosamente le labbra. «Vede, Monsieur, era la prima esecuzione. L'ho composta la settimana scorsa.»

«Ah, capisco. Per questo ha domandato al re cosa gli fosse piaciuto?»

«No, Monsieur» rispose Mozart. «*Volevo* essere maleducato con il re. Non avrei dovuto e me ne scuso anche con lei.»

Franklin ghignò. «Non ce n'è bisogno. Non sono francese» disse Franklin tornando al francese senza alcuno sforzo.

«Ma se lo fossi, accetterei le sue scuse.» Poi di nuovo in tedesco: «Perciò adesso la sua... Qual è la parola che ha usato... Ah, sì, la sua 'stupidità' ha ottenuto un perdono internazionale.»

Mozart, sentendosi come se fosse stato preso in giro da un altro esponente della pomposa aristocrazia francese, non riuscì a tenere a freno la lingua. Questa volta parlò in francese: «Monsieur, ha detto che la mia composizione è... Qual è la parola... Ah, sì, 'straordinaria'. Posso chiederle cosa le è piaciuto... in particolare?»

Franklin rimase impassibile. «In particolare?»

«Sì,» rispose Mozart con freddezza «in particolare.»

«Be', in particolare, per prima cosa direi che l'espansione dei movimenti principali e la soppressione del minuetto mi sembra una scelta molto interessante. Mi rendo conto che siamo in Francia e l'importanza del minuetto è spesso sopravvalutata, in ogni caso, lei è austriaco, e da buon austriaco ero sicuro che avrebbe proposto un minuetto – invece no. È stata una scelta molto scaltra, ragazzo mio. In secondo luogo, ho apprezzato il modo in cui ha tenuto conto del gusto del pubblico per... Come dire... Il *premier coup d'archet* in quello stupendo preludio corale in re maggiore per archi. E, se posso permettermi, la partecipazione diffusa degli archi conferisce al primo movimento un carattere molto variato, quasi concertistico. Ora, il secondo movimento... per quanto grazioso... Forse avrei preferito un breve *andante*. Ma, ahimè, può prendere questa osservazione come il gusto personale di un capriccioso vecchietto. Però il movimento conclusivo, ah! Quella sì che è stata una meravigliosa sorpresa. Il modo in cui ha ingannato le nostre attese facendo precedere al crescendo finale quel *lento* passaggio di violini, caro il mio giovane amico, è stato un vero colpo di genio!»

Franklin sorrise.

Mozart rimase a bocca aperta.

«Herr Mozart, si sente bene?» domandò Franklin, inclinando la testa da un lato.

Mozart farfugliò: «Uh... Bene... Uh, sì, abbastanza... Uh, sì. Pensa davvero che l'*andante* sia troppo lungo?»

«Appena appena, ma la prego di non modificarlo per me.»

«No, devo pensarci. Anche io ho avuto la stessa impressione» disse uno sconcertato Mozart. «Monsieur, posso chiederle come si chiama?»

Franklin emise una robusta risata. «Oh, se solo Thomas Jefferson potesse sentirvi farmi una simile domanda! Si ritiene un violinista, e il miglior musicista del Congresso. Si diverte a dirmi che ho l'orecchio musicale di una zanzara... Sa, sono quasi sorde.» Franklin rise ancora. «No, ragazzo mio, non sono un compositore. Vengo dalle colonie americane e semplicemente so riconoscere un brano brillante quando lo ascolto.»

Mozart alzò il mento e assunse una posa diversa, più rispettosa. Cominciò a parlare, stavolta in un inglese traballante: «Mister Franklin, il mio inglese non è certo buono quanto il suo tedesco, e me ne scuso. Mi scuso anche per la maleducazione. Le chiedo perdono, Sir. E grazie per gli elogi alla mia musica. È per me un grande onore che l'abbia ascoltata. Dell'America so pochissimo. So che desiderate libertà e indipendenza. Queste sono parole buone. Vorrei che mi raccontasse qualcosa della sua America. E poi, lei non è per nulla sordo come una zanzara.»

Franklin scoppiò a ridere. Dopo un istante, Mozart fece lo stesso.

Franklin si levò gli occhiali per asciugarsi le lacrime agli occhi. «Oh, grazie mille, ragazzo mio, mi piacerebbe poter sentire ancora la sua musica.»

«A me piacerebbe suonare ancora per lei. Potrei farlo adesso, se vuole.»

«Adesso?» rispose Franklin.

«Sì. Monsieur Le Gros ha un salone privato con un pianoforte Bartolomeo Cristofori originale. Se riuscissimo a convincere Le Gros a farci entrare, potrei suonarle qualcosa e lei potrebbe parlarmi dell'America.»

«Dottor Franklin, ha trovato tutto di suo gradimento?» Franklin non aveva notato l'ansioso uomo che si avvicinava.

«Grazie, Monsieur Le Gros, sì, tutto magnifico.»

Franklin cominciò a fare quel che riconosceva di saper fare molto bene. «Monsieur Le Gros, credo di aver fatto un deprecabile *faux pas*.»

Le Gros s'irrigidì ulteriormente. «Cosa vuole dire, Monsieur?»

«Devo aver dimenticato di esprimerle la mia gratitudine per la splendida serata. Non c'è dubbio che al di là dell'eccellente orchestra e di questo giovane e talentuoso compositore, è lei la mente che ha reso possibile tutto ciò. Non è lei, Monsieur, che ha sapientemente tirato le fila della serata?»

«Be', Monsieur, in parte è così.» Le Gros si gonfiava a vista d'occhio mentre Franklin parlava.

«In parte, Monsieur? Lei si è assunto ogni ruolo. Ma mi rendo conto che è un uomo troppo discreto per attribuirsi meriti di questo genere.»

«Sì, forse lo sono» disse Le Gros distogliendo lo sguardo.

«Potrà mai perdonare la mia sbadataggine?»

Le Gros aveva il petto in fuori e la testa alta. «Monsieur Franklin, sono onorato. Se ha trascorso una piacevole serata allora il mio lavoro è stato ben fatto.»

«Una serata memorabile!» dichiarò Franklin.

Le Gros era raggiante.

«Ma, ahimè,» proseguì Franklin con una nota smorzata nella voce «c'è un'altra piccola cosa che renderebbe questa serata davvero indimenticabile.»

Il sorriso di Le Gros s'incurvò leggermente. «Cosa, Monsieur? Se rientra nelle mie possibilità, sarei ben lieto di accontentarla.»

Franklin sospirò. «No, Monsieur, credo che questa richiesta andrebbe oltre le sue pur incredibili abilità.»

«Monsieur, le chiedo umilmente di concedermi l'occasione di procurarle l'impossibile.»

Franklin guardò Mozart e strizzò l'occhio sinistro, che Le Gros non poteva vedere ma Mozart sì. «Se proprio insiste. Ho sempre avuto il desiderio di vedere e sentire suonare un pianoforte Bartolomeo Cristofori originale. Finora ne ho solamente sentito parlare. Speravo di poterne vedere uno questa sera ma mi pare che non sarà possibile. Forse lei conosce qualcuno a Parigi che ne possiede uno?»

Sul viso di Le Gros lentamente ricomparve un sorriso. «Monsieur, io stesso ne posseggo uno.»

«Monsieur, lei scherza!» esclamò Franklin.

«No, Monsieur, non scherzo affatto!» rispose Le Gros con allegria.

«Monsieur, lei è proprio un uomo pieno di risorse.»

Le Gros gongolò. «E posso anche fare meglio di così. Si dà il caso che Monsieur Mozart sia un virtuoso del pianoforte.»

«Davvero? Pensa che potrebbe suonare per me?» bleffò Franklin.

«Potrebbe farlo se glielo ordinassi. Monsieur Mozart,» disse Le Gros voltandosi verso Mozart «accompagni il nostro onorevole ospite nel mio salone privato. Il valletto vi farà strada. Una volta lì, suonerà per Monsieur Franklin fino a che non sarà lui a dirvi di fermarvi. Tutto chiaro?»

Mozart, che aveva seguito il gioco di Franklin, non poté resistere a fare del teatro a sua volta. «Monsieur Le Gros, mi era stato commissionato di comporre un pezzo per la serata e di dirigerlo. L'ho fatto, il mio lavoro è finito. Non sono pagato per...»

Le Gros abbassò la testa come un toro pronto alla carica. «Dopo l'esibizione con il re e la regina, deve solamente ritenersi fortunato di essere pagato. Farà quel che ho detto o non otterrà mai più una commissione a Parigi. Questa, Monsieur, è una promessa.»

Mozart recitò la parte fino in fondo. «Sembra che non abbia altra scelta.»

«Esatto, Monsieur» rispose Le Gros.

Mozart si voltò verso Franklin e strizzò l'occhio destro, che Le Gros non poteva vedere ma Franklin sì. «Monsieur Franklin, a quanto sembra sono al suo servizio.»

Franklin si morse il labbro superiore per trattenersi dal ridere.

«*Garçon!*» abbaiò Le Gros in direzione del valletto che attendeva in disparte. «Per favore, scortate il dottor Franklin e Monsieur Mozart nel mio salone privato.»

A questo comando il valletto balzò in avanti, s'inchinò di fronte al padrone, poi fece cenno a Franklin e Mozart di seguirlo.

Guardando fisso davanti a sé, Mozart sussurrò: «Dottor Franklin, lei è un subdolo gentiluomo.»

Franklin, anche lui con sguardo in avanti, sussurrò in risposta: «E lei, Herr Mozart, anche lei è un discreto furfante.»

Il giovane musicista e il vecchio filosofo attraversarono le grandi porte sul lato est della sala e uscirono nei lussuosi giardini del Louvre. Una pioggia leggera aveva lasciato spazio alla mite serata parigina, e una fontana al centro dei giardini rifletteva raggi di luna. L'odore delle rose e dei caprifogli impregnava l'aria.

«Oh, che splendida serata. Non trova, Herr Mozart?»

«Sì, splendida. Ma per favore, dottor Franklin, mi chiami Wolfgang.»

«Wolfgang, bellissimo nome! Come desidera. E lei mi chiami Ben.»

«Onorato, Ben. Perché non mi racconta – Ben – qualcosa della sua America?»

«È una richiesta non facile la sua. Be', vediamo.» Ben appoggiò la mano sulla spalla di Mozart mentre passeggiavano per lo sfarzoso giardino. «Prima di tutto non è solo la mia America, è l'America di tutti i coloni. Forse dovrei cominciare dall'inizio, è sempre il punto giusto da cui cominciare. Qualche anno fa alcuni di noi si riunirono a Philadelphia... dove abito. Oh, che gruppetto eravamo. C'era il giovane Tom Jefferson, ma di lui già ti ho detto qualcosa. Poi un amico di nome John Adams, un bel tipo, ma a volte gradevole come il deretano di un cavallo. E sua moglie Abigail – lascia che ti dica qualcosa di Abigail. Senza nulla togliere alla regina di Francia, naturalmente, ma Abigail ha due delle più paradisiache...»

«Ben!» esclamò Mozart fingendosi sbalordito. «Vede che anche lei è francese?»

Franklin sorrise. «Wolfgang, mio giovane amico, in quanto a cibo e curve, siamo tutti francesi.»

Mozart scoppiò a ridere.

1

Los Angeles, California
6 giugno 2009

Erano tutt'uno, l'uomo e la musica. Gli occhi chiusi e, con una lieve oscillazione, le mani che scivolavano sulla tastiera senza un istante d'indecisione. *Un accordo di terza! Niente male! Lo faccio uguale nella seconda strofa.* E così fece, modulando progressivamente le tonalità, avvolgendo il familiare ritornello con accordi accompagnati da una voce calda come roccia fusa. Era *Moon River* a riempire il bar dell'Holiday Inn all'aeroporto di Los Angeles. Alcuni ascoltavano, la maggior parte no, ma al ragazzo al piano non importava nulla. Teneva gli occhi chiusi e suonava. Era sereno, completamente a suo agio.

«Ehi, pianista! Sei sordo?»

Dopo una breve pausa si voltò in direzione della voce e aprì un occhio.

«Ti ho chiesto» gridò un uomo dall'altro lato della stanza «di suonare una canzone per me e la mia donna.»

Richiudendo l'occhio, il musicista si interruppe e fece un profondo respiro, poi li aprì entrambi. «Cosa volete sentire tu e... la tua donna?»

«Prova con qualcosa di decente.» L'uomo emise una risata che fu udita in tutta la sala.

Il pianista mosse leggermente le labbra prima di richiudere gli occhi, poi tornò a suonare *Moon River* dal punto in cui si era interrotto.

«Ehi! Cosa cazzo hai detto?» gridò l'uomo, saltando in piedi.

Il pianista si fermò di colpo e squadrò l'uomo con un sorriso glaciale. «Ops, l'ho detto a voce alta?»

Due bicchieri da cocktail, una ciotola di noccioline assortite e una candela in un contenitore di plastica rossa si schiantarono a terra quando l'uomo inferocito balzò in avanti dal tavolino. «Te la sei cercata, frocetto» disse strappandosi di dosso la giacca sportiva. «Fatti sotto, ragazzino!»

L'uomo d'affari con la pancia da birra era adesso in piedi proprio davanti al pianista. Senza cambiare espressione e senza perdere il tempo, il musicista suonò un arpeggio lungo tutta la tastiera, concludendo con un destro al basso ventre dell'uomo. Quello cadde sulle ginocchia, tossendo e annaspando per respirare. Mentre con la sinistra cominciava a suonare un gospel vecchio stile, con la destra strattonava a tempo la cravatta dell'uomo d'affari, facendogli sbattere la faccia contro i registri alti della tastiera. Il sangue sprizzava su tutti i tasti ogni volta che il naso dell'uomo ci sbatteva contro.

Già alla prima parola aggressiva, il barman, un enorme giovane nero, era saltato fuori da dietro il bancone del bar. Prima ancora che avesse potuto raggiungerli, l'uomo d'affari era ridotto a uno straccio insanguinato. Il barman afferrò il pianista per la giacca dello smoking e lo scaraventò giù dallo sgabello.

Poi aiutò l'uomo d'affari e lo fece sedere su una sedia lì accanto. «Tenga la testa all'indietro, signore. Janet!» gridò alla cameriera che si era rannicchiata in un angolo. «Vai a prendere del ghiaccio per il signor Harshbarger!»

Un uomo basso e stempiato in completo grigio si affrettò a offrire le proprie scuse agli spettatori. «Oh, dio! Signore, sta bene? John, chi è stato?»

«David Webber.»

«Il pianista?» gridò il gestore del locale. «Dove cazzo sta?»

Il barman indicò il bancone.

Su uno sgabello, con aria indifferente, le gambe accavallate, la sigaretta in bocca e un bicchiere di whisky tra le mani, era seduto un trentenne di bell'aspetto, i capelli scuri e uno smoking macchiato di sangue.

«Chiamate la sicurezza» disse il gestore. «Poi chiamate la polizia.»

2

«Firmi qui, signore.»

David Webber, la cravatta slacciata e la giacca dello smoking sottobraccio, firmò il documento che l'anziano poliziotto gli mise davanti.

Il poliziotto aprì un involucro di carta da pacchi e ne rovesciò il contenuto sul ripiano. «La prego di verificare che queste siano le cose che aveva con sé al momento del fermo, e che non manchi niente. Poi può firmare qui.»

Il viso di David rimase privo di espressione mentre il poliziotto gli mise davanti un'altra carta da firmare. Prese il portafogli, un pacchetto da dieci di Marlboro Lights, un accendino Zippo ossidato, sessantaquattro centesimi in monete e una scatoletta di mentine quasi piena.

«Sì, c'è tutto» disse, lasciando scivolare gli oggetti nella tasca dello smoking insanguinato, poi firmò il foglio.

«A posto. La ricevuta» disse il poliziotto porgendo a David un pezzo di carta carbone. «La signora Peterson ha detto di aspettarla qui fuori.»

«Grazie» mormorò David mentre si rinfilava la giacca.

«Di niente. E buona serata, signore» cantilenò il vecchio poliziotto, in un tono che David sapeva essere stato messo a punto al solo scopo di far arrabbiare le persone come lui ancor di più.

David si sistemò la giacca, alzò il risvolto e uscì dal portone principale del dipartimento di polizia di Los Angeles. La pioggia era diminuita. Era prevista una minima record per le medie del sud della California a metà giugno. Tirò fuori una sigaretta dal pacchetto, la accese e guardò l'orologio. Era quasi l'una e mezzo del mattino.

Guardò verso Centinela Boulevard. C'erano due poliziotti che chiacchieravano sul marciapiede, una mendicante con un carrello vuoto e un taxi, ma di J.P. nessuna traccia. Guardò dall'altra parte, verso Culver Boulevard, due taxi, una berlina verde e la macchina dello sceriffo della contea di Los Angeles, ma ancora niente J.P.

«Dove diavolo sei?» gemette a voce alta.

Qualche istante più tardi una Mercedes 450 coupé rossa del 1975 uscì lentamente dal garage della stazione di polizia e si fermò davanti a un'entrata laterale con la parola IDENTIFICAZIONI che pendeva sopra la porta. Un giovane poliziotto uscì ridendo dal lato del passeggero, poi scambiò qualche parola con l'autista prima di richiudere lo sportello ed entrare nell'edificio. L'automobile avanzò per Culver Boulevard, fece un'inversione a U e accostò al marciapiede davanti a David.

Jean Ann Peterson abbassò il finestrino del passeggero e si premette il dito indice contro il naso. «Io me la filo da qui, vieni con me?»

«Molto divertente» disse David salendo in macchina. «Che stavi facendo con quel poliziotto? Cercavi di rimorchiartelo?»

«Non posso crederci, amore» disse con accento inglese

l'attraente donna dai capelli rossi. «So che non hai mai vinto il premio per il miglior carattere dell'anno, ma aggressione con un'arma letale? Dio mio, che avevi in testa?»

«Aggressione con un'arma letale? Quale arma?» brontolò David mentre J.P. svoltava su Culver Boulevard.

«Il piano.»

«Il pianoforte è classificato tra le armi letali?»

«Sì se lo usi per sbatterci contro la faccia di qualcuno. In ogni caso sei fortunato, né la vittima né l'hotel vogliono sporgere denuncia.»

«Oh, che fortuna. E perché?»

«Be', sembra che la moglie, te la ricordi, quella cui ti sei affettuosamente rivolto come... Vediamo, cos'è che hai detto... La vacca col rossetto?»

«Veramente era 'giovenca sui tacchi'... E non so come abbia fatto a sentirmi» disse David gettando la sigaretta fuori dal finestrino.

«Quello che è... Comunque, è venuto fuori che non era sua moglie. L'affascinante, e piuttosto bello, aggiungerei, agente Josh, questo il nome del principe azzurro e, sì, stavo cercando di rimorchiarmelo, mi ha detto che la vera lady Harshbarger è a Joplin, Missouri, insieme ai suoi tre figli, per una serata dedicata a Donna Reed. Appena gli hanno detto che se avesse voluto sporgere denuncia avrebbe dovuto presentarsi come testimone e dire perché si trovava lì, in compagnia di chi e quale fosse il motivo del litigio, il caro signor Harshbarger si è subito sentito molto incline al perdono. In quanto all'hotel, non vogliono cattiva pubblicità e sperano di dimenticare l'accaduto al più presto.»

«Che ipocriti» rise David. «Sai che gliene frega della cattiva pubblicità. Hanno paura che racconti in tribunale del lavoro nero in cucina a cinquanta centesimi l'ora.»

J.P. scosse la testa. «David, amore, sei proprio un bel tipo.»
«Insomma tutto risolto?»
«Non tutto. La polizia ti ha fatto una multa per condotta spericolata e disturbo della quiete pubblica. A proposito, mi devi settecentocinquanta dollari.»
David la guardò incredulo.
«La cauzione, amore.»
David si massaggiò la fronte e sospirò. Recuperò una sigaretta e la accese.
«Ne hai un'altra?»
«Pensavo che avessi smesso.»
«Sta' zitto, era solo un buon proposito.» David le passò una sigaretta. «E poi si abbina bene al look della serata.»
«Ah sì, e quale sarebbe?»
J.P. spinse in dentro l'accendisigari lasciando che la sigaretta le penzolasse dalle labbra. «Dài, la donna matura incredibilmente sexy e misteriosa – che sarei io, naturalmente – che nel cuore della notte corre in una losca stazione di polizia per salvare il suo inerme, inquieto, non intelligentissimo amante... E quello saresti tu, ovvio. Mi sembra che la sciarpa nera stia bene, no?» Si srotolò la sciarpa dal collo, sollevò entrambe le mani dal volante e se la avvolse intorno alla testa.
Dal naso e dalla bocca usciva fumo di sigaretta mentre David rideva. «J.P., sei la mia agente. In dieci anni che ci conosciamo siamo stati a letto insieme due volte. Una eri ubriaca tu, l'altra ero ubriaco io. Non credo che questo ci qualifichi come amanti.»
J.P. si levò la sciarpa dalla testa, accese la sigaretta e soffiò uno sbuffo di fumo. «È solo una fantasia, amore. Sai, la gratitudine spinge le persone ad assecondare chi gli salva il culo dalla galera.»

«O a pensare che hai letto troppi libri di Jackie Collins. Te l'ho detto che quella merda fa marcire il cervello.»

«Dammi tregua!» disse J.P., e gli tirò uno schiaffo sul ginocchio.

L'automobile imboccò la rampa della 405 in direzione nord. La pioggia cominciò ad aumentare d'intensità, trasformando l'autostrada in un fiume di faretti rossi. J.P. alzò entrambi i finestrini quanto bastava per tenere fuori l'acqua e far uscire il fumo. Poi azionò il tergicristallo e accese la radio su una stazione di musica jazz. «Allora, ne vuoi parlare?»

David aveva lo sguardo fisso fuori dal finestrino. «Che altro posso dire? Ti ho raccontato tutto per telefono. Il tizio era uno stronzo. Io mi stavo facendo gli affari miei, suonavo e basta. Quello si mette a urlare per chiedermi se accetto richieste dal pubblico. Gli domando cosa vuole sentire. Lui grida: 'Qualcosa di decente!' Poi si piega in due dal ridere come se avesse fatto la battuta più originale del mondo. A quel punto ho fatto il commento sulla vacca. Un istante dopo me lo sono ritrovato addosso. Dovevo pur difendermi, in qualche modo.»

«Non era di questo che parlavo» disse J.P. dolcemente.

«E allora non so proprio che altro vuoi sapere» disse David soffiando il fumo fuori dal finestrino.

Le parole di J.P. furono dolci ma ferme: «Non raccontarmi stronzate, Webber. Sai di che parlo.»

«No, non lo so» rispose secco David.

J.P. spense la radio e prese la mano di David. «David,» disse, cercando di farsi guardare negli occhi «sono io. Non trattarmi come una delle tue attricette da cocktail. Ti conosco meglio di chiunque altro e probabilmente sono l'unica amica che ti è rimasta.»

«Ah, splendido. Sono un musicista e l'unico amico che ho è il mio agente. Quanto sto messo male?»

J.P. non lo trovò divertente. David si rendeva conto di averla ferita.

«Lo sai, amore, a volte sei proprio uno stronzo!» disse J.P. lasciandogli andare la mano.

Poi riaccese la radio e smisero di parlare mentre la Mercedes avanzava lentamente nella periferia ovest di Los Angeles, tra le montagne di Santa Monica.

Accade spesso nel sud della California, dove l'oceano, il deserto, le montagne e le vallate distano solo pochi chilometri, che il tempo cambi rapidamente. Quando l'automobile arrivò in cima, il cielo era limpido. Le luci della San Fernando Valley scintillavano come milioni di diamanti su velluto nero.

David abbassò il volume della radio. «Scusa, Jeep.»

J.P. rispose con un sospiro. Jeep, il nomignolo che David usava sempre per indicare la fine di uno scherzo, di una presa in giro o di uno dei sarcastici scambi di battute che i due avevano imparato a gestire così bene nel corso degli anni.

«Hai ragione. Dio, forse è vero che sei la mia sola amica.»

J.P. lo guardò. Sembrava stanco e triste. Gli prese di nuovo la mano. «Cosa c'è che non va, David?» David abbassò la testa. «Sei sempre stato un tipo ribelle. Ma per quanto cupo e malinconico, hai sempre conservato il senso dell'umorismo... Un senso dell'umorismo un po' schizzato, è vero, ma...»

David alzò gli occhi e sorrise.

J.P. gli restituì un sorriso triste. «Ma David, da un mese a questa parte sembra che non provi più alcuna gioia di vivere.»

David guardò a lungo fuori dal finestrino. Quando infine si decise a parlare, dalle sue labbra uscì quasi un borbottio: «Non doveva andare a finire così.»

«Così come?»

«Così. Io... In questo modo. Quello che sono. Quello che sono diventato. Non era così che doveva andare.»

«E come doveva andare?»

Agli occhi di J.P., David aveva l'aspetto di qualcuno che avesse bisogno di levarsi un peso di dosso. Confessare ogni paura, ogni fantasma che teneva rinchiuso dentro di sé. Ma non rimase sorpresa quando la risposta fu: «In un altro modo, tutto qua.»

J.P. non insisté. La sapeva più lunga di lui. Sorrise e annuì.

«Fanculo! Non preoccuparti, J.P., è solo un momentaccio.»

E infatti.

«Lo sai che ti dico,» disse David raddrizzandosi sul sedile «esci alla prossima. Prendo una bottiglia e andiamo a casa mia a vedere un vecchio film in bianco e nero, e ci sbronziamo.»

«Non posso. Dimentichi che è giovedì e che ho ancora un lavoro.»

«Ah, andiamo, cosa potrà mai succedere se dai buca al gestore di un locale o a un musicista da quattro soldi? Non sarà mica la fine del mondo.»

«Mi dispiace, amore. Ho una riunione alle nove con il rappresentante della South-Pacific Cruises. E ho bisogno dell'ingaggio. Ne hai bisogno anche tu. Sono quasi finiti i posti sulla terraferma dove ancora ti fanno suonare.»

«E va bene,» si arrese David «ma potresti almeno accostare, così mi prendo una bottiglia da bere da solo e un pacchetto di sigarette?»

J.P. uscì a Burbank Boulevard e si fermò davanti a un negozio di alcolici in un piccolo centro commerciale.

«Sicura di non volere niente?» domandò David mentre usciva dalla macchina.

«No, sono a posto.»

«Ehm... potresti prestarmi venti dollari?»

J.P. scosse la testa. Aprì la borsetta e diede i soldi a David. «Adesso me ne devi settecentosettanta.»

J.P. osservò David che trotterellava verso il negozio. Lo amava. Ne era certa. Si domandò se lui lo sapesse; probabilmente no. Ripensò alla notte in cui erano andati a letto insieme la prima volta; si sbagliava, non era ubriaca. Aveva fatto finta, naturalmente. Così sarebbe stato più facile il giorno dopo. Gli aveva dato la libertà di poterci scherzare su. Si domandò cosa sarebbe successo se non avesse usato quell'accorgimento. Sarebbero diventati qualcosa di più che amici? E in ogni caso, cosa aveva David Webber di tanto speciale?

Nel corso degli anni aveva incontrato molti uomini di talento. Molti con un aspetto migliore e di certo un carattere più facile di David Webber. Ma dal primo istante in cui era entrato nel suo ufficio quel giorno – dio mio, sono già passati dieci anni – tra loro si era stabilito un legame. Era superficiale, sarcastico e a volte un vero maleducato. Ma sotto quella scorza c'era un'anima che scoppiava di passione e sensibilità. Ogni tanto veniva fuori in alcuni momenti di debolezza; o di alterazione. Quando suonava, sempre. Dio se era bravo. Ormai aveva perso il conto delle volte in cui era stata costretta a dire a un inferocito gestore di locale: «So che è un rompipalle antisociale, ma lo senta suonare!» In diciassette anni di lavoro non aveva mai incontrato qualcuno bravo come David Webber. «Mannaggia a te, David» sospirò Jean Ann ad alta voce.

David ci mise un po' di tempo a esaminare gli scaffali di liquori, cercando quello con il più alto tasso alcolico in relazione al prezzo. Alla fine si decise per una bottiglia di Black Velvet. Prese anche due pacchetti di sigarette dall'espositore dei tabacchi al centro del negozio e si avviò alla cassa. Sul bancone c'era l'ultima copia del *Los Angeles Times* del giorno prima. Quando David allungò la mano per afferrarlo, un cliente in fila alle sue spalle fece lo stesso.

David si voltò.

«È suo» disse con voce roca un uomo enorme con un completo scuro di sartoria.

«No, prego, lo prenda lei,» disse David porgendogli il giornale «tanto non è che m'interessi granché.»

«Grazie.»

L'uomo gettò qualche moneta sul bancone della cassa, fece un cenno a David e se ne andò.

Dopo aver pagato quel che aveva preso, David stava rientrando nella Mercedes di J.P. quando dall'altro lato del parcheggio vide l'uomo in completo scuro salire a bordo di una berlina verde.

«È quasi ora.»

David non rispose.

J.P. guardò nella direzione in cui guardava David. «Qualcuno che conosci?»

Ancora nessuna risposta.

«David!» disse secca J.P.

«Cosa... Ah, scusa... No, niente, è solo che...»

«Cosa?»

«Quel tizio – come si chiama – Harshberger...?»

«Harshbarger.»

«Harshbarger. Cosa hai detto che fa nel Missouri?»

«Non te l'ho detto, ma secondo l'agente principe azzurro ha una grossa officina o qualcosa del genere. Perché?»

«Ah, perfetto!» disse David continuando a guardare lo specchietto retrovisore. «Una grossa officina.»

«E adesso che c'è che non va?»

David si voltò. «Senti, portami a casa senza prendere l'autostrada.»

J.P. si diresse verso est su Burbank Boulevard passando per Van Nuys e Sherman Oaks, poi svoltò su Coldwater Canyon a nord di Hollywood. David se ne stava rannicchiato sul sedile e guardava lo specchietto retrovisore di tanto in tanto.

«Ti spiace dirmi cosa sta succedendo?» disse J.P. con voce leggermente tremolante.

«Quella macchina verde, una Taurus, mi sembra...» disse David «la stessa su cui è salito il tizio col completo al negozio di liquori. L'avevo già notata alla stazione di polizia.»

J.P. tirò il fiato. «Mio dio, stai scherzando? Lo sai quante Taurus verdi ci sono a Los Angeles?»

David non sorrise. «Sì, molte. Ma non tutte ci stanno seguendo.»

Il sorriso di J.P. scomparve. Voltò la testa per guardare alle sue spalle.

«Non farlo,» le ordinò David «continua a guidare. Quando arriviamo al mio appartamento, superalo e poi accosta. Non parcheggiare davanti.»

«David, che succede?» sussurrò J.P.

«Una grossa officina, ecco cosa.»

«Non capisco.»

«Senti, J.P., vengo dal Midwest. Le conosco le persone come Harshbarger. Quando ero piccolo c'era un ragazzino che viveva dall'altra parte della strada. Il padre aveva una ditta di trasporti, molto redditizia e molto poco legale. Be', succede che questo ragazzino viene escluso dalla squadra di pallacanestro. Il padre va dall'allenatore e gli domanda se per caso non c'è stato uno sbaglio. L'allenatore dice che non c'è stato nessuno sbaglio. Il tizio gli dice di pensarci meglio. L'allenatore non gli dà retta. Poco dopo è in ospedale con braccio e naso rotti, e un'emorragia interna. È rimasto fermo un anno, mentre il figlio del tizio è stato ammesso nella squadra il giorno seguente. No, Harshbarger non mi denuncia, però manda i suoi gorilla per farsi giustizia da solo.»

«Sei sicuro? Dio mio, dobbiamo chiamare la polizia!» J.P. fece per prendere il cellulare.

«No!» gridò David. «Sarebbe solo peggio. Quella gente non ragiona così.»

«E che facciamo allora?»

«Non lo so. Quello è il mio palazzo. Accosta in fondo alla strada.»

J.P. fece come David le aveva detto, e parcheggiò accanto al marciapiede un isolato più avanti. Spense il motore e le luci. David e J.P. si acquattarono sul sedile e rimasero a guardare.

Un furgoncino nuovo, un autobus e la berlina verde sfrecciarono accanto a loro, ma le luci dei freni della berlina non si accesero.

«Potrei anche sbagliarmi.»

«Ma che cazzo, David, mi hai spaventata a morte!» gridò J.P.

«Mi dispiace! Mi sembrava proprio che ci stessero seguendo. Cioè, era alla stazione di polizia e...»

«David, fatti curare. Adesso possiamo aggiungere anche la paranoia alla lista delle tue psicosi.»

David si strofinò gli occhi e sprofondò nel sedile. J.P. mise in moto e fece retromarcia fino al portone del palazzo di David.

«Vai a farti una dormita, ne riparliamo domani.»

David aprì la portiera ma si fermò un istante prima di scendere. «Mi dispiace, J.P., per tutto. Non so cosa farei senza di te.»

Le labbra di J.P. si sollevarono agli angoli. «Neanche io, amore.»

David le si fece vicino e la baciò sulla guancia. «Buonanotte.»

In stile spagnolo, con palme, oleandri e gigli del Nilo a decorare la facciate, l'edificio bianco e azzurro a quattro piani era uguale alle centinaia di altri edifici disseminati per tutta la valle. David aprì il cancello principale e si avviò verso l'ascensore in fondo a un modesto cortile che si sforzava di sembrare chic con la sua piscinetta a forma di fagiolo e gli arredi di plastica bianca del patio. Uscì dall'ascensore al terzo piano e, inserita la chiave nella fessura, sentì un miagolio dall'altra parte della porta.

«Che c'è, Ravel? Hai passato una bella serata?» disse David mentre il gatto gli si strofinava sulla gamba. «Io? Amico mio, se te lo racconto non ci credi.»

David si sfilò la giacca dello smoking, la gettò su una sedia in salone e prese il telecomando da un divano di simil velluto nero tutto macchiato. In tv c'era Conan O'Brien che intervistava la gente per la strada.

David tirò fuori dalla busta il whisky e le sigarette, preparò un bicchiere con il ghiaccio e tornò nel piccolo salone. Mise la bottiglia sul tavolino di fronte al divano, utilizzando come sottobicchiere una copia di *People*, poi accese una sigaretta e si sdraiò con un rumoroso sospiro.

Il micio gli saltò sulla pancia quando, dopo aver aperto il sigillo della bottiglia, David si stava versando tre dita di whisky. Bevve un sorso e accarezzò la testa di Ravel, guardandosi con curiosità la mano che scivolava sulla schiena del gatto. Si fermò e provò a chiudere il pugno. Mandò giù un altro sorso e riaprì la mano. «No,» sussurrò David fissandosi la mano e ripetendo il movimento «non doveva andare così, Ravee.»

L'uomo sul sedile del passeggero era intento a comporre un numero sul cellulare.

«Sono io.» Rimase in ascolto. «No, signore, non ancora.»

Ascoltò ancora.

«Sì, siamo qui davanti, abbiamo la visuale completa.»

Di nuovo silenzio.

«Sì, ricevuto.»

L'uomo chiuse la chiamata e ripose il cellulare nella tasca della giacca.

«Io devo restare qui... Tu torna in hotel.»

L'appartamento di David Webber dava sulla strada davanti a Coldwater Canyon. La finestra del suo salone era l'unica ancora illuminata su quel lato dell'edificio. L'autista annuì e gettò il sigaro fuori dal finestrino; l'uomo con il completo di sartoria scese dalla berlina verde.

3

Il distinto signore in vestaglia di raso, in piedi su un balcone con affaccio sull'Upper East Side di Manhattan, era ben curato e di bell'aspetto. Un trentasettenne elegante, slanciato e forte nel suo metro e ottantacinque. Aveva i lineamenti affilati e ben marcati; capelli scuri, lucenti e ondulati; denti perfetti di un bianco brillante; pelle liscia colore dell'oro. Era un bell'uomo e si muoveva con la consapevolezza di esserlo.

Mise giù il telefono e sorseggiò adagio il liquore ambrato dal bicchiere di cristallo che con delicatezza accarezzava tra le dita perfettamente curate.

«Niente?» domandò qualcuno dal salone.

«No.»

«Forse siamo fuori strada, non ci hai pensato?» disse con un forte accento di Brooklyn l'uomo con la giacca di pelle.

«No» fu la fredda risposta.

«Be', forse dovresti cominciare a farlo.»

Anthony Depriest lasciò il balcone e senza dire nulla entrò nell'elegante salone dai colori pastello.

«Ehi, maestro! Mi hai sentito?»

«Abbassa la voce, idiota!» disse Depriest con un brusco mezzo sussurro. «Mia moglie sta dormendo.»

«Ehi,» ruggì l'italiano basso e tarchiato balzando in avanti sul bordo del divano «mi sa che avrai problemi ben più grossi della mogliettina che si sveglia se mi chiami di nuovo idiota. Non me ne frega un cazzo se siamo parenti.»

Il viso di Depriest si contorse in una smorfia. «Ti prego, non ricordarmelo. Dio, non riesco a credere che condividiamo lo stesso patrimonio genetico.»

«Ah sì, be' è così, Vostra maestà di 'sto cazzo, e non te lo dimenticare. Sotto sotto sei un cafone italiano di Flatbush come me.»

«Non credo proprio, James» disse Depriest.

«Invece sì e dovresti andarne fiero. E poi mi chiamo Jimmy, non mi piacciono i nomi da checca come James. È stato Pà a farti diventare quello che sei, ricordatelo.»

«Sono diventato quello che sono con le mie sole forze, il mio talento e il mio genio» ringhiò Depriest. «Ci sarei riuscito anche senza mio zio.»

«Sì, come no» disse Jimmy con una risata. «Be', ti dico solo, caro signor genio, che faresti meglio a non mandare tutto a puttane. La famiglia ha un sacco di interessi in ballo e Pà non sarebbe contento di vedere tutto rovinato per colpa tua. Se ne frega che sei figlio di suo fratello morto.»

Depriest bevve un altro sorso e sbirciò il robusto cugino da sotto gli occhiali. Su una cosa Jimmy aveva ragione: non doveva mandare tutto a puttane.

Jimmy continuò: «Adesso stammi a sentire. Domattina devo dire a Pà a che punto siamo, e sarà meglio per te se avrò delle buone notizie da dargli.»

«Digli che tutto procede secondo i piani.»

«Quali piani? Non stiamo facendo altro che inseguire quel vecchio a destra e sinistra. E adesso due dei miei uomini migliori sono nella California di merda. Te lo dico io, vedi se dopo un quarto d'ora con Leo e Sal non si mette a lavorare per noi quel vecchio rincoglionito.»

Il cristallo tintinnò quando Depriest sbatté il bicchiere sul vassoio d'argento accanto al decanter per il brandy. «Per me, James! Lavorare per me! E faresti meglio anche tu a ricordarti per chi lavori. Devo rinfrescarti la memoria su quel piccolo accordo che c'è tra noi? Per quanto non te ne possa fregare un cazzo che siamo parenti, come pensi che reagirebbe il tuo illustre paparino se venisse a sapere degli affarucci che hai con la signora Goudio, eh? Non molto bene secondo me. E poi ti sto dando il doppio di quanto ti paga lui, è vero o no?»

Jimmy si rannicchiò sul divano senza rispondere.

«Leo e Sal non devono toccare il vecchio per nessun motivo, chiaro? Te l'ho detto mille volte; il vecchio è la chiave di tutto. Dobbiamo solo aspettare che sia lui a condurci lì.» Depriest smorzò il tono di voce. «Lo conosco, Jimmy. È uno metodico. Non fa un passo senza averci pensato due volte.»

«Okay, ma la California?»

«È la mossa più sensata che abbia fatto finora.»

«Per via del pianista?» domandò Jimmy.

«Sì, per il pianista.»

«E allora se questo pianista è così importante, perché non andiamo a prendere lui e lo mettiamo sotto torchio?»

«Perché non saprei cosa domandargli, mentre sono abbastanza sicuro che il vecchio lo sappia. E poi preferirebbe una morte lenta e dolorosa piuttosto che aiutarmi.»

«Perché, lo conosci?»

«Oh sì che lo conosco. E lui conosce me.» Depriest si avviò a passi lenti verso la porta a vetri e la aprì, guardò il profilo dei grattacieli di Manhattan in lontananza e sorrise. «Mi conosce bene. Sono io l'uomo che ha rovinato la vita a David Webber.»

4

David fu svegliato nel mezzo di un sonno tormentato da uno squillo insistente. Gli sembrava che un timpano gli suonasse nel cervello. Lentamente, e dolorosamente, alzò la testa dal divano e provò a mettersi seduto. Dopo molti tentativi si arrese e rotolò giù dal divano, atterrando sul pavimento. Prima un ginocchio e poi l'altro, un piede alla volta, David si alzò in piedi. Una volta in posizione eretta, vide qual era il problema. La camicia era bagnata fradicia e gli si era avvolta intorno al busto in modo da impedirgli i movimenti delle braccia. Indossava una scarpa sola e la fascia dello smoking era scivolata dalla vita al petto; era svenuto con i vestiti addosso. «Cristo santo» mugugnò levandosi le crosticine dai lati della bocca. Diede un'occhiata alla stanza e si rese conto che gli squilli erano cessati. Vide che la televisione era rimasta accesa e sparava a tutto volume le lodi che alcune persone facevano a un rivoluzionario smacchiatore. C'era un numero verde in sovrimpressione in basso. David pensò che gli squilli venissero dalla televisione, ma in quel momento il telefono ricominciò a suonare. Dal salone riusciva a vedere l'orologio appeso alla parete della cucina. Le 3:58. «Chi diavolo può essere?» Prese il cordless dal tavolino e spinse il pulsante per rispondere. «Pronto?» disse con un rantolo.

La voce all'altro capo era debole e il segnale disturbato. Tra il delirio alcolico e il tono quasi impercettibile dell'interlocutore, David non riuscì a capire quasi nulla. Stava per riagganciare quando la voce divenne improvvisamente familiare.

«Davey, Davey.»

Il petto gli si strinse; per un attimo gli mancò il respiro.

«Davey, sono io.»

Un brivido gli percorse tutto il corpo.

«Davey, ci sei?»

David deglutì. «Sì, sono qui.»

«Ciao, Davey» disse mestamente l'anziana voce.

Ci fu una pausa.

«Davey?»

«Professore» rispose David provando con tutte le forze a controllare il tremolio della voce.

«Ciao, Davey.»

David fece un profondo respiro e cercò di sembrare disinvolto. «Henry! Io... Non mi sembra vero...»

«Lo so, è un po' che non ci sentiamo.»

«Un po'?» disse David con una risata nervosa. «Diciamo pure un paio di vite.»

«Hai ragione.» Ci fu una lunga pausa prima che l'uomo ricominciasse a parlare. «Scusami, Davey... Non avrei dovuto chiamarti ma...»

«No,» lo interruppe bruscamente David «ti prego, Henry, non riagganciare!»

«No, non riaggancio, Davey. Ma mi rendo conto che chiamare a quest'ora...»

«Per niente, professore, anzi...» David chiuse gli occhi. «Vorrei parlarti, vorrei tanto... Ho bisogno di parlarti.»

«Davey, so che abbiamo tante cose da...»

David si aggrappò a queste parole. «Ci sono tante cose che vorrei dire. Solo che... io... Oh, dio.» I pensieri vagavano in ogni direzione, non riusciva a concentrarsi. Stava sognando? Non ne era certo. «Io... io non so da dove cominciare e... Be'... non sono ancora del tutto sveglio, forse non hai pensato al fuso orario, qui è notte fonda ma...»

«No, Davey, ci ho pensato. Sono a Los Angeles e mi scuso per l'orario ma, Davey, avrei bisogno che...»

«Los Angeles!» gridò David. «Professore, perché a...»

«Davey, ti prego!» lo interruppe Henry. «Rimandiamo queste cose a un'altra volta. Per adesso ascolta attentamente quello che ho da dirti.»

«Certo, Henry, ma perché...»

«Perdio, Davey, sta' zitto un attimo!»

David fu ammutolito dall'esternazione del vecchio. Il professor Henry Shoewalter che ricordava non si esprimeva in quel modo. «Va bene, Henry, mi dispiace. Ti ascolto.»

David sentì un sospiro nervoso all'altro capo del telefono. «Dispiace anche a me, David» disse il vecchio abbassando il tono di voce. «So che abbiamo molte cose da raccontarci. Mi rendo conto che dopo il lungo silenzio che c'è stato tra noi adesso sentirmi sbucare dal nulla deve sembrarti, sembrarti... perlomeno strano. Ma, Davey, devo chiederti di tenere quello che hai dirmi per un'altra occasione.»

«Non... non capisco, professore, ma va bene.»

«Ti ringrazio, Davey.» Il vecchio sospirò nuovamente. «Devo chiederti una cosa. Ricordi quel regalo che ti avevo fatto ai tempi del conservatorio?»

«Regalo?»

«Sì, il regalo! Quello per il diploma.»

La combinazione tra l'ubriachezza, i postumi, l'ora tarda e la sorpresa di sentire la persona più importante della sua vita gli facevano girare la testa. «Il diploma? Il regalo, il diploma, ah, intendi il...»

«Sì! Ce l'hai ancora?»

«Certo che ce l'ho, Henry. È praticamente l'unica cosa che ho conservato del mio passato.» A David tremarono le mani mentre provava ad accendere una sigaretta.

«Bene.» Il professore tirò un sospiro di sollievo. «Davey, ascoltami. Ho bisogno che me lo porti. Prometto di restituirtelo ma è molto importante che me lo presti per un po'. Devo farti anche alcune domande.»

«Che domande?»

«Non al telefono, Davey» ordinò Henry. «Te le farò quando ci vediamo. Dove possiamo incontrarci?»

David si sedette sul divano. «Dove vuoi, Henry. Se hai la macchina puoi venire da me.»

«No, non ce l'ho, devi venire tu.»

«Okay, va bene, vengo io... Ah, cazz... Volevo dire... Mi sono dimenticato che la mia macchina non è qui, è rimasta in albergo e...»

«Intendi all'Holiday Inn dell'aeroporto?»

David rimase di stucco. «Vuoi dirmi che tra tutti gli alberghi di Los Angeles stai proprio all'Holiday Inn dell'aeroporto?»

«Sì, certo» rispose Henry. «Al sindacato mi hanno detto che lavori lì. Ma è strano, quando stasera ho chiesto di te mi hanno risposto che non ci lavoravi più.»

David chiuse gli occhi per l'incredulità. «A che ora è successo, professore?»

«Più o meno intorno a mezzanotte.»

David chinò la testa. «Be', professore, diciamo che a volte

qui nella città degli angeli le cose cambiamo piuttosto rapidamente.»

«Sembra proprio di sì.»

David scosse la testa e si concesse una silenziosa risatina ironica. «In un certo senso, professore, meglio così.»

«Perché, David?» domandò mestamente il professore. «Mi odi ancora così tanto?»

A David salì un nodo alla gola. «Nossignore. Oh dio, no, per niente! Mai e poi mai... Cioè... Ero giovane, dicevo tante di quelle cose che non... È solo che ho avuto una... Io...»

Il vecchio parlò con calma. «Lo so, Davey, lo so. Non devi dire altro. E poi me lo merito.»

«No che non lo meriti» rispose David dolcemente. «Il motivo per cui sono contento che non mi hai trovato, è semplice imbarazzo. Professore,» David riusciva a stento a parlare «sono un pianista da pianobar.»

«Davey!» lo rimproverò con tenerezza. «Non sei e non sarai mai un semplice pianista da pianobar. Ti ci guadagni da vivere, ma sei e sarai sempre molto di più. Dove tu esibisca il tuo dono – per scelta o necessità – sta a te deciderlo. Ma ciò che sei, quel che sei veramente, è oltre il tuo potere. Perché quello, Davey, è un dono di dio.»

David rimase senza fiato. Aveva dimenticato la forza che quell'uomo aveva quando parlava. Fu con un flebile sospiro che David riuscì a dire: «Grazie, professore.»

«Di nulla, Davey.» Shoewalter cambiò tono. «Ora pensiamo a come puoi darmi quell'oggetto.»

«Dunque, vediamo, uhm, ecco! Il mio vicino di casa lavora in aeroporto. Gli chiederò di darmi un passaggio.»

«Ottimo, quindi siamo...»

«Ah, c'è un altro piccolo particolare, e cioè che dovrei prima passare a prenderlo ma...»

«Che vuol dire passare a prenderlo?» gridò Shoewalter. «Non ce l'hai tu? Vuoi dire che lo hai dato a qualcun altro? Chi? A chi l'hai dato?»

«No, no, non è questo» disse David per tranquillizzarlo. «Non l'ho dato a nessuno. Professore, sono quasi le quattro del mattino. È in una cassetta di sicurezza nella mia banca. A parte il passaporto e venti dollari di azioni è l'unica cosa di valore lì dentro. Come ti ho detto, Henry, è la sola cosa che mi resta del mio passato.»

David lo sentì deglutire forte. «Scusami ancora, Davey. È un periodo molto intenso.»

«Che succede, Henry?» provò a chiedere David.

«Te lo spiegherò quando ci vediamo, ma è elettrizzante, Davey. Possiamo incontrarci appena apre la banca?»

«Va bene.»

«All'ingresso dell'Holiday Inn?»

David rise. «Sai, non è propriamente una grande idea. Facciamo lì fuori alle undici, prendo la macchina, andiamo a fare colazione e... parliamo. Voglio tanto parlarti.»

«È perfetto, Davey, ma sarebbe meglio alle dieci. Ho da fare alle undici, ma dopo sono libero. Anzi, potresti venire con me, passiamo la giornata insieme se ti va.»

«Mi piacerebbe molto» rispose David.

«Splendido, ti aspetto lì. Penso di riconoscerti ancora se ti vedo.» David sentì che il vecchio stava sorridendo.

«Henry?» disse rapidamente. «Sono davvero contento di poterti rivedere. Penso a te tutto il tempo e... Io...»

«Davey,» lo interruppe gentilmente «sarà bello rivederti. Ti penso spesso anche io. A presto, Davey.»

«A presto... Henry.»

David riagganciò e rimase a fissare il vuoto. Aveva lo stomaco in tumulto e nel petto un'eccitazione così forte che sembrava che il cuore potesse balzare fuori da un momento all'altro. *Il mio Henry.* Nel corso degli anni non c'era stato un giorno in cui non avesse pensato a lui. Non un giorno in cui non avesse preso in considerazione l'idea di alzare il telefono, chiamarlo e dirgli finalmente: 'Mi dispiace.' Ma più gli anni passavano e la vita andava a rotoli, più quella telefonata diventava difficile da fare. «Stupido!» biascicò David.

Si alzò dal divano, andò in cucina e accese la macchina del caffè. Mezz'ora dopo, uscito dalla cabina della doccia piena di vapore, si sentiva di nuovo un essere umano. Ravel, che era rimasto rannicchiato a un lato del letto, si svegliò con un'espressione che diceva 'che diavolo facciamo in piedi a quest'ora' dipinta sul muso, e seguì David in cucina.

«Vuoi già fare colazione?»

Ravel saltò sul bancone della cucina e miagolò.

«Mangerò qualcosa anch'io.»

David tirò fuori dal frigo una confezione di uova, un piattino col burro, qualche fetta di emmental e un po' di carne. Prese una padella sporca dai fornelli, la lavò e la asciugò. Mentre con un fiammifero accendeva il gas, cominciò a dare voce a quel che aveva pensato sotto la doccia.

«Per prima cosa, come ha fatto a trovarmi?» disse mentre Ravel con il naso all'insù annusava il burro che sfrigolava nella padella. «Secondo, perché mi ha chiamato nel cuore della notte? Dio, dopo dodici anni che differenza poteva fare qualche ora in più?» Ravel guardò con interesse David che rompeva quattro uova nella padella imburrata. «Terzo, quarto, quinto e sesto, cosa ha di così importante, all'improvviso, quel vecchio spartito? Mi ero pure dimenticato di averlo. E poi perché non...» David si interruppe a metà frase e rise sotto i baffi. «Oh, basta così, David. Cristo santo, è un uomo anziano.»

David dovette respingere gli attacchi di Ravel mentre tagliava il formaggio a fettine e lo metteva nella padella insieme alle uova. Aprì la confezione di carne, ne prese un pezzo e cominciò a tagliuzzarlo. Per difendersi ne diede un boccone a Ravel.

Mentre metteva a cuocere la carne, a David sembrò di avere di nuovo undici anni. Gli ritornarono in mente ricordi di South Bend e del signor Ramsey. In qualità di professore all'università di Notre Dame, Ramsey accettava solo pochissimi allievi e assolutamente nessun bambino. Ma i genitori adottivi di David, con l'aiuto dell'assistente sociale, erano riusciti a convincere Ramsey a sentire David suonare. Lo aveva preso subito con sé. David ricordava che tutti gli dicevano quanto fosse fortunato ad avere un insegnante come Ramsey. Ridacchiò. Lo aveva sempre considerato una mezza sega, un grassone a un passo dalla fossa. Le cose che gli chiedeva di suonare non erano molto difficili e il più delle volte il vecchio Ramsey si addormentava nel bel mezzo della lezione.

Ma non era un completo idiota. Sapeva riconoscere il talento e si rendeva conto di non essere l'insegnante adatto per farlo crescere. Ma una cosa buona l'aveva fatta, pensò David con soddisfazione, ossia chiamò il suo vecchio amico di New York, Henry Shoewalter, professore di pianoforte alla Juilliard.

Come fosse stato ieri, David ricordò quel giorno in cui Ramsey entrò nella stanza mentre stava eseguendo gli esercizi del temutissimo libro di Hanon. C'era un uomo con lui, un uomo che gli sembrò la persona più vecchia che avesse mai visto. David sorrise a ripensarci. Venticinque anni prima Henry doveva avere circa venticinque anni, forse era anche meno.

«David, ti presento il professor Shoewalter di New York.»

«Piacere di conoscerla, signore» rispose timidamente un giovane David.

«Piacere mio. Ti chiamerò Davey... David sembra un po' fuori luogo per un ragazzo della tua età.»

«Va bene, signore, ma sono alto quasi un metro e sessanta» protestò il giovane David.

«Be', facciamo così, ti chiamerò Davey fino a che David non mi sembrerà più appropriato.»

«Certo, signore» rispose David.

«Bene! Ora, ho fatto un lungo viaggio, Thurman mi ha detto che sei una specie di prodigio. Perché non mi fai sentire qualcosa?»

«Un prodigio?»

«Sì! Un genio, un grande talento. Fammi sentire.»

Intervenne Ramsey: «David, suona il *Notturno in do minore* di Chopin per il professor Shoewalter.»

David prese due piatti dalla credenza. In uno versò le uova strapazzate e con la forchetta ne separò un quarto. Mise la porzione più piccola sull'altro piatto e lo poggiò a terra per il prontissimo Ravel.

«Non ho mai avuto tanta paura in vita mia» disse David a voce alta. «Non sapevo neanche chi fosse quel tizio ma ero completamente pietrificato. Sapevo che per qualche motivo il vecchio Ramsey voleva che mi sentisse suonare, facendomi presente che non era stato facile riuscire a mettersi d'accordo con lui. E io ho fatto cilecca! Non riesco a crederci.» David rise sonoramente ricordando la faccia che aveva fatto Ramsey dopo un errore nella seconda variazione. Ma la risata si trasformò in un mesto sorriso quando pensò alle parole di Henry: «Molto bene, quella parte mette quasi in difficoltà anche me.» David scosse la testa: «È proprio da lui.»

Dal quel momento in poi la sua vita fu completamente stravolta. Henry lo portò con sé a New York; lo fece iscrivere al conservatorio di Westchester County e ogni martedì e giovedì gli dava due ore di lezioni private. «Ho cominciato ad affezionarmi veramente a quel rompipalle, Rav. Mi ha accompagnato in tutte le cose importanti; la scuola, i concorsi, i concerti, perfino...» David si interruppe. Ancora non riusciva a pronunciare quel nome femminile. «Che bello sentire di nuovo la sua voce!»

Ravel aveva finito di mangiare da un pezzo e adesso, mentre David parlava, era seduto sul tavolo e si stava pulendo. David sorrise, passò la mano sulla testa nera a strisce grigie del gatto, si alzò, prese i piatti, li portò in cucina e li mise nel lavandino. Guardò l'orologio e vide che erano da poco passate le cinque del mattino. Non ricordava l'ultima volta che aveva visto quell'ora. Mettersi a letto non sarebbe stata una buona idea. Forse era meglio restare sveglio e mettere un po' in ordine l'appartamento che da troppo tempo trascurava. Cominciò raccogliendo i panni sporchi e gettando via la posta vecchia che si era accumulata sopra al pianoforte, dove era solito appoggiare ogni cosa. *Perché non suonare un po' il piano, ehi, che idea.* Erano anni che non suonava per il proprio piacere personale. Ed era precisamente ciò che voleva in quel momento.

Come un uomo che si avvicina a una vecchia amante dopo una lunga separazione, David si accostò al piano e spinse via dallo sgabello un cumulo di giornali, riviste e libri mai letti. Regolò l'altezza e vide uno spartito della *Rapsodia in blu* di George Gershwin. «Sono anni che non tocco questo mostro.»

Perse la cognizione del tempo. Con Ravel seduto sopra al pianoforte, si lanciò in un corpo a corpo con la *Rapsodia*. Subito dopo vennero Schumann, Haydn e Brahms. Si sorprese di sé stesso, e se possibile stupì anche Ravel con la sua interpretazione delle *Invenzioni* di Bach, quasi le avesse suonate ogni giorno negli ultimi vent'anni.

Era a metà del *Chiaro di luna* di Debussy, avrebbe ricordato più tardi, quando per caso diede uno sguardo al televisore. Era in onda il notiziario del mattino e una giornalista stava dando le notizie dell'ultim'ora. Era all'Holiday Inn dell'aeroporto. David si alzò di scatto dal pianoforte e andò verso il divano per prendere il telecomando. «Dove diavolo sta?» Non riuscendo a trovarlo, alzò il volume direttamente dalla tv.

...un brutale omicidio si è consumato all'hotel dell'aeroporto. Ci è stato riferito che la vittima è un uomo anziano.

David fu percorso da un brivido mentre prendeva il telefono.

Sembra che la vittima abbia subìto delle percosse e che poi sia stata uccisa con due colpi d'arma da fuoco nella sua stanza al ventisettesimo piano...

«Vorrei il numero dell'Holiday Inn dell'aeroporto.»

...due colpi sparati a bruciapelo dietro la nuca.

«Qui l'Holiday Inn dell'aeroporto, a chi dobbiamo indirizzare la chiamata?»

Sembra che della testa dell'uomo non sia rimasto nulla... Un momento, abbiamo degli aggiornamenti. Una fonte non identificata sostiene che il nome della vittima sia Henry Theodore Shoewalter. L'indiscrezione sembra essere stata confermata.

«Qui l'Holiday Inn dell'aeroporto, a chi dobbiamo...» David lasciò cadere il telefono e si abbandonò sul divano.

John, è stato un omicidio di una brutalità sconcertante, molti ospiti dell'hotel, sensibilmente scossi, hanno detto che avrebbero subito cercato altre sistemazioni. La direzione tiene a sottolineare che...

David rimase seduto in silenzio mentre la giornalista continuava il racconto. Rimase seduto in silenzio quando il notiziario finì e furono trasmesse le previsioni del tempo. Non una parola, non un'espressione né una lacrima; David Webber, con il gatto arrotolato in grembo, semplicemente rimase in silenzio mentre il sole sorgeva su un limpido mattino del Sud della California.

5

Tra strombazzate di clacson e stridio di pneumatici, una Volkswagen decappottabile gialla dell'88 procedeva a zig-zag tra le due corsie dell'I66, all'ora di punta. I gestacci degli inferociti pendolari mattutini ricevettero come risposta un cenno di scuse con la mano mentre la piccola automobile scartava nella corsia centrale e attraversava il ponte Theodore Roosevelt verso Constitution Boulevard. Senza rallentare, e men che meno fermarsi, girò a destra con il semaforo rosso sulla Quattordicesima strada, subito dopo con una repentina svolta costrinse le altre automobili a inchiodare, e infine imboccò un vialetto che un cartello diceva essere riservato ai dipendenti del museo. Il guidatore fu costretto a fermarsi per non sbattere contro un cancello di legno, ma passando una tessera magnetica sotto un lettore il cancello si aprì e l'automobile poté raggiungere il garage sotterraneo e fermarsi in un parcheggio riservato. Una ragazza con i capelli castani raccolti in una coda di cavallo balzò fuori dal veicolo. Scarpe da ginnastica bianche, pantaloni marrone chiaro, camicia jeans e zaino, la dottoressa Dani Parsons sembrava più una matricola in ritardo per la lezione che la curatrice del dipartimento di Storia della musica americana per la Smithsonian Institution.

Utilizzando le scale accanto all'ascensore, Dani salì i gradini due a due e raggiunse così un portone blindato su cui era scritto CONTROLLO DI SICUREZZA. Le venne incontro un uomo di colore sulla sessantina, con i capelli grigi e di bell'aspetto, vestito nella tipica uniforme azzurra degli agenti di sicurezza armati.

«Dottoressa Parsons, puntualissima a quanto vedo» disse l'agente con un marcato accento del Mississippi.

«Molto divertente, Charlie» disse Dani cercando freneticamente il tesserino nella borsa. «È incredibile che sia in ritardo proprio oggi. Beckman mi farà nera!»

Charlie rise. «Dottoressa P, quante volte gliel'ho detto? Deve trovarsi un uomo, sposarselo e fare un po' di bambini. Poi vede come si alza la mattina!»

«È una proposta, Charlie?» disse Dani dopo aver trovato il tesserino e averlo mostrato all'uomo.

Il vecchio contrasse le labbra in un sorriso timido e imbarazzato. «Ah, dottoressa P, stia attenta a quel che dice. Potrei telefonare a mia moglie e dirle di trovarsi un altro maschione.» Passò il tesserino sotto la macchinetta e un millisecondo dopo si accese un LED verde. «Ecco a lei, dottoressa» disse il vecchio restituendo a Dani il tesserino. «Buona giornata.»

Dani corse nell'ascensore e spinse il cinque; si mangiucchiò nervosamente una pellicina mentre l'ascensore saliva. Prima che le porte si fossero aperte del tutto, si stava già precipitando lungo il corridoio di mattoni e intonaco, poi, giunta alla fine, si fermò un attimo per riprendere fiato e darsi una sistemata. Fingendo di aver ritrovato la calma varcò un largo portone di quercia su cui era scritto DIPARTIMENTO DI STORIA DELLA MUSICA, MUSEO NAZIONALE DI STORIA AMERICANA.

«Su, che la stanno aspettando» disse la donna con i capelli grigi al banco della reception, facendo roteare gli occhi.

«Grazie, Millie» disse Dani con imbarazzo.

Quando Dani aprì la porta dell'ufficio, trovò dodici paia di occhi accusatori che la squadrarono dalla testa ai piedi. Avanzò rigida e occupò l'unica sedia ancora vuota all'angolo del lungo tavolo da conferenze.

A un capo del tavolo c'era un uomo sulla quarantina in completo scuro e cravatta che faceva pensare a Jack Nicholson in *Qualcuno volò sul nido del cuculo* e che fissava il soffitto mentre si dondolava sulla poltrona di pelle giocherellando con una penna stilografica.

Tranne il *clic clic clic* della penna, nella stanza c'era un silenzio assoluto.

Alla fine l'uomo parlò. «Dottoressa Parsons, la ringraziamo per averci raggiunti. È così ben vestita, oltretutto. Mi auguro che non le abbia causato alcun tipo di problema.»

Dani voleva scomparire. «No, signore, per niente. Mi dispiace molto essere arrivata in ritardo, dottor Beckman, mi scuso con tutti voi, il Roosevelt era un caos.»

«Anche io ho fatto il Roosevelt, mi sembrava scorrevole» disse lo sfigato di turno, un uomo calvo che sedeva davanti a Dani, con gli occhiali spessi e il papillon.

Dani lo fissò.

Lo sfigato abbassò la testa.

«Ah, davvero? Grazie, Herbert» disse Beckman con interesse.

«E lei che ne pensa, dottor Rogers? Se non mi sbaglio prende il Roosevelt tutte le mattine, secondo lei com'era?»

«Scorrevole, signore» mormorò il ragazzo con la barba seduto accanto a Dani.

«Non è strano? A qualcuno di voi il Roosevelt è sembrato

un caos questa mattina? No? Neanche a me. Be', dottoressa Parsons, sembra che solo lei abbia trovato traffico. Mi domando perché.»

Beckman sorrise a Dani ma era un sorriso che non nascondeva niente. Dani sapeva di non piacergli. Quando aveva fatto il colloquio per l'assunzione, il dottor Dennis Beckman, direttore del dipartimento di Storia della musica, era stato l'unico a votare contro. Non ne conosceva il motivo. Forse perché veniva dall'Oklahoma e lui era un vecchio della Virginia? Perché non aveva studiato in un'università dell'Ivy League? Perché aveva un amico a cui dare il posto? Oppure perché, più semplicemente e realisticamente, era una donna? Dani aveva sempre sospettato che fosse quello il motivo. Dopo il dottorato, ne aveva incontrati molti come Beckman; maschilisti e sciovinisti in ogni senso possibile. Era a proprio agio con le donne, purché fosse lui ad avere sempre l'ultima parola. Ma se si trovava davanti a una donna che gli era intellettualmente pari, per di più attraente, non sapeva come comportarsi. Era solo un ometto di mezza età che perdeva i capelli. In ogni caso, a parte il suo voto, Dani fu assunta con parere unanime, e da quel momento in poi Beckman era stato costantemente una spina nel fianco.

«Dottoressa Parsons, ha qualcosa da dire?» disse Beckman con freddezza.

Dani rispose con altrettanta freddezza guardandolo negli occhi: «Mi scusi.»

Beckman chinò la testa e aprì il raccoglitore che aveva davanti. «È ora di iniziare.»

Per quarantacinque minuti passò in rassegna lo sforamento del budget nei quattro mesi precedenti e le proiezioni per i quattro mesi successivi. Chi era lì era a capo di un dipartimento. Erano tutti uomini di mezza età tranne Rogers, che aveva circa la stessa età di Dani, ventotto anni, ed era il suo unico amico al lavoro.

Il dottor Paul Rogers si occupava di strumenti a fiato. Lui e Dani erano diventati buoni amici quando due anni prima avevano collaborato per una mostra sul periodo dello swing. La mostra era stata un'idea di Paul e aveva avuto un grande successo. Dani era riuscita a trovare un gran numero di strumenti appartenenti a gruppi famosi e diversi spartiti originali. Era la sua prima mostra e fu eternamente grata a Paul per averle dato quell'occasione, con grande dispiacere di Beckman.

«Ora passiamo a un altro argomento. Conoscete tutti la signora Gertrude Sugarberry?» domandò Beckman.

Ciascuno guardava gli altri nella speranza di non essere il solo a non aver mai sentito quel nome.

«Be', dovreste conoscerla. La signora Sugarberry vi paga lo stipendio; o almeno una grande fetta. La signora Sugarberry è una delle più importanti – e sottolineo importanti – sostenitrici del fondo acquisizioni della Smithsonian Institution. È il fondo, signori... e signore, che permette a questo istituto di sopravvivere. Oltre a essere schifosamente ricca, la signora Sugarberry è una donna piuttosto eccentrica. In realtà è proprio fuori di testa, ma rappresenta la principale fonte di benessere di questo dipartimento. Perciò quando ha una richiesta, i ragazzi e le ragazze di Capitol Hill si fanno in quattro per esaudirla. E adesso ha una richiesta. Sembra che la signora Sugarberry possegga una collezione di vecchi spartiti musicali e vorrebbe donarli al museo. Il problema è che vuole siano visitabili. E questo significa una mostra. Così chi sta in alto ha deciso di accorpare la sua ad alcune altre collezioni per creare una mostra degli spartiti americani.»

«Ma signor Beckman, il catalogo degli spartiti americani che abbiamo non è abbastanza grande» disse timidamente lo sfigato di nome Herbert.

«Non ancora» cantilenò Beckman.

Tutti capirono al volo.

«Parsons,» ringhiò Beckman «ve ne occuperete lei e Rogers.»

Gli altri trassero un sospiro di sollievo.

«Dottor Beckman, sono onorato della fiducia che mi dimostra volendomi affidare la codirezione di questo progetto, ma non credo di essere il candidato migliore. Mi occupo di strumenti a fiato, e non so quale utilità potrei avere nel reperire gli spartiti musicali...»

«Non importa, Rogers, lo farà» lo interruppe Beckman.

Dani provò a dire qualcosa ma Beckman la mise a tacere. «Non apra bocca. È già deciso. Tutti gli altri hanno una scadenza alla fine di questo trimestre. Voi due siete gli unici a non avere consegne impellenti.»

Dani era furibonda. «E che mi dice del progetto Donne in musica a cui sto lavorando?»

«Può aspettare» la interruppe ancora Beckman.

«Ma...»

«Dottoressa Parsons! Ho detto che può aspettare» disse Beckman enfatizzando ogni parola.

Dani gettò la matita sul tavolo.

Beckman la ignorò.

«Dopo aver messo insieme la collezione, stabilirete i contatti con l'archivio centrale dove saranno conservati i pezzi. Voglio che la mostra sfrutti al massimo le potenzialità didattiche della collezione sulla storia musicale di questa nazione. Deve comprendere tutte le correnti principali, secondarie, i fiumi e i ruscelletti della musica americana. Voglio anche che tenga conto dell'evoluzione sociale e culturale del Paese, e di quella delle arti figurative. Siamo intesi?»

Paul diede una pacca sulla gamba di Dani sotto il tavolo, per esortarla a calmarsi.

«Ma potrebbe volerci il resto dell'anno!» gridò Dani.

Beckman ghignò. «Sì, forse anche di più.»

In quel momento Dani pensò a quanto era fortunato Beckman che lei non fosse un uomo, perché altrimenti sarebbe certamente andata a prenderlo a calci nel sedere.

«Penso sia tutto. La riunione è aggiornata. Arrivederci.»

Beckman fu il primo a lasciare la sala. Tutti si alzarono in piedi e cominciarono a raccogliere i documenti. Dani infilò la cartellina nella borsa.

«Mi dispiace, Dani» disse Paul con gentilezza.

«Quell'uomo è uno stronzo di prima categoria.»

«Lo so» concordò Paul.

«Secondo te si allena a essere così stronzo?»

«Chi lo sa?»

«Hai visto la sua espressione mentre diceva che il progetto Donne in musica può aspettare? Era gioia, era. Gioia.»

«Già» fu l'unica cosa che a Paul venne da dire.

Millie era in piedi dietro la scrivania quando Dani e Paul lasciarono la sala conferenze. «Ecco» disse porgendo a Dani un foglietto di carta.

«Cos'è?»

«Il numero di telefono della signora Sugarberry. Il dottor Beckman mi ha detto di farglielo avere. Dovrebbe chiamarla al più presto.»

Dani guardò Paul con l'aria di un cagnolino speranzoso.

«Eh no!» disse Paul facendo un gesto con le mani.

«Per favore, oh, per favore, ti preeego!»

«No e poi no. Tra l'altro Beckman ha espressamente detto a Millie di darlo a te il numero. Non è così, Mil?»

Millie annuì. «Mi spiace, cara, ma è così.»

«Uffa» gemette Dani prendendo il foglietto di carta. «Non è giusto!»

6

Ravel saltò giù dalle gambe di David appena cominciarono a bussare alla porta. David non si mosse. Non ci aveva fatto caso. Continuarono. Poi venne l'ordine.

«Polizia di Los Angeles, aprite la porta!»

David rimase immobile.

«Polizia di Los Angeles. Abbiamo un mandato, aprite la porta!»

Sedeva sul divano in stato catatonico, i sensi intorpiditi. Fissava il televisore senza vedere nulla. Aveva gli occhi arrossati e gonfi, era ancora in vestaglia. Non si era mosso.

Per i sessanta secondi successivi David non fece caso a quel trambusto.

La porta venne forzata e si spalancò. I frammenti di legno dello stipite schizzarono nell'atrio dell'appartamento.

Quattro agenti entrarono accovacciati con le braccia tese in avanti. Altri due rimasero sulla porta con i fucili puntati.

«A terra, stenditi a terra!»

«A terra!»

«Giù, mettiti per terra!»

Il tavolino davanti al divano fu rovesciato con un calcio. David fu preso per i capelli e trascinato pancia a terra. Gli misero le braccia dietro la schiena e le manette ai polsi. La pelle gli rimase incastrata tra i denti di metallo mentre le manette si chiudevano. David fu messo prima sulle ginocchia e poi in piedi. Fu perquisito.

Un uomo con una giacca sportiva di tweed, la camicia bianca e i pantaloni scuri, si avvicinò a David che nel frattempo era stato fatto sedere sul divano. Aveva la mascella squadrata, i capelli sale e pepe e un portamento da ex militare. La voce era bassa e affilata.

«Ha detto niente?»

«Niente, tenente. Deve essere sotto l'effetto di qualcosa» disse ansimando il giovane ufficiale che era accanto a David.

«Signor Webber, sono il tenente Pete Ryan della polizia di Los Angeles.»

David alzò lo sguardo, stordito, ma non disse nulla.

«Signor Webber, riesce a capire quel che le dico? Ha preso qualcosa?»

David sbatté le palpebre due volte come risvegliandosi da un sonno profondo. Guardò gli estranei nel suo appartamento. C'erano uomini e donne che frugavano nel guardaroba, nei cassetti, nel cesto per la biancheria e negli armadi; ogni cosa era stata violata.

«Voglio che facciate molta attenzione» disse il detective guardando sopra la spalla di David. «Non toccate niente senza guanti. I ragazzi in bianco saranno qui a breve per le rilevazioni e sarà meglio che non trovino la vostra robaccia.»

«Cosa sta succedendo?» Le parole uscirono in un mormorio debole, quasi impercettibile.

«Signor Webber, è sotto effetto di qualche sostanza?» domandò di nuovo Ryan.

David spalancò gli occhi e balbettò lentamente: «Sostanza? Cosa? Vuole dire droghe? Uh... no. Sono... Chi è lei? Cosa ci fa qui?»

«Sono il tenente Pete Ryan della polizia di Los Angeles, signor Webber. Stiamo indagando su un omicidio. È mio dovere informarla che ha il diritto di rimanere...»

«Un omicidio? Un omicidio.» David abbassò la testa sospirando: «Henry.»

«Sì, Henry. Quindi conosceva Henry Shoewalter?»

David cominciò a sussurrare qualcosa. Ryan non riusciva a capire quel che stava dicendo. «Va bene, signor Webber, parliamo un po' di Henry.»

Ryan fece un cenno all'agente dietro il divano. «Fate uscire tutti. Sanchez e Gilbert stanno parlando con i vicini. Ho bisogno di loro immediatamente.»

L'agente annuì e cominciò a far defluire le persone nel corridoio. Un minuto dopo due detective in borghese entrarono nell'appartamento di David. Ryan distolse lo sguardo da David, che nel frattempo stava continuando a farfugliare qualcosa e fece cenno ai due di avvicinarsi. Entrambi tirarono fuori un taccuino.

«Signor Webber? Signor Webber? David?» La voce di Ryan si fece calma e informale. «Cosa sa di Henry?»

«È morto» disse David come in uno stato di semincoscienza.

«Come fa a saperlo, David?»

«La televisione.»

Ryan guardò i due detective. «È trapelato qualche nome?»

Sanchez e Gilbert si guardarono. Sanchez rispose con riluttanza: «Temo di sì, tenente, qualcuno ha parlato.»

Disgustato, Ryan scosse la testa.

«No, David, non in televisione.» Lo corresse garbatamente Ryan.

David alzò lo sguardo e fece di sì con la testa.

Ryan trasse un sospiro di frustrazione. «Va bene, David, adesso ti faccio una domanda e voglio che tu rifletta bene prima di rispondere. Cosa hai fatto da ieri sera a ora?»

«Niente.»

«Devi aver fatto qualcosa, David. Pensaci bene. Sei andato all'Holiday Inn dell'aeroporto?»

«Sì» rispose velocemente David.

I tre poliziotti si guardarono.

«E hai visto Henry, giusto?»

«No, sono andato al lavoro.»

Ryan fece un profondo respiro. «Okay, va bene, David, sei andato al lavoro. Hai fatto a botte e ti hanno arrestato. Esatto?»

«Sì.»

«E poi?»

«J.P. è venuta a prendermi.»

«Vale a dire la signora Peterson, giusto?»

«Sì.»

«E poi?»

In quell'istante nel cervello di David si accese una lampadina.

«Oh, dio!» sussurrò. «Secondo voi io... Secondo voi l'ho ucciso io.»

«Andiamo, David, una cosa alla volta. Stiamo andando bene, non fermarti.»

«State scherzando? Che idioti!»

«David» disse Ryan con più forza. «Cosa hai fatto dopo che la Peterson ti ha fatto uscire di prigione?»

«Coglioni idioti che non siete altro!»

«Cosa hai fatto dopo che la Peterson ti ha fatto uscire di prigione?» ripeté Ryan con forza crescente, ignorando l'improvvisa aggressività di David.

David provò a sedersi in modo più composto sul divano. Per la prima volta sentì il dolore causato dalle manette. Il detective accanto a lui gli mise una mano sulla spalla per farlo stare fermo.

David chiuse gli occhi, si concentrò, e parlò con maggiore chiarezza.

«Mi ha accompagnato a casa in macchina.»

«Siete andati direttamente a casa?»

«Sì... No.»

«Quale delle due?»

David fu sul punto di esplodere. Parlò con la voce che tremava.

«Ci siamo fermati in un negozio per comprare da bere. Ho preso una bottiglia e due pacchetti di sigarette, poi mi ha portato a casa.»

«Questa bottiglia?» disse Ryan prendendo la bottiglia vuota per tre quarti.

«Sì, quella.»

«Però, ti sei fatto una bella bevuta stanotte» ridacchiò il basso ma muscoloso detective ispanico di nome Sanchez.

«Lo sai, David,» disse Ryan «un tempo bevevo molto, e mi capitava di dimenticare giornate intere. Sì, camminavo dritto, andavo a lavorare, ma ero sempre talmente sbronzo che non riuscivo neanche a spiccicare una parola. Ve lo ricordate ragazzi?»

«Certo, tenente.»

«E a te, David... è mai successo?»

«No!» disse David in tono di sfida. «Sono tornato a casa, ho bevuto e mi sono addormentato, okay, forse sono svenuto... Ma non ho ucciso Henry!» Le parole erano adesso quasi strozzate, pronunciate con rabbia. «Oh, dio, povero Henry. Perché? Come hanno potuto uccidere un uomo del genere?»

David mosse le spalle per allentare la morsa delle manette, al che l'agente in divisa lo strattonò di nuovo, stavolta senza alcuna accortezza.

«Va bene, David, va bene. Facciamo una pausa.» Ryan si alzò in piedi e si levò la giacca. «Gilbert, vai a vedere se sono arrivati quelli della scientifica. Mettete questo posto sottosopra e non dimenticate la sua automobile.»

«La motorizzazione dice che è una Honda Accord nera del '94» lesse Sanchez dal suo taccuino. «Il parcheggio è nel seminterrato. Mi serve una squadra.»

«Ecco!» gridò David all'improvviso. «Ecco, cazzo! La macchina non c'è. Non sono potuto passarla a prendere ieri notte. È ancora all'hotel. Non potevo andare da nessuna parte dopo che J.P. mi ha lasciato qui senza una cazzo di macchina!» David sprofondò nel divano.

Ryan lanciò a Gilbert uno sguardo severo. «Controllate.» Poi si strofinò il naso tra pollice e indice. «Sanchez, chiama la Peterson, abbiamo bisogno della sua conferma. Sono sicuro che al signor Webber non dispiacerà se usi il suo telefono, non è vero signor Webber?»

«No» rispose David, respirando profondamente.

«Bene, uso quello in camera,» disse Sanchez «non è che per caso si ricorda il numero a memoria?»

David fece un lungo respiro. «763-2928 quello di casa, l'ufficio è 980-7900.»

«818?»

«Sì.»

Sanchez uscì dalla stanza, dopo quindici secondi era già di ritorno.

«C'è un altro telefono, vero?»

David guardò il cordless sul pavimento. Sanchez lo raccolse. «Come pensavo... Amico, è fuori posto.»

Sanchez chiuse il telefono, lo mise sulla base e tornò nella stanza da letto.

Gli agenti della scientifica presero possesso dell'appartamento. Tutto, dai vestiti sporchi agli asciugamani del bagno alla spazzatura fu esaminato ed etichettato.

Ryan prese posto su una sedia davanti a David e accavallò le gambe. «Ci vorrà qualche minuto. Perché non continuiamo a parlare un altro po'?»

«Non sono stato io!» gridò David.

«Tranquillo. Voglio solo fare due chiacchiere. Tutto qui. E così sei un pianista, eh?»

David si sentiva privo di energie. «Sì, sono un pianista.»

«Wow, e ci si guadagna da vivere così?»

«A malapena.»

«I miei mi davano lezioni di piano quando ero piccolo. Poi mi sono stufato, sai com'è.»

«Sì» rispose David. «Può levarmi le manette? Fanno male.»

Ryan liquidò la richiesta. «Non ancora... Come mai conoscevi Shoewalter, cioè... Henry?»

«È stato prima il mio insegnante, poi il mio professore al college.»

«Ah sì, davvero? Quale college?»

«Juilliard.»

«È a New York, giusto?»

«È a New York» disse David con crescente agitazione.

«Quindi Shoewalter era di New York?»

«Sì, New York. Ma di certo già lo sapevate dalla carta d'identità.»

«Vero, lo sapevamo già» disse Ryan con una leggera risata.

«Cosa avete fatto per Henry? Avete avvertito qualcuno?»

«Ce ne stiamo occupando... Secondo te cosa faceva a Los Angeles?»

David sospirò di nuovo per la frustrazione. «Non lo so.»

«Deve averglielo detto. David, sappiamo che avete parlato al telefono. Abbiamo i tabulati dell'albergo.»

«E allora sapete anche a che ora ci siamo sentiti. Come avrei fatto a parlarci al telefono e contemporaneamente essere lì per fare quel che pensate abbia fatto?»

«Ottima domanda!» disse Ryan ridacchiando. «Sei sveglio. Be', a essere sinceri questo era un problema. Ma sembra che Shoewalter non sia stato ucciso prima delle cinque e mezzo del mattino. Lo sappiamo perché ha chiamato il servizio in camera; strudel e caffè. Riteniamo che il fatto sia accaduto subito dopo. Voglio dirtelo chiaro e tondo, David: potresti aver litigato con lui al telefono, dopodiché avresti avuto tutto il tempo di andare lì, commettere il delitto e tornare a casa. Mi dispiace essere brusco, ma le cose stanno così.»

«Sì, come no» disse David, che sentiva un pugno nello stomaco ogni volta che qualcuno pronunciava il nome di Henry.

«Allora, di cosa avete parlato?»

«Dovevamo incontrarci oggi.»

«Davvero, e perché?»

David non ebbe il tempo di rispondere. Sanchez uscì dalla stanza da letto con un'espressione accigliata. David non riuscì a sentire quel che disse a Ryan.

Ryan si alzò dalla sedia e fece qualche passo verso il divano.

«Non riusciamo a contattare la signora Peterson, David.»

David roteò gli occhi. «Avete provato a casa?»

«È il primo posto che ho chiamato» disse Sanchez. «Mi ha risposto la donna delle pulizie. Dice di non averla vista per tutta la mattina e che forse è andata al lavoro prima che lei arrivasse.»

Ryan lo interruppe: «Poi ha chiamato in ufficio. La segretaria, Sherry, si chiama così, vero, Sanchez?»

David disse: «No, si chiama Cherry.»
«Okay, Cherry ha detto di non averla vista.»
David rifletté un istante. «Aspettate. Che ore sono?»
«Un quarto alle dieci» disse Ryan.
«Lo so dov'è» cominciò a dire David in modo concitato. «Mi ha detto che faceva colazione con un cliente. Un tizio di una compagnia di crociere, come si chiamava...?»
«South-Pacific Cruises,» lo interruppe Sanchez «sì, lo sappiamo. Cherry ha detto che quel tizio l'ha chiamata per tutta la mattina. La signora Peterson non si è presentata.»
Dal viso di David scomparve ogni espressività.
Entrò il detective Gilbert.
«Tenente?» Gilbert sorrise avvicinandosi a Ryan e Sanchez che erano in piedi accanto alla televisione davanti a David. «È qui sotto, una Honda Accord del '94, la targa corrisponde. E, tenente, il motore è ancora caldo.»
David guardò il detective con terrore.
Il tenente Ryan guardò David. «Signor Webber, lei è in un mare di guai.» Fece un cenno a Sanchez e Gilbert.
I due detective presero David per le braccia e lo sollevarono dal divano.
Sanchez scandì le parole: «Signor Webber, andiamo a prendere dei vestiti. David Webber, lei è in arresto per omicidio. Ha il diritto di rimanere in silenzio. Tutto quel che dirà...»
David non ascoltò il seguito. Non sentiva altro che il battito del proprio cuore. Mentre lo conducevano fuori dal suo appartamento, si voltò a guardare Ravel che era stato messo in una gabbietta da un uomo in tuta arancione con la scritta CONTROLLO E TUTELA ANIMALI stampata sulla schiena.
David Webber fu scortato nell'ascensore. Quando le porte si chiusero, il suo straziante lamento riecheggiò per tutto il palazzo. «Cosa sta succedendo!»

7

La limousine nera procedeva lentamente per il distretto dei teatri di Manhattan, e dalla Settima Avenue svoltò per Broadway all'altezza della Quarantaquattresima strada. Anthony Depriest, elegante nel suo smoking nero perfettamente stirato, era seduto con le gambe accavallate, le mani giunte e gli occhi chiusi, dimentico del carnevale di luci e persone che affolla New York il venerdì sera.

Era il suo momento preferito, il momento appena prima. Il momento in cui poteva restarsene seduto a pregustare le onorificenze che gli sarebbero state sicuramente conferite alla fine della serata. Poteva restare immobile e pensare a fondo a sé stesso e alla sua vita; a quel che era stato, quel che era, quel che presto sarebbe stato.

Quel che fu: non smetteva mai di meravigliarsi di quanta strada avesse fatto. La limousine e i vestiti che indossava erano distanti anni luce dal mondo del piccolo Tony Roberto Depriestiano di Flatbush e dell'Avenue J; il figlio di un patetico pescivendolo e il ragazzino più piccolo e puzzolente del quartiere – quello che tutti gli altri si divertivano a chiamare tonno, finocchio, culattone –, quello che era troppo spaventato per difendersi, troppo lento per scappare, e che aveva doti troppo superiori alle sue necessità. Dal giorno in cui padre Francis della scuola del Sacro Cuore ne aveva scoperto il talento per la musica, la sua vita si era trasformata in una sequenza ininterrotta di pestaggi da parte dei bulletti del parco giochi, e incontri sessuali con padre Francis subito dopo le lezioni di musica nel tardo pomeriggio.

Già all'età di undici anni si era lasciato l'infanzia alle spalle. Quando ci pensa, si stupisce per la spontaneità e la disinvoltura con cui aveva accettato la cosa. Aveva guadagnato tempo, e neanche per un istante aveva pensato di essere stato sfruttato o manipolato.

Al contrario era consapevole che un giorno sarebbe stato lui a sfruttare e manipolare gli altri. Perché già a quei tempi sapeva, come può saperlo un bambino, che sarebbe arrivato il suo momento. Sapeva che sarebbe arrivato il giorno in cui padre Francis e tutti i ragazzini di Flatbush e di Avenue J lo avrebbero guardato con rispetto, ammirazione, senso di colpa, e sì, anche paura. Così non si perse d'animo. E agì. I bulletti erano la sua motivazione, il pene del buon padre Francis il pretesto per imparare a manipolare gli altri.

Aveva tredici anni quando suo padre morì d'infarto. Non versò una lacrima. Ne fu felice. Lo odiava perché era povero, per la sua onestà da buono a nulla. Se suo padre fosse stato un po' più come il fratello, la vita sarebbe stata certamente meno dura, e la madre che non aveva mai conosciuto sarebbe stata ancora viva. Era morta quando lui era ancora in fasce. In seguito gli avevano raccontato che era morta di cancro ma lui sapeva come stavano le cose. Era morta di povertà.

Così andò a vivere con lo zio Nick, ed era giunto il tempo di fare la sua mossa. Nessuno nel quartiere aveva molta paura della polizia, e men che meno un rispettabile prete che nel suo gregge annoverava diversi pezzi grossi di New York. Però tutti avevano paura di Nicholas Depriestiano, incontrastato signore del crimine di Flatbush.

Fu semplicissimo, ricordò Depriest. Alcune banali insinuazioni, qualche gesto di stizza strategicamente piazzato, un po' di recita, e *puff!*, padre Francis divenne il suo servo obbediente, pronto a soddisfare più che volentieri ogni sua richiesta. E la sua richiesta era di lasciare Flatbush, andare a Manhattan e iscriversi alla High School of the Performing Arts, la scuola dove andava a studiare il meglio del meglio di New York. Anche se non c'erano tasse di iscrizione, ogni anno venivano selezionati soltanto pochissimi candidati sulla base di un'audizione e dei meriti scolastici. L'audizione non era un problema; i meriti scolastici sì. Un problema risolto facilmente, in ogni caso, da un prete ben motivato che era anche preside della scuola di Tony. Le pagelle furono truccate e, in seguito a un'audizione perfetta, Tony fu accettato alla High School of the Performing Arts.

Geniale, Depriest sorrise al ricordo. Da lì il salto alla Juilliard fu breve. In qualità di pupillo di Nicholas Depriestiano, le porte sembravano spalancarsi. Il vecchio era un idiota, non ci sono dubbi, poco più che un ladruncolo di strada con un bel vestito, ma in quel primo periodo fu di grande aiuto allo scaltro Anthony Depriest. Aveva adottato la variante formale del nome Tony durante il secondo anno alla Juilliard, e aveva anche eliminato 'iano' dal cognome. Tony Roberto Depriestiano non esisteva più, era morto per sempre. Anthony Depriest era entrato in scena, pronto a spiccare il volo.

Il che lo riportò al presente: direttore d'orchestra in carica alla filarmonica di New York, una delle più importanti del mondo, e ospite frequente dei palazzi del potere. Noto filantropo, acclamato studioso di musica e uno dei dieci uomini più sexy d'America secondo la rivista *People*; tanta strada dall'Avenue J e Flatbush. Depriest sorrise, perché ai riconoscimenti e ai beni che già possedeva si sarebbero aggiunte presto, con ogni probabilità, una ricchezza inimmaginabile e una fama immortale.

Quel che presto sarebbe stato: i bambini leggeranno il nome di Anthony Depriest nei libri di storia. Nelle università si terranno corsi sulla sua vita. E ovviamente sarebbe diventato molto più ricco di quanto avrebbe mai osato immaginare. «Accadrà. Entrerò nella storia. È il mio destino» disse Depriest a voce alta.

«Signore?» Si udì una voce nell'interfono. «C'è Brooklyn sulla linea uno.»

«Grazie, Leon.» Depriest attese prima di rispondere, una tecnica che aveva adottato dopo aver letto la biografia del generale Douglas MacArthur. Quando un inferocito presidente chiamava il generale disertore, MacArthur aspettava sempre dieci secondi prima di prendere il telefono, anche se sapeva che in linea c'era il presidente degli Stati Uniti. E, cosa ancor più importante per il generale, il presidente degli Stati Uniti sapeva che lui sapeva che in linea c'era il presidente degli Stati Uniti.

Depriest si schiarì la voce e sorrise; un'altra delle tecniche del generale. «Sì? Zio, come stai? È bello sentir...»

La voce all'altro capo lo interruppe. Depriest digrignò i denti. *Quella voce, quell'orrenda voce atona.*

«Mi farebbe piacere vederti, ma sto andando in centro, stasera ho un concerto. La *Nona* di Beethov...»

«Sì, zio, certo che ho la situazione sotto controllo a Los Angeles» disse Depriest continuando a sforzarsi di sorridere mentre stringeva con forza la cornetta del telefono.

D'improvviso il sangue gli pulsò nelle tempie. Cosa aveva appena detto?

«No... Io... io... non lo sapevo. Chi te lo ha...»

Il viso di Depriest si oscurò. Il sorriso era scomparso. Un flusso di calore gli invase tutto il corpo. Non era possibile. Perché non ne era al corrente? Perché non lo sapeva?

Dovette riprendere il controllo di sé. Non poteva dare al vecchio l'impressione che le cose gli fossero sfuggite di mano. *Pensa, Anthony, stai tranquillo e pensa. Sei più intelligente di questa gente. Puoi gestire la situazione. Okay, riprendi il controllo. Respira a fondo e riprendi il controllo.*

«Be', è una notizia sorprendente ma solo perché l'hai saputa tu per primo. Dovrò rimproverare i miei contatti a Los Angeles per non avermi avvertito subito. Come ho detto, è una notizia sorprendente ma certamente non imprevista. Ovviamente bisognerà modificare leggermente la strategia, e forse è meglio così. Stavo ripensando all'intera situazione giusto qualche minuto fa e...»

Di nuovo, Depriest fu interrotto. «Domani pomeriggio? Certo, ma temo che forse farò un po' tardi. Sai, sono a pranzo con il sindaco e la moglie... Sissignore, mi rendo conto dell'importanza della cosa. Ma è naturale, lo capisco, ci sarò. Grazie, e non preoccuparti, è tutto sotto contro...» La linea s'interruppe bruscamente.

Depriest sbatté il telefono sulla base. Fece un respiro profondo e cominciò a tamburellare con le dita sulla consolle. *Aria, ho bisogno d'aria!* Abbassò il finestrino scuro e inspirò nella notte di New York.

Era elettrica. Le luci al neon illuminavano il cielo come a mezzogiorno. I taxi gialli scartavano e ondeggiavano come lottatori professionisti. Gli autobus sputacchiavano i loro fumi di scarico sugli intrepidi pedoni che, apparentemente disinteressati alla propria salute, passeggiavano in mezzo al traffico. I venditori ambulanti spingevano carrelli fumanti di hot dog e *knish* su e giù lungo la strada, destreggiandosi a stento tra il bordo del marciapiede e i veicoli in marcia. Tutti strombazzavano i clacson. Il circo di là dai confini della limousine sembrò aiutare Depriest a calmarsi e concentrarsi. *Agisci, Anthony, agisci.*

Spinse un bottone sulla consolle. «Leon, chiama l'ufficio del sindaco. Digli che il maestro è desolato di dover annullare il pranzo di domani per un'emergenza in famiglia. Poi chiama mia moglie e dille che ho delle cattive noti...» S'interruppe per riconsiderare la propria strategia. «Anzi, lascia stare. Chiamala e dille che domani siamo a pranzo dallo zio Nick.» Depriest chinò la testa all'indietro. «Dille anche che stasera farò tardi... Foto con la stampa o qualcosa del genere... Sai come fare.» Mosse gli occhi da una parte all'altra. «Sono molto nervoso, Leon, per favore di' alla signora Rochelle che gradirei un Rothschild del '72, ghiacciato, nel camerino subito dopo il concerto.»

«Ricevuto, signore, nient'altro?»

«Sì» disse Depriest con foga. «Vedi se riesci a rintracciare quell'idiota di mio cugino. Digli di farmi sapere qualcosa di Sal e Leo, e che mi aspetto di parlargli da solo domani prima di incontrare suo padre. Niente scuse! Deve sapere che ne va della sua inutile vita.»

8

Un salice piangente nel mezzo di un grande prato. David siede sotto l'albero, solo. È mattino, il terreno è bagnato di rugiada, il silenzio è completo.

David si osserva ruotare la testa e guardare verso destra. Fred e Joanna Webber, i suoi genitori, si tengono per mano. «Mamma, papà!»

Dietro di loro, zia Elva, il cui grande fondoschiena ondeggia come un secchio di piombo. Pochi passi più in là un gruppo di persone tra cui David riconosce i membri della sua famiglia adottiva. Era stato mandato a vivere con loro dopo che i suoi genitori erano rimasti uccisi e zia Elva non era più in grado di prendersi cura di lui. Sono i Witherspoon, di South Bend. «Ehi, signor Witherspoon!»

Poi alla sua sinistra una figura che cammina controluce. «Oh, Kathryn. Sei così bella.» Una brezza che sembrava spirare solo su di lei le increspava il vestito mentre avanzava. «Oh, Kathryn.»

Dietro di lei, Henry. Rideva muovendo la testa e agitando le braccia per la gioia. David iniziò a ridere. Era piegato in due e rise sempre più forte finché i muscoli della pancia cominciarono a fargli male. Si guardò intorno; tutti stavano ridendo.

Sentì una mano sulla spalla. Era J.P.! «Jeep, cosa... Perché piangi?» Si voltò e andò via. Poi David vide l'albero in lontananza. Se ne andavano tutti; tranne David. «Non ve ne andate! Dove state andando?» Nessuno disse niente. Fu preso da un terrore improvviso. «Tornate indietro! Vi prego, non lasciatemi solo!» Provò a seguirli ma le gambe non rispondevano. Cominciò a singhiozzare.

Poi fu di nuovo silenzio; non un suono. Neanche quello del suo respiro. David era solo sotto l'albero. Adesso era spoglio. Il prato si era trasformato in un deserto riarso, il terreno spaccato. Il cielo era grigio scuro. Silenzio.

David si guardò intorno. Era solo, completamente solo. «No!»

Grondava sudore quando balzò a sedere sulla brandina.

«Sta' zitto, idiota!» gridò una voce senza volto dal fondo del corridoio di cemento.

«Vuoi farmi venire un infarto?» gridò qualcuno dalla brandina sopra di lui.

«Fratello, ma che ha quello?» disse un'altra voce.

«E che ne so, sta imparanoiato. Ehi, guardia, fammi uscire, cazzo, questo è matto! Mettimi in un'altra cella! Non voglio stare rinchiuso con uno sballato. Fammi uscire!»

David era in stato semicomatoso quando fu condotto davanti al giudice per l'udienza preliminare. Gli fu offerta la difesa d'ufficio ma David la rifiutò. Gli fu negato il rilascio su cauzione. Poco dopo le quattro del pomeriggio fu portato dalla cella di tre metri per tre nella stanza degli interrogatori al terzo piano. Per più di due ore Sanchez e Gilbert lo interrogarono a turno. Le pareti erano completamente bianche, la luce abbagliante; nella stanza faceva caldo e l'aria era irrespirabile.

Gilbert: «Proviamo di nuovo, Webber; lei sostiene che la Peterson l'ha lasciata davanti a casa poco dopo la mezzanotte.»

La risposta di David fu il silenzio.

Sanchez: «Ha bevuto fino a perdere i sensi. Poi è stato svegliato dalla telefonata di Shoewalter intorno alle quattro. È giusto?»

Ancora silenzio.

Come due giocatori impegnati in uno scambio di volée, Gilbert e Sanchez ricostruirono gli eventi della notte precedente sottolineandone alcuni dettagli; congetture su quel che ritenevano fosse davvero accaduto.

Gilbert: «Perciò ha parlato con lui, avete discusso, poi lei è andato in albergo e l'ha ucciso. È così, Webber?»

Silenzio.

Di nuovo Gilbert: «Dov'è la pistola, Webber?»

Silenzio.

Alle 6:22, David, Gilbert e Sanchez sembravano pugili al termine della quindicesima ripresa. La disinvoltura professionale di Sanchez era scomparsa. Si era avvicinato a pochi centimetri dal viso di David, i loro nasi si sfioravano. «Dimmi, cosa si prova a far saltare in aria il cervello di un uomo, eh? No, dài, dimmelo. Ho sempre voluto saperlo. Scommetto che è stato uno spasso. Ti sei sentito potente, non è vero? Sì, li conosco quelli come te, stronzetti del cazzo. Scommetto che vuoi far saltare il cervello pure a me, eh? Vado a prenderti una pistola? Sì, dài, vado a prenderti una pistola così mi fai vedere come hai fatto. Ti va, frocetto? Ehi, voglio farti una domanda. Quella tipa, la Peterson, ne sai qualcosa, vero? Sì, lo so cosa hai fatto. Dimmi, frocetto, te la sei fatta prima di spappolare il cervello pure a lei, eh? Le hai dato una bella ripassata e poi le hai fatto uscire il guacamole dal cranio, eh?»

E con questo, per la prima volta dopo l'arresto, David parlò. «Figlio di puttana!» Cercò di afferrare Sanchez per la gola. Ma Sanchez non si fece cogliere di sorpresa. Arretrò senza badarci troppo. Il tavolino di legno davanti a David emise un suono stridulo mentre scivolava sulle piastrelle bianche del pavimento. David perse l'equilibrio e cadde in ginocchio, sbatté il mento sul bordo del tavolo e si morse la lingua.

La porta della stanza si aprì e Ryan entrò con aria indifferente. «Aiutatelo a rialzarsi.»

Il sangue gocciolava dai lati della bocca di David. Ryan estrasse un fazzoletto dalla tasca e lo porse a David mentre Gilbert lo aiutava a rimettersi seduto sulla sedia. «Ecco, lo tenga intorno alla bocca. Sanchez, vai a chiamare l'infermiera, dille che portiamo giù qualcuno; un incidente. Poi aiuta il signor Webber a recuperare i suoi effetti personali, è libero di andare.»

«Come?» gridò Gilbert.

«Mi hai sentito, il signor Webber può andare, lo rilasciamo.»

Sanchez si lasciò cadere sulla sedia davanti a David. «Tenente, sta scherzando?»

«Affatto, e ora chiama l'infermiera, subito!»

Sanchez sbatté il pugno sul tavolo, si alzò e uscì infuriato dalla stanza. Gilbert non si era mosso e guardava David con freddezza.

«Qualcosa non va, Gilbert?» lo punzecchiò Ryan.

«Nossignore» rispose Gilbert uscendo di malavoglia dalla stanza.

«Okay, Webber, di sotto si prenderanno cura di lei, poi sarà libero di andare.»

David premeva il fazzoletto contro la bocca sanguinante.

Dolorante si alzò dalla sedia e si avviò verso la porta, zoppicando leggermente. Si fermò sulla soglia, poggiò le mani sugli stipiti e si voltò verso Ryan.

«Perché?»

«Me lo dica lei.»

David fece una pausa prima di rispondere. «Deve essersi reso conto che non sono stato io, che non potrei mai fare una cosa del genere.»

Ryan sorrise con disgusto. «Oh, andiamo, signor Webber, può fare meglio di così.»

«Non so di che parla.»

«Eh, eh» mormorò Ryan sarcastico.

David gli lanciò un'occhiata confusa.

«Va bene, ascolti, Webber. Non so lei chi conosca, ma deve essergli molto riconoscente.»

David si passò una mano tra i capelli e rivolse uno sguardo inerme al tenente. Notò che Ryan era molto più vecchio di quel che gli era sembrato quella mattina nel suo appartamento.

«Non so di che parla.»

«Sì, come no. Il procuratore distrettuale mi chiama dopo neanche dieci ore dall'arresto di un uomo accusato di omicidio e mi dice di rimetterlo in libertà perché non abbiamo abbastanza prove a suo carico. Strano, no? Il giudice che l'ha citata in giudizio stamattina pensava le avessimo. Chi diavolo conosce?»

David chiuse gli occhi e si voltò per andarsene.

«Lasci che le dica una cosa, signor Webber. Non me ne frega niente di quel che pensa il procuratore distrettuale. Secondo me le prove bastano e avanzano, quantomeno per trattenerla fino a che non trovo il resto di quel che mi serve. Vede, io penso che sia stato lei. Penso che abbia ucciso Shoewalter e forse anche la Peterson. Non conosco il movente. Ma lo scoprirò.

Volevo solo farglielo sapere. Non s'illuda di poter dormire sonni tranquilli, perché ci vedremo ancora.» Ryan schioccò la lingua e fece l'occhiolino a David.

David gettò il fazzoletto di Ryan verso il tavolo. Lo mancò e cadde a terra. «Non mi serve un'infermiera. Voglio solo andare a casa.»

Quando lasciò la stanza degli interrogatori, David vide Sanchez e Gilbert appoggiati alla parete nel corridoio. Entrambi gli lanciarono un'occhiata accusatoria mentre gli passava accanto, ma nessuno dei due aprì bocca. Il tenente Ryan comparve sulla soglia alle spalle di David, e i due agenti guardarono il loro superiore per sapere se avrebbero dovuto seguirlo. Ryan scosse la testa.

Di nuovo, nell'arco di ventiquattr'ore, David si trovò davanti a un poliziotto per firmare i documenti del rilascio e identificare i propri effetti personali.

«Signor Webber?»

«Sì?» rispose David voltandosi.

«Salve, mi chiamo Bowen.»

«Sì?»

«Io e lei abbiamo un'amica comune, la signora Peterson.»

Un brivido attraversò il corpo di David.

«Cosa sa di J.P.? Dov'è?»

«Non qui. Venga, la accompagno a casa.»

«E lei chi è? Dove diavolo è J.P.?»

«Signor Webber, abbassi la voce, la prego» disse il ragazzo con sguardo terrorizzato. «Gridare non serve a niente. Chi sono non ha alcuna importanza in questo momento. Conosco la signora Peterson, Jean Ann, perché...» Guardò prima da un lato e poi dall'altro. «Sono stato con lei ieri notte.»

9

«Sono Joshua Bowen.»

Il sole del tardo pomeriggio che si rifletteva sul marciapiede abbagliò David quando, insieme a Bowen, uscì dalle porte a vetri oscurati della stazione di polizia di Van Nuys. Il caldo era opprimente e il famigerato bagliore arancione dello smog di Los Angeles era basso sulla vallata.

«Jean Ann e io ci siamo conosciuti ieri sera. Ci siamo subito piaciuti...»

A prima vista, i Levi's scoloriti, la maglietta e il modo di parlare di Bowen davano l'impressione che fosse il tipico surfista californiano. I folti capelli biondi e il naso spellato dal sole non facevano che confermare quell'impressione. Ma studiando meglio l'aspetto del ragazzo, David notò delle contraddizioni. Aveva le mani callose e piene di cicatrici. Il naso era storto, evidentemente a causa di ripetute fratture, e lo sguardo era troppo scaltro, di gran lunga troppo scaltro, pensò David.

«Non avevo mai incontrato una come lei prima, è così...»

Bowen parlava nervosamente e senza fermarsi, e David dovette allungare il passo per stargli dietro mentre attraversavano Van Nuys Boulevard. Provava ad ascoltare quel che diceva, ma era continuamente interrotto dai propri pensieri. *L'ho già visto da qualche parte. Ma dove?* D'improvviso ricordò. *J.P. Il garage della stazione di polizia ieri sera... Il ragazzo che rideva uscendo dalla macchina... Josh!*

«...Ci siamo trovati subito, capisci? Come se ci conoscessimo da...»

«Sei un poliziotto!»

Joshua Bowen smise di parlare e guardò dritto davanti a sé. I due entrarono in un parcheggio a pagamento proprio accanto a una bancarella di *burrito*. Bowen sollevò un braccio, lo diresse verso una sterminata fila di automobili e premette il bottone sul portachiavi. Due acuti cinguettii eruttarono da una Ford Explorer grigio antracite.

«Rispondimi, cazzo! Sei un poliziotto, non è vero?» domandò David.

Bowen aprì la portiera, entrò in macchina e mise in moto. David aprì la portiera dal lato del passeggero ma rimase fuori, lanciando a Bowen uno sguardo glaciale. Bowen parlò continuando a guardare davanti a sé.

«Sì. Ora entri in macchina, per favore.»

David non si mosse.

Bowen abbassò la fronte fino a toccare il volante e chiuse gli occhi. «Senta, signor Webber, sono un poliziotto, ho terminato l'accademia appena tre mesi fa. Mi sto giocando la carriera. Non potrei neanche parlare con lei. Se entra in macchina le spiegherò tutto, o almeno tutto quello che so.»

David rimase fermo ancora per un istante. Entrando nel veicolo tenne gli occhi fissi su Bowen. I due stettero in silenzio fino a che Bowen non svoltò sulla rampa che immetteva sull'autostrada 101.

Fu David a rompere il silenzio. «Dov'è J.P.?»

«Non lo so.»

David continuava a guardare il conducente.

«Non lo so!» ripeté con maggior decisione. Il ginocchio sinistro di Bowen faceva su e giù. Accese la radio, poi la spense, regolò l'aria condizionata a più riprese e per due volte azionò lo spruzzo del tergicristallo.

«Non credo possa essere più pulito di così» disse David senza alcuna emozione nella voce.

«Scusa.» Bowen afferrò il volante con entrambe le mani ed esalò un lungo sospiro.

«Hai detto che sei stato con lei ieri notte.»

«Sì, è così» disse Bowen, come un bambino che confessa un peccato davanti al prete.

«Dove?»

«A casa sua.»

«Non ci credo. J.P. aveva un appuntamento di lavoro stamattina presto. Mi ha detto che andava a casa a dormire.»

«Che posso dirti, avrà cambiato idea» quasi squittì Bowen. «Senti, quando ti ha lasciato a casa non poteva sapere che le avrei telefonato per implorarla di farmi andare da lei. Se lo vuoi sapere, non è stato per niente semplice convincerla. Ma sono contento che abbia detto sì. È stata la notte più incredibile della mia vita. Non mi sono mai sentito così...»

David guardò fuori dal finestrino mentre Bowen raccontava l'appassionato incontro con J.P. Aveva una strana sensazione e non ne comprendeva il motivo. Lui e J.P. erano stati sempre molto aperti riguardo alle rispettive avventure da una notte. Ma per qualche ragione stavolta era diverso.

«...Ed è anche divertente. Non ho mai riso tanto a letto in vita mia...»

David diede un pugno al cruscotto. «Sta' zitto! Non ho bisogno di sapere i dettagli, okay? Voglio solo sapere dov'è. O sai qualcosa oppure no. Se non sai niente, va bene, ti ringrazio per il passaggio e addio. Ma se le è accaduto qualcosa e scopro che sei in qualche modo coinvolto, be', poliziotto o no, ti strappo il cuore con le mie mani.»

La reazione di Bowen sorprese David. Sorrise.

«Che c'è di divertente?»

«Jean Ann mi aveva detto che avevi un caratteraccio. Mi ha parlato molto di te ieri notte. Ti ha descritto perfettamente, sai. Tranne che per il talento musicale, quello non lo avrei mai capito da solo. Ma per il resto, wow, ha veramente colpito nel segno. A dirti la verità mi stava quasi infastidendo. Ho cominciato a pensare che fosse innamorata di te o qualcosa del genere. Ma mi ha spiegato che rapporto avete.»

David guardò Bowen aggrottando le sopracciglia. «Ah sì, e quale sarebbe?»

«Be', amici... Migliori amici... Amici molto speciali. Giusto?»

David si passò una mano sul viso. *Non so neanche da dove cominciare.* «Allora, mi servono delle risposte» disse David appoggiandosi al sedile. «Facciamo un passo indietro. Hai incontrato J.P. ieri notte alla stazione di polizia vicino all'aeroporto.»

«Esatto.»

«Va bene. Come?»

«Che vuol dire come?» domandò Bowen accennando una risata.

L'informalità di Bowen irritò David. Il veleno riempì le sue parole. «Come fa un poliziotto a rimorchiarsi una che sta pagando la cauzione per far uscire un amico di prigione?»

«Ah, vuoi dire questo» disse Bowen con un po' di imbarazzo. «Be', a quanto ho sentito non è così insolito, se capisci cosa voglio dire. E comunque non ero in servizio. Cioè, ero in uniforme ma avevo appena finito il turno e mi stavo preparando per tornare a casa. Signor Webber, non era mia intenzione. È stata... una fatalità, diciamo.»

David era sempre più insofferente. «Continua.»

«Be', come ho detto me ne stavo andando, e questa donna, Jean Ann, era davanti all'ufficio con un'espressione, come dire... sperduta. Le ho chiesto se aveva bisogno d'aiuto. Mi ha risposto che un suo amico era stato portato dentro per una rissa e che era lì per farlo uscire. Era molto, molto carina, hai presente?»

David non rispose.

«Così le ho indicato dove andare e, insomma, che vuoi che ti dica? Abbiamo parlato un po', ci siamo trovati, è scattato qualcosa. A te non è mai capitato?»

David osservò il giovane agente. *Ma cristo, J.P., è così giovane.*

«Quindi, per farla breve, si è adoperata perché ti rilasciassero, e mentre ti facevano uscire ci siamo messi d'accordo per vederci nel fine settimana. Poi ci siamo salutati ed è finita lì. Però mi sembrava di non riuscire a resistere, sai com'è, non riuscivo a smettere di pensare a lei, e l'ho chiamata appena tornato a casa. Sapevo che mi stavo comportando da squilibrato e glielo ho detto. Lo sai cosa mi ha risposto? Ha detto, non c'è problema, mi piacciono gli squilibrati, amore. Hai presente come parla. Oh, dio, è fenomenale!»

David chiuse gli occhi. «Sì, lo è.»

Bowen accostò accanto al marciapiede davanti casa di David e spense il motore. «Stava bene quando me ne sono andato. Un'ora dopo ricevo una chiamata da un collega. Voleva sapere se avevo visto la donna con cui avevo parlato la notte precedente. Mi sono incazzato. Non erano affari suoi e glielo ho detto. Lui ha risposto che me lo aveva chiesto solo perché l'amico della donna, che saresti tu, era ricercato dalla polizia. Voleva avvertirmi di essere prudente.»

David fece un profondo respiro e si portò le mani al volto.

Bowen proseguì: «Ho dovuto chiamare Jean Ann per metterla al corrente. Ma non mi ha risposto. Ho pensato che si fosse messa a dormire. Così ho preso di corsa la macchina e sono tornato da lei. Avrò bussato un centinaio di volte a quella porta, ma niente. Allora ho pensato che avesse già saputo, quindi mi sono precipitato qui a casa tua. Quando sono arrivato ti stavano portando via con la volante.»

Bowen guardò David per la prima volta da quando aveva fermato la macchina. «C'è un mio compagno d'accademia che lavora in ufficio a Van Nuys. Tramite lui ho saputo che Jean Ann era scomparsa e che tu eri il principale sospettato.»

David parlò con il viso tra le mani: «Però sapevi che non potevo averle fatto niente di male perché eri insieme a lei?»

«Esatto. Erano quasi le sette quando me ne sono andato, e stava bene. E intorno alle sette la polizia è venuta da te. Non ne avresti avuto il tempo. È impossibile. E inoltre il modo in cui Jean Ann mi ha parlato di voi due... Sono sicuro che non le torceresti un capello.»

David alzò la testa e osservò il giovane agente. Era sincero.

«Be',» disse David rassegnato «almeno questo spiega come sono uscito di prigione. Un agente della polizia di Los Angeles è un gran bell'alibi.»

Bowen distolse lo sguardo.

«Che c'è?»

«Webber, non è per questo che sei fuori, e io non sono il tuo alibi. Sei solo una delle due persone che sanno che ho passato la notte con Jean Ann.»

«Che vuoi dire?»

«Al dipartimento non devono sapere di me e Jean Ann.»

«Certo che devono saperlo!» gridò David. «Tu, figlio di puttana, ora glielo dici...»

«Non posso dirgli niente!» gridò Bowen in risposta.
«Perché?»
«Perché sono un poliziotto. E mio padre è Arthur Bowen.»
«Chi diavolo è Arthur Bowen e perché mai dovrebbe fregarmene qualcosa?»
«Dio, amico, non leggi i giornali? Non guardi la televisione? Papà – Arthur Bowen – è il procuratore distrettuale della contea di Los Angeles. È l'unica altra persona che sa di questa storia.»
David rise. «Può essere pure il presidente degli Stati Uniti, ma tu devi dire alla polizia che hai passato la notte con J.P. e che stamattina alle sette quando hai lasciato casa sua stava bene!»
«No, impossibile!» gridò Bowen con voce di nuovo simile a uno squittio.
«Allora lo farò io.»
Bowen guardò David negli occhi. «Se lo fai, ti ritrovi in prigione così velocemente che neanche te ne accorgi.»
David sostenne lo sguardo glaciale di Bowen. La verità lo colpì come un pugno in piena faccia.
«Oh, dio» disse David. «Tuo padre mi ha fatto rilasciare.»
Bowen distolse gli occhi.
«Perché... perché lo ha fatto? Perché non lasciarmi in prigione?»
Un'espressione di autentico dispiacere riempì il viso di Bowen. «Perché sarebbe stato sbagliato. Webber, io sono un brav'uomo, e così mio padre. Ascolta, non ci sono prove schiaccianti contro di te, almeno per quanto ne so. Tutto quel che hanno sono prove circostanziali. Sai che vuol dire, no?»
«Sì, Bowen, mi è capitato di vedere qualche telefilm di poliziotti... Certo che lo so cosa vuol dire» disse David con disgusto.

«Le circostanze fanno pensare che tu abbia ucciso quell'uomo in albergo e che sia anche responsabile della scomparsa di Jean Ann. Ora, dell'omicidio non ne so molto, per me potresti anche essere stato tu. Ma ne dubito dopo aver sentito parlare Jean Ann di te. E sono sicuro che a lei non hai fatto niente. Però per quale motivo dovrei rovinare la mia vita e quella di papà? Sì, gli ho parlato di te e lui ti ha fatto rilasciare. Ma solo perché ha deciso che le prove non erano sufficienti a tenerti dentro. Puoi esser certo che in caso contrario saresti ancora lì. Papà è un uomo onesto. Sacrificherebbe sé stesso e me senza pensarci un attimo se fosse la cosa giusta da fare.»

«Oh, che cosa nobile» rispose David. «Ma ancora non capisco. Avresti potuto lasciare che tuo padre mi facesse uscire senza dirmi niente. Avresti avuto la coscienza a posto e nessuno ne sarebbe stato al corrente. Perché correre il rischio?»

Bowen serrò le mascelle e guardò David con l'espressione di un uomo sul punto di scoppiare. «Perché voglio che mi aiuti a trovare Jean Ann.»

«Stai scherzando?»

«No, per niente. Non so come e non so perché, ma noi – intendo la polizia – abbiamo ragione su una cosa, e cioè che tu sei il collegamento. L'omicidio in albergo e la scomparsa di Jean Ann; tu sei il punto di contatto, la circostanza comune.» Fece una pausa. «Allora, vuoi aiutarmi oppure no?»

Con uno sguardo freddo e assente David puntò il dito contro il viso del ragazzo. «Bowen, sono disposto a muovere terra e cielo per trovare J.P., ma l'idea che tu mi faccia uscire di prigione per aiutarti a trovarla è un po' troppo...»

«Troppo cosa?!» disse Bowen con una voce che lo fece sembrare ancor più giovane.

«Troppo da film! Senti, Bowen, sei un poliziotto. Questa

cosa non è il contrario di tutto ciò che vi insegnano? E poi non è illegale che io...?»

«Credo di amarla!» sbottò Bowen, poi abbassò la testa.

Oh J.P., hai fatto proprio i numeri stavolta.

«Non posso perderla. Deve per forza essere ancora viva.»

David ebbe un sussulto. Una parte di lui voleva colpire Bowen per aver anche solo suggerito l'ipotesi contraria. Un'altra parte voleva crollare e scoppiare a piangere.

«Lo sai a quanti casi di persone scomparse deve far fronte la polizia di Los Angeles in questo momento?» Bowen proseguì prima che David potesse rispondere. «Più di milleduecento. E cioè più di milleduecento persone per un dipartimento di cinquemila persone, che dovrebbe, al tempo stesso, provare a proteggere e servire una città di otto milioni di abitanti. Webber, non voglio che J.P. diventi un'altra pratica in un cassetto. Io la troverò, con o senza il tuo aiuto.»

David trasse un profondo respiro e si abbandonò sul sedile. Un bambino asiatico passò accanto a loro in bicicletta impennando mentre faceva palloncini con la gomma americana. Sul prato all'angolo del palazzo di David una giovane afroamericana era in piedi sotto un acero e con una busta di plastica pronta aspettava che un barboncino si decidesse a espletare i suoi bisogni. Il signore e la signora Schwartz, la gentile coppia di anziani che abitava sopra a David, stavano rientrando in casa dalla passeggiata quotidiana. La vita continuava il suo corso. *Com'è possibile? Non capiscono? Henry è morto! Ammazzato. E J.P. è scomparsa! Non ci arrivano?*

«Per favore, Webber, so che...»

«Va bene, ci sto» mormorò David.

«Ci sto cosa?»

«Come cosa? Ci sto, che cazzo! La troveremo, dobbiamo trovarla.»

Bowen chiuse gli occhi e fece un sospiro di sollievo.

«E quindi adesso che facciamo?» disse David muovendo il busto in avanti e provando a concentrarsi.

«Per prima cosa devi capire che si agisce a modo mio. Posso mettere le mani su tutti i documenti del dipartimento. Ma non posso essere messo in relazione con questo caso. Sarebbe la fine della mia carriera e di quella di mio padre. Siamo vicini alle elezioni. Non voglio dare argomenti agli avversari di mio padre. Questa città ha bisogno di lui. È un brav'uomo. Chiaro?»

David trasalì. *Sai che cazzo me ne importa della tua carriera o di quella di tuo padre.* «Okay.»

«Va bene. Primo, dobbiamo scoprire il collegamento tra il vecchio e...»

«Henry.»

«Come?»

«Henry, la vittima si chiama dottor Henry Shoewalter. Non il vecchio dell'albergo. Ed era un mio amico.»

«Mi dispiace, scusami. Allora, la connessione tra te, Henry e Jean Ann. Deve essercene una. Lo so, non è molto che faccio il poliziotto ma una cosa l'ho imparata: mai credere alle coincidenze.»

«Non mi viene in mente niente. Non posso cominciare a credere che io abbia potuto...»

«Credici invece» lo interruppe Bowen. «So di aver ragione. Perché Henry ti ha chiamato così tardi ieri notte?»

David gli spiegò che erano anni che lui e Henry non parlavano, e gli raccontò quel che ricordava della telefonata.

Lo sguardo di Bowen si soffermò su qualcosa in lontananza. «Quindi è stato irremovibile sul farsi dare quello spartito che ti aveva regalato?»

«Sì.»

«Che opera è?»
«Non è un'opera, è una bozza.»
«Pensavo si trattasse di musica.»
«Una bozza *è* musica, Cristo!» David si strofinò con frustrazione gli occhi appesantiti. L'ultima cosa che voleva fare in quel momento era dare lezioni di musica a quel ragazzino. «Prima di scrivere tutta l'orchestrazione di un'opera, di una sinfonia o di un qualsiasi lavoro di grandi dimensioni, di solito il compositore butta giù l'arrangiamento per pianoforte. Quella è la bozza. Io ho un pezzo di carta pentagrammata con sedici battute di musica. Ed è una bozza; o almeno una parte.»
«E questo sarebbe il regalo?»
«Sì, e pure costoso.»
«Okay, va bene.»
«È stato scritto più di due secoli fa. Da Mozart.»
«Mozart, il compositore?»
«Sì, il compositore.»
«Wow! E perché lo voleva indietro secondo te?»
«Non lo so. Senti, Bowen, non pensi che me lo sia domandato migliaia di volte? Non so perché lo voleva indietro e nemmeno perché mi ha chiamato nel cuore della notte.»
«Vale molto?» Bowen continuò il terzo grado.
«Sì, penso di sì... Merda, non lo so di preciso.» La frustrazione aumentava sempre più. «Sette, otto anni fa, l'ho fatto valutare. Un tizio da Christie's mi ha detto che stava tra i cinquemila e i ventimila.»
Bowen scosse la testa. «Sono un sacco di soldi ma non abbastanza da farsi uccidere.»
David non rispose.
«Va bene, senti, dobbiamo dargli un'occhiat...»
«Non ce l'ho qui» lo interruppe David meccanicamente. «In banca, cassetta di sicurezza.»

Bowen annuì. «Domani è sabato, le banche chiudono presto, quindi dobbiamo farlo domattina. Nel frattempo voglio che tu scriva tutto quel che ti viene in mente della conversazione con Henry. Quello che ha detto, come l'ha detto, tutto! Poi fai una cronologia degli eventi delle ultime ventiquattr'ore. Non tralasciare nulla. Tutto ciò che hai visto, sentito, detto o anche solo pensato. Tutto quanto.»

David sbadigliò. Gli scoppiava la testa: un dolore sordo spingeva dietro la fronte all'altezza delle sopracciglia e gli sembrava di non dormire da settimane. «E come avrebbe fatto la mia macchina ad arrivare fin qui senza che ce l'abbia portata io?» disse quasi tra sé. «Va bene, ci proverò. Usciamo da qui, lavoreremo meglio a casa mia.»

«No, non posso» disse Bowen con decisione.

«Perché, hai paura di farti vedere insieme a me?»

Bowen sorrise. «Be', visto che lo hai detto tu, sì. Non sarebbe il massimo per me se mi vedessero entrare e uscire dal tuo appartamento. Ma il fatto è che tra un'ora devo essere al lavoro. Dovrai iniziare senza di me. E poi mi sembra che una dormita ti farebbe bene. Fai pure, aiuta la memoria.»

David annuì e Bowen mise in moto.

«C'è un problema che dobbiamo affrontare. Posso lavorare con te solo quando stacco alla stazione, e anche allora dobbiamo essere molto discreti perché, come ho detto, non sarebbe il massimo se ci vedessero insieme. Anzi, sarebbe un disastro, e alla fine credo che potrebbe compromettere lo svolgimento delle indagini. Comincerebbero a seguire noi invece di concentrarsi sui responsabili.»

«E se mi viene in mente qualcosa, o se J.P. mi telefona, o qualsiasi altra cosa? Come ti contatto? Chiamo la stazione e chiedo di...?»

«No» gridò Bowen. «Non devi cercarmi al dipartimento,

per nessun motivo.» Prese una penna e scrisse qualcosa su un foglietto. «Ecco. Questo è il mio cellulare personale. Lo porto sempre con me. Sono raggiungibile in ogni momento. Se per caso non dovessi rispondere, lasciami un messaggio. E se rispondo ma non posso parlare, ti dirò che hai sbagliato numero e ti richiamerò appena possibile. Okay?»

«Sì, ho capito» disse David, poi aprì la portiera e uscì dalla Explorer.

«Riposati un po', Webber, poi fai quel che ti ho detto. Scrivi ogni cosa. Ci vediamo domattina quando stacco e andiamo in banca.»

«Un'ultima cosa» disse David, in piedi sul marciapiede con una mano sopra la portiera.

«Dimmi.»

«Come facevi a sapere dove abito?»

«Oh, ma dài!» rispose Bowen. «Sono un poliziotto, no? Era nel rapporto dell'arresto.»

David alzò lo sguardo sopra la macchina senza vedere nulla e annuì.

«Vai a riposarti, Webber. La troveremo.»

David chiuse la portiera e guardò l'automobile di Bowen che si allontanava.

10

Quel sabato mattina il fiume Potomac era vivo e in fermento, come sempre a tarda primavera. Barche a vela, pescherecci e yacht di ogni dimensione, colore e forma dipingevano il paradiso dei marinai come la tavolozza di un pittore.

Dani era in macchina, ferma a un semaforo tra Rosslyn e Washington Boulevard, e stava affannosamente issando la propria vela: il tettuccio della Volkswagen Rabbit decappottabile. Il mattino chiaro che la aveva accompagnata durante la corsa quotidiana delle sette, per le otto era già scomparso. Alle nove la temperatura si era abbassata di quasi dieci gradi, e verso ovest erano comparse nubi minacciose. Per chiunque quella fu una disdetta; per Dani, l'occasione di indossare il maglione d'angora verde con i cordoncini alla marinara che aveva acquistato in saldo il fine settimana precedente.

Il verde scattò proprio mentre Dani stava finendo di stringere l'ultimo laccetto. Con la precisione di una bomba a orologeria Dani lanciò l'automobile sulla corsia di destra e prese d'assalto l'uscita del Key Bridge. Mentre attraversava il ponte pensò all'ultima volta che era stata a Georgetown, era il 25 marzo. Lo ricordava bene perché era il giorno del suo ventottesimo compleanno, e la data del suo ultimo incontro con Jerry. Eh sì, Jerry Slater, bello, intelligente, impiegato al Congresso e studente di legge pronto a salire la scala che porta al successo, ma sfortunatamente... *Gay come la fatina di Peter Pan*. Ovviamente, pensò con sconcerto, l'unico uomo che avesse mai incontrato con cui condivideva degli interessi... Musica, arte, cinema, shopping...! *Dio, se aveva un gusto impeccabile per i vestiti...* aveva anche un gusto impeccabile in fatto di uomini. Non avrebbe mai dimenticato il giorno in cui aveva ascoltato incredula la rivelazione di Jerry in quel bistrot sulla strada M. Rivelazione che riguardava il capitano della squadra di canottaggio di Georgetown... *Eh sì, aveva proprio buongusto*. Poteva ancora sentire le sue scuse per averla fatta illudere e i ringraziamenti per avergli fatto capire la verità su sé stesso.

«Non c'è bisogno, Jerry» fu tutto quel che le era venuto in mente di dire. «Sono contenta di averti aiutato.» *Be', quantomeno mi è rimasto qualcosa di quella relazione: il più bel paio di ballerine blu che abbia mai avuto.*

Dopo essere uscita sul Key Bridge, Dani svoltò sulla strada M e attraccò tra negozi alla moda, bistrot e botteghe d'antiquariato: il paradiso dei turisti. Il flusso a singhiozzo del traffico le diede il tempo di risistemarsi il trucco nello specchietto retrovisore, e di controllare nuovamente l'indirizzo della signora Gertrude Sugarberry. Con una breve e svogliata telefonata il venerdì sera aveva ottenuto un invito a casa sua per il tè. Dani aveva deciso che sarebbe stato meglio sbrigare la faccenda al più presto, così aveva accettato senza esitazioni. Inoltre, pensò rassegnata, il suo sabato pomeriggio, di solito, consisteva quasi esclusivamente nel fare il bilancio del libretto degli assegni, mettere in ordine l'appartamento e rispondere alle email di suo padre. Da quando gli aveva regalato un computer per Natale, il primo che avesse mai avuto, le email e internet erano diventate la sua vita: tre email al giorno da gennaio.

Svoltò verso nord sulla Wisconsin e decise di tagliare per la Ventinovesima. Passando accanto al marciapiede di pietra con le antiche querce e gli alberi di noce che come baldacchini ricoprivano entrambi i lati della strada, Dani pensò che quella piccola città rappresentava tutto quello che al tempo stesso amava e odiava di Washington DC.

Ciò che amava, prevedibilmente, era la sua storia. Ogni mattone delle piccole ma eleganti case in stile federale e vittoriano ne era pregno. Gli spiriti di Washington, Jefferson e Adams sembravano emanare dalla malta di cui erano composte. Quelli di Roosevelt e Kennedy aleggiavano dagli obelischi monumentali e dalle statue di angeli piangenti che costellavano i molti terrazzi. Le imponenti ville dei commercianti di tabacco, fondatori della città, sembravano emettere ancora, a distanza di tanti anni dai giorni in cui le loro navi attraccavano nel porto e le mucche pascolavano per la strada M, il dolce aroma di quella merce così a lungo cercata. Sì, rifletté Dani, a Georgetown la storia è intrecciata al presente.

Ma per quanto Dani abbracciasse la città per il suo passato, la disprezzava per come era diventata; la residenza esclusiva di ricchi e potenti. Senatori, ministri e politici di ogni genere ne contaminavano la storia come locuste, e tutti soffrivano della stessa cecità nell'isola del potere. «Lascia perdere, Dani» si disse a voce alta, serrando i denti e spingendo il piede sull'acceleratore. Nemmeno il tempo di essere eletti, sentenziò Dani tra sé e sé, e subito cominciano a pensare all'arredamento delle loro ville qui a Shangri-La, a distanza di sicurezza dai loro elettori e dai problemi dell'uomo medio. «Persone come papà!» gridò dando un pugno al volante. Non è giusto!

Perché un uomo che non ha mai perso un solo giorno di lavoro e ha sempre pagato le tasse deve soffrire così? Le vennero le lacrime agli occhi. Prese rapidamente un fazzolettino e se le asciugò. «Oh cavolo» sbuffò poi, vedendo nello specchietto retrovisore il mascara che le colava sulla guancia.

«Mi domando se a questa gente viene mai il cancro» mormorò mentre si puliva il viso. «E mi domando se un'assicurazione sanitaria ha mai detto loro che non possono più ricevere le medicine per continuare il trattamento.» Gettò a terra il fazzolettino annerito. «La risposta è no! Dani, le compagnie di assicurazioni sono di loro proprietà!»

Guardò il tachimetro; stava andando a ottanta con il limite a cinquanta. Sollevò il piede dall'acceleratore e proseguì fino alla sommità di un colle, dove si fermò. Appoggiò la testa allo schienale e fece un profondo respiro. Erano sempre con lei il dolore, la rabbia e il senso d'impotenza. Aveva fatto progressi per tenerli sotto controllo ma non riusciva a liberarsene, ormai erano tre anni. E fu questo probabilmente a irritarla più di ogni altra cosa di quell'incarico: il fatto che Capitol Hill fosse agli ordini di una qualche vecchia signora fuori di testa solo perché abitava nel posto giusto.

Un colpo di clacson alle sue spalle la riscosse. Fece cenno all'autista di sorpassarla e guardò il cartello stradale che aveva davanti. Si era fermata in un quartiere conosciuto come Georgetown Heights. Il foglietto con l'indirizzo della signora Sugarberry aveva pagato le conseguenze della sua ira ed era tutto appallottolato. «Va bene, Dan, calmati» disse a sé stessa dispiegando il foglio e controllando nuovamente l'indirizzo. «Fai le tue domande alla vecchia, prendi quello che devi prendere e poi vattene.» Dani vide che doveva svoltare a destra o sinistra perché la strada di fronte a lei portava all'interno di un cimitero della Guerra civile, così dopo aver letto i numeri civici in entrambe le direzioni decise di svoltare a destra. Fortuna volle che la casa fosse la prima sulla destra. 'Casa', tuttavia, non era il termine più appropriato.

Dani accostò al marciapiede, scese dalla macchina e fissò lo sguardo intontito su quel che aveva di fronte. A differenza delle altre case di Georgetown, ville signorili ma di modeste dimensioni, la residenza in stile Tudor che sorgeva di fronte a lei era sterminata e impressionante.

Calendula e viole costeggiavano un vialetto di pietre che dalla strada si inerpicava con grazia attraverso un prato perfettamente curato. Tre platani giganti, due da un lato del vialetto e uno dall'altro, ombreggiavano la maggior parte del giardino. Sull'angolo destro della casa sorgeva una grande quercia solitaria, sorretta da un tronco mastodontico che arrivava a sfiorare una guglia di legno bianco al secondo piano. Dani sentì odore di legna bruciata ancor prima di vedere il fumo che usciva da una canna fumaria sul lato destro della casa. Quattro ampie finestre a golfo, una che sembrava trovarsi al terzo piano, le altre al secondo, erano il punto focale della facciata. Su ognuna c'erano vasi di legno per i fiori.

Dani prese lo zaino dal sedile e si avviò verso le scale di granito che conducevano a quello che sperava essere il portone d'ingresso. «Chissà quanti bagni ha questa catapecchia...»

Salì le scale fino a una veranda coperta dove erano allineate sei sedie a dondolo di vimini. Il grande portone che la accolse era di legno scuro decorato con due pesanti battenti d'ottone. Bussò due volte. A quel punto Dani pensò che non si sarebbe sorpresa se le avesse aperto Lurch della famiglia Addams con un profondo: «Chiamatooo?»

Ma non accadde.

Al contrario, apparve un'anziana e contegnosa signora afroamericana. «Sì?»

«Salve, mi chiamo Dani Parsons, della Smithsonian e ho un appuntamento con la signora Sugarberry.»

Le parole che seguirono furono le ultime che Dani si aspettava di sentire.

«Sì, sono io la signora Sugarberry» disse l'anziana signora nera con un sorriso e una raffinata parlata del Sud.

«Gertrude Sugarberry?» domandò Dani, incapace di nascondere la sorpresa.

«Sì, cara, la sola e unica» rispose la donna con una leggera risata.

«Oh... Be'... Salve!»

Sugarberry rise più forte. «Salve a te, cara! Comincia a fare un pochino freddo qui fuori, perché non entri prima che ci prendiamo un colpo tutte e due?»

«Uh... Sì... Grazie, grazie mille.» La prima impressione di Dani fu che la donna possedesse una specie di gioventù di spirito in contraddizione con i suoi settanta e più anni, forse ottanta. Camminava lentamente ma senza timore. Aveva la pelle liscia, e soltanto le mani e il collo mostravano i segni dell'età. Aveva i capelli neri tranne che per una ciocca bianca sopra la tempia sinistra, e l'accento del Sud non nascondeva il fatto che fosse molto ben istruita.

Dani seguì la donna per i due gradini che dal grazioso atrio conducevano alla zona del soggiorno. Se l'esterno della casa era mozzafiato, pensò Dani, l'interno era da attacco d'asma. La parola 'elegante' non dava neanche una vaga idea dell'arredamento. Era come guardare le foto su una rivista. La stanza aveva un'atmosfera calma e tranquilla. Su un pavimento di legno lucido, davanti a tappeti di lana dai colori ricchi e vivaci, c'erano pregevolissimi mobili d'antiquariato che Dani ipotizzò essere del XVIII secolo. Lampade in vetro pregiato illuminavano delicatamente la stanza; al centro la più grande delle tre abbelliva un semplice tavolino di mogano accanto a un divano color panna.

«Ha una casa magnifica.»
«Oh, grazie, cara. Devo confessare che piace molto anche a me. Perché non ti metti comoda? Gradisci una tazza di tè?»
«Grazie, accetto volentieri» rispose Dani poggiando a terra lo zaino, poi si sedette sull'imbottitissimo divano.
«Ci metto un attimo, fai come se fossi a casa tua.»
Nell'angolo a sinistra, immancabile, crepitava un camino. La casa era accogliente e non eccessivamente calda. Dani si alzò e andò verso il fuoco per scaldarsi le mani. Il calore le investì il viso; era una sensazione bella e piacevole. Chiuse gli occhi e trasse un profondo respiro. Il profumo della legna bruciata si mescolava all'aroma del pot-pourri al gelsomino che riempiva la casa. Era facile capire come ci si potesse dimenticare del mondo esterno in un posto come quello.
Il camino era differente da quelli che Dani era abituata a vedere. Il basamento era alto, molto alto; quasi un metro da terra. E sporgeva parecchio all'interno della stanza. La pesante mensola sopra la bocca del focolare era vuota; niente fotografie incorniciate, niente ricordini, niente statuette di porcellana, come ci si sarebbe aspettati in una casa del genere. C'era invece un quadro a olio, l'unico in tutta la stanza, che pendeva sopra la mensola. Dani lo osservò attentamente. Il quadro raffigurava diverse famiglie di schiavi una accanto all'altra sulla riva di un fiume. Sembrava che la scena si svolgesse all'alba, ma non ne era sicura. Il sole non sembrava in procinto di tramontare né di sorgere, era sospeso lì e non gettava ombre né luci. Sulla scogliera che sovrastava la riva c'erano degli uomini, alcuni bianchi e altri neri, seduti a cavallo con fucili e pistole in mano. I loro volti esprimevano determinazione, mentre lo sguardo degli schiavi era...
«Bello, non trovi?»
Dani si voltò e vide la signora Sugarberry che lentamente

rientrava nella stanza portando con sé un servizio da tè in argento.

«Posso aiutarla?» disse Dani avvicinandosi all'anziana donna.

«No, no, non preoccuparti. Lo poggio qui.»

Dani la aiutò comunque a sistemare il servizio da tè sul tavolino davanti al divano. «Sì, è molto bello, ma sono un po' confusa dalla rappresentazione.»

«Davvero, perché?»

«Sembrano... Gli schiavi voglio dire... Sembrano così... speranzosi, quasi felici.»

L'importante signora si mise a sedere sul divano. Dopo qualche rapido aggiustamento si sedette con la schiena ben dritta e guardò Dani. I suoi occhi marroni scintillavano. «Penso che mi affezionerò molto a te, cara.»

«Come dice?»

«Hai un grande spirito di osservazione e un'anima molto empatica, cara. Non ci sono cinque persone in questa città che potrebbero fare un'osservazione del genere su quel quadro. Sì,» annuì la signora Sugarberry mentre versava il tè «pensò che mi affezionerò molto a te. Panna o zucchero?»

«Nulla, grazie.»

«Allora, tu sei della Smithsonian. Dalla reazione che hai avuto quando ti ho aperto la porta, deduco che il dottor Beckman non ti aveva informato che sono nera.»

Dani evitò gli occhi della signora Sugarberry. «No, signora, non lo ha fatto e mi dispiace per...»

«Oh, non c'è bisogno. Non mi sono offesa, cara. Una vecchia donna di colore è l'ultima persona che io stessa mi aspetterei di trovare in questa città. Che rimanga tra noi, io qui sono quel che si chiama una minoranza.» Sugarberry si portò il tovagliolo alla bocca ed emise una roca risata.

Rise anche Dani. «Eh sì, direi di sì.»

«Oh signore! Sono terribile!»

Dani bevve un sorso di tè.

«Dunque, dove eravamo rimasti, ah sì, Dennis Beckman, un tipo strano. Sai, non credo che gli interessi molto dei neri. Mmm, mmm, neanche un po'. Con me non è mai stato particolarmente espansivo, se sai cosa voglio dire. Penso che mi si sciroppa perché lo ritiene suo dovere. Bizzarro, non trovi?»

«Sì, signora, direi di sì...»

Sugarberry gemette e posò la tazza e il piattino. «Oh, ma senti come parlo! Scusami, cara, che maniere che ho! Il dottor Beckman è un tuo collega e probabilmente anche un amico. Ti prego di scusarmi.»

Dani rispose velocemente. «No, signora Sugarberry, la prego, non deve scusarsi. Il dottor Beckman non è mio amico, e nemmeno quel che si dice un collega; è il mio capo. E per dirla tutta, credo che neanche di me gli interessi molto. Non voglio difendere quel...» Dani si interruppe. «Be', comunque, credo che per lui sia un problema il fatto che lei è una donna, più che il colore della sua pelle. Non è propriamente quel che si dice un uomo moderno.»

«Ah capisco.» Sugarberry sorrise: «Uno di quelli.»

Dani ricambiò il sorriso. «Sì, signora, uno di quelli.»

«E allora mi devo far perdonare.»

«Per cosa?» domandò Dani appoggiando la tazza di tè sul tavolino.

«Sono sicura che sia una punizione o qualcosa del genere. Non credo che Beckman mi abbia mandato qualcuno a cui tiene veramente. Penso che mi ritenga un po' svitata,» rise di nuovo «perciò mi dispiace, ma mi auguro che alla fine non penserai di aver proprio buttato del tutto il tuo tempo.»

Dani non capiva se la signora Sugarberry parlasse sul serio. Ma di sicuro era riuscita a irretirla. Se l'intento di Sugarberry era di farla sentire in colpa per quel che aveva pensato da quando le era stato assegnato l'incarico, allora ci era riuscita in pieno. Se invece era semplicemente conquistarla con la grazia e la gentilezza, era riuscita anche in quello.

«Signora, se Beckman voleva punirmi così, allora peggio per lui, perché sono molto lieta di essere qui.»

«Quanto sei cara.» Sugarberry allungò una mano e toccò quella di Dani. «Be', credo che questo ci conduca al motivo della visita: la mia collezione. Vuoi vederla?»

«Sì, ma prima vorrei cominciare facendole qualche domanda.»

«Va bene, sono tutt'orecchi. Comincia pure.»

«Perfetto! Vorrei sapere qualcosa in più su di lei. Per esempio, dove è nata, come mai si è trasferita a Georgetown, cose del genere.»

«Io? Oh, non me l'aspettavo. È davvero così importante?»

«Le dà fastidio? Le assicuro che non ho alcuna intenzione di intromettermi nella sua vita privata. È solo che ho scoperto che se ho qualche informazione sul donatore mi è più facile allestire la mostra.»

La risata roca risuonò nuovamente. «Oh, cara, non che abbia timore che tu possa esporre i miei panni sporchi. Anzi, alla mia età sarebbe uno spasso se riuscissi a trovare ancora qualche storiella succosa. No, sono solo un po' sorpresa che qualcuno s'interessi di me, non penso di essere molto interessante.»

Ecco che ci risiamo, pensò Dani.

«Dunque, vediamo. Sono nata e cresciuta a New Orleans; non vuoi sapere in che anno, no? Mi piace mantenere qualche piccolo segreto.»

Dani ridacchiò mentre tirava fuori la penna e il taccuino dallo zaino. «No, signora, l'anno di nascita non è necessario.»

L'anziana signora annuì diligentemente e proseguì. «Be', dato che sono nata a New Orleans ho sviluppato una grande passione per due cose: il cibo – oh, ragazza mia, aspetta che ti prepari qualcosa, *gnam, gnam* – e ovviamente la musica. Sì, la musica ha fatto parte della mia famiglia da sempre. Sai, mio padre era un predicatore fuoco e zolfo, hai presente? Ah, era il migliore, quando c'era lui al banco dei testimoni il diavolo non aveva scampo» disse agitando le braccia e assumendo momentaneamente la sua tipica inflessione dialettale. «Un brav'uomo, proprio un brav'uomo. E sapeva anche cantare ogni genere di gospel. Ci riunivamo la sera, le mie cinque sorelle e io – te lo immagini, cinque sorelle –, sì, ci riunivamo in silenzio a sentire papà che cantava e cantava e cantava.»

Dani vide gli occhi dell'anziana donna riempirsi di lacrime.

«Ah, ma guardami!» Si tamponò gli occhi con il tovagliolo. «Che vecchia bacucca sentimentale che sono.»

«Doveva essere molto bello. Anche mio padre cantava per me e mio fratello minore, ma eravamo metodisti, le nostre canzoni non valevano niente al confronto.»

Risero entrambe.

Dani aggiunse: «È uno dei ricordi più belli che conservo dell'infanzia.»

«La musica è una cosa potente. Sono ancora vivi i tuoi genitori?»

Dani sorrise. «Papà sì, mamma è morta quando avevo undici anni. Ci ha cresciuti lui. Io e mio fratello gli siamo molto affezionati.»

«È una bellissima cosa, cara. La famiglia è molto importante. Forse la cosa più importante che ci sia.»

Dani notò un'espressione triste e distante sul suo volto, era la prima volta che la vedeva.

«Ad ogni modo,» proseguì, tornando d'improvviso al

modo di fare precedente «fu allora che nacque il mio amore per la musica. Quando ero un po' più grande mi intrufolavo nei Quartieri... Papà non lo sapeva. Andavo a Preservation Hall. Ero poco più che una bambina ma sembravo più grande della mia età, così ebbi qualche piccolo incidente. Avevo appena finito di ascoltare i Dukes of Dixieland, con quel ragazzino di nome Armstrong alla tromba, lo avrai sentito nominare» disse scherzosamente. «Sì, cara, è lì che è cominciata la mia storia d'amore. E non solo una.» Rise fragorosamente per poi farsi subito silenziosa. «Lì ho incontrato il mio Edgar. Sono passati così tanti anni.»

«Edgar era suo marito?» domandò Dani con delicatezza.

«Sì, ci siamo sposati un mese dopo esserci conosciuti. Papà la prese male. Ma alla fine ci passò sopra e lui e Edgar diventarono buoni amici.»

«Quanto tempo è stata sposata?»

«Trentadue anni. Ancora gli parlo. Forse il dottor Beckman ha ragione a dire che sono svitata.»

Dani si sentì attraversare da un'ondata di calore e un brivido le percorse le braccia. «No che non lo è. È una cosa splendida. Lei è molto fortunata.»

«Immagino che tu non sia...»

«Sposata? No, non ho ancora trovato il mio Edgar.»

«Lo troverai, lo troverai» disse Sugarberry sfiorandole nuovamente la mano.

«E come mai si è trasferita qui a Georgetown?»

«Edgar. Sembra incredibile. Quando ci siamo conosciuti non aveva un soldo bucato ma era pieno di immaginazione. Era un semplice raccoglitore di cotone di Baton Rouge. Ogni sera gli uomini uscivano per svagarsi dopo la giornata nei campi. Lui era più giovane e più minuto degli altri così doveva darsi da fare per essere accettato... Forse l'unica volta che lo spropositato ego maschile abbia portato qualcosa di buono. A ogni modo, tutti gli altri fumavano. Edgar ci aveva provato ma stava male ogni volta che sentiva il sapore del tabacco. Ne era molto imbarazzato. Un giorno ha avuto un'idea. Cominciò a raccogliere piccoli pezzi di cotone dai campi e a infilarli alla fine delle sigarette girate a mano. Diceva che toglievano il sapore acre ed evitavano che lingua toccasse il tabacco.»

«Aspetti un attimo» la interruppe Dani. «Mi sta dicendo che Edgar ha inventato le sigarette con il filtro?»

«Non è incredibile? Immagina la mia sorpresa quando una sera torna a casa e mi dice di aver parlato con uno della Philip Morris che vuole comprare la sua invenzione. Due settimane dopo ci siamo trasferiti qui – non in questa casa, quello dopo –, ma nel Maryland. Era, com'è che la chiamavano... La sede del centro di ricerca e sviluppo. Hanno riempito Edgar di soldi e gli hanno dato anche un lavoro.»

«Deve essere stato un bel cambiamento, trasferirsi qui dal Sud.»

«Cara, puoi dirlo forte. Mi sento come una cornacchia in un giardino di ciliegi!» disse, poi rise coprendosi la bocca.

Questa volta Dani non si unì alla risata. Al contrario, sorrise di ammirazione. Dopo qualche rapido conto a mente concluse che il marito di Sugarberry doveva essere morto verso la fine degli anni Sessanta, al più all'inizio degli anni Settanta. Il che voleva dire che si erano trasferiti a Georgetown nel bel mezzo delle rivendicazioni per i diritti civili. Era certa che non le stesse raccontando tutta la storia e che dovevano esserci stati giorni molto difficili, se non proprio terribili. Il modo disinvolto con cui aveva parlato dell'essere una minoranza in una comunità a prevalenza bianca, sospettò Dani, era solo di facciata.

«Signora, se posso permettermi, da quando c'è lei questo giardino di ciliegi deve essere ancor più dolce.»

Sugarberry arrossì. «Oh, mia cara, sei adorabile!»

Molto onorata, fu tutto quel che Dani riuscì a pensare. «Allora, la collezione?»

«Sì, la collezione!» Il viso di Sugarberry si illuminò.

«Quando ha iniziato a metterla insieme?»

«Andiamo di là nella sala della musica mentre te lo racconto.»

Sugarberry si alzò tutta eccitata dal divano. Dani la seguì dal salone attraverso l'atrio fino a un piccolo studio. La stanza era arredata modestamente con un antico scrittoio a ribalta, due sedie e una libreria. Sembrava che non fosse mai utilizzata e Dani ipotizzò che fosse lo studio del defunto marito.

«Ho iniziato a New Orleans quando ero adolescente. C'era un pianista nel Quartiere – suonava il ragtime –, non mi ricordo assolutamente come si chiamasse. Ad ogni modo, mi piaceva molto andarlo a sentire. Era sempre gentile e penso che volesse fare colpo, così una volta mi ha regalato una copia autografata del *Maple Leaf Rag*. Ora, in tutta onestà, non so se sia effettivamente la scrittura di Scott Joplin, può anche darsi che l'abbia firmata il pianista dicendomi che era la firma di Joplin, ma lo spartito è abbastanza vecchio e in ottime condizioni. Quello fu l'inizio. Da allora ho cominciato a raccogliere spartiti ovunque; negozi di cianfrusaglie musicali, mercatini, vendite di beneficenza in chiesa e più o meno ovunque ci fosse qualcosa che catturava la mia attenzione.»

Per Dani era un piacere vedere la passione e l'entusiasmo irradiare dall'anziana signora mentre parlava. Sembrava ringiovanita di cinquant'anni e mezzo metro più alta.

Uscirono dallo studio attraverso una porta sul retro e scesero una piccola rampa di scale che curvava a quarantacinque gradi verso destra e terminava in una stanza luminosa nella parte posteriore della villa.

Il sole del mattino filtrava tra le chiome delle querce nel rigoglioso giardino e spargeva luce da una grande finestra panoramica, accarezzando dolcemente le pareti lavanda della sala della musica. Moltissimi libri riempivano gli scaffali della libreria a muro che Dani si trovò di fronte appena entrata nella stanza. Riuscì a leggere i titoli di alcuni tra i volumi più grandi: *The Oxford Dictionary of Music*, *Ritratto di un genio*, il dizionario biografico dei musicisti di Baker e le migliori canzoni d'amore secondo il *Reader's Digest*. La parete davanti alla finestra era ricoperta dalle fotografie di alcuni tra i più famosi jazzisti del mondo. Lo sguardo di Dani cadde subito sui suoi preferiti: Bassie, Ellington, Parker e naturalmente Armstrong. In un angolo, in cima a un piedistallo d'avorio era collocato un enorme busto in ebano di... Chopin? La signora Sugarberry aveva un gusto molto eclettico. Ma, proprio di fronte al busto, grande come quasi tutta la stanza, c'era il pezzo forte; uno Steinway a coda, nero lucido.

«Oh, signora Sugarberry, è splendido» disse Dani, precipitandosi verso lo strumento per sbirciare sotto il coperchio sollevato.

«Grazie, cara. Ancora una volta, mi perdonerai, ma piace molto anche a me.»

«Risale a prima della guerra, vero?» La voce di Dani risuonò nella cassa armonica.

«Sì, 1914» disse Sugarberry con orgoglio.

«È in magnifiche condizioni.»

«Oh, ti prego cara, vuoi suonarlo?» domandò Sugarberry con improvvisa eccitazione.

Dani sollevò la testa dallo strumento e sorrise mestamente. «Mi dispiace, non ne sono in grado, il mio strumento è il violoncello. Del pianoforte ho imparato solo quel che serviva per i corsi obbligatori al college. È da allora che non lo suono, uno dei miei molti rimpianti.»

Un'espressione di tristezza comparve sul viso di Sugarberry. Dani se ne accorse e tentò di rimediare. «Ma mi piacerebbe molto sentir suonare lei.»

«Oh, neanche io ne sono in grado. Ho provato a imparare qualche anno fa, ma sembrava proprio che non riuscissi a prenderci la mano. Però adoro questo vecchio pianoforte» disse dando un colpetto allo strumento con la mano. Dani vide che si era assentata, era andata altrove; in un tempo e un luogo tenuti in vita da quello strumento.

«Allora, cara,» disse Sugarberry tornando improvvisamente in sé con un sorriso impacciato «lascia che ti mostri il mio orgoglio e la mia gioia. Siediti qui accanto al piano mentre prendo gli spartiti.»

Sugarberry si affrettò verso una cassapanca di cedro collocata sotto la finestra panoramica. La aprì e cominciò a estrarne dei libri grandi come album di fotografie che poi disponeva sul tavolo tra lei e Dani.

Dani ne aprì uno e prese a sfogliarne le pagine; li avrebbe esaminati con maggiore attenzione più tardi in ufficio. Ogni pagina conteneva uno spartito, molti risalivano alla fine del XIX secolo. C'erano delle marce di Sousa, una prima edizione di *St Louis Blues* di W.C. Handy e molte altre rare opere dei nuovi impressionisti inglesi, Horatio Parker, Arthur Foote e perfino Charles Griffes. I nomi di case editrici leggendarie quali Jerome H. Remick & Company e Whitney-Warner spiccavano fieramente da ogni foglio e, come accadeva spesso a quei tempi, in caratteri molto più grandi rispetto al titolo della canzone.

Per quanto risentimento nutrisse verso Beckman per averla costretta a interrompere il progetto Donne in musica,

Dani doveva ammettere che la collezione avrebbe portato grande prestigio al museo. Ogni pezzo era conservato nella propria custodia di plastica ed era in perfette condizioni.

«Signora Sugarberry, sono splendidi» disse Dani senza alzare lo sguardo.

«Pensi che siano adatti per il museo?» domandò prudentemente Sugarberry.

Dani richiuse l'album e guardò la donna con dolcezza. Sugarberry era seduta sullo sgabello del pianoforte con gli occhi spalancati, le gambe accavallate strette e le mani in grembo. Aveva l'aspetto di una bambina di sei anni in attesa di un cenno di approvazione da parte dei genitori.

«Naturalmente, signora» dichiarò Dani in tono competente. «La Smithsonian Institution e l'archivio nazionale degli Stati Uniti d'America saranno onorati di esporre la sua eccellente collezione. E desidero ringraziarla a nome del dipartimento di Storia della musica e della nazione per il generoso e valido contributo.»

Quando le lacrime cominciarono a scendere sul viso fiero della donna, Dani decise che tutto – i quattro anni per la laurea di primo livello, i due seguenti per il master e gli altri due per il dottorato – aveva ora un senso.

«Oh, ma guardami» disse Sugarberry allungando la mano per prendere un fazzolettino di carta dal tavolo.

«Posso farle compagnia?» disse Dani compiendo lo stesso gesto. Le due donne si asciugarono gli occhi, poi si guardarono e scoppiarono a ridere nello stesso istante.

«Ti va un'altra tazza di tè e un po' di crostata di fragole? L'ho tolta dal forno appena prima che arrivassi.»

«Ottima idea.»

Quando Sugarberry fu uscita dalla stanza, Dani si sedette al pianoforte. Suonò qualche nota qua e là nel mezzo della tastiera e provò a ricordarsi qualcuno dei brani che aveva imparato al college. Sembrava passato così tanto tempo.

Nell'angolo a sinistra c'era uno spartito che Dani non aveva notato. Si alzò dal piano e si avvicinò per esaminarlo meglio. Il leggio era di mogano, alto più di un metro e con l'estremità superiore a forma di lira. Poggiata lì sopra c'era una sola pagina di uno spartito dall'aspetto molto antico. Dani si avvicinò il più possibile ma non osò toccarlo. C'era una melodia senza accompagnamento, scritta a mano, senza titolo e senza alcuna firma. Era lunga dodici battute, ma la dodicesima terminava con un *si bemolle* semiminima, evidentemente una frase incompleta che continuava in un'altra pagina. Dani, che non voleva toccare niente, aggirò il leggio per guardare sul retro del foglio. La decorazione a forma di lira era fatta in modo che vi si poteva guardare attraverso; il foglio era bianco. *Cavolo, niente seconda pagina!*

«Vedo che hai trovato il Cook» disse Sugarberry entrando nella stanza con lo stesso servizio da tè di prima e due fette di crostata.

«Il cosa?»

«Be', credo sia un Cook. Forse puoi dirmelo meglio tu?»

«Non conosco quel compositore.»

«Non mi sorprende. Non era propriamente un compositore, perciò nessuno è certo se appartenga a lui oppure no.»

«Signora?» domandò Dani confusa.

Il dottor James Cook era un medico e apparteneva alla comunità dei neri liberi di questa città ai tempi della schiavitù. Era anche un insegnante di violino. L'ho comprato molti anni fa a un'asta. La persona che me l'ha venduto mi ha confessato che non sapeva se fosse autentico o meno, ma a me non interessava molto. Mi piaceva alla vista e al tatto, come tutte le cose vecchie.»

«La musica si interrompe, non c'è una seconda pagina?»
«Sei proprio in gamba ad averlo notato. No, ho solo quella.»
Dani rifletté un istante. «Si potrebbe farne analizzare la grafia. Dovranno pur esserci altri esempi della sua scrittura.»
«Oh, ce ne sono molti infatti, ma non lavori musicali, soltanto lettere e cose del genere. L'ho fatto analizzare e pare con ogni probabilità che sia la sua scrittura. Il fatto è che nessuno sa se ha composto il pezzo lui stesso oppure lo ha soltanto copiato.»
«Affascinante.»
«Vero? Adoro i misteri» disse la donna inclinando la testa mentre addentava la crostata di fragole.
«*Gnam, gnam!* Oh, cara, prendine un po'. Modestamente, stavolta mi sono superata.»
Dani tornò verso il tavolo dove era seduta Sugarberry e tagliò una fetta di crostata. Aveva ragione, era proprio *gnam, gnam*.
Mentre mangiavano, Sugarberry fece a Dani alcune domande sulla sua vita e le due donne rimasero a parlare per quasi un'ora fino a quando finì il tè. Dani guardò l'orologio. «Purtroppo devo andare. La ringrazio per la splendida mattinata.»
«Oh, no cara, grazie a te! Sei stata una gioia. Ora, presumo che porterai gli spartiti con te?»
«No, signora. Per sicurezza, l'istituto invierà un corriere lunedì.»
«Oh, ma certo, è molto professionale.»
«È la procedura standard. Sono specializzati nel trasporto di reperti per il museo.»
Dani colse l'espressione sul viso di Sugarberry. «Non si preoccupi, signora, ci sarò anch'io, tanto per assicurarmi che vada tutto bene. Che ne dice, va bene all'una?»

Il viso di Sugarberry si rilassò in un sorriso di soddisfazione. «Sì, all'una va bene.»

«Comunque» disse Dani con un po' di esitazione. «No, non importa.»

«Che c'è, cara?»

«No, non posso, non fa parte della collezione, quindi non ho l'autorità per chiederglielo.»

«Cosa? Ti prego cara, chiedi pure» la pregò gentilmente Sugarberry.

«Be'... È solo che... quel foglio sul leggio.»

«Il Cook?»

«Sì, il Cook. Mi chiedevo se potrei prenderlo in prestito qualche giorno. Mi piacerebbe fare io stessa qualche ricerca nel tempo libero.»

«Dunque, vediamo,» Sugarberry tentennò «non dovrebbero esserci problemi, tu...»

«No, mi scusi, signora Sugarberry. Non avrei dovuto chiederglielo.»

«Ma no, prendilo pure. Sarebbe splendido se riuscissi a scoprire qualcosa in più.»

«Ne è sicura? Prometto di averne estrema cura.»

«Ma certo, cara. Puoi restituirmelo quando pensi di aver finito.» Sugarberry prese il foglio dal leggio. «Dovrei anche avere una vecchia custodia.»

Dani era felice come una Pasqua. «Che bello! Grazie, signora Sugarberry. Ne avrò grande cura e glielo restituirò tra qualche giorno.»

«Quando vuoi, cara.»

Gertrude Sugarberry rimase sull'uscio del portone; salutava con la mano mentre Dani, lo zaino in spalla e una cartellina di pelle verde in mano, scendeva con slancio il vialetto di pietra fino alla sua automobile.

Sugarberry chiuse la porta e tornò nello studio attraverso il quale lei e Dani erano passate poco prima per raggiungere la stanza della musica. Aprì lo scrittoio e ne estrasse un vecchio telefono nero a disco. Compose lentamente un numero e attese la risposta. Arrivò al secondo squillo. «È andata via.» Sugarberry rimase in ascolto. «Sì, lo ha preso, e penso proprio che sia la persona giusta per noi.»

Sugarberry sorrise. «Anch'io ti voglio bene.»

11

Joshua Bowen svoltò con la sua Ford Explorer su Ventura Boulevard mentre David, seduto in silenzio accanto a lui, era intento a scrivere su un taccuino giallo. Quando Bowen lo aveva svegliato bussando alla porta erano le sette e mezzo del mattino; dormiva da dieci ore filate. Dopo che Bowen lo aveva lasciato davanti casa, David aveva passato due ore a cercare di trovare Ravel. Si era prima dovuto sorbire le risposte evasive del dipartimento di polizia, poi aveva deciso di telefonare direttamente agli uffici del Controllo e tutela animali. Era venuto fuori che Ravel si trovava in un ricovero a un paio di chilometri. Dopo aver recuperato il gatto che, sebbene pietrificato dalla paura, non era in condizioni proprio disastrose, David si fermò a comprare le sigarette, un pollo arrosto precotto, e del cibo per gatti. Erano le nove passate quando tornò nel suo appartamento e cominciò a ricostruire gli eventi delle ultime ventiquattr'ore come Bowen gli aveva detto di fare. Dopo mezz'ora di tentativi sia David che il suo gatto si arresero a una profonda stanchezza.

«Ti è venuto in mente qualcosa?»

«Non lo so, forse» rispose David senza alzare lo sguardo dal foglio.

«Dimmi.»

«Aspetta un attimo, ho quasi finito.» David scribacchiò furiosamente qualcosa. «Sì, dev'essere così! Lo sapevo, lo avevo anche detto a Jeep!»

«Cosa?»

«Allora» disse David facendo un profondo respiro. «Deve trattarsi di Harshbarger, è cominciato tutto da lì.»

«Frena, frena, chi è Harshbarger?»

«È il tizio della rissa all'hotel.»

Bowen sembrava confuso.

«Il tizio per cui mi hanno arrestato e che ho gonfiato di botte, il motivo che ti ha permesso di conoscere J.P.»

«Oh, okay, ti seguo.»

«Insomma, mi hanno arrestato ma Harshbarger non ha voluto sporgere denuncia perché era in quel locale con una persona con cui non avrebbe dovuto essere. Così mi manda dietro un paio di gorilla.»

Bowen reagì. «Aspetta, sei stato pedinato? Quando?»

«Dopo che J.P. mi ha portato via dalla stazione di polizia. Lei pensava che mi fossi immaginato tutto, ma sapevo di avere ragione.»

«Quindi sei stato pedinato da Harshbarger. A che scopo?»

«Ritorsione. Solo che ero con J.P. e non hanno potuto compiere la loro vendetta.»

«Webber, questa storia non ha senso. Cosa avrebbe dovuto importargli se J.P. era con te oppure no?»

«Sarebbe stata una testimone. Sapeva che erano gli uomini di Harshbarger.»

«E allora? Lo sapevi anche tu. A meno che non avessero in mente di ucciderti – cosa che mi sembra piuttosto improbabile – avresti potuto denunciare Harshbarger tanto quanto Jean Ann. Il che mi porta a una domanda scontata: Per quale motivo non ti hanno fatto quel che pensi avrebbero voluto farti dopo che Jean Ann se ne è andata? E poi, cosa ha a che fare tutto questo con la scomparsa di Jean Ann?»

«Be', forse l'hanno rapita loro» rispose David.

«Per ritorsione?»

«Sì.»

«E Henry... Harshbarger è venuto a sapere che un tuo amico che non vedevi da dieci anni era in quell'hotel e ha deciso di farlo uccidere per lo stesso motivo, e cioè per vendicarsi di te? E ha messo in piedi tutto questo per incastrarti a causa di una rissa da bar? Ah, e mi sono dimenticato della tua auto, avrebbe anche dovuto...»

«Va bene, ho capito!» gridò David. «Hai qualche altra idea?»

«No, però sono sicuro che...»

«Volevi che scrivessi quel che penso sia accaduto, ed è quel che ho...»

«No, ti ho detto di scrivere tutto quel che ricordi degli eventi precedenti alla scomparsa di Jean Ann, c'è una bella differenza!»

«Una differenza? E quale sarebbe?»

«Smettila di cercare di capire come sono andate le cose e prova semplicemente a descriverle!»

David non rispose. Sapeva che Bowen aveva ragione; stava cercando di aggrapparsi a qualsiasi cosa. Stava cercando inutilmente qualcosa che potesse dare un significato a quel che non ne aveva, qualcosa che potesse eliminare l'impotenza, la confusione e soprattutto il senso di colpa; il senso di colpa che nasceva dalla possibilità di essere in qualche modo responsabile della morte di Henry e della scomparsa di J.P., e che lo stava divorando.

«È qui» mormorò David.

Bowen accostò nel parcheggio della Bank of America.

David aprì la portiera. «Torno subito.»

«Webber» disse Bowen in tono conciliante. «Mi dispiace. So che è difficile da accettare, ma non credo che Harshbarger sia la soluzione.»

David rispose con un cenno del capo e richiuse la portiera.

Quindici minuti dopo riemerse dalla banca con una cartellina di cuoio in mano.

«È questo?» chiese Bowen.

«È questo.»

«Andiamo a fare colazione. Offro io.»

Bowen affondò la forchetta nel dolce mentre David apriva la cartellina di cuoio.

«Sono anni che non lo tengo in mano» disse David rimuovendo il fragile foglio dalla custodia trasparente. Gli venne un groppo alla gola. *Era un istante fa... Non dodici anni.* Lui, Kathryn e Henry erano da Sardi per brindare all'ottimo voto con cui aveva concluso il corso di Storia della musica. David si sarebbe laureato con lode. Henry gli si era avvicinato, lo aveva baciato sulla guancia e gli aveva detto di essere fiero di lui e che gli voleva bene. Poi gli aveva dato quella pagina dello spartito dicendogli che era l'unica cosa di valore che possedeva e che teneva molto a regalarglielo. *Professore, non ha idea di quanto lei sia stato importante per me.*

«Wow, è molto antico?» domandò Bowen costringendo David a tornare al presente.

«1790, 1791. Di certo risale all'ultimo periodo della vita di Mozart, quando abitava a Vienna.»

«Davvero? Come fai a saperlo?»

«La filigrana.»

«E cioè?»

«La filigrana. La trama che vedi quando metti un foglio controluce. La filigrana di questo particolare foglio è compatibile con quelli su cui Mozart ha scritto altre composizioni nello stesso periodo.»

«Interessante. E quando è morto?»

«Il 5 dicembre del 1791.»

«È conservato benissimo.»

«Direi di sì... E adesso che facciamo?»

«Be', secondo me dovremmo osservarlo meglio. C'è scritto qualcos'altro a parte la musica?»

«Sì» disse David con indifferenza.

«Davvero? Fammi vedere.»

David fece un lieve sorriso e gli porse il foglio.

Bowen appoggiò la tazza di caffè e lo prese con cautela. David accese una sigaretta e lo osservò mentre esaminava la pagina.

«Ehi, ma è scritto in...»

«Tedesco» disse David sorridendo. «Hai proprio la stoffa del detective.»

Bowen gli restituì il foglio senza rispondere alla provocazione. «E allora, cosa c'è scritto?»

David appoggiò la sigaretta e prese il foglio. «Non molto. Fa parte di un'opera incompiuta. Sono appunti che ha scritto per sé stesso, ipotesi, cose così. Ci sono anche un sacco di scarabocchi, sembra che il vecchio Wolfgang avesse una pessima grafia.»

«È un pezzo unico... Voglio dire, ci sono altre cose incompiute, come hai detto che si chiamano, bozze?»

«Moltissimi. Wolfy era incredibilmente prolifico; ha composto più di ogni altro musicista nella storia: sedici opere, quarantuno sinfonie, ventisette concerti per pianoforte e cinque per violino, venticinque per quartetti d'archi, diciannove messe e più di cinquecento altri lavori in ogni stile di moda all'epoca. E lo stronzo è morto a soli trentasei anni.»

«Più di cinquecento? Hai esagerato un po', no?»

«Per niente. Ha una lista di più di seicento lavori. Ma una delle conseguenze di essere un genio è una buona dose di svagatezza. Iniziava qualcosa, si dimenticava a che punto era arrivato e ricominciava daccapo da qualche altra parte.»

«Quindi ricordava a memoria tutto quel che aveva scritto?»

«Proprio così. Ma non sempre finiva quel che aveva iniziato. C'è in giro un sacco di roba incompiuta, prime stesure che poi rivedeva in un secondo momento. Sono cose note a tutti.»

«Forse per te, io non ne so niente. Be', una volta ho visto un pezzo di quel film. Come si chiama?»

«*Amadeus*. Bel film, ma non dal punto di vista storico.»

«Che vuoi dire?»

«Non era molto accurato. Ritraeva Mozart come un rozzo maniaco sessuale, pazzo e alcolizzato. In realtà era piuttosto religioso, beveva poco ed era profondamente innamorato della moglie Costanza.» Un sorriso distante riempì gli occhi di David. «È uno dei motivi per cui Henry mi ha regalato questo foglio. Pensava che dovessi averlo io perché il cognome di Costanza era Weber, come il mio ma con una sola B.» David rimase in silenzio per qualche istante. «Certo, Mozart era sicuramente un tipo strano, forse anche un po' pazzo e non sapeva trattare con le persone, ma ehi, era un genio. Lo sapevano tutti anche allora.»

«Mi sembra che lo abbiano ucciso o qualcosa del genere.»

David scosse la testa portandosi la tazza di caffè alle labbra e ne bevve un sorso. «È più che altro una leggenda. No, hanno cominciato a diffondersi delle voci subito dopo la sua morte. Tutti, da Leopoldo II a un presunto amante di Costanza, sono stati sospettati come mandanti dell'omicidio di Mozart. Alcuni hanno perfino messo in mezzo la massoneria.»

Bowen spalancò gli occhi. «La massoneria, perché?»

«Mozart era massone, e per giunta fervente. Una delle sue ultime opere, *Il flauto magico*, è ritenuta un'opera massonica perché è piena del simbolismo segreto e delle stronzate numerologiche della confraternita. Alcuni hanno ipotizzato che i massoni si infuriarono con Mozart per aver divulgato dei segreti sacri per la loggia e che perciò lo avessero fatto fuori... Tutte cazzate.»

Bowen annuì.

David continuò: «Ma l'ipotesi più famosa è che Salieri, un compositore della corte imperiale viennese, lo abbia avvelenato. Salieri era completamente uscito di testa negli ultimi anni della sua vita – oggi forse parleremmo di Alzheimer – e a quanto pare confessò l'assassinio di Mozart. La notizia raggiunse perfino Beethoven e molti altri famosi compositori dell'epoca. Anche Costanza ci credé per un po'. Ma alla fine troppe persone vicine a Salieri si fecero avanti per dire che in realtà lui non aveva mai confessato nulla, e che la diceria era appunto quel che era, una semplice diceria. No, non c'è alcuna prova che la morte di Mozart sia stata provocata da qualcuno. Al contrario, molti storici si trovano d'accordo sul fatto che sia morto per una polmonite causata dalle molte malattie infettive che giravano a Vienna a quei tempi. Non ha mai avuto una salute di ferro, il nostro Mozart. Non molto seducente, eh?»

Bowen scosse la testa e sorrise a David.

«Cosa?» chiese David.

«Niente.»

«Lo sai, Bowen, hai un pessimo modo di fare.»

«Scusa. È che sei così sicuro quando parli di queste cose. Sembri proprio... Non so, un esperto o qualcosa del genere.»

David rispose ingoiando un boccone di uova strapazzate.

«Scusa, non volevo dire...»

«Il vecchio Wolfy è roba mia» disse David mentre masticava.

«Che vuoi dire?»

«Era il mio cavallo di battaglia... Sentivo un'affinità con lui. Ci ho scritto diversi articoli accademici.»

«Dovevi essere bravo.»

David ignorò il complimento. «E per qualche strana ragione mi riusciva di suonare le sue cose meglio di quelle degli altri compositori.»

«Perché secondo te?»

«Mi emoziona. Credo sia un'altra delle ragioni per cui Henry mi ha fatto questo regalo.»

«Mi piacerebbe sentirti suonare una volta o l'altra.»

David rispose rapidamente: «Non sono più in grado di suonare quella roba.»

Il tono della voce fu sufficiente a scoraggiare Bowen. «Ti va di parlare di Henry?»

David si sistemò sulla sedia. «Okay.»

«Hai detto che non vi siete parlati per tantissimo tempo. Perché?»

«È una questione privata» disse David seccamente.

«Avete litigato o...»

David appoggiò la forchetta sul tavolo. «Ho detto che è una questione privata. Non ha niente a che fare con questa storia.»

Bowen annuì e passò oltre. «Insegnava ancora?»

«Ho saputo che era in pensione da cinque anni, più o meno.»

«E cosa faceva?»

«Non lo so, probabilmente scriveva.»

«Canzoni?»

David ridacchiò. «No, uno come il professor Henry Shoewalter non scrive canzoni. Magari sinfonie. Non canzoni. Ma è più probabile che scrivesse libri. Era un vero e proprio studioso.»

«Di quale argomento?»

«Storia della musica, libri di critica, cose di questo genere.»

Bowen si appoggiò allo schienale della sedia e portò una mano al mento.

«A cosa stai pensando, Bowen?»

«Metti che stava scrivendo un libro su Mozart.»

«Va bene, e allora?»

«Spiegherebbe perché aveva bisogno di questo foglio. Forse contiene qualcosa di importante che noi non riusciamo a vedere.» Bowen cominciò a parlare più rapidamente: «Ehi, magari aveva scoperto qualcosa... Non so, una rivelazione sorprendente su Mozart.»

David si pulì la bocca con il tovagliolo e poi lo gettò sul tavolo. «Okay, Bowen, ora tocca a me... Quello che dici non ha senso. Prima di tutto, Henry ha tenuto questo foglio molto tempo prima di darlo a me, quindi avrebbe già dovuto sapere tutto quel che c'era da sapere a riguardo. Secondo, anche se ci fosse qualche 'sorprendente rivelazione', come dici tu, in una qualche pausa di croma su questo foglio, cosa potrebbe mai essere di così urgente da giustificare il fatto di precipitarsi da una parte all'altra della nazione e chiamarmi nel cuore della notte per farselo dare? Perché non telefonarmi direttamente da New York e farselo spedire? Terzo, cosa può essere tanto importante da farsi ammazzare? E infine, che c'entra tutto questo con la scomparsa di J.P. e il fatto che qualcuno abbia cercato di farmi passare per il responsabile?»

L'entusiasmo di Bowen non si attenuò. «Non lo so, però secondo me siamo sulla pista giusta. Ascolta, Webber, la verità è che Henry si è precipitato da una parte all'altra della nazione e ti ha chiamato nel cuore della notte per prendere questo foglio. Ed *è stato* ucciso, e Jean Ann *è* scomparsa, e tu *sei stato* incastrato. E anche in modo piuttosto credibile.»

David colse l'accento enfatico dell'ultima frase.

«Sono stato alla omicidi stamattina. Parlano tutti di te e sono parecchio incazzati per il tuo rilascio perché sono sicuri che sia stato tu. Webber, faranno di tutto per metterti con le spalle al muro. Dobbiamo inventarci qualcosa alla svelta o ti ritroverai presto in prigione e stavolta neanche mio padre potrà fare niente per tirarti fuori.»

«Non può accadere. Devo trovare J.P.!» gridò David attirando su di sé gli sguardi degli altri clienti.

«Abbassa la voce. Ricorda, non voglio essere visto in tua compagnia.»

David si appoggiò allo schienale e accese un'altra sigaretta.

«A questo proposito, non possiamo più incontrarci di persona se non è strettamente necessario. Dovremo comunicare per telefono d'ora in poi. Penso che ti stiano tenendo sotto controllo.»

«Oh, dio, cosa?»

«Sono sicuro di aver visto un'auto civetta davanti casa tua stamattina. Forse adesso sono lì fuori e ci stanno spiando. Prima che riescano a scoprire chi sono dobbiamo aver finito. Dirò che a causa della mia relazione con Jean Ann stavo conducendo delle indagini in privato. Mi faranno una lavata di capo, ma finirà lì; forse neanche quella se avremo successo. Perciò dobbiamo farcela a tutti i costi!»

David voltò ansiosamente la testa in direzione di Ventura Boulevard.

«Non farlo!» lo rimproverò Bowen.

David appoggiò i gomiti sul tavolo e si prese il viso tra le mani. La sua voce era debole e disperata. «Che facciamo, Bowen?»

«Troviamo Jean Ann, David.» Usò il suo nome di battesimo per la prima volta.

David alzò lo sguardo. Sul viso erano evidenti i segni di una forte tensione. «Come? Non abbiamo che una vaga teoria sul perché Henry mi ha contattato dopo tutti questi anni. Può darsi che tu abbia ragione, forse su questo foglio c'è qualcosa di importante, ma non ci è di alcun aiuto per trovare J.P. o chi ha ucciso Henry.»

Bowen gli si fece più vicino e disse con gentilezza: «Lo so. Ma dobbiamo pur cominciare da qualche parte. Amico mio, non possiamo perdere la speranza. Dobbiamo credere che Jean Ann sia lì fuori, chissà dove, in attesa che la troviamo. Almeno è quel che ho intenzione di fare io, e tu?»

David annuì a malincuore. Per quanto ingenui fossero i sentimenti del ragazzo nei confronti di J.P., era contento di non essere solo in quella faccenda. *Come ci riesci, J.P.? Perfino adesso hai trovato un modo per prenderti cura di me.*

«Ora stammi a sentire,» ricominciò a dire Bowen «stamattina ho scoperto alcuni dettagli sull'omicidio.»

David deglutì. «Non sono sicuro di volerli sapere.»

«Alla omicidi, nel magazzino dove tengono gli effetti personali delle persone coinvolte nei casi, ho rovistato tra le cose di Henry. E ho trovato qualcosa.»

«Cosa?»

«Questo.» Bowen tirò fuori dalla tasca dei pantaloni un'agenda di cuoio marrone e la porse a David.

David si sentì mancare il respiro.

«Va tutto bene?»

David tossì e si schiarì la gola. «Sì, è l'agenda di Henry. Gliela avevo regalata anni fa per il compleanno.»

«Davvero? Che coincidenza.»

David non fu in grado di rispondere.

«L'ho letta da cima a fondo, e ora voglio che tu faccia lo stesso. Guarda se... Ehi,» Bowen si interruppe «DHW, le lettere incise nel risvolto, non saranno mica le iniziali del tuo nome?»

David annuì cercando di vincere l'emozione. «Già... Sono io, David Henry Webber.»

«Henry è il tuo secondo nome? Wow, questa sì che è una coincidenza.»

«Non proprio» disse David in tono sommesso, abbandonandosi ai ricordi.

«Ne sei sicuro, Davey? Il nome è una cosa importante. Ti accompagnerà per tutta la vita.»

«Sì, ne sono sicuro. Ci ho pensato molto. Avevo anche pensato di cambiare il mio cognome in Shoewalter, ma sarebbe stato irrispettoso verso i miei genitori. Così ho deciso che, non avendo un secondo nome, avrei potuto adottare il tuo. David Henry Webber suona meglio di David Shoewalter Webber, no?»

«Suona benissimo!»

«Se scoprono che ho preso questa agenda non solo sarò licenziato, ma anche arrestato.»

David chiuse il risvolto dell'agenda e tirò una linguetta di cuoio che spuntava dalla cucitura interna: si aprì un piccolo astuccio cucito nella fodera.

«Wow!» esclamò Bowen.

Un foglietto di carta ripiegato cadde sul tavolo.

Bowen lo raccolse e lo aprì.
«Cos'è?» domandò David.
«È un numero di telefono con un interno, ma non c'è scritto alcun nome.»
«Molto utile.»
Bowen porse a David il foglietto. «Guarda l'intestazione della carta.»
David prese in mano il foglietto. «The Airport Holiday Inn, Los Angeles.»
«Non mi avevi detto che è arrivato in albergo verso mezzanotte?»
«Sì» disse David sapendo dove Bowen voleva andare a parare.
«È rimasto in albergo solo poche ore. Deve aver scritto il numero appena prima di essere...» Bowen si fermò. «Scusami.»
Un brivido percorse la schiena di David. Aveva la nausea mentre teneva in mano il foglietto.
«Voglio che chiami quel numero così vediamo chi risponde» ordinò Bowen.
«Perché io?»
«Perché è probabile che chiunque risponda farà venire in mente qualcosa a te piuttosto che a me.» Bowen passò a David il cellulare. «Adesso o mai più.»
David prese il telefono e compose il numero. Al terzo squillo arrivò la risposta.
«Smithsonian Institution, con chi desidera parlare?»
David fu colto di sorpresa: «Smithsonian Institution?» ripeté per farsi sentire da Bowen. «Ehm... Vediamo. Ho un interno, cinque... due... zero.»
«È l'ufficio della dottoressa Dani Parsons. Un momento solo e la metto in linea.»

12

Durante il fine settimana, il quinto piano del museo era deserto, e a Dani piaceva fermarsi lì per un po'. Ancora le veniva da sorridere quando usciva dall'ascensore nel corridoio vuoto. Certo, non c'era niente che non potesse fare anche dal computer di casa, ma quel luogo la faceva sentire meglio, quasi un'accademica, specialmente nei fine settimana quando nella Mecca delle scienze storiche cessava ogni attività; e tornava a essere semplicemente un luogo di cultura e apprendimento. Perfino l'odore era differente.

Dani aprì la porta e accese la luce del suo ufficio, piccolo e disordinato, in fondo al corridoio dalla parte opposta rispetto alla sala conferenze. Lasciò cadere lo zaino sulla sedia davanti alla scrivania e pigiò la barra spaziatrice sulla tastiera del computer, al che le marmotte danzanti del salvaschermo fecero un inchino e poi scomparvero. Mentre il computer si avviava, Dani aprì la cartellina verde della signora Sugarberry e tirò fuori il vecchio manoscritto. Distese il foglio sulla scrivania e si sedette con una gamba piegata sotto il sedere. «Cosa sei, e da dove sei spuntato fuori?»

Senza alzare lo sguardo dallo spartito, Dani digitò la password. Dopo qualche secondo, come previsto, apparvero le parole: NUOVE EMAIL NON LETTE. Guardò lo schermo e vide che erano sette. Una da una coinquilina dei tempi del college con cui recentemente aveva ripreso i contatti; due da una società di ecommerce che offriva vestiti di marca a prezzi scontati. «Solo due, non mi volete più bene?» E sicuramente le altre quattro erano di suo padre.

Dani salvò i messaggi e decise che avrebbe risposto da casa quella sera stessa. Chiuse la posta e digitò un nuovo indirizzo; qualche secondo più tardi comparve sullo schermo la pagina della Smithsonian Institution. Inserì un'altra password e aspettò. Un rapido *bip* seguito da due *bip* più lunghi; il computer richiese un'altra serie di comandi che Dani digitò. Lo schermo si annerì per un istante e poi comparvero le parole ARCHIVIO BIBLIOTECHE NAZIONALI.

Dani digitò la parola 'cook' nel campo RICERCA e spinse *Invio*. Attese che il computer cercasse nell'immensa banca dati: NESSUN RISULTATO. Inserì 'dottor james cook' e 'georgetown': NESSUN RISULTATO. Fece un ultimo tentativo: 'dottor james cook', 'georgetown' e 'free black': NESSUN RISULTATO.

«Che illusa, Dan» disse tra sé e sé.

Osservò ancora a lungo lo spartito. «Tanto per ridere.» 'Gertrude sugarberry': NESSUN RISULTATO. «Vai alla grande, Dan, non c'è che dire.»

Uscì dal database e rimase a riflettere per qualche minuto. Prese di nuovo lo spartito e cominciò a canticchiare la melodia. «Che bella» disse con un sospiro. Guardò l'orologio, 13:27, prese il telefono e compose un numero.

«Ehi, Paul, ci sei? Paul, sono Dani, rispondi se sei lì.» Dani sorrise e poi disse cantilenando: «Paul, stai tranquillo. Sugarberry l'ho già incontrata.»

Sentì come un *clic* e la linea che si apriva all'altro capo del telefono: «Pronto? Pronto?»

«Che cazzone!»
«Perché?»
«Non rispondevi per paura che potessi chiederti di andare da Sugarberry.»
«Non è vero!»
«Sì che è vero, piccolo bugiardo!»
Paul rise.
«Be', peggio per te. L'ho incontrata stamattina, è adorabile, e la collezione è bellissima. Forse non sarà così male.»
«Davvero, Dan? Bene, sono impaziente di vederla.»
«Mi fa piacere sentirtelo dire, Paul.»
«Oh.»
«No, niente oh. E comunque non ti ho chiamato per la collezione... Almeno non credo.»
«Cosa vuol dire non credi?»
«Per dirti la verità non so cosa ho tra le mani.»
Dani raccontò a Paul del vecchio spartito attribuito a James Cook. Gli espose brevemente le sue impressioni su quella musica e riferì la storia di Sugarberry secondo cui si pensava ci fossero altri lavori di quel compositore.
«Affascinante.»
«Vero? Paul, potrebbe essere una ricerca inutile ma secondo me qui abbiamo qualcosa di veramente speciale. E se ci fossero altre cose di questo tizio? Potremmo essere incappati in uno dei più antichi compositori americani, per giunta sconosciuto. E poi Paul, è afroamericano... Pre-Guerra civile. Capisci che portata potrebbe avere?»
«Sì, me lo immagino. E immagino anche quel che dirà Beckman quando lo scoprirà. Farà finta di niente, Dan. Oppure affiderà l'incarico a qualcun altro.»
«Beckman non deve saperlo. Per quanto mi riguarda, questo foglio non è nient'altro che un pezzo della mostra che ci ha incaricato di allestire.»

Paul rimase in silenzio per un istante. «Va bene, siamo d'accordo, ma se viene fuori qualcosa dobbiamo dirglielo, okay?»

«Okay» rispose Dani, alzando gli occhi con le dita incrociate. «Allora, che stavi facendo?»

«Il bucato» rispose Paul lapidario.

«Il bucato? Paul, devi farti una vita. Vengo a trovarti.»

«Va bene.»

«Passo prima a casa a prendere il violoncello, così proviamo a suonarla.»

«Hai mangiato?» domandò Paul.

«No.»

«Ordino una pizza.»

«Perfetto, ci vediamo tra un'ora.»

Dani riattaccò e andò alla fotocopiatrice sommersa sotto una pila di libri. Dopo aver fatto tre copie dello spartito, raggiunse l'angolo opposto della stanza, dove c'era la cassaforte, e digitò la combinazione. La aprì, tirò fuori una valigetta di metallo, mise le copie nella cassaforte e l'originale nella valigetta. Poi richiuse la cassaforte e fece scattare la serratura. Si diresse verso la libreria, cercò con lo sguardo i titoli che voleva, ed estrasse tre grandi volumi che mise nello zaino. Emise una specie di grugnito mettendosi in spalla il pesante zaino, poi afferrò la valigetta, spense la luce e chiuse la porta.

Trenta secondi dopo squillò il telefono.

13

«Sono spiacente ma la dottoressa Parsons non risponde, vuole lasciarle un messaggio?»

«No grazie, richiamerò. Grazie ancora.» David chiuse il telefono.

«Che ore sono?» chiese Bowen.

«Quasi le dieci e mezzo, perché?»

Bowen era sprofondato nei propri pensieri. «Smithsonian... Interessante.»

David non disse nulla e gli restituì il telefono.

«Che ne pensi?» domandò Bowen, le rotelle ancora in moto.

David sollevò un sopracciglio e annuì. «Penso che potresti aver ragione. Forse Henry stava facendo delle ricerche su Mozart e aveva bisogno dello spartito.»

«Sì» rispose Bowen. «Ora ci resta da capire cosa stava cercando e perché era così importante avere lo spartito.» Bowen rifletté per un istante. «Ha mai lavorato per loro?»

«Per la Smithsonian? Non che io sappia. Ma erano anni che non parlavo con Henry, potrebbe darsi di sì. Probabilmente conosceva qualcuno dell'istituto; ogni tanto suonava con l'orchestra sinfonica nazionale.»

La cameriera si avvicinò al tavolo e domandò se volevano ordinare altro. Bowen disse di no e le diede un biglietto da venti dollari. Nessuno dei due disse una parola, entrambi persi nei loro pensieri, finché la cameriera tornò con il resto.

«Come si chiama la tizia?» domandò Bowen tirando fuori una penna dal taschino della camicia.

«Dottoressa Dani Parsons.»

«Dunque, sono le dieci e mezzo – cioè l'una e mezzo sulla costa est –, deve essere fuori per il fine settimana.

«O a pranzo» propose David.

Bowen non gli prestò ascolto. «Richiameremo lunedì mattina.» Appuntò il nome sul retro dello scontrino e rimase a pensare per un istante. «Nel frattempo, potresti... Tipo... Non so qual è la parola adatta... Analizzare la musica?»

«Cosa vuol dire 'analizzare'?»

«Dobbiamo scoprire su cosa stava lavorando Henry.»

David scrollò le spalle. «Certo, sarebbe proprio di grande aiuto.»

«Be', forse potresti riuscirci studiando questo foglio molto attentamente.»

«Bowen, non è esattamente il mio campo. Sì, so un sacco di cose su Mozart e ai vecchi tempi con il suo *Concerto n. 15* spaccavo veramente il culo, ma quello che mi chiedi va oltre le mie possibilità. C'è gente iperspecializzata che si occupa di queste cose, e io non sono uno di loro. E poi, cosa dovrei cercare secondo te?»

«Qualcosa di strano, fuori posto, non lo so, non sono mica un musicista. Cerca qualcosa che a Henry sarebbe potuto sembrare...»

«Perché?» lo interruppe David. «Perché lo hanno fatto, Bowen?»

Bowen non si lasciò impressionare dall'improvviso cambio di registro. Invece di rispondere subito, fece una pausa per scegliere con cura le parole. «Be', il fatto che abbiano cercato di incastrarti ha una spiegazione semplice; vogliono mettere la polizia fuori strada. Il senso del rapimento di Jean Ann, se di questo si tratta, non mi è ancora chiaro, a meno che...» Bowen si fermò.

«Cosa?»

«A meno che non serva per motivarti.»

«Motivarmi? A fare che?»

«A fare quel che stava facendo Henry!»

David sprofondò nella sedia. «Bowen, è una follia! Se tutto questo ha davvero a che fare con Mozart e lo spartito, perché uccidere Henry? Perché non seguirlo e aspettare che lo prendesse da me? Perché ucciderlo prima? È stupido. E poi avrebbero rapito Jean Ann e incastrato me per spingermi a continuare il lavoro di Henry? Bowen...?»

«Lo so» disse Bowen con calma. «È strano. Ma ancora non abbiamo tutti i pezzi. David, siamo sulla strada giusta, me lo sento!»

David guardò Bowen; quel ragazzino credeva davvero a quel che stava dicendo. «E sei ancora sicuro che l'omicidio di Henry e il rapimento di Jean Ann siano connessi?»

«Sì» disse Bowen senza esitazione. «E penso che lo sia anche tu.»

David abbassò gli occhi e si massaggiò le tempie. «Sì, penso di sì.»

«E allora dobbiamo seguire questa pista, per quanto assurda possa sembrare.»

David non rispose.

«Allora dai un'occhiata allo spartito, va bene?»

David annuì.

Bowen si alzò in piedi. «Andiamo via di qui.»

David spinse indietro la sedia ma Bowen lo fermò. «Forse è meglio se torni a casa da solo, non vorrei dare ai miei colleghi in blu più elementi di quanti non ne abbiano già. Puoi prendere un taxi?»

«Sì, certo.» David comprese la logica del discorso e si appoggiò allo schienale della sedia.

«Chiamami, okay?»

«Ti chiamo più tardi.»

David osservò Bowen uscire dalla porta principale del ristorante e guardare a destra e sinistra prima di montare sulla Ford. David prese lo spartito. *Cosa volevi, Henry?* Appoggiò il foglio sul tavolino e pensò di non essersi mai sentito così inerme e fuori controllo. No, si corresse subito. Lo era stato, due volte. Una quando i suoi genitori erano rimasti uccisi. Si era sempre domandato come avesse fatto a riprendersi così in fretta. Aveva attribuito la cosa alla forza della gioventù. Quando non si ha avuto abbastanza tempo per fare sogni e stabilire obiettivi, deve essere più semplice adattarsi agli imprevisti della vita.

La seconda volta, era stata tutta un'altra storia. Aveva sogni, aveva obiettivi. E aveva perso i due, *anzi tre* amori della sua vita quasi contemporaneamente; Kathryn, Henry e la carriera.

Gli si formò il solido nodo allo stomaco. *Mi spiace, David.* Quelle parole facevano ancora male, la ferita continuava a sanguinare. *Henry voleva solo aiutarmi!* Altre parole, altro sangue. *Mi spiace, Davey, non sapevo cosa fare.* Smettila, non serve a niente, implorò a sé stesso. *Lo sapevi. Lo sapevi e non me lo hai detto. Come hai potuto?* Ora Basta, Webber; basta, è morto, cristo santo! *È la mia vita, cazzo!* Parole, oh, dio, le parole. *Vai all'inferno, vecchiaccio!* Che idiota, che idiota egoista ero... Sono. *Lei è molto fortunato signor Webber, se non fosse stato ubriaco a quest'ora sarebbe quasi certamente morto.* Gli risuonava sempre in testa, pensò David cominciando a stringere la mano sinistra... *Ha spaccato il parabrezza con un pugno... Siamo riusciti a salvarle la mano ma il nervo è danneggiato.*

Quelle parole facevano ancora male, la ferita continuava a sanguinare.

«Chi è il suo amico?»

David sobbalzò nell'udire alle sue spalle una familiare voce da baritono.

Il tenente Pete Ryan, vestito con pantaloni marrone chiaro e una polo verde, poggiò la tazza di caffè sul tavolino e rapidamente prese posto sulla sedia occupata da Bowen poco prima. «Ti dispiace se ti faccio compagnia?»

David s'irrigidì e non rispose.

«È piccolo il mondo, eh? Stavo facendo colazione e guarda chi t'incontro. Come sta?»

«Non male» disse David brevemente.

«E la bocca come va, le hanno messo i punti?»

«No, è a posto.»

«Bene.»

Per un istante David pensò di alzarsi e andar via, dentro di sé era quel che voleva fare. Ma prima che potesse rendersene conto, disse: «Ha intenzione di arrestarmi di nuovo?»

Ryan rise in silenzio. «No, non voglio arrestarla.» Bevve un sorso. «Anche se capisco perché me lo chiede. Ha avuto un paio di giorni piuttosto pesanti, o no?»

Di nuovo David non rispose.

«No, volevo dirle che forse siamo stati noi a incasinare tutto. Sono quasi certo che lei non è direttamente coinvolto nella morte del signor Shoewalter. L'ho vista qui e ho pensato che mi sarei potuto risparmiare una telefonata. Vorrei scusarmi, mi dispiace, a volte capitano queste cose.»

David voleva credere a quelle parole più di ogni altra cosa, ma non poteva. *Webber, faranno di tutto per metterti con le spalle al muro.*

«E J.P.?» domandò David senza guardare Ryan.

«Oh, vale lo stesso per lei. È l'altra cosa che volevo dirle. Abbiamo trovato la sua macchina.»

«Avete trovato J.P.?» gridò David.

«No, abbiamo trovato la sua macchina, una Mercedes coupé rossa del '75, ma della Peterson nessuna traccia.»

«Dove?»

«Signor Webber, la macchina è stata ritrovata in un vicolo a tre isolati dal suo appartamento.» David rimase di sasso. «E c'è dell'altro. Nella macchina c'erano soltanto il libretto di circolazione, un paio di occhiali da sole, una sciarpa e una tessera magnetica; quelle che gli alberghi usano come chiavi delle stanze. È dell'Holiday Inn. Le interessa sapere di chi era la stanza?»

«Di Henry?» disse David quasi sottovoce.

«Di Henry. E le interessa sapere di chi sono le impronte digitali che abbiamo trovato nell'automobile, eccetto naturalmente quelle della Peterson?»

«Le mie.»

«Le sue» confermò Ryan.

David sentì una stretta al petto e riusciva a malapena a formulare le parole. «Perché la chiave di Henry... Perché...?» Non era in grado di organizzare i pensieri. «Però secondo lei non c'entro niente.»

«No, non è esatto, ho detto che non la ritengo responsabile. Vede, non abbiamo trovato alcuna prova della sua presenza nella stanza di Shoewalter; capelli, polvere da sparo, impronte digitali sulla scena del crimine e via dicendo. Il che non sarebbe possibile dato che lei non è un killer professionista. Fatto sta che esiste un legame tra la chiave della stanza e la Peterson, perciò non ci sono dubbi che lei sia in qualche modo implicato in questo caso, magari involontariamente.»

Che Ryan stesse dicendo la verità? La pensava davvero come Bowen o era solo un trucco? Forse avrebbe dovuto parlargli di Bowen. E se invece Ryan lo aveva riempito di cazzate...?

Bowen avrebbe negato tutto per pararsi il culo e lui sarebbe tornato in prigione, il padre di Bowen non ci avrebbe pensato due volte.

«Qualche idea sul perché la chiave della stanza di Shoewalter si trovasse nella macchina della Peterson?»

David scosse la testa.

«Non siete per caso tornati in albergo dopo che l'è venuta a prendere alla stazione di polizia giovedì notte?»

«No.»

«Va bene, e invece qualche idea su come la sua automobile sia tornata al suo appartamento?»

«No.»

«E soprattutto, qual è il motivo per cui Henry le ha telefonato? Non ce l'ha mai detto, signor Webber.»

«Non lo so.»

Ryan fissò David a lungo. Era silenzioso, ma David sapeva cosa stava pensando il detective: 'Non mi stai raccontando tutto.' E ora, per la prima volta si trovava nella condizione di non poterlo fare, non ancora, certo non prima di aver scoperto a cosa stava lavorando Henry.

«Signor Webber, David, ascolti bene le mie parole» disse Ryan a viso aperto, strizzando gli occhi azzurri come l'acciaio. «Le ripeto che secondo me lei non è un assassino. Ha capito? Però penso che sia un bugiardo, arrogante, impulsivo fuori di testa che sta per cacciarsi in affari molto più grandi di lui. L'ho visto un'infinità di volte. Tutti i mariti a cui hanno ammazzato la moglie, ogni padre che ha perso un figlio, è sempre la stessa storia e ora dico a lei quello che ho sempre detto anche a loro: Qui non siamo in televisione e questo non è *Magnum PI* Se è al corrente di qualcosa che potrebbe essermi di aiuto, deve dirmelo. Perché, a parte la stupidità di ritenersi più in gamba di un'intera squadra di professionisti, è anche, nel suo caso, una cosa potenzialmente molto pericolosa. Se lo ricordi, David, chiunque ha fatto tutto questo l'ha voluta incastrare. E se lei comincia a fare il Dick Tracy, finirà presto come Shoewalter. Ci siamo capiti?»

David osservò attentamente il tenente. Dio, sembrava sincero. Ma era il suo lavoro, no? Ricordava come si era comportato il giorno in cui lo aveva arrestato... Era sincero anche allora. Doveva aspettare. Doveva scoprire cosa stava facendo Henry.

«Purtroppo non so nulla, tenente Ryan.»

Ryan sostenne lo sguardo di David senza dire una parola fino a quando David si sentì a disagio e dovette guardare altrove.

«Va bene, faccia come vuole.» Ryan si alzò d'improvviso, afferrando la tazza del caffè. «Questo è il mio biglietto, mi telefoni quando si deciderà a collaborare. A proposito, quello spartito non ha niente a che fare con questa storia, o sì?»

David non si era accorto di averlo lasciato in vista e provò a rispondere nel modo più realistico possibile. «No, è solo una cosa a cui sto lavorando.»

Ryan rimase con le mascelle serrate mentre continuava a tenere il suo sguardo d'accusa. Si voltò senza salutare e uscì dal ristorante portandosi via la tazza del caffè.

David lo osservò varcare la stessa porta che aveva varcato Bowen e scomparire dietro l'angolo dell'edificio in direzione del parcheggio. Attese fino a che vide comparire una berlina nera con Ryan al volante diretta verso Ventura Boulevard.

David espirò, sicuro di aver trattenuto il fiato dal momento in cui Ryan si era avvicinato al tavolo. Accese una sigaretta e osservò il fumo diffondersi tra i raggi di luce che avevano cominciato ad arrampicarsi sul tavolino mentre il sole saliva lento nel cielo. *Mio dio, hai ragione, Bowen. J.P. e Henry... sono collegati.* E se Ryan avesse detto la verità? Se non era tra i sospetti? Se Bowen si sbagliava? *Piantala! Non provare a spiegare la situazione. Descrivila!*

David riprese in mano lo spartito e guardò quei simboli d'inchiostro tracciati tanto tempo prima. Cerchietti e stanghette, nient'altro che cerchietti e stanghette. Niente più di un linguaggio che alcuni imparano per esprimere le proprie emozioni. Qualcuno ci riesce meglio di altri, certo, ma... nient'altro che cerchietti e stanghette. Di sicuro non una cosa per la quale morire... *O per l'amor di dio, uccidere!* «È morta» sussurrò David tra sé, gli occhi pieni di lacrime, la mente che saltava da un pensiero all'altro. «È morta di sicuro.» Come sui giornali. Quando qualcuno sparisce non c'è mai un lieto fine. David esaminò di nuovo la pagina; *cosa può essere tanto importante!* Henry e J.P., c'era un collegamento tra loro. E lui era il denominatore comune; *è colpa mia!* David sentì una vampata di calore. Cominciò a tamburellare con il cucchiaino contro la tazza vuota un ritmo lento mentre la confusione e il senso d'impotenza si trasformarono in rabbia, e poi in autentica furia. Gli tornavano in mente le parole di Ryan: 'Altrimenti finirà presto come Shoewalter.' Il viso di David divenne di pietra: «E quindi?»

David gettò via la sigaretta e rinfilò lo spartito nella custodia di pelle. Si alzò dal tavolo, ignaro degli sguardi scioccati intorno a lui, andò al bancone e si fece cambiare un dollaro. Poi tornò indietro verso i telefoni a gettoni in fondo al locale, accanto ai bagni. Aprì in fretta e furia l'elenco alla sezione dedicata alle compagnie di taxi, ne scelse una e compose il numero.

«Salve, ho bisogno di un taxi. Sono al Jerry's Deli su Ventura Boulevard a Studio City. Dieci minuti, perfetto.»

Attaccò e aprì nuovamente l'elenco telefonico. Tenendo un dito sotto al numero per non perdere il segno, e con la cornetta serrata tra l'orecchio e la spalla, compose la sequenza di numeri; un breve squillo, musichetta di sottofondo e poi una voce registrata.

David fece la sua scelta. Altra musichetta, altro menu. «Cristo santo!» sibilò tra i denti spingendo rabbiosamente un secondo numero.

Finalmente, un essere umano. «Vorrei fare una prenotazione.»

David rimase in ascolto e poi rispose.

«Da Los Angeles a Washington DC.»

Gilbert era al volante e Sanchez aveva il binocolo davanti agli occhi quando la macchina di Ryan entrò nel parcheggio del 7-Eleven. Gilbert abbassò il finestrino.

«Ce l'hai?» disse Ryan fermando l'automobile.

«Ce l'ho» disse Gilbert, e passò a Ryan un rullino.

«Che sta facendo adesso?»

Sanchez rispose continuando a guardare con il binocolo. «Si è alzato dal tavolo, abbiamo pensato che se ne stava andando, ma è andato alla cassa, si è voltato ed è tornato verso i bagni.»

«Probabilmente sta chiamando un taxi.»

«Sì, è quello che abbiamo pensato anche noi.»

«Va bene, tenetelo d'occhio» disse Ryan ingranando la marcia. «Torno in centrale.» Ryan alzò la tazza del caffè che aveva preso al tavolo di David tenendola con il tovagliolo. «Voglio scoprire chi è l'amico di David.»

Quando Ryan imboccò Ventura Boulevard con la sua berlina nera, né lui né gli altri due detective fecero caso alla Ford Explorer grigia che uscì immediatamente dopo il passaggio di Ryan dalla stazione di servizio un isolato più in là.

14

Mio adorato,
non volevo svegliarti. So che hai avuto una lunga nottata. Sono sicura che la tua performance sia stata... soddisfacente. Ho ricevuto il tuo messaggio e non vedo l'ora di incontrare zio Nick e il resto della famiglia per pranzo; oh, che gioia! Puoi passarmi a prendere alla spa. Di' a Leon di chiamare Charise e di farmi sapere quando stai per uscire.

Ciao, K.

Anthony era seduto al tavolo sul balcone nella sua veste di raso e lesse il biglietto sorseggiando una spremuta. Profumato, rasato e traboccante del suo celebre lindore, Depriest aveva ben poco in comune con quell'uomo dagli occhi rossi completamente sfatto che nelle prime ore del mattino era entrato dentro casa barcollando. Poiché non aveva voluto, o non era stato in grado, di arrampicarsi per la scala a chiocciola e mettersi a letto con la moglie, aveva optato per il divano nel suo studio al pianterreno e lì era praticamente svenuto. Se lo avesse fatto, in ogni caso, avrebbe trovato il letto vuoto; sua moglie era rientrata un'ora dopo di lui.

«Cara mia, sei proprio uno spasso.»
Anthony appallottolò il biglietto e lo gettò oltre la ringhiera del balcone. Prese il cordless e compose un numero. «Leon, telefona alla spa di mia moglie. La passo a prendere tra quarantacinque minuti, capito? Grazie.»

Il portiere e addetto alla sicurezza dell'esclusivo salone di bellezza su Park Avenue stava fischiettando *I like New York in June, how about you* mentre i sorridenti abitanti dell'Upper East Side gli passavano davanti. Era uno splendido pomeriggio di sole nella Grande Mela.
Kathryn Depriest emerse dalle porte a vetri scuri esattamente quarantatré minuti dopo aver ricevuto il messaggio del marito. Dai piedini perfetti al trucco applicato in modo impeccabile su un viso dai lineamenti altrettanto impeccabili, la bionda alta e slanciata aveva ottenuto quel che cercava: un aspetto che incarnasse la salute, il benessere e la bellezza.
In quanto unica figlia di Joseph e Annabelle Whitebridge di Boston, Massachusetts, e nipote del magnate del petrolio Joseph Whitebridge senior, Kathryn aveva imparato presto gli obblighi e i privilegi della propria condizione sociale. Aveva sempre saputo chi fosse e cosa ci si aspettasse da lei. Era qualcosa contro cui un tempo si era ribellata ma che poi aveva riscoperto e accettato rapidamente dopo aver sposato Anthony ed essersi ritrovata nel bel mezzo dell'élite newyorkese. Era anche rientrata in contatto con le armi di un simile lignaggio, una delle quali era il sorriso civettuolo che adesso offriva al Golia irlandese che le teneva la porta.
«Grazie, Michael.»
«Di nulla, madame. Come è andato l'allenamento?»
«Splendidamente, Michael.»
«Ha dormito bene questa notte?» disse l'uomo con un sorriso malizioso.

Kathryn guardò la strada in entrambe le direzioni per assicurarsi che non ci fosse la limousine nera prima di posare una mano sulla nuca del giovane e far scorrere le unghie rosso brillante lungo il suo collo taurino.

«Come un sasso, Michael.»

Il giovane irlandese si sentì mancare il fiato. «Hai un aspetto incredibile.» Le toccò con discrezione la scollatura della camicetta.

Kathryn rispose utilizzando di nuovo la sua arma, ma stavolta aggiunse una piroetta. «Ti piace?»

Come molte donne del club, Kathryn teneva lì, per qualsiasi evenienza, una parte del suo guardaroba, dagli abiti formali a quelli sportivi passando per tutte le sfumature nel mezzo. Tuttavia il pranzo con il clan Depriestiano le poneva sempre problemi particolari. Alla fine si era arresa e aveva scelto ampi pantaloni giallo pastello e una camicetta di raso color crema. *Perfino Donna Karen è troppo elegante per la cricca di Flatbush.*

Da molto tempo aveva smesso di nascondere i suoi veri sentimenti verso la famiglia del marito. Li trovava volgari e rivoltanti. Quando aveva sposato Anthony, subito dopo il college, non era pienamente consapevole, né le importava, delle sue origini. Senza una ragione particolare aveva presunto che venisse da una qualche famiglia ricca a nord di New York. Negli anni che seguirono, Anthony le aveva parlato della sua infanzia solamente per dire che era stata 'difficile'. La consapevolezza delle vere origini del marito e della reputazione di zio Nick e dei Depriestiano di Flatbush arrivò lentamente. All'inizio le era sembrata una cosa in certo modo affascinante... *La mafia, che spasso.* Non che Anthony fosse un mafioso; un'idea quantomeno grottesca. Certo, nel corso del tempo aveva scoperto che il marito era un bugiardo, che la tradiva e che era un ragazzino viziato, ma un mafioso? Anthony Depriest non sapeva nemmeno come si teneva in mano una pistola. Però era nipote di Nicholas Depriestiano, il che avrebbe reso il divorzio quantomeno complicato, se non un vero e proprio suicidio; non fisicamente, ovvio, ma finanziariamente. Mamma e papà non l'avevano certo ripudiata, ma era arrivata alla conclusione che avrebbe preferito vivere una farsa con Anthony piuttosto che tornare da loro a chiedere qualsiasi cosa. Inoltre, l'accordo aveva anche i suoi vantaggi.

Lasciò andare la mano e si sottrasse allo sguardo dell'usciere quando con la coda dell'occhio vide la limousine svoltare dalla Settantunesima strada. Giunse sul marciapiede insieme all'automobile. Il deferente irlandese le aprì la portiera, lei salì in macchina e la porta fu richiusa senza che i due si fossero scambiati una parola o un solo sguardo. Anthony era immerso nel *New York Times*.

«Ciao, caro» disse Kathryn sistemandosi il colletto della camicetta.

«Ciao, cara» fu la risposta da dietro il giornale.

Kathryn raccolse l'inserto d'arte e tempo libero dal sedile ed entrambi lessero in silenzio mentre Leon li guidava verso il ponte Roosevelt e poi a sud lungo l'East River Drive e il ponte di Brooklyn. Anthony faceva finta di leggere, in attesa del suo momento. Quando l'automobile si avvicinò al Prospect Park Express Parkway, Anthony richiuse il giornale e aprì il fuoco.

«Cara, ti ricordi il professor Shoewalter?»

Kathryn abbassò il giornale con un'espressione indignata. «Certo che me lo ricordo. Ti ho anche detto di aver parlato con lui qualche mese fa.»

«Ah, è vero, dove ho la testa? Cos'è che voleva?»

«Una ricerca. Mi ha chiesto di fare una ricerca per lui.»

«Come ai vecchi tempi, eh?» disse Anthony con un largo sorriso.

Kathryn guardò fuori dal finestrino. «Diceva che ero la migliore assistente che avesse mai avuto. È stato gentile da parte sua. Bei tempi quelli. Ero sicura che non l'avrei più risentito dopo che...» Kathryn si interruppe.

«Che genere di ricerca?» domandò Anthony con tono innocente.

«Qualche dato storico su Mozart, niente di particolarmente complicato.»

«E tu l'hai fatta, questa ricerca?»

«Sì, certo che l'ho fatta, e te ne avevo anche parlato. Più o meno tre mesi fa gli ho inviato quello che mi aveva chiesto. Sul serio Anthony, se non mi ascolti quando parlo, sarà meglio che non ti dica più niente.»

«E dopo non lo hai più sentito?»

«No, ma perché questo improvviso interesse per Henry Shoewalter?»

Gli occhi di Anthony si intristirono. Prese la mano di Kathryn. *Ora mi diverto!* «Cara, io... io non so come dirtelo.»

«Dirmi cosa?»

«Be'... È solo che... Oh, dio, quanto è difficile.»

«Anthony, cosa stai cercando di dirmi?»

«Cara, ieri sera c'erano questi musicisti che ne parlavano. Sai che molti di loro conoscevano il professore... Dio, credo che la maggior parte abbia studiato con lui. Be', cara, per te sarà un colpo terribile, ma il professor Shoewalter è morto.»

Kathryn rimase a bocca aperta e le mancò il respiro.

«Mi dispiace tanto, cara. E c'è di peggio. Sembra che sia stato ucciso.»

«Ucciso? Perché? Come?» Gli occhi di Kathryn si riempirono di lacrime.

«So solo che è successo a Los Angeles. La notizia lì è uscita su tutti i giornali, in televisione, ne parlano tutti.»

Kathryn lasciò cadere il giornale. «Oh mio dio! Quel pover'uomo, così buono!» Le riusciva difficile controllarsi. «Hanno arrestato qualcuno?»

E adesso il colpo di grazia. «Sì, ma lo hanno rilasciato.»

«Chi?» domandò Kathryn.

Anthony fece una pausa prima di assestare il KO. «David Webber.»

Kathryn arrossì violentemente. Era come se la avessero gettata in un cunicolo oscuro dove non si riusciva a distinguere l'alto dal basso. *David Webber!* Un nome che non sentiva pronunciare da quasi dodici anni. Eccetto le volte che lo aveva pronunciato lei stessa nell'intimità della memoria. Era un ricordo di scorta. Un ricordo al quale tornava quando la vita si faceva troppo sporca e complicata. Un ricordo semplice e gentile; un nome da un'altra vita, una vita che forse avrebbe potuto essere, esistita solo nello spazio mitologico dell'ipotesi.

«Va tutto bene, cara?» disse Anthony abbracciando la moglie.

Kathryn gli poggiò la testa sulla spalla, e pianse.

Fu prendendo una valigia dall'armadio nella stanza da letto che David lo trovò. Quando aveva detto a Henry che 'il regalo' (l'opera di Mozart) era l'unica cosa sopravvissuta del suo passato, aveva dimenticato la scatola. Per un istante pensò di andare a buttarla nel cassonetto. Perché aprirla? Perché tornare lì? Ma ancor prima che potesse rendersene conto, la scatola era sul letto. Ravel ci saltò su e cominciò a curiosare mentre David tagliava il nastro adesivo che vi era stato frettolosamente applicato molti anni prima.

«Vuoi vedere com'ero incasinato a quei tempi, Rav?» disse David mentre il gatto inseguiva i pezzetti di nastro adesivo staccati. «Io non ne sono così sicuro.»

Era subito dopo essere stato dimesso dall'ospedale; o meglio, *non dimesso*. Fin dal primo giorno aveva rifiutato ogni visita. Non voleva vedere nessuno; Henry e Kathryn in cima alla lista delle *personae non gratae*. E benché la sua mano avesse bisogno di mesi di riabilitazione, non aveva intenzione di rimanere in ospedale a lungo. Così, dopo due settimane e mezzo durante le quali si era parzialmente ristabilito, si era alzato dal letto, si era vestito, ed era andato via zoppicando senza dire niente a nessuno, senza firmare niente. Aveva preso il treno per il centro, era passato in banca e aveva estinto il conto, poi era andato nel suo appartamento dell'Upper West Side e aveva infilato in una valigia tutto quello che gli era sembrato importante conservare; l'idea della scatola era venuta dopo, un breve momento di emotività, l'unico. Oltre a quello, non vi furono altri rituali. Aveva chiuso la porta del suo appartamento senza neanche preoccuparsi di girare la chiave, aveva fatto un'offerta impossibile da rifiutare al portiere per una vecchia Impala che era nel garage del palazzo, ed era partito. Niente fanfare, niente melodrammi, niente addii toccanti, se ne era semplicemente andato. E adesso, quasi dodici anni dopo, si guardava indietro per la prima volta.

Chissà cosa mi sembrava tanto importante da dover essere conservato.

Quando l'ultimo pezzo di nastro adesivo cadde sul pavimento, David fece un profondo respiro e sollevò il coperchio. Con grande sollievo la prima cosa che vide lo fece sorridere. Era un guantone da baseball; vecchio, pieno di crepe e di tre o quattro taglie troppo piccolo. Era un regalo del suo padre adottivo, il signor Witherspoon. David aveva ancora davanti agli occhi la gioia di quando glielo aveva regalato per il suo nono compleanno. Infilò le dita nel piccolo guantone e lo colpì con l'altra mano chiusa a pugno. Odorava ancora di vaselina. *Avrei dovuto farmi sentire, bastardo egoista che non sono altro.*

Anche se era stato dai Witherspoon poco più di tre anni prima di trasferirsi da Henry, tra tutte le persone con le quali aveva vissuto dopo che i suoi erano rimasti uccisi, dei Witherspoon conservava un ricordo speciale. Dopo essersene andato, l'unico contatto che aveva avuto con loro era stato attraverso i biglietti di auguri per Natale e il compleanno; sempre dai Witherspoon a lui, mai il contrario. *Avrei dovuto farmi sentire.* Aveva continuato a ricevere biglietti fino a sette anni prima. Era stato da uno di quei biglietti di Natale, firmato dalla sola Gladys, che David aveva appreso della morte di George. Gli ci vollero quattro mesi per telefonare. Quando lo fece, venne a sapere dalla sorella di Gladys che, come accade spesso alle coppie che hanno trascorso insieme quasi tutta la vita, Gladys aveva raggiunto George due mesi dopo. *Avrei dovuto farmi sentire.*

David poggiò il guantone accanto a sé e continuò a estrarre ricordi dalla scatola. C'erano premi, attestati, trofei e targhe delle gare di pianoforte. C'erano composizioni dimenticate da tempo, scritte quando era ancora adolescente, e arrangiamenti che aveva composto per la banda del liceo di Westchester. Trovò una busta con la lettera di ammissione alla Juilliard e il diploma. È buffo, pensò, come qualcosa che un tempo era sembrato così importante da raggiungere possa finire sul fondo di una scatola di cartone. C'erano oggetti la cui importanza non fu in grado di decifrare, il menu di un ristorante, una copia di *Time*, una scatolina con i gettoni della metropolitana, e una penna da due soldi. «Dio, mi sa che ero sonnambulo quando ho riempito questa scatola.»

Poi le vide, le foto incorniciate. Gli si gelò il sangue. *Dovresti fermarti ora, Webber!* Sollevò la prima. Lui con i genitori. Avrà avuto sei o sette anni. La tipica famiglia americana ritratta nella tipica posa. C'era anche il logo di Olan Mills in basso a destra. Osservò la foto per alcuni minuti prima di rimetterla a posto e prendere quella successiva. Sapeva che sarebbe arrivata. Si era ricordato che era lì dentro nell'istante in cui aveva aperto la scatola. La osservava tenendola a distanza. *Non provo niente.* Continuò a guardarla avvicinandosela. *Non provo niente.* Era stata scattata il giorno della laurea. Lui, Kathryn, Henry e Anthony Depriest in piedi davanti al Lincoln Center. Allora non lo sapeva. Non lo avrebbe saputo per altre due settimane. Osservò gli occhi di Kathryn. Poi guardò quelli di Depriest: né gli uni né gli altri lasciavano trapelare nulla. Ma gli occhi di Henry dicevano qualcosa. Sembravano inquieti. *No, tristi. Gli occhi di Henry erano tristi.* David si stese sul letto tenendo la foto sopra la testa. Ravel gli saltò sul petto. Il gatto cominciò a fare le fusa mentre David gli accarezzava la schiena. *Cosa provo?*

Un istante dopo David si alzò in piedi, costringendo Ravel a saltare giù. «Dài, Rav, dobbiamo prepararci per un viaggio. Spero che ti piacciano le noccioline perché verrai anche tu. Non ho nessuno a cui lasciarti.» Questo pensiero lo spinse a interrompersi bruscamente. Sentì risuonare l'eco delle parole che J.P. gli aveva detto in macchina: 'Probabilmente sono l'unica amica che ti è rimasta.'

«Proprio così, Jeep» sussurrò David.

Stava rimettendo gli oggetti nella scatola quando dalla rivista *Time* caddero alcuni foglietti di carta. David vide gli scarabocchi che vi erano sopra e, immediatamente, si ricordò perché aveva voluto conservare quella rivista. Lesse le parole scritte di suo pugno: 'Messa perduta di Mozart.'

«Non posso crederci. A proposito di coincidenze!»

Aprì la copia del *Time* e lo vide; un articolo su un professore dell'università di Los Angeles, un certo dottor Raymond Sullivan. Nell'articolo, Sullivan ipotizzava che Mozart avesse composto una messa dopo la morte della madre Anna Maria, messa che non è mai stata trovata. Si ricordò che avrebbe voluto inserire nella sua tesi una confutazione della teoria di Sullivan, dimostrando che Mozart non aveva mai scritto una messa per la madre. Sarebbe stato il massimo dell'arroganza: un laureando che contesta il lavoro di un professore di ruolo. Era il genere di cose per cui David stava diventando famoso. *Sarebbe stato brillante!* «O almeno avrebbe smosso un po' le cose!» disse con un ghigno.

David infilò il foglio di carta tra le pagine della rivista e mise il tutto in una valigetta insieme al manoscritto di Mozart. Davvero appropriato, pensò tra sé.

15

Paul Rogers era chino sulla tastiera del piccolo pianoforte a coda in legno di noce e ogni tanto suonava un accordo di accompagnamento per la melodia che Dani stava eseguendo al violoncello. Quando si interruppero entrambi, simultaneamente, Dani sorrise imbarazzata. «Così potrebbe andare.»

«Mmm, non lo so» mormorò Paul accarezzandosi il pizzetto rossiccio. «Proviamo di nuovo. Questa volta metto un *mi bemolle* minore al posto del *mi bemolle maggiore* nel quarto accordo della seconda battuta, e nella quarta battuta un *sol minore* invece del *mi bemolle* di prima. Cominciamo... E uno e due e tre e...»

Il duetto riprese. Dani seguiva le note sull'antico manoscritto che aveva sotto gli occhi, Paul agghindava la melodia improvvisandone l'accompagnamento. Alla fine dell'ultima battuta, fu Paul a sorridere. «Ora va meglio!»

«Sì, ma è giusto?» rispose Dani.

Paul sbadigliò e si stiracchiò le braccia. «Non c'è modo di saperlo, Dan. E poi è più di un'ora che ci stiamo lavorando. Che ne dici se ci accontentiamo?»

Dani poggiò l'archetto, prese una bottiglia di Budweiser e si sedette comoda. Bevve l'ultimo sorso. Il sapore della birra tiepida le provocò un'espressione di fastidio. «Non poteva esserci una seconda pagina? Magari delle variazioni sul tema avrebbero potuto farci capire qualcosa in più sullo sviluppo.»

«È vero. Ma senza poter stabilire di che periodo è l'accompagnamento, ci sarebbero comunque almeno una decina di sviluppi possibili. Se è del primo periodo classico, come lasciano intuire le prime tre battute, il seguito potrebbe essere emotivamente compassato con la melodia che rimane dominante e un accompagnamento molto semplice. Però c'è quel *sol diesis* nella quarta battuta che è completamente inaspettato e molto carico, soprattutto se lo si accompagna con un *mi bemolle* sospeso come ho fatto io. Ma quel genere di composizione è molto espressiva, potrebbe essere del tardo periodo romantico o impressionista.»

«Non può essere impressionista. Sarebbe troppo successivo al dottor Cook.»

«Be', forse dopotutto non è opera del dottor Cook.»

«No, Sugarberry mi ha detto che la grafia è stata autenticata. È sicuramente opera sua.»

«E allora torniamo ai classici o ai romantici. Di certo non è barocco.»

Dani sorrise. «Mi stai dicendo che non ne hai la più pallida idea?»

Paul fece finta di essere scioccato dalle sue parole. «Cosa te lo fa pensare?»

Dani ridacchiò. «Anch'io non ne ho idea.»

Paul prese lo spartito dal tavolo. «Però ti dico una cosa: se veramente l'ha scritto lui, allora questo dottor Cook è il compositore più sottovalutato del XIX secolo, perché è quasi geniale.»

«Sono d'accordo. Ma adesso cosa facciamo?»

Paul passò lo spartito a Dani, raccolse il cartone della pizza vuoto dal tavolinetto e si diresse in cucina. «Per prima cosa lunedì mattina lo portiamo al laboratorio e vediamo se riescono a datare e identificare la provenienza del foglio. Così sapremo il dove e il quando. Poi andiamo allo studio e diciamo a Marcus di caricare la melodia su ProTools, così il computer ci sputa fuori un po' di accompagnamenti. Anche se secondo me non riuscirà a fare meglio di noi.»

Dani disse quasi gridando verso la cucina: «Okay, ma oggi è sabato, cosa faccio nel frattempo?»

Paul rientrò in salotto. «E dici a me di farmi una vita? È il fine settimana, Dan.»

Dani sporse in avanti le labbra fingendosi triste.

Paul alzò gli occhi al cielo e sospirò. «Va bene, nel frattempo, perché non cerchiamo di scoprire qualcosa in più sul dottor James Cook?»

«Ho già cercato su internet. Non ho trovato niente.»

Paul rimase per un istante a pensare, poi schioccò le dita. «Ho un'idea: Cook è di Georgetown, giusto? Ho un amico alla biblioteca dell'università. Stasera gli faccio uno squillo e ci organizziamo per vederci lunedì.»

Dani era raggiante. «Perfetto, e in ogni caso lunedì devo andare da Sugarberry per prendere gli spartiti. Così potrai incontrarla anche tu.»

Paul le lanciò un'occhiata.

«Stai tranquillo, Paul, te l'ho detto, è adorabile.»

«Va bene» ridacchiò Paul. «Sai, Wilbur è anche membro della Georgetown Historical Society. Sono sicuro che sa qualcosa sul dottor Cook.»

«È un bibliotecario e si chiama Wilbur?»

Paul scosse la testa.

«Sto scherzando, Paul, è un'ottima idea.»

«Stasera lo chiamo.»

«Perfetto» disse Dani saltando giù dal divano con il foglio dello spartito in mano; poi cominciò a raccogliere le sue cose. «Okay, sto andando.»

«Veramente pensavo che avremmo potuto affittare un film o fare qualcosa.»

«Nah, non riuscirei a smettere di pensare a questa cosa. E poi devo fare un salto in ufficio prima di tornare a casa; voglio metterlo in cassaforte. Ho fatto delle fotocopie così potremo usare quelle se abbiamo bisogno di leggere lo spartito. E devo anche portare a spasso Hemingway, è stato chiuso in casa tutto il giorno.»

«Forse se non passassi tanto tempo con quel cagnetto rognoso riusciresti a farti una vita, a trovarti un uomo, me per esempio.»

Dani sorrise e diede a Paul un rapido bacio sulla guancia. «Staremmo sempre a litigare, e lo sai anche tu. E inoltre, Hemingway non è un musicista.»

Con grande sollievo di Dani, Paul lasciò cadere l'argomento. Aveva già provato in altre occasioni a prendere quella strada ma Dani non era interessata. Era dolce, è vero, ma non era il suo tipo. Ah, quanto avrebbe voluto che non fosse così, che tra loro ci fossero fuochi d'artificio.

Paul le diede una mano con lo zaino, il violoncello e la valigetta d'acciaio con lo spartito. «Allora ci vediamo domani.»

Dani si fermò e gli lanciò un'occhiata interrogativa. «Ci vediamo?»

Paul alzò gli occhi per l'esasperazione.

Subito dopo le si accese la lampadina. «Oh cavolo, il concerto! Me ne ero completamente dimenticata.» Dani gemette poggiando a terra il violoncello.

«Come fai a dimenticarti di un concerto che stiamo preparando da due settimane?»

«Lo so, lo so... È che con questa cosa di Sugarberry e... Dài, mi conosci. Paul, non potresti trovare qualcun altro per...?»

«No, e non pensarci neanche!»

«Per favore!»

«Dan, non posso trovare un altro violoncellista entro domani! Tu fai parte dell'orchestra da camera della Smithsonian e domani abbiamo un concerto. Devi esserci! E poi ti farà guadagnare punti con Beckman.»

«Già, se solo non fosse per il *suo* compleanno.» Dani sospirò in segno di resa. «Va bene, ci sarò.»

«Non sarà così male. Starai all'aria aperta e ci saranno un sacco di turisti.»

«Sì, e Beckman» disse Dani con voce monotona, prendendo il violoncello.

«Iniziamo a mezzogiorno, non fare tardi.»

«Okay, okay, non preoccuparti. A domani.»

16

L'antica villa di arenaria su Church Avenue era molto più che ragguardevole: incuteva rispetto. Benché grande, non aveva nulla di ostentato. Situata nel mezzo di un'area alberata, la casa dei Depriestiano aveva accanto a sé degli edifici dall'aspetto simile; uno era la residenza di un giudice federale, l'altro ospitava una scuola privata ebraica. Il ritmo frenetico e il trambusto di New York erano del tutto assenti nel tranquillo e distinto quartiere di Flatbush.

Leon accostò la limousine nel vialetto e si affrettò ad aprire le portiere ai passeggeri. Anthony uscì dall'automobile, fece il giro e offrì la mano a Kathryn. Ma lei ignorò questo raro gesto di cavalleria del marito e uscì dall'automobile senza il suo aiuto. Mentre costeggiavano la casa per raggiungere il giardino sul retro, Kathryn si strofinò gli occhi e si scompigliò la frangetta. Sentiva le gambe pesanti come piombo ed era molto stanca. Quello era l'ultimo posto in cui avrebbe voluto essere, soprattutto ora. *Henry è morto... David Webber!*

Il giardino dei Depriestiano sembrava uscito da una cartolina di un paesaggio italiano; c'erano lanterne rosse appese a due fili disposti a croce sopra un patio in cotto che si protendeva in avanti da una veranda coperta. Una pignatta per i bambini pendeva da un ramo di un acero nel mezzo di un giardino rigoglioso, e dietro la staccionata c'era una grande aiuola con girasoli alti un metro e mezzo. A Kathryn sembrava che si fossero radunati tutti i figli, le figlie, i cugini, i nipoti e le nipoti della famiglia Depriestiano, e che ognuno fosse impaziente di ritrovare i propri consanguinei. Anthony sfoderava un sorriso come se fosse in posa per una fotografia. Kathryn riacquisì padronanza di sé, deglutì e riuscì a mettere insieme un'espressione che almeno in parte nascose la sua pena.

«Tonino!» gridò un'anziana voce femminile con un marcato accento italoamericano, e dalla folla sbucò una donna di bassa statura. «Guardate, c'è Tony con la sua bella mogliettina.»

«Zia Maria!» rispose Anthony con un sorriso ancora più grande.

«Tonino, ma che, non mangi? Sei magro come un tralcio di vite.»

«Ma dolce come l'uva, zia Maria, dolce come l'uva.»

«Oh, ma sentiti. Be', dovremmo sentire cosa pensa tua moglie in proposito» disse la piccola, rotonda donna italiana, dando ad Anthony un pizzicotto sulla guancia. «Cara, è davvero così dolce?»

Kathryn concesse un debole sorriso all'unico membro della famiglia che riusciva quantomeno a tollerare. «Sì, zia Maria. Ma come il vino dei vostri vitigni, spero che migliori con l'età.»

Anthony rispose alla frecciatina della moglie con uno sguardo di sguincio.

L'anziana signora rise e baciò Kathryn sulla guancia. «Tonino, ti ho preparato una cosa molto speciale.»

«No, zia Maria, non dovevi.»

«Ma come no. Tuo zio mi ha detto che venivi così ho preparato le polpette di cavolo apposta per te. Che ne pensi?»

«Penso che dovrò chiamare il mio sarto e dirgli di aggiungere qualche centimetro al girovita di tutti i miei pantaloni, ecco che ne penso!»

La donna rise e diede un altro pizzicotto sulla guancia di Anthony.

«Zia Maria, dove posso trovare quel tipaccio di tuo figlio?»

«Jimmy?» rispose la donna muovendo la mano in segno di disgusto. «È nel vialetto a giocare a baseball con i ragazzi. Te lo immagini, alla sua età! Ma quando crescerà? Santa vergine, è venuto tale e quale a suo padre.»

«Be', in fondo non è proprio un male» disse Anthony baciando la donna sulla fronte. «Kathryn, credo che zia Maria abbia bisogno di una mano in cucina.»

Kathryn guardò il marito con disprezzo. In quella casa era sempre il 1950: vai in cucina, donna, e pensa ai bambini.

«C'è zio Nick?»

«Oh, è nel suo studio con degli amici, vuoi che te lo chiami?»

«No, andrò da lui più tardi. Penso che prima passerò a salutare mio cugino, magari mi faccio anche un giro di baseball.»

La donna si voltò per rientrare in casa. «Ma non sudate, tra mezz'ora è pronto in tavola.»

Kathryn seguì la donna, Anthony si diresse verso il giardino. Il cancello era aperto e Anthony entrò nel vialetto.

Una sigaretta fumata a metà penzolava dalle labbra di Jimmy che era in piedi davanti alla casa base (un bidone dell'immondizia) e teneva in mano una mazza. Un ragazzino lanciò la palla dopo averla fatta rimbalzare sul pavimento di cemento. Jimmy spostò il peso del suo pesante corpo in direzione dalla sfera che si stava avvicinando e provò a colpirla. La mancò di trenta centimetri buoni.

«Cazzo! Porca puttana!»

Tutti e sei i ragazzini scoppiarono a ridere.

«Sta' zitto e tira di nuovo, perdio!»

«Neanche per sogno, sei eliminato. Fai provare qualcun altro!» disse il ragazzino di nove anni in prima base.

«Sì, hai già provato dieci volte, passa la mazza a qualcun altro» urlò l'undicenne dall'ala destra del campo.

«Ehi, ho detto di lanciare quella cazzo di palla prima che vi spacco la mazza da baseball su quelle piccole testoline.» Jimmy si mise in posizione. Il ragazzo lanciò la palla e ancora una volta la mazza la mancò. «Cazzo! Porca puttana!»

I ragazzini scoppiarono a ridere di nuovo, e quello in prima base cadde a terra tenendosi lo stomaco per le risate. La risatina di Anthony emerse tra quelle degli altri. Jimmy vide il cugino e ringhiò: «Pensi di saper fare di meglio, damerino?»

Anthony sorrise. «Probabilmente no, il mio forte sono i lanci.»

Jimmy trasse un profondo tiro dalla sigaretta. «Allora fatti avanti, maestro. La faccio arrivare a Downtown quella palla.»

Anthony si avvicinò al lanciatore. «Posso?» Il ragazzino gli porse la palla. «Sei pronto, cugino?»

Jimmy buttò via il mozzicone di sigaretta e sputò contro il bidone dell'immondizia. «Forza, stronzo, tira.»

Anthony arcuò la schiena all'indietro e sollevò violentemente il braccio sopra la testa. La palla partì dalla sua mano come un proiettile; Jimmy non ebbe il tempo di reagire. La pallina terminò la corsa contro il suo sopracciglio sinistro, proprio accanto alla tempia. Per prima cadde la mazza, subito dopo cedettero le ginocchia, e quell'uomo tutto d'un pezzo cadde disteso a terra. I ragazzini corsero verso di lui per accertarsi delle sue condizioni. Anthony si avvicinò con indifferenza.

«Non ha niente, ragazzi, non preoccupatevi. È vero che stai bene, cugino?»

Jimmy rispose con una specie di grugnito.

«Ma certo, non ha niente. Ci penso io a Babe Ruth qui, voi intanto andate a prepararvi per il pranzo.»

I ragazzi si guardarono l'un l'altro.

«Dài, andate, Jimmy sta bene. Tra un istante veniamo anche noi.»

I ragazzi obbedirono all'ordine di Anthony e uno dopo l'altro corsero via verso il giardino. Anthony afferrò Jimmy per il retro della maglietta e lo fece sedere.

«Dài, che non ti sei fatto male.»

«Sei uno stronzo!» borbottò Jimmy mentre riprendeva i sensi.

«Mai quanto te, cugino.»

«Te la spacco quella testa di cazzo!»

«*Tsk, tsk,* non lasciamoci andare in questo modo» disse Anthony dandogli un colpetto sul viso. «Non dimenticare con chi stai parlando, o forse dovrei rinfrescarti la memoria per quel...»

«Ma sta' zitto! Ne ho abbastanza di sentirti tirare fuori questa storia. E comunque che cazzo hai oggi?»

«Lo sai benissimo, Jimmy. Voglio sapere perché non sono stato informato prima di tuo padre. Mi ha chiamato ieri sera e me l'ha detto lui.»

«Ti riferisci al fatto che hanno ammazzato il vecchio? E come cazzo avrei fatto a saperlo? Non ne sapevo niente neanche io finché non me lo ha detto papà.»

«E Leo e Sal?»

«Non riesco a contattarli.»

«Che vuol dire non riesci a contattarli?»

«Che ho provato a chiamarli e non rispondono.»

Anthony si mise in ginocchio e guardò negli occhi il cugino. «Jimmy, non è che stai facendo lo stronzo con me?»

«Cha cazzo dici?»

«Non è che hai detto a Leo e Sal di ammazzare il vecchio per farmi fare brutta figura con tuo padre, vero Jimmy? Perché se è così...»

«Sei uno psicopatico di merda! Ti ho detto che non ho parlato con Leo e Sal e che non sapevo niente di questa storia finché papà non me lo ha detto ieri sera. Di', pensi che sono stupido o cosa?»

«Esattamente.» Anthony fissò il viso di Jimmy per un istante. «Ma forse non stupido fino a questo punto, o intelligente, a seconda dei punti di vista.»

Anthony aiutò il cugino a rialzarsi. «E quindi che fine hanno fatto Leo e Sal?»

«Non lo so, non è da loro. Sono i miei uomini migliori, cristo, li conosco dalla quarta elementare.»

«C'è qualcun altro in questa storia» disse Anthony tra sé lanciando in aria la pallina da baseball.

«Qualcun altro? Vuoi dire qualcun altro sta cercando quella cosa?»

Anthony non rispose.

«Ehi, forse è quel pianista che il vecchio voleva vedere.»

«Non credo, ma non possiamo escluderlo. Continua a cercare di contattare Leo e Sal. Chiama chiunque possa esserci di aiuto. Se non riusciamo a sentirli entro stasera vuol dire che non li sentiremo più.»

Jimmy guardò Anthony. «Secondo te hanno ammazzato anche loro?»

Anthony non rispose alla domanda. «Mettici il ghiaccio, si sta gonfiando.»

«Tonino! Jimmy!» gridò zia Maria dal giardino oltre il cancello. «Ragazzi... Vi sta aspettando nel suo studio.»

«Grazie, zia Maria, digli che arriviamo subito.»

La donna annuì e si precipitò in casa.

«Hai idea di cosa abbia in mente tuo padre?»
«No, so solo che ci sono anche il negro e l'ebreo.»
Anthony lasciò cadere la palla. «Qui, adesso? Perché?»
«Stai tranquillo. Conoscendo papà, vuole solo che tutti siano aggiornati. Sai come è fatto.»
Anthony serrò le mascelle per la frustrazione.
«Andiamo, papà si incazza se lo facciamo aspettare.»

Piccolo, spoglio e luminoso, lo studio privato di Nicholas Depriestiano era molto simile al resto della casa; la completa antitesi di quel che ci si aspetterebbe dal capo di una delle più potenti famiglie mafiose di New York. Depriestiano ne faceva motivo di orgoglio. Mentre altri del suo stampo sceglievano Bensonhurst, il vecchio Nick si compiaceva della semplicità e modestia della sua villa di Church Avenue.

Analogamente, l'anziano signore seduto dietro la scrivania sembrava una contraddizione vivente se si pensava al suo mestiere. Di corporatura esile e con capelli bianchi e ondulati che facevano sembrare ancor più scuro l'incarnato olivastro del viso, indossava pantaloni di cotone e un maglioncino rosa pastello della Izod. Lo si sarebbe potuto immaginare in un campo da golf di Pebble Beach.

Jimmy entrò per primo dopo aver annunciato il loro arrivo con due brevi colpetti sulla porta. Nonostante i sorrisi dei presenti, la tensione era palpabile.

Nicholas rimase seduto. «Ah, ecco i miei ragazzi!» Il vecchio Nick gemette con voce da cornamusa. «Entrate pure, è tempo che incontriate faccia a faccia i nostri nuovi amici.»

Un afroamericano con un'impeccabile camicia bianca, un papillon rosso e occhiali tondi senza montatura si alzò da una sedia a dondolo di fronte alla scrivania di Nicholas. Jimmy gli tese la mano.

«Ragazzi, vi presento Thurman Winfield. Thurman, loro sono mio figlio Jimmy e mio nipote...»

«Il maestro non ha bisogno di presentazioni, signor Depriestiano.» L'uomo lasciò la mano di Jimmy e rapidamente offrì la sua stretta ad Anthony con un luminoso sorriso. «Ho avuto il piacere di ascoltare il maestro in diverse occasioni. È un piacere poterla finalmente incontrare, signor Depriest.»

Anthony gli diede la mano e restituì il sorriso. «Lei è molto gentile, e anche per me è un piacere fare la sua conoscenza, ma per favore, signor Winfield, mi chiami Anthony.»

«La ringrazio, e lei mi chiami pure Thurman.»

«Ehi, Bernie, ecco i miei ragazzi» disse Nick rivolgendosi all'uomo un po' scarmigliato che sedeva comodamente sul divano a stampa floreale accanto alla parete.

Jimmy fece un cenno con la testa ma Anthony attraversò rapidamente la stanza verso di lui.

«Salve, signor Freeman, è un piacere incontrarla nuovamente» disse Anthony offrendo le mani all'uomo seduto, che sembrava solo di poco più giovane di Nicholas Depriestiano.

«Ciao, Tony, è un po' che non ci vediamo. Ti trovo bene» rispose Bernard Freeman con il suo forte accento da ebreo newyorkese.

«Anch'io la trovo bene. Come la sta trattando madama Giustizia?»

«Oh, lo sai, a volte si vince, a volte si perde. Alla fine tutto si aggiusta. Che posso dire, avrei dovuto dare retta a mia madre e fare il barbiere.»

«Mi permetto di parlare per ciascuno dei presenti quando dico che è un bene che non l'abbia fatto. Non voglio neanche pensare a dove sarebbe oggi la nostra famiglia se non avessimo avuto la sua saggezza e il suo consiglio a guidarci nel corso degli anni.»

Bernie tese le braccia verso Anthony.

Il vecchio Nick li interruppe: «Che ne dite di metterci comodi?»

Winfield si appoggiò allo schienale della sedia a dondolo. Anthony prese posto in quella gemella accanto a lui. Jimmy si unì all'avvocato sul divano.

Nicholas teneva le braccia incrociate sulla scrivania mentre parlava. «Il motivo per il quale vi ho convocato è riunire tutti per discutere i progressi della nostra piccola attività. Ho sempre ritenuto cosa saggia che tutti siano sempre aggiornati.»

Anthony alzò impercettibilmente gli occhi e vide Jimmy che lo guardava con un sorriso presuntuoso.

«Thurman e io abbiamo parlato della situazione di Los Angeles. Gli ho fatto sapere, Tony, che questo sfortunato incidente non è stato per te inaspettato e che in alcun modo sarà di ostacolo a quel che da entrambe le parti ci auspichiamo sia il risultato finale. Vorrei ora che tu prendessi la parola e ci spiegassi a che punto siamo.»

Anthony rimase calmo, dondolando dolcemente avanti e indietro sulla sedia. «Ma certo, zio. Be', come ha già detto mio zio, quel che è accaduto in California recentemente non è stata una gran sorpresa. Era solo questione di tempo prima che una cosa del genere potesse succedere. Quando si ha a che fare con un tesoro appetibile come questo, le cose possono farsi piuttosto pericolose.»

Winfield ascoltava senza alcuna espressione sul viso. Anthony proseguì.

«Perciò, dato che era previsto, non può essere in alcun modo considerato un ostacolo alla buona riuscita dell'operazione. Piuttosto bisogna vederlo per quel che è: un brutto colpo di sfortuna per un uomo che si è cacciato in affari più grandi di lui.»

«Posso interromperla un istante?» domandò Winfield educatamente.

Tutti guardarono Nick che fece a Winfield un cenno di assenso con la testa.

«Sono un po' confuso, signor Depriest.»

«Anthony» lo corresse Depriest con un sorriso.

«Ma certo, Anthony.»

«Perché è confuso?»

«Quando il signor Freeman ha proposto questo investimento a me e ai miei rappresentati alla Electric Chair, era stato molto chiaro sul fatto che uno degli elementi centrali fosse questo professore. Perdonate, come si chiamava?»

«Shoewalter» suggerì Bernie Freeman.

«Sì, Shoewalter. Mi è stato ripetuto più e più volte come questo professor Shoewalter fosse la chiave per il successo dell'affare, e quanto fosse importante che lei e lei solo avesse accesso alla sua persona e a quel che sapeva. Capisce da dove nasce la mia confusione?»

Anthony non mosse una palpebra. «Naturalmente, Thurman, naturalmente. Posso ben immaginare il suo stupore e il suo sconcerto quando mio zio l'ha informata dell'omicidio di Shoewalter. Ma deve pensare che...»

«Mi scusi, Anthony,» lo interruppe Winfield «ma non mi ha informato suo zio. Sono io ad aver informato lui.»

Anthony guardò Nicholas che lo stava fissando. A quel punto si rese conto che lo zio aveva voluto tendergli una trappola; una piccola vendetta. Al vecchio Nick, più di ogni altra cosa, non piaceva passare per stupido. E Anthony in quel momento capì che agli occhi dello zio aveva commesso il peccato capitale: farlo sembrare stupido, davanti a un nero per giunta.

«Capisco. Thurman, posso chiederle come è venuto a sapere dell'incidente?»

«Anthony, sicuramente saprà che come dirigente di una casa discografica molti dei miei affari sono a Los Angeles. Mi è stato riferito da uno dei miei soci più stretti.»

«Capisco. Thurman, non è nelle mie intenzioni intromettermi nel modo in cui conduce i suoi affari, ma crede che sia assennato far trapelare i dettagli di quel che stiamo facendo?»

Winfield parlò apertamente: «Ho detto che è un socio molto stretto, Anthony.»

«Ah, ma è naturale, le porgo le mie scuse» chinò il capo. *Cosa farebbe MacArthur?* Anthony si alzò in piedi. «Thurman, spero sinceramente che ciò che sto per dire non le risulti spiacevole, ma devo dirlo. Vorrei umilmente scusarmi con lei, mio zio, il signor Freeman e il mio caro cugino per l'incresciosa interruzione delle comunicazioni riguardo l'incidente in California. La colpa è da imputare unicamente al sottoscritto. Non ci sono scuse per un'organizzazione tanto superficiale, superficiale di sicuro lo è stata. Posso però assicurare a voi tutti di aver preso le dure e necessarie precauzioni affinché un simile errore non possa ripetersi in futuro. Mi auguro che questo spiacevole imprevisto non abbia minato la fiducia che lei ha riposto nelle mie capacità di portare a termine quella che sono certo sarà un'impresa molto più che redditizia.»

Winfield si sistemò gli occhiali; il vecchio Nick annuì in segno di approvazione.

«Le sue scuse sono molto cortesi e ben poste, Anthony» disse Winfield.

«La ringrazio, Thurman.»

«Ora,» disse Winfield guardando uno a uno i presenti e fissando poi negli occhi il vecchio Nick «possiamo farla finita con queste stronzate e arrivare al sodo?»

Il sorriso di Anthony svanì all'istante. Bernie e Jimmy si sistemarono meglio sul divano. Il vecchio Nick posò lo sguardo su Winfield. Anthony rimase immobile, in attesa di vedere come avrebbe reagito il vecchio; Nicholas Depriestiano non era abituato a sentirsi rivolgere la parola in quel modo.

Il vecchio Nick si appoggiò allo schienale della poltrona e sorrise. «Siediti, Tony. Coraggio, Winfield, parla pure.»

Anthony si mise a sedere.

Winfield si sedette comodo, intrecciò le dita e cominciò a parlare. «Signori, non me ne frega niente di un vecchio che si è messo nei guai in California. Quel che mi interessa è la Electric Chair. Perdonatemi la retorica, ma è la mia creatura. Dal piccolo studio di registrazione nella mia stanza di Harlem l'ho fatta diventare la più importante etichetta rap della nazione. Lo sapete come ho fatto? Lungimiranza e organizzazione. E lo sapete cosa non vedo qui? Lungimiranza e organizzazione. Ora, mi sono state proposte collaborazioni da tutte le più importanti etichette discografiche. E le ho rifiutate. Vedete, mi piace avere il controllo. Mi piace sapere tutto della mia creatura. Quando il signor Freeman mi ha proposto questo affare, quattro mesi fa, mi ha subito interessato. E lo sapete perché? Perché lei, signor Depriestiano, ha la reputazione di sapere sempre quel che succede all'interno della sua organizzazione; una reputazione che io adesso metto in discussione.»

Tutti gli sguardi si volsero al vecchio Nick per vedere la sua reazione. Lui rimase in silenzio.

«La sostanza, signori, è questa qui: nell'accordo che abbiamo stipulato e firmato c'è scritto che se in un qualsiasi momento una delle due parti dovesse ritenersi insoddisfatta, quella parte ha il diritto di ritirarsi dall'accordo prima che la società entri in attività a tutti gli effetti. Ora, sorvolando sull'incompetenza con la quale è stata condotta l'intera operazione fino a questo momento, vorrei ricordarvi che da contratto avete tre mesi di tempo per corrispondere l'investimento iniziale di cinquecentomila dollari. I tre mesi sono scaduti due giorni fa e io, signori,» Winfield fece una pausa d'effetto «non sono soddisfatto. Per come la vedo io, questo affare serve più a voi che alla Electric Chair, e sono qui per essere persuaso del perché dovrei dar seguito al mio rapporto con voi.»

Nella stanza cadde il silenzio mentre il vecchio Nick guardava Winfield senza espressione. Poi si girò verso Anthony. «Tony, vuoi rispondere tu al signor Winfield?»

«Sì.» Anthony intrecciò le dita, si appoggiò allo schienale e guardò il soffitto. «Thurman... vaffanculo!»

«Prego?»

Bernie si alzò dal divano. «Per favore, signori, non c'è alcun bisogno di...»

«Sta' zitto, Bernie» ordinò Nicholas.

«Mi hai sentito. Vaffanculo. Se vuoi ritirarti, nessuno ti ferma. Pensi proprio che siamo stupidi, eh? Secondo te ti diamo mezzo milione di dollari senza esserci prima informati sugli affari della tua piccola casa discografica? Be', lascia che ti schiarisca un po' le idee. Cominciamo dal tuo artista di punta, BJ Jam, alias Lester Tyron Waters, alias Maxwell Washington Jr. Si chiama così quel criminale, vero? Siamo al corrente del suo soggiorno ad Attica per molestie su minori... Una denuncia per reati sessuali non è il massimo, eh? Mi domando cosa accadrebbe alle vendite dei suoi dischi se si venisse a sapere. E a proposito di vendite, parliamo un po' dei tuoi altri artisti, e uso questa parola nel senso più ampio possibile. Negli ultimi mesi le vendite sono calate. E come si fa a tenere in piedi un'azienda con numeri di quel tipo? Forse qualche attività parallela nel caro vecchio settore contabilità? Forse qualche mezzuccio creativo per gestire i volumi di vendita?»

Winfield mantenne la calma ma Anthony sapeva di averlo in mano.

«Oh certo, i volumi di vendita. Credo sia una pratica piuttosto comune nel mondo delle etichette indipendenti. Dimmi se è così che funziona. Voi, come casa discografica, non siete pagati dai distributori fino a che i cd che inviate, che poi distribuiscono ai negozi di dischi, non vengono tolti dagli scaffali e rimangono in magazzino per novanta giorni, giusto? È un sistema che adottano i distributori per tutelarsi dalla restituzione della merce invenduta.»

Winfield non rispose.

«Mmm, è molto sconveniente, vero? A meno che lei non sia proprietario dell'azienda di distribuzione, di nascosto, naturalmente; oppure non abbia l'abitudine di fare accordi con distributori stranieri: niente diritti d'autore, niente di niente, solo contanti. In questo modo non sarebbe poi tanto male, no? Di sicuro assorbirebbe i costi di gestione. Mi domando però cosa possano pensarne i federali. Voglio dire, Thurman, tu paghi le tasse su questi guadagni illeciti, non è vero? Ma forse i federali sono l'ultimo dei tuoi problemi. Immagini se i tuoi *gangsta rapper* venissero a sapere che i proventi dei diritti d'autore sono in un conto a tuo nome in qualche paradiso fiscale. Non voglio proprio pensarci, e tu? A proposito, com'è il Belize in questo periodo dell'anno?»

«Va bene, Depriest, ho capito. Hai fatto i compiti, ma arriva al dunque.»

«Il dunque, Winfield, è che alla tua creatura manca l'ossigeno. Altroché se ti serve questo affare. L'unico motivo per cui non hai concluso accordi con le major è che non puoi. Passerebbero subito in rassegna i libri contabili. Povero scemo; ti sei intascato i soldi per anni. Il fisco se la spasserebbe con uno come te.»

I due uomini si fissarono negli occhi.

Alla fine Winfield abbassò la testa. «Quindi cosa vuoi da me?»

«Voglio che te ne stia zitto e che ti goda il regalo, perché è un regalo quello che ti stiamo facendo. E, se fai esattamente quel che ti diciamo, forse riuscirai a sopravvivere ed evitare la prigione.»

Winfield tirò fuori un fazzoletto e si tamponò le labbra. «Cosa devo fare? E non intendo la robaccia scritta in quel contratto, vedo che non vale praticamente niente, voglio sapere qual è precisamente la situazione.»

Anthony guardò lo zio. Il sole irrompeva dalla finestra alle spalle del vecchio, avvolgendolo con una luce di etereo splendore. Il vecchio Nick fece di sì con il capo, dando ad Anthony il permesso di proseguire.

Anthony si alzò dalla sedia sorridendo, andò dietro a Winfield e gli poggiò le mani sulle spalle. Poi gli sussurrò nell'orecchio in modo che potessero sentire tutti: «Nulla, devi solo rilassarti e aspettare che ti rimettiamo in regola. Una volta che siamo entrati in possesso di quello spartito, tu chiudi la Electric Chair.»

Winfield si irrigidì e chiuse gli occhi.

«Dopodiché incidiamo il disco e riapri la casa discografica con un nuovo nome, Renaissance Records; una nuova ed entusiasmante etichetta specializzata in musica classica. La prima uscita sarà un pezzo di Mozart inedito.»

Winfield disse con voce rotta: «Diventerò una barzelletta vivente.»

«*Au contraire*, lei sarà acclamato come un genio, un vero uomo di cultura. Già vedo i titoli su *Billboard*: Thurman Winfield, *dall'inferno ai cori celesti!* E poi c'è la parte migliore, tutto è di dominio pubblico, niente fastidiosi diritti d'autore da pagare. Lei si tiene tutti i soldi, stavolta legalmente.»

Winfield fece un profondo sospiro e guardò il vecchio davanti a sé. Nick sembrava una leonessa che osserva il figlio mietere la prima vittima.

«E voi cosa ci guadagnate?» gli domandò Winfield.

Il vecchio Nick guardò Anthony, che colse al volo. «Noi gestiamo la distribuzione e la parte editoriale, e ti pagheremo di conseguenza.»

«Immagino che non faccia differenza se dico che questo accordo non mi piace.»

Nessuno disse niente.

«Mi avete incastrato, eh?»

Infine parlò lord Depriestiano: «Dall'istante in cui hai accettato il mezzo milione.»

Winfield si alzò dalla sedia e stoicamente si avviò verso la porta. Prima di aprirla si voltò. «Mi contattate voi?»

«Ti contatteremo noi. Buona giornata, Winfield» disse il vecchio Nick.

Anthony aggiunse: «È stato un piacere averla finalmente conosciuta, Thurman.»

Winfield gli lanciò un'occhiata, aprì la porta e uscì.

Il vecchio Nick sorrise. «Te la sei cavata benissimo!»

Anthony si voltò verso lo zio. «Grazie mille.»

«Non pensi che gli abbia detto un po' troppo?» disse Jimmy in modo burbero.

«Penso che gli abbia detto quanto basta» replicò velocemente Nicholas.

«E davvero mi scuso per quello che è successo in California» aggiunse Anthony.

Nicholas fece ondeggiare la mano. «È tutto dimenticato. Allora, adesso che ci siamo tolti di mezzo queste cose spiacevoli, cosa c'è di nuovo, Tony?»

Anthony si sedette sulla sedia che aveva occupato Winfield. «David Webber.»

«Il pianista che hanno arrestato per l'omicidio Shoewalter?»

«Sì, anche lui è una mia vecchia conoscenza.»

«Davvero? E può esserci utile?» domandò Nicholas, andando al sodo.

«Credo proprio di sì. Vedi, oltre a essere un pianista, è una specie di autorità su Mozart. Penso sia per questo che Shoewalter lo stava cercando.»

«Tony, secondo te è stato questo Webber a uccidere Shoewalter?»

«Non lo so e non credo sia importante. Sarebbe più facile se fosse così.»

«Sì, capisco cosa intendi. Ovviamente lo state seguendo?»

«Lo stavamo seguendo, ma adesso ho intenzione di non continuare a farlo.»

Nicholas spalancò gli occhi. «Perché no? Non credi che...»

«Sì» lo interruppe Anthony sorridendo. «Ho detto che *noi* non lo seguiremo più. Ma non ho detto nulla di mia moglie. Vedi, zio, un tempo erano molto legati.»

Thurman Winfield salì sulla Lincoln nera posteggiata davanti alla villa dei Depriestiano. Il bianco al volante accese il motore.

«Tutto bene?»

Winfield allacciò la cintura di sicurezza. «Sono stati maleducati, paternalistici, boriosi, intimidatori e a tratti decisamente minacciosi.»

«Quindi è andata bene?»

Winfield sorrise. «Alla perfezione.»

17

David compose il numero di telefono scritto sul foglietto che gli aveva dato Bowen. Il messaggio era semplice.

«*Risponde Joshua Bowen, lasciate un messaggio.*»

«Bowen, sono Webber. Sto andando a Washington per incontrare di persona la dottoressa Parsons. Ti richiamo stasera. Chiamami se senti questo messaggio, okay? Ciao.»

David riattaccò il telefono. Diede un'altra occhiata alla stanza, prese la valigetta, una coperta di lana e Ravel.

«Sta uscendo e ha una valigia.»

«Secondo te che dobbiamo fare?»

Sanchez abbassò il binocolo. «Seguiamolo. Chiamiamo il tenente.»

David guardava verso Coldwater. Tre minuti dopo arrivò un taxi.

Quando il taxi ripartì, Sanchez mise in moto e lo seguì. «Digli che secondo me sta andando al Burbank Airport.»

«Tenente, Sanchez dice che sta andando al Burbank Airport.»

«No, non c'è nessuno con lui.»

Gilbert rimase in ascolto mentre Sanchez continuava a tenere una distanza di tre macchine tra loro e il taxi.

«Va bene, tenente. Ci vediamo lì.» Gilbert chiuse il telefono. «Ha detto di chiamare rinforzi e continuare a seguirlo a distanza; ci vediamo all'aeroporto. Poi ha detto una cosa strana.»

«Cosa?»

«Ha detto di prepararci a leggere i nostri nomi sui giornali.»

«Ehi, sveglia!» disse la donna gettando la sigaretta fuori dal finestrino.

L'uomo accanto a lei si lanciò in avanti strofinandosi gli occhi. «Che c'è?»

«Si sta muovendo.»

«Guarda, ha qualcuno alle calcagna» disse l'uomo.

«Non è strano. Be', ci uniamo al convoglio?»

«Okay, ricevuto.»

L'automobile si mise in moto e cominciò a seguire Gilbert e Sanchez.

Ryan riattaccò e lesse di nuovo il fax. *Addio fine settimana libero.* Mise il foglio nella tasca posteriore dei pantaloni, rialzò il telefono e compose un numero.

«Sì, sono io. Forse... farò un po' tardi stasera, non lasciarmi la cena. Lo so... lo so!» Ryan chiuse gli occhi e rimase in ascolto. *Quanto può durare un matrimonio in questo modo?* Il fine settimana precedente dovevano andare tutti insieme a Magic Mountain. Quello prima c'era la partita di suo figlio, quello prima ancora... Non riusciva a ricordare ma doveva esserci stato qualcosa. *Quanto può durare?*

«Ne parliamo quando torno a casa, mi dispiace ma devo proprio andare. Ti am...» La moglie non era più in linea.

Ryan uscì dal retro della stazione di Van Nuys. Aveva parcheggiato apposta su Tyrone Street, una strada tranquilla e residenziale proprio dietro la stazione. Il traffico su Van Nuys Boulevard era un incubo il sabato pomeriggio, e l'unica uscita del garage della centrale ti ci portava proprio in mezzo. Inoltre, aveva pensato di rimanere lì dentro solo per poco e andare dritto a casa. Quella era l'idea, ma il fax che teneva nella tasca dei pantaloni aveva cambiato i suoi piani.

Quando si avvicinò alla macchina, vide un barbone privo di sensi disteso accanto alla ruota anteriore. Era palesemente ubriaco.

«Dài, amico, spostati. Non puoi stare sdraiato così.»

Il disgraziato mormorò dei suoni inintelligibili mentre Ryan lo aiutava ad alzarsi. «Mi hai sentito? Appoggiarsi alle macchine è un reato grave a Los Angeles.»

Il barbone mormorò qualcosa che Ryan non riuscì a decifrare perché l'uomo si allontanava barcollando. Aprì la portiera e salì in macchina. Allacciando la cintura di sicurezza diede un'occhiata nello specchietto retrovisore e vide che l'uomo era sparito. Infilò la chiave nel quadro e girò per mettere in moto. Non udì alcun suono; il motore non si era acceso. Però sentì l'odore di zolfo. In quell'istante pensò alla moglie e a una partita di baseball che non avrebbe voluto perdersi.

L'esplosione fu assordante. Pezzi di stucco si staccarono dalle pareti delle case in stile spagnolo dall'altra parte della strada. Il vetro sulla fiancata orientale della stazione di polizia andò in frantumi come il guscio di una nocciolina per il violento spostamento d'aria. Grandi nubi di fumo nero si sollevarono in aria, e a terra cadde una pioggia di vetro e metallo.

Quando cominciarono a udirsi grida confuse riecheggiare in tutto il quartiere, il barbone riapparve da dietro un muro di cemento. Guardò quello sfacelo, annuì con approvazione e si allontanò.

18

Anthony spostò da un lato la statuetta d'oro del Grammy. Tastò il fondo dello scaffale e trovò il bottone nascosto della libreria. Un istante dopo lo specchio intagliato scivolò verso destra scomparendo dentro la parete e rivelando la porta blindata di una cassaforte. Anthony attraversò la stanza e bevve un sorso di whisky mentre digitava una sequenza di numeri sul display. La luce a LED rossa a sinistra della tastiera si spense, e subito dopo si accese quella verde sulla destra. Girò il chiavistello e aprì la cassaforte.

All'interno non c'era che una custodia marrone scuro, grande come quelle delle fisarmoniche. Anthony la prese e la portò nel centro dello studio accanto al pianoforte. I suoi occhi non rivelarono alcuna emozione quando tirò fuori una lettera fotocopiata che iniziava con 'Cara Kathryn' ed era firmata 'Con affetto, Henry'. Ce n'era un'altra, sempre fotocopiata, che cominciava con 'Caro Henry' ed era firmata con un semplice 'Kathryn'. Poi tirò fuori una pila di fogli spillati che avevano l'aspetto di una relazione; un'altra fotocopia. L'intestazione della prima pagina riportava:

RICERCA SU MOZART 1778.
DI: KATHRYN DEPRIEST
PER: PROF HENRY SHOEWALTER

Anthony poggiò il tutto e riprese in mano il fascicolo. «Ahhh» gemette dolcemente con un sorriso. Estrasse un foglio fotocopiato dall'involucro e lo sistemò sul leggio del pianoforte. Guardò con amore la composizione e mosse la mano destra in aria a formare un triangolo. Chiuse gli occhi, avvicinò la mano alla tastiera e senza leggere dallo spartito suonò perfettamente il pezzo.

Kathryn aprì la porta dello studio di Anthony e vide il marito, in vestaglia di raso, seduto al pianoforte.

«Vado a letto» disse senza alcuna intonazione.

Anthony aprì gli occhi e vide la moglie in camicia da notte. Guardò distrattamente l'orologio e con le palpebre socchiuse le disse: «È un po' presto per te, mi sbaglio? Non prendi neanche un cocktail?»

«Sono sfinita, ci vediamo domattina... Oppure esci questa sera?»

Anthony sorrise. «Buonanotte, cara.»

Kathryn chiuse la porta dello studio e salì le scale della stanza da letto. Ma non per andare a dormire, non ancora. C'era qualcosa che doveva vedere di nuovo.

La cabina armadio della camera era grande quanto una stanza. Con oltre trecento vestiti e duecento paia di scarpe, doveva esserlo. In un angolo trovò quel che stava cercando, nascosto dietro una ventina di cappelliere.

Inginocchiata a terra, spostò le scatole che coprivano una pila di album di fotografie. Cominciò a sfogliarli uno a uno. A metà del terzo si fermò. La fotografia 20x25 che riempiva la pagina aveva delle piccole crepe ed era un po' scolorita. Una lacrima le rigò il viso mentre passava le dita sulla foto di quattro volti, tre giovani e uno più anziano: lei, David, Anthony e Henry il giorno della laurea.

Dani accese il computer con lo spazzolino ancora in bocca e inserì la password. Hemingway, un mezzo terrier color risciacquatura di piatti dall'aspetto malaticcio, se ne stava spaparanzato a pancia all'aria sul divano. Dani stava sputando nel lavandino del bagno quando si rese conto di quel che *non* aveva sentito.

Tornò al computer nell'angolo del piccolo salone e si sedette.

Hemingway scese con passo incerto dal divano, trotterellò fino a raggiungerla e le saltò in grembo.

«*Agh!* Era proprio necessario?»

Hemingway rispose leccandole la faccia.

«Dovrebbero esserci delle email, Hem. Ricordo di averle salvate.» Dani cliccò sull'icona della posta. Non c'era nulla. «Oh cavolo! Cosa è successo?»

Rimase a pensare per un istante, poi spostò il cursore sull'icona 'lette'. Cliccò ed erano lì: quella della sua coinquilina del college, le due del negozio di vestiti e le quattro del padre; le email che non aveva letto o alle quali non aveva risposto. «Come è successo? Stupido computer!»

Con Hemingway in grembo, Dani si appoggiò allo schienale della sedia e aprì la prima email del padre.

Dopo tre ore di volo David si arrese al dolore che sentiva dietro al collo. Aveva passato in rassegna ogni centimetro dello spartito nel tentativo di richiamare alla memoria cose imparate e dimenticate. C'era stato un tempo in cui farlo – studiare composizioni, entrare nella mente del compositore

– era facile come suonare la scala di *do*. Ma sembrava ormai una vita fa.

Poggiò la penna e rilesse gli appunti che aveva scritto sul taccuino comprato in aeroporto prima di imbarcarsi sull'aereo. Non si era reso conto dell'importanza del colore rosso di quel taccuino prima che l'aeroplano fosse decollato e lui avesse cominciato a lavorare.

L'acquisto di un taccuino rosso era un rituale che aveva sempre seguito alla Juilliard prima di ogni progetto di ricerca. David roteò gli occhi a destra e sinistra e cominciò a leggere.

Appunti sullo spartito incompiuto Mozart.
La firma nell'angolo in alto a sinistra sembra autentica.
Di sicuro è la mano di Mozart.
(A Washington farsi confermare la datazione del foglio.)
Controllare le opere principali del 1791? (Tralasciare i ballabili, i minuetti, le canzoni ecc...) Concerto per corno in *re*, *Sehnsucht nach dem Frühling*.
Adagio e *Rondò* per armonica, *Adagio* in *do* per armonica, Cantata, *Die ihr des unermesslichen Weltalls*, Studio di contrappunto, *La clemenza di Tito, Die Zauberflöte* (*Il flauto magico*), Concerto in *re minore* per clarinetto, *(A Washington controllare la lista – vedere se manca qualcosa)*.
Conferma che *non* appartiene a queste opere.

Analisi.
Tonalità: *si bemolle maggiore*.
Tempo: ¾ (ma troppo complicato per essere un minuetto!)
Segni e annotazioni.
Angolo in alto a sinistra: *adg* deve voler dire 'adagio'.
Angolo in alto a destra, notazione degli strumenti interrotta: timpano, violino...
Centro, destra: scarabocchi, disegni, macchie d'inchiostro.
In basso a destra: altri scarabocchi, lettere CKF – indecifrabile.
In basso a sinistra: macchie d'inchiostro, altri scarabocchi.

Chiave di violino: melodia, legato; principalmente semibrevi e minime. Sorpresa nel quarto movimento.
Strana pausa.
Chiave di basso: contrasto interessante con la chiave di violino – staccato – forse violoncello pizzicato o contrabbasso.

Riassunto: la bozza sembra essere per sinfonia o concerto – l'assenza di qualsiasi notazione per libretto fa dubitare che sia per un'opera lirica – *ma potrebbe essere una messa!* La messa perduta per la madre! Potrebbe essere? No, le date non combaciano! La madre di Mozart è morta più di dieci anni prima. (*Necessaria la conferma della datazione.*) *Rileggere l'articolo del* Time.

David chiuse il taccuino e lo ripose nella valigetta insieme allo spartito. *Dio, è un po' che sono fuori da questo mondo.* Sollevò il tavolino estraibile e spense la luce sopra il sedile.

Era buio. L'aeroplano era mezzo vuoto e il volo procedeva tranquillo. Guardò nella gabbietta sul sedile accanto e vide Ravel che dormiva pacificamente. Poi guardò fuori dal finestrino e vide solo buio. Forse in quel momento dovevano trovarsi da qualche parte sopra il Midwest. Mentre guardava nel vuoto, gli venne in mente che in seguito al suo esilio volontario non si era mai avventurato fuori dalla California. Quando aveva deciso di scappare a ovest, ogni cosa e ogni persona sulla costa est avevano cessato di esistere; il suo piano era stato scomparire, e David poteva proprio dire di esserci riuscito. *Ma ho smesso di scappare?* La domanda lo aveva divorato per tutto il giorno. Fin da quando aveva preso in mano la foto di Kathryn. *Ne sono fuori?* Era strano perfino pensarci. Si domandò se la sensazione di malessere che provava in continuazione non fosse ormai diventata un'abitudine. E se avesse superato la storia di Kathryn anni prima ma non riuscisse più a ricordare cosa vuol dire essere felice? Pensò alla notte in cui J.P. era passata a prenderlo alla stazione di polizia. Quando gli aveva detto che aveva un aspetto diverso, che sembrava più triste, quali erano state le sue parole precise? «David, è come se non provassi più alcuna gioia di vivere.» Si era vergognato di dirle che era stato a causa di uno stupido articolo della rivista *People*. Anthony Depriest: uno dei dieci uomini più sexy d'America. Corredato da una foto a colori a tutta pagina di lui e Kathryn. Sotto la fotografia era scritto: IL MAESTRO NELLA SUA CASA – UNA COPPIA PERFETTA. *Dio, se sono stato uno stronzo con J.P. quella notte.* «Mi dispiace, Jeep» sussurrò David reclinando il sedile e chiudendo gli occhi.

La stanza era in penombra; l'unica luce era quella di un'insegna al neon che filtrava da sotto le tende tirate. L'arredamento consisteva in un tavolino con una lampada, un divano coperto da un lenzuolo bianco, una sedia e un letto. Nel letto una donna si girava e rigirava senza sosta mormorando parole inudibili.

Una sagoma si avvicinò alla donna e le passò una mano tra i capelli e sulla fronte. «*Sssh*, stai tranquilla.»

La donna gemette. Cominciò a sbattere le palpebre con impeto nel tentativo di aprire gli occhi. Il respiro si fece difficile e affannoso, i mormorii divennero più intensi.

«*Sssh*, ti aiuto io.»

L'uomo aprì il cassetto del tavolino e ne tirò fuori una fiala con una siringa. Inserì l'ago nella boccetta e aspirò un liquido chiaro. Poi diede dei colpetti alla siringa, distese il braccio della donna sul letto e le poggiò un ginocchio sull'avambraccio.

«Ecco, questo ti farà bene. Dormi, dobbiamo fare un viaggetto.»

L'ago fu inserito nella vena e lo stantuffo premuto; il liquido entrò nel flusso sanguigno della donna.

«Dormi» sussurrò l'uomo pulendo il sangue dall'ago e riponendo la siringa e la fiala nel cassetto.

Ci volle poco. Il respiro si fece lento e regolare. Il corpo smise di muoversi. Le labbra si rilassarono e divennero mute fino a che non si fermarono completamente. Trenta secondi dopo l'iniezione, J.P. era di nuovo priva di sensi.

19

Thomas Liam Fowler odiava lavorare la domenica. E dopo trentadue anni di servizio, raramente era costretto a farlo. Ma durante l'eucaristia nella chiesa metodista di Hillcrest il suo cercapersone cominciò a suonare. Il messaggio sullo schermo era diretto: 'Abbiamo bisogno di te in ufficio il prima possibile.' Così, durante il canto *They Will Know We Are Christians by Our Love,* salutò la moglie con un bacio, chiese al nipote di accompagnare la nonna a casa e senza far rumore scivolò fuori dalla panca in seconda fila e uscì dalla porta laterale della chiesa. Venti minuti dopo era al palazzo della J. Edgar, all'incrocio tra Pennsylvania Avenue e la Decima strada.

Uscì dall'ascensore al sesto piano e andò dritto verso l'ufficio del vicedirettore Robert Greenfield. Bussò con tre rapidi colpetti alla porta ed entrò senza aspettare la risposta. Robert Greenfield alzò lo sguardo dietro la scrivania. I due uomini seduti di fronte a lui si alzarono in piedi.

«Tom, grazie di essere venuto» disse Greenfield con sincerità. «Mi dispiace averti sottratto alla tua famiglia. Lascia che ti presenti. Agente Thomas Fowler, Scott Douglas del dipartimento di Stato.»

Fowler strinse la mano rigida e formale dell'uomo.

«È un piacere, agente Fowler» disse Douglas.

«E, Tom, lui è Conrad Woo dei servizi segreti.»

Fowler lanciò un'occhiata a Greenfield mentre porgeva la mano al giovane americano di origini asiatiche.

«Buongiorno, agente Fowler, piacere di conoscerla.»

«Altrettanto» disse Fowler stringendogli la mano. «Berkeley?»

«Sì, classe 1995, da cosa l'ha dedotto?»

«L'anello» disse Fowler indicando il dito dell'uomo. «Mia figlia si è laureata quest'anno; architettura.»

«Congratulazioni, un ottimo corso di laurea, uno dei migliori degli Stati Uniti.»

«Sì, così pare. Grazie a dio esistono le borse di studio.»

«Infatti» rispose Woo con un sorriso.

«Bob, che ci fanno qui i servizi segreti?» disse Fowler brusco.

I due uomini del governo rimasero palesemente spiazzati. Greenfield si appoggiò allo schienale della sedia e ridacchiò.

«Signori, avete appena assistito a una dimostrazione del leggendario tatto di Fowler. È famoso per questo. Se fosse bravo in politica quanto lo è in criminologia adesso sarebbe sulla mia poltrona.»

«Non ci tengo per niente, Bob» replicò Fowler. «Tu lavori di domenica.»

Greenfield scosse la testa e sorrise al suo vecchio amico. «Okay, siediti Tom, così ti spieghiamo tutto.»

I tre uomini si misero a sedere. Greenfield si sporse in avanti sulla sedia.

«Operazioni sovrapposte, Tom, per questo c'è la CIA. E ora che sai questo, puoi immaginare perché sia coinvolto anche il dipartimento di Stato.»

«Vogliono coordinarci» disse Fowler in tono piatto, con un accenno di disprezzo.

«No,» lo interruppe Douglas «non coordinare, solo osservare. Il dipartimento di Stato non ha alcun interesse a interferire con le vostre operazioni o con quelle dei servizi segreti, ma per questioni di sicurezza nazionale il segretario ritiene che sia meglio starvi dietro per accelerare le cose.»

Fowler non disse nulla, ma guardò con sospetto l'uomo del dipartimento di Stato. Poi guardò Woo. Non era sicuro ma gli sembrava di aver letto un'espressione di dubbio anche sul suo viso.

«Okay, Bob» disse Fowler guardando Greenfield. «Che sta succedendo?»

«A lei la scena, signor Woo» disse Greenfield alzando un braccio.

Conrad Woo annuì al vicedirettore e si sistemò sulla sedia per guardare Fowler in faccia. «Prima una piccola formalità, agente Fowler. È ovvio che sono informazioni riservate: non devono uscire da questa stanza. Mi è stato dato il permesso di coinvolgerla dal mio responsabile, okay?»

«Faccio queste cose da prima che lei nascesse. So tutto.»

«Ma certo, mi scusi.» Woo mise una mano nella ventiquattrore e tirò fuori una fotografia 20x25 e la porse a Fowler. «È stata scattata quattro anni fa a Gerusalemme. L'uomo a sinistra è un rabbino di nome Ezar Bloc. Dodici anni fa questo Bloc ha fatto l'impossibile: è diventato amico di Arafat. In pochi lo sanno, ma è stato grazie al rapporto che aveva con lui che Arafat e Rabin si sono seduti al tavolo delle trattative per gli accordi del 1995. È stato ucciso davanti a un ristorante di Tel Aviv due ore dopo che questa foto è stata scattata.»

«E l'altro chi è?» domandò Fowler esaminando la fotografia.

«L'uomo che l'ha ucciso. Si chiama Viktor Petrovic, alias *Das Kind*. Tradotto: il Bambino.»

«Non ha proprio l'aria di un bambino.»

«In mancanza di un termine migliore, può essere definito un mercenario, e della peggior specie, perché ha un'ideologia. È un assassino al soldo di chi condivide la sua fede.»

«Un estremista islamico?» domandò Fowler.

«Che ci creda o meno, la riposta è no: egemonia dei cristiani bianchi e unione dell'est Europa. Oltre ad aver ucciso Bloc, è sospettato di almeno cinque attentati dinamitardi in Europa, due rapine in banca, e del recente rapimento della figlia di otto anni dell'ambasciatore israeliano a Londra; un perfetto nazista, bravissimo in quello che fa.»

«Okay» disse Fowler gettando la foto sulla scrivania di Greenfield. «E cosa abbiamo a che fare noi con tutto questo?»

«Petrovic è in territorio americano» rispose l'uomo del dipartimento di Stato.

«Come fate a saperlo?»

«Perché lo ha trovato lei stesso» rispose Woo guardando Fowler negli occhi.

Fowler diede un'occhiata a Greenfield.

Woo proseguì: «Petrovic cambia aspetto come noi cambiamo i calzini. È inquietante; può diventare chiunque, compreso qualcuno molto giovane, di qui il nome *Das Kind*. Dopo che è stata scattata quella fotografia con Bloc, ci abbiamo messo due giorni per renderci conto che fosse lui. Ma in questa lo abbiamo identificato più velocemente.»

Woo tirò fuori dalla ventiquattrore un'altra fotografia. Questa volta Fowler lo riconobbe. «Oh merda!»

Nella foto c'erano due uomini che salivano su una Ford Explorer grigia a Van Nuys, California. Attaccato in basso c'era un adesivo dell'FBI. C'era scritto: DAVID HENRY WEBBER &...?

20

«Ora capisce perché sono qui» disse Woo appoggiandosi allo schienale.

Fowler si massaggiò la fronte mentre parlava. «Come ha fatto ad avere la fotografia di un sorvegliato dell'FBI?»

Douglas rispose: «Date le circostanze, agente Fowler, non penso sia molto rilevante.»

«E certo, per voi è sempre così, no?» rispose Fowler. Guardò il vicedirettore. Conosceva Bob Greenfield da venticinque anni e sapeva che neanche a lui piaceva avere a che fare con quell'uomo.

«Voi di Langley siete senza ritegno» disse Fowler scuotendo la testa.

Woo replicò all'insulto con uno sguardo fisso e imperturbabile.

Fowler proseguì: «Bob, perché mi hai chiamato? Sono sicuro che ne sanno più di noi sui casi a cui stiamo lavorando.»

Greenfield, come al solito, non si scompose. Non era tipo da innervosirsi facilmente, e anche quando accadeva erano pochi quelli che se ne rendevano conto. «Aggiorniamoli, Tom.»

«È un ordine?»

«Da molto in alto» rispose Greenfield in tono piatto.

Fowler sospirò. «Volete farmi risparmiare tempo e dirmi quello che già sapete o devo cominciare dall'inizio?»

Douglas rispose: «Perché non comincia dall'inizio, agente?»

Il nodo che Fowler sentiva nello stomaco si strinse ma lo sguardo di Greenfield gli disse di rimanere calmo. Ricordò a sé stesso che probabilmente anche Greenfield disprezzava quanto lui l'arroganza di quell'uomo del dipartimento di Stato.

Fowler sospirò in segno di resa. «Okay. Quanto ne sapete della mafia newyorkese?»

«Ho visto *Il padrino*» rispose Woo.

«Be', al confronto di Nicholas Depriestiano, don Corleone è Giovanni Paolo II.»

«Il vecchio Nick, giusto?» disse Woo.

«Così lo chiamano» rispose Fowler in tono secco, consapevole del fatto che era il modo di Woo per fargli sapere che ne sapeva più di quanto avrebbe dovuto.

Fowler proseguì: «Negli ultimi trentacinque anni la famiglia Depriestiano di Brooklyn è stata coinvolta in quasi tutte le attività illecite che possiate immaginare. Gioco d'azzardo, prostituzione, mercato nero, droga, riciclaggio, usura, quello che vi pare, per non parlare degli omicidi vecchio stile. Il vecchio Nick ha messo le mani su quasi tutti i traffici di Flatbush. Nessuno è mai riuscito a inchiodarlo. Anzi, non è mai stato neanche incriminato. Il nostro obiettivo è cambiare musica.»

«Da quanto tempo lo tenete sott'occhio?» domandò Douglas.

«Quasi un anno. Circa sei mesi fa c'è stata una svolta.»

«Che genere di svolta?»

Fowler guardò di nuovo Greenfield. Greenfield annuì. Fowler sospirò. «Anthony Depriest.»

«Il direttore d'orchestra?» disse Douglas, vivace come mai.

«Sì. Il nome di battesimo di Anthony Depriest è Antonio Depriestiano.»

Woo si intromise: «È il figlio del vecchio Nick?»

«Il nipote, ma è cresciuto con lui dopo la morte di suo padre. Abbiamo avuto un presentimento e abbiamo iniziato a pedinarlo ventiquattr'ore su ventiquattro. Abbiamo pensato che come ha tenuto nascosto per tutti questi anni il fatto di essere nipote del vecchio Nick, potrebbe nascondere altri segreti di famiglia.»

«E la nostra mossa ha dato i suoi frutti» affermò Woo.

Fowler guardò nuovamente Greenfield, che annuì ancora una volta. Fowler alzò gli occhi. «Al momento Depriest è coinvolto in un affare della famiglia.»

«Il Mozart scomparso» disse Woo in tono pragmatico.

A quel punto Fowler si alzò di scatto dalla sedia. «Cristo di dio! C'è qualcosa che non sapete?»

«Tom!» gridò Greenfield.

Fowler si rimise a sedere e si coprì la bocca con la mano. Aveva il fuoco negli occhi.

«Quel che non sappiamo» disse Woo con calma «è dove si trova esattamente Viktor Petrovic. È tutto ciò che vogliamo sapere. È in territorio americano, agente Fowler. La CIA non può toccarlo, ed è per questo che abbiamo bisogno del vostro aiuto.»

«Petrovic e Depriest sono in combutta?» domandò Greenfield.

«Penso di no. Petrovic lavora da solo» rispose Woo.

«E cosa vuole?»

«Quello che vogliono i Depriestiano, il Mozart, l'unica differenza è quel che intendono fare con i soldi. Petrovic ha in mente la costruzione di un Quarto Reich di cui si consacrerebbe Führer. Con i proventi della vendita dello spartito potrebbe farlo.»

«Sta scherzando?» disse impulsivamente Fowler.

Douglas rispose: «Purtroppo no. Sembra che non meno di trentacinque Paesi del Terzo mondo nei quali si agitano sentimenti antioccidentali stiano aprendo le porte al loro nuovo leader, Viktor Petrovic.»

«Quanto vale lo spartito?» domandò Greenfield.

«Abbastanza» rispose Woo.

Douglas cambiò tattica. «Perché la foto è nel file Depriestiano? E che ruolo ha David Webber in questa storia?»

Fowler si strofinò gli occhi. «La risposta alla seconda domanda è che non lo sappiamo di preciso. Mentre la risposta alla prima è facile. Due degli uomini migliori di Depriestiano sono stati mandati a Los Angeles la settimana scorsa. Dovevano pedinare un vecchio professore di musica in pensione della Juilliard, un certo Henry Shoewalter. Siccome era un professore di musica abbiamo pensato che avesse qualche legame con Depriest, così ci siamo messi a seguirli entrambi. Venerdì mattina presto viene fuori che Shoewalter è morto e che David Webber è stato arrestato per omicidio. Webber non era mai stato coinvolto prima, non lo avevamo mai sentito nominare. La fotografia è stata scattata dopo il suo rilascio, per questo è nel *nostro* archivio» disse Fowler guardando di proposito Woo. «Abbiamo fatto gli straordinari per cercare di capire chi fosse il tizio insieme a lui. Avevamo pensato a uno degli uomini del vecchio Nick. Grazie per averci svelato il mistero.»

«La polizia di Los Angeles è al corrente della vostra operazione?» domandò Woo.

«No.»

«Fa parte del protocollo?»

Fowler ridacchiò. «Mi prende in giro? *Lei* che parla di protocollo?»

«Tom!» sbottò Greenfield.

Fowler alzò una mano come per chiedere una tregua. «Sappiamo che Depriestiano ha delle talpe dentro la polizia di Los Angeles.»

Woo annuì. «Immagino che stiate ancora seguendo gli uomini di Depriestiano.»

«Sono scomparsi.»

«Cosa è successo?» domandò Douglas.

«Non lo sappiamo, altrimenti non sarebbero scomparsi.»

Rimasero tutti in silenzio finché Woo disse meccanicamente: «Petrovic.»

«Quando è stato visto l'ultima volta?» chiese Douglas.

«Ieri» disse Fowler. Due agenti dovevano seguire Webber; ha fatto colazione con lui. La polizia di Los Angeles lo sta pedinando, sono sicuro che sono confusi quanto noi – o almeno quanto lo *eravamo* noi – riguardo l'identità dell'altro uomo.»

Douglas si alzò in piedi con piglio autorevole. «Possiamo prenderli?»

Disgustato, Fowler alzò lo sguardo. «Sì, possiamo. Ci farà perdere le tracce di Depriestiano e manderà a monte un anno di lavoro, ma possiamo prenderli.»

«Forse no, Tom» disse Greenfield. «Se Petrovic è un cane sciolto, può darsi che il vecchio Nick non sappia nulla di lui.»

Fowler annuì all'affermazione di Greenfield.

Douglas si alzò in piedi. «Signori, ho detto che siamo qui per osservare, e dicevo sul serio. Siete voi i professionisti, non voglio essere di intralcio.»

«Agente Fowler,» aggiunse Woo «questo non dovrebbe ostacolare la vostra operazione su Depriestiano. Ci interessa solo prendere Petrovic; vivo, se possibile. Dato il giro in cui è, le informazioni che potrebbe darci hanno un valore inestimabile per i servizi segreti.»

Fowler annuì.

«Tom, conosciamo la posizione precisa di Petrovic in questo momento?» domandò Greenfield.

«No. Ma sappiamo che ricontatterà Webber. A quel punto è nostro.»

«Faccia attenzione, agente Fowler» disse Woo alzandosi in piedi. «Petrovic è un uomo molto pericoloso. Si assicuri di avere un piccolo esercito quando andrete a prenderlo.»

«Grazie per il consiglio» rispose asciutto Fowler. «Ce la caveremo.»

Douglas si avviò verso la porta. «Vicedirettore, immagino che vi terrete in contatto diretto con il signor Woo.»

«Naturalmente» rispose Greenfield.

Douglas si voltò per uscire con Woo alle sue spalle.

«Quindi,» disse Fowler «visto che sapete tutto, sapete anche dov'è questo misterioso spartito di Mozart?»

Woo e Douglas si guardarono per un istante ma fu Douglas a rispondere: «No. Non ne abbiamo idea. E lei?»

Fowler fece un mezzo sorriso. «No. Non ne ho idea.»

Douglas e Woo uscirono dall'ascensore nel garage sotterraneo dell'FBI. Douglas guardava dritto davanti a sé quando disse: «È andato alla grande.»

«Grazie» rispose Woo.

«C'è qualche possibilità che possano davvero prendere Petrovic?»

«Nessuna. Fowler è un dinosauro. Non riuscirà nemmeno ad avvicinarsi. Che dio lo aiuti se per caso dovesse riuscirci. Ma ci condurrà da lui.»

Douglas annuì. «La situazione a Pyongyang?»

«Il generale Chek sarà a Hong Kong tra sette giorni.»

Douglas si fermò e si voltò verso l'uomo della CIA. «Non è molto, siamo pronti?»

Woo annuì. «È tutto sistemato. Manca solo un ingrediente.»

«Infatti, un solo ingrediente mancante» disse Douglas aprendo la portiera della sua automobile.

«Perché non abbiamo detto la verità sullo spartito di Mozart?»

Douglas salì in macchina, guardò Woo e sorrise. «Perché poi avremmo dovuto spiegare loro come avevamo ottenuto l'informazione.»

«E allora? Potevamo spiegarglielo.»

«Signor Woo,» disse Douglas mettendo in moto la berlina nera «dopo ventidue anni a lavorare per il governo e quattro presidenti, si imparano alcune verità fondamentali.»

«E sarebbero?»

«Più semplice è, meglio è.»

Woo non rispose.

Douglas proseguì: «Trovare Petrovic, non devono sapere altro.»

«E David Webber? Lui non c'entra. Avremmo almeno potuto dire loro che non ha ucciso il professor Henry Shoewalter.»

«È qui che si sbaglia, signor Woo. Webber c'entra eccome. Ed è la testimonianza vivente di un'altra verità.»

Woo alzò un sopracciglio.

Douglas sorrise ingranando la marcia. «Il caos porta sempre i suoi frutti.»

21

L'organetto suonava a un volume assordante, che diventava più forte mentre la giostra girava sempre più velocemente. David era seduto su un destriero bianco, cercava di tenersi all'asta e premeva l'orecchio sinistro contro la spalla nel tentativo di soffocare la straziante cacofonia. Poi, in un momento di disperazione, lasciò andare la presa per portarsi entrambe le mani alle orecchie. La giostra continuava ad accelerare. David sentì un bruciore all'interno delle cosce dovuto all'attrito con il cavallo gigante. Infine fu scaraventato in aria. Cominciò a ruotare e contorcersi mentre volava senza apparente direzione in un vuoto spazio nero.

Atterrò di peso sul cemento, ma non sentì dolore. Alzò lo sguardo, e in lontananza vide Joshua Bowen che gli correva incontro. Provò a chiamarlo, ma l'aria non riusciva a passargli attraverso la laringe. Poi lo sentì; l'umido sulla pelle attraverso i pantaloni zuppi. Abbassò lo sguardo e vide che le gambe erano sparite, affondate nel pavimento. Il cemento era adesso una sabbia mobile; solo il busto era rimasto fuori! Riusciva a stento a muovere le braccia, appesantite dal peso del pantano. Con lo sguardo cercò Bowen; stava ancora correndo verso di lui senza riuscire ad avvicinarsi. Provò a chiamarlo ma, di nuovo, nessun suono. E affondava, affondava, affondava.

«Pulizie» gridò una voce di donna accompagnata da tre colpetti alla porta.

David si alzò, incerto su dove si trovasse. Fece uno sforzo per scendere dal letto e barcollò verso la porta. Guardando attraverso lo spioncino, vide una bassa donna nera vestita di bianco, che aspettava pazientemente dietro il carrello. Provò un improvviso spasimo di paura prima di parlare. «Potrebbe tornare più tardi? Mi sono appena alzato» disse, sorpreso e sollevato al tempo stesso nel sentire il suono della sua voce impastata dal sonno.

«Mi scusi se l'ho disturbata, signore» fu la risposta da dietro la porta.

David si strofinò gli occhi e guardò l'orologio sul comodino. Le 10:22 del mattino, 7:22 secondo il suo fuso orario della costa ovest.

Un posacenere pieno, un pacchetto di sigarette e una bottiglia di Black Velvet, entrambi vuoti, erano accanto all'orologio. L'ultima volta che aveva guardato l'ora erano le quattro e mezzo. Ravel era ancora raggomitolato a letto, sopra un cuscino, il naso infilato tra il materasso e la testiera. Non si era mosso da quando David, dopo averlo nascosto alla reception ed essersi intrufolato di soppiatto nell'ascensore e poi all'interno della stanza, lo aveva fatto uscire dalla gabbietta. Molti erano impressionati dall'arredamento delle anguste e costosissime camere dello Hyatt al centro di Washington DC, ma Ravel non era tra quelli. Neanche David, ma data la posizione, a sei isolati dalla Smithsonian, navetta compresa da e per il Reagan National, e il fatto che non si concedeva una vacanza dai tempi della prima elezione di Bush, David aveva pensato, che diamine, ho una carta di credito!

Un'ora, una doccia e una tazza di caffè dopo, David cominciò a riprendere conoscenza e il dolore pulsante alla testa iniziò ad affievolirsi.

Anche Ravel si era abituato all'ambiente, e alla fine si era avventurato fuori dal letto fino alla ciotola che David gli aveva sistemato sotto il lavandino. Il gatto era intento a mangiare quando David, in jeans e camicia bianca, sollevò il ricevitore e compose un numero.

«Risponde Joshua Bowen, lasciate un messaggio.»

David strinse le mascelle per la frustrazione. «Bowen, sono Webber, non rispondi mai? Allora, ascolta, ti ho lasciato un paio di messaggi ieri sera con il mio numero qui allo Hyatt... Te lo ripeto, la stanza è la 1470, okay? Adesso sto andando alla Smithsonian. Chiamami! Se non mi trovi, lascia un messaggio e dimmi dove posso rintracciarti, okay? Ho fatto come mi hai chiesto e ho studiato lo spartito. Ho scoperto alcune cose interessanti, perciò...» David balbettò in cerca di qualcosa da dire. Voleva parlare con Bowen. Non perché avesse davvero qualche novità su Mozart, in realtà non ne aveva alcuna, voleva soltanto parlare. Aveva bisogno di non sentirsi solo in mezzo a quell'incubo. «Be', chiamami, va bene?»

David mise giù il telefono e si passò una mano tra i capelli ancora umidi. Infilò un paio di mocassini marrone, prese la valigetta e la chiave della stanza, e si avviò alla porta.

Ravel smise di mangiare e alzò lo sguardo verso di lui mentre apriva la serratura. «Oh merda, e con te come faccio?»

David sollevò da terra il gatto che faceva le fusa, gli accarezzò la testa e lo rimise sul cuscino sopra al letto. Alzò di nuovo il telefono.

«Salve, sono David Webber della 1470. Passerò tutto il giorno in camera a lavorare e non avrò bisogno delle pulizie. In realtà non ne avrò bisogno per tutto il tempo della mia permanenza. Potrebbe per favore informare il personale di lasciare gli asciugamani puliti fuori dalla porta? La ringrazio.»

«Ecco fatto, Rav» disse David riprendendo in mano la valigetta. «Adesso dovresti avere la stanza tutta per te. Ti accendo anche la tv. Ma non fare chiamate interurbane, che questo buco già non possiamo permettercelo così com'è.»

Il carrello della donna delle pulizie era a sei porte di distanza dalla camera di David. Quando David entrò in ascensore, la cameriera emerse dalla stanza e guardò le porte che si chiudevano. Sollevò una pila di asciugamani dal secondo ripiano del carrello e ne estrasse un piccolo oggetto nero di forma rettangolare. Dopo aver guardato nel corridoio in entrambe le direzioni, spinse un pulsante sul lato dell'oggetto e lentamente avvicinò l'apparecchio alla bocca. «Sta scendendo, ascensore numero tre, jeans, camicia bianca.»

«Ce l'ho, aspetta il via libera» disse la voce dal walkie-talkie.

«Resto in attesa» rispose la donna, gli occhi che continuavano a esaminare il corridoio.

Infine la voce disse: «Okay, è fuori dall'hotel. Fai quel che devi fare, Sheila.»

La donna spinse il carrello fino alla stanza 1470, tirò fuori una scheda magnetica e la inserì nella porta.

Non lo aveva mai notato prima, ma era come respirare colla. David era davanti all'hotel e già si asciugava il sudore dalle sopracciglia. Dodici anni a Los Angeles lo avevano viziato, avevano indebolito la sua resistenza all'umidità soffocante della costa est. Aprì la cartina che aveva preso alla reception e la rigirò tre volte prima di riuscire a capire la sua posizione. Poi, con risolutezza, passandosi una mano sulla fronte, s'introdusse nella mandria di turisti che calpestavano la Decima strada.

Con il taxi avrebbe fatto prima e una gita turistica era l'ultima cosa che avrebbe desiderato fare, ma c'era un luogo storico che voleva vedere, e se fosse andato a piedi lo avrebbe incontrato lungo la strada; inoltre aveva bisogno di muoversi, aveva bisogno di sudare. All'altezza della Strada F aveva cominciato a pensare di essere andato nella direzione sbagliata, ma poi lo vide: il Ford's Theatre.

In David, l'interesse per Abramo Lincoln era nato da bambino. La prima volta che aveva sentito la storia del 'grande liberatore', il suo umorismo, il suo orgoglio, la sua spavalderia ne era rimasto subito affascinato. E il fascino che il sedicesimo presidente esercitava su di lui non si affievolì quando divenne un adulto. Dal Lincoln di Sandburg a quello di Gore Vidal, era sicuro di aver letto tutte le sue biografie esistenti. Era uno dei pochi esseri umani che David ammirava sinceramente. Si ricordò che una volta J.P. gli aveva detto quanto la cosa fosse ironica. «Non ci si crede, amore, che un cinico bastardo come te sia attratto dal modello per antonomasia della speranza e della virtù.» Questo paradosso era un mistero anche per lui.

In ogni caso, mentre era in piedi davanti al famigerato teatro, un sottile brivido gli percorse il corpo. Fu colpito dall'aspetto insignificante dell'edificio, dalla sua scarsa solennità. Fu preso dal disgusto quando vide l'insegna dell'Hard Rock Cafe proprio accanto al teatro, praticamente sullo stesso edificio. David diede un'occhiata all'interno del vecchio botteghino. Indugiò per un po', ma non gli fu di aiuto. Mentre guardava una fotografia di Lincoln oltre la porta del teatro, gli tornarono in mente le brucianti immagini dei volti di Henry e J.P. *Perché, per l'amor di dio, perché?* Si voltò rapidamente e riprese a camminare.

Venti minuti dopo si appoggiò contro un albero accanto a un chiosco, asciugandosi la fronte, fumando una sigaretta e tracannando una lattina di Coca-Cola. Proprio oltre Madison Drive, a una cinquantina di metri di distanza, David fissava ansiosamente un edificio di marmo bianco rosato, la sede della Smithsonian Institution e del Museo nazionale di storia americana. Fece un ultimo tiro alla sigaretta, gettò la lattina nel secchio della spazzatura e si avviò verso l'entrata. Era tempo di ottenere delle risposte.

Un uomo con la barba e i capelli legati in una coda di cavallo lunga fino alla schiena sedeva a gambe incrociate sul prato qualche metro più in là rispetto a dove era David. Indossava pantaloncini marrone chiaro, una maglietta marrone e un cappello da baseball degli Yankees. Legata al collo aveva una Nikon 35mm. Accostò la macchina fotografica al viso e per un istante puntò il lungo obiettivo telescopico verso David, poi fece una panoramica verso ovest in direzione del monumento di Washington. L'immagine che aveva catturato non era quella della famosa statua, ma quella di due uomini in abiti informali, anch'essi con la macchina fotografica davanti agli occhi.

Vide i due uomini abbassare le macchine fotografiche e dirigersi a passo svelto verso il museo. Tornò a guardare l'entrata del museo proprio mentre David varcava il portone di vetro. Ripose la macchinetta, prese una valigia di pelle nera e lo seguì.

22

L'anziana donna seduta al banco informazioni amava il suo lavoro. David tamburellava impaziente le dita mentre la donna descriveva con entusiasmo, e in dettaglio, a una giovane coppia di Ames, Iowa, le diverse sezioni del Museo nazionale di storia americana. Infine la coppia si allontanò con uno sguardo che a David sembrò più confuso di quando erano arrivati.

«Come posso aiutarla?» domandò la donna scandendo le parole.

«Sto cercando un certo dottor Dani Parsons.» Quella di David fu più una richiesta che un'affermazione.

«Dottor Parsons.» Il suo sorriso svanì. «Lavora per l'istituto?»

«Sì, vorrei sapere dov'è il suo ufficio.»

«Uh... Be'... mi spiace, signore,» borbottò l'anziana donna mentre esaminava frettolosamente un foglio in una cartellina, visibilmente contrariata dalle maniere non proprio da turista di David «non sarebbe di mia competenza, e non conosco tutti i curatori del museo – ne abbiamo così tanti –, ma tutti gli uffici del quarto e quinto piano sono chiusi. Per quale dipartimento lavora?»

«Musica.»

«Musica» mormorò la donna. «Be', uh... Mi spiace. Tutto quel che posso dirle è di andare al terzo piano e chiedere allo sportello informazioni se lo conoscono. Sono più in contatto con il dipartimento di musica rispetto a noi.»

David annuì. «Terzo piano, grazie.»

«Sì, ala est, terzo piano, gli ascensori sono dietro l'angolo.»

Mentre David si voltava nella direzione che la donna gli stava indicando, uno strillo acuto risuonò all'altezza del suo ginocchio.

«Ma che caz...!» David soffocò l'espressione volgare quando abbassò lo sguardo e vide un bambino che si stava alzando dal pavimento di marmo. Ignaro della collisione appena scampata, un bambino continuò a inseguire un altro bambino leggermente più grande di lui che si nascondeva dietro la schiena di David.

«Geremia, Zaccaria, ragazzi, guardate dove mettete i piedi!» disse con autorità un anziano afroamericano con un panama in testa e una maglietta giallo brillante che riportava la scritta IL MIGLIOR NONNO DEL MONDO sul petto.

«Mi deve scusare, signore» disse con un sorriso confuso e un forte accento del Mississippi, afferrando il più piccolo dei due ragazzini per un braccio. «Sono giovani e veloci e io sono troppo lento per stargli dietro.»

«Non c'è problema» rispose un allibito David voltando appena la testa e proseguendo verso l'ascensore.

«Signore, mi scusi, ma non ho potuto fare a meno di sentire. Sta cercando il dottor P?»

David si fermò e si voltò a guardare il vecchio.

«Ehm... sì... Vi conoscete?»

«Oh sì, siamo vecchi amici... Oggi non c'è.»

«Lavorate insieme?»
«Be', sì, direi di sì. Io mi occupo della sicurezza qui, oggi è il mio giorno libero, ma sono con i nipotini, perciò...»
«Quindi Parsons non sarà qui prima di domani?»
«Sì, domani ma...»
«Sa dirmi a che ora posso trovarla?»
L'anziano signore rise. «Be', con il dottor Parsons potrebbe essere qualsiasi ora. Vede, ha qualche problema con gli orari, è sempre di corsa e sempre un passo indietro.»
Domani, porca miseria, un altro giorno di attesa. «Okay, grazie, tornerò domani.»
«Comunque può vederla anche oggi, se vuole.»
David si fermò. «Davvero? E come?»
«È quel che stavo cercando di dirle. Il dottor P suona in un piccolo gruppo che ogni tanto fa dei concerti qui... Suona da Dio.»
«Dove, a che ora?»
«Adesso, nel giardino del castello.»
«Il castello?»
«Sì, il castello. È la vecchia sede dell'istituto, proprio oltre il viale alberato. Fanno una festicciola di compleanno per uno dei pezzi grossi, ma è all'aperto e c'è posto per tutti. Ci sto portando questi ragazzacci. Venga, possiamo andarci insieme.»

«Mi chiamo Charlie, Charlie Cheevers» disse Charlie porgendo la mano a David mentre camminavano sull'erba fitta del viale e i due bambini gli correvano davanti.
«David Webber» disse David stringendogli la mano.
«Non è che mi mette in qualche guaio con il dottor P?»
«Che intende?»
«Voglio dire, non sarà mica un creditore o qualcuno che il dottor P non vuole incontrare?»
L'agitazione di David cresceva a ogni passo. Avrebbe volu-

to mettersi a correre per trovare il dottor P il prima possibile e cominciare ad avere qualche risposta su Henry. Invece era obbligato a rallentare il passo per assecondare quello del vecchio.

«No, niente del genere. Devo solo farle alcune domande di musica. Stia tranquillo.»

«Di dov'è, David? Posso chiamarla David?»

«Ma certo, vengo da Los Angeles.»

«Oooh, Los Angeles! Ci sono stato una volta, ai tempi del militare. Due, no, tre notti, prima di imbarcarmi, un gran bel posto dove succede sempre qualcosa. E lei può chiamarmi Charlie.»

«Sì, proprio così, Charlie, proprio così.»

«Anche lei è dottore, David?»

«Dottore?»

«Sì, come il dottor P intendo.»

David non riuscì a trattenere una risata al solo pensiero. «No, sono solo un pianista.»

«Un pianista, dice? Be', è una gran bella cosa, gran bella cosa.»

David osservò il vecchio sorridente. Aveva i denti quasi del colore della maglietta, ma i suoi occhi esprimevano sincerità e la sua voce era calda. David sentì che per quell'uomo fare il pianista era veramente una 'gran bella cosa'.

Per alcuni minuti i due camminarono in silenzio, Charlie di tanto in tanto richiamava i bambini per evitare che si allontanassero troppo. Le meningi di David sfrigolavano; come avrebbe dovuto presentarsi a Parsons, e come le avrebbe detto di Henry?

«Be', eccoci arrivati!»

David rimase leggermente sorpreso dall'affermazione di Charlie; non aveva prestato alcuna attenzione a quel che lo circondava. Guardò davanti a sé e vide l'imponente struttura che svettava tra i platani. Il 'castello' era un nome più che appropriato: il palazzo di arenaria rossa al quale si stavano avvicinando sembrava uscito da un libro di favole.

«Wow!» sussurrò David per lo stupore, contando inconsciamente le guglie che si protendevano dalla sommità dell'edificio.

«Può dirlo forte! Lavoro qui da più di quarant'anni e ancora mi sento rimescolare tutto quando lo vedo. È stato costruito nel 1885, come prima sede della Smithsonian Institution. Il tizio che lo ha progettato è lo stesso della cattedrale di St Patrick a New York. Niente male, eh?»

«Sì, niente male. E il concerto dov'è?»

«Proprio dietro l'angolo, mi segua.»

Charlie richiamò i due turbolenti ragazzini e li prese per mano, David lo seguì per Jefferson Drive e poi tra due bassi edifici ai lati del castello. Una brezza accompagnò il momentaneo sollievo dal sole, e David iniziò a sentire una musica lieve che si diffondeva tra gli alberi di magnolia in fiore, i quali, come un baldacchino, ricoprivano il sentiero di ghiaia e sabbia; Strauss, pensò, orchestra da camera.

David trasalì quando voltarono l'angolo e dall'ombra emersero nella luce del pomeriggio che inondava il rigoglioso paesaggio in fiore davanti al castello.

«Eccoci, questo è il giardino principale.»

Un viale di mattoni rossi affiancato da ciliegi in fiore si estendeva attraverso il prato d'erba verde-azzurra. Mentre si inoltrava nel giardino con il trio, David aveva dovuto cominciare a chiedere permesso a un numero sempre maggiore di persone che tenevano in mano piatti e bicchieri di plastica, in piedi lungo il viale o comodamente sedute sulle panchine di ferro battuto. Più si avvicinavano all'ingresso del castello più la folla si addensava; David vide un uomo che riconobbe senza ombra di dubbio come l'ospite d'onore, in piedi di fronte all'ingresso con un largo sorriso, intento a stringere la mano di chi gli si avvicinava per fargli gli auguri.

«Sembra che la festa sia nel vivo» disse Charlie, continuando a tenere salda la presa sui due bambini.

David si sentiva sempre più frustrato. La fitta massa di persone gli rendeva difficile muoversi e impossibile vedere da dove veniva la musica. Salì su una panchina e provò a guardarsi intorno. Una vera e propria folla si estendeva a perdita d'occhio e, benché sentisse la musica, David non era ancora in grado di vedere l'orchestra. Poi rivolse lo sguardo al centro del giardino. Una grande aiuola con file di viole dal colore mozzafiato e crisantemi e margherite disposti in complesse forme geometriche si estendeva per una decina di metri in larghezza e per tre quarti della lunghezza del castello. David esaminò l'aiuola con lo sguardo da parte a parte. Laggiù, dal lato opposto del giardino rispetto alla panchina sulla quale era salito, davanti a un imponente cancello di ghisa che lo separava da Independence Avenue: era da lì che veniva la musica.

«Charlie, l'orchestra è laggiù» disse David puntando il dito sopra le teste degli invitati, con l'aspetto del marinaio di vedetta su una nave.

David seguì Charlie e i ragazzi lungo il viale di mattoni verso l'altro lato del giardino dove, notò con sollievo, la folla si assottigliava notevolmente. Ciononostante aveva perso di vista Charlie quando si era dovuto fermare davanti a un gruppetto di persone al centro del viale. David si fece strada e tirò un sospiro di sollievo quando vide il panama di Charlie che andava su e giù.

Qualcuno era seduto con gli occhi chiusi, altri erano in piedi e si muovevano a tempo, come faceva Charlie, altri ancora stavano perfino ballando. La piccola orchestra, non più di quindici musicisti, era su una piattaforma leggermente rialzata rivolta verso il giardino; stavano eseguendo un valzer di Strauss. David si avvicinò al vecchio. Charlie sorrise e indicò verso il palco.

«Ecco il dottor P.»

«Dove?» rispose David esaminando una a una le facce dei musicisti.

«Lì, con quel grosso violino.»

David guardò nella direzione indicata da Charlie e vide due uomini e una donna in prima fila, tutti e tre con la schiena arcuata intenti a suonare il violoncello.

«Quale dei tre è il dottor P?»

Charlie sorrise. «Che domande, il dottor P è quella carina.»

23

Nel giardino ci fu un leggero applauso quando Paul Rogers lasciò scivolare le braccia lungo i fianchi. Si voltò e chinò il capo in un umile inchino. Dennis Beckman raggiunse il palco con passo rilassato e si avvicinò al microfono.

«Ringrazio il dottor Rogers e l'orchestra, è stato tutto molto gradevole» disse con un sorriso un po' troppo largo. «Facciamo un altro applauso, signore e signori, per l'orchestra da camera della Smithsonian!»

Beckman fece un passo di lato e cominciò ad applaudire delicatamente mentre Paul fece un altro inchino con la testa e poi tese le mani in direzione dell'orchestra.

«Grazie, dottor Rogers, e grazie a voi tutti per essere venuti. Oggi è stato un giorno speciale per il sottoscritto. Sono sopraffatto dall'emozione perciò vorrei congedarmi con un umilissimo grazie.» Il 'buon compleanno' di rito si levò dal pubblico mentre Beckman salutava con la mano.

Paul si voltò verso l'orchestra e annuì. I musicisti si alzarono uno dopo l'altro, alcuni stiracchiandosi, altri cominciando a riporre gli strumenti senza perdere tempo.

Dani stava stringendo la mano degli altri due violoncellisti quando Paul le si avvicinò. «Congratulazioni, maestro» disse Dani sorridendo.

«Non gli è piaciuto.»

«Ma di che stai parlando?»

«Non gli è piaciuto, non avrei dovuto suonare Strauss. Lo odia!»

«Paul, sei ridicolo. Non lo hai sentito, ha detto che...»

«Sì che l'ho sentito: 'Grazie, dottor Rogers, è stato tutto molto gradevole.' Dottor Rogers, non Paul. Molto piacevole, e non splendido... Non gli è piaciuto!»

«Paul, perché non provi a rilassarti un po'? Gli è piaciuto... Gli è piaciuto molto.»

«Dottor P!» Una voce risuonò ai piedi del palco. «Dottor P.!»

Dani guardò giù e diede un'occhiata alle prime file. Sorrise nel vedere il panama bianco che svettava tra la marea di teste. «Charlie, sei venuto!»

«Certo, dottor P, non sarei mancato per niente al mondo.»

«Aspettami, Charlie, fammi scendere da qui.» Dani diede una pacca sul braccio a Paul, poi si diresse verso il lato del palco e scese le scalette.

Una molletta di perle le teneva su i capelli castani, e solamente due ciocche ondulate le scendevano ai lati del viso. Non se ne accorse – non se ne accorgeva mai –, ma ogni uomo nel raggio di dieci metri si voltò a guardare, senza malizia e con dolce desidero, la bellissima ragazza dal vestito nero a tubino che scendeva dal palco.

Charlie la aspettava con i due nipotini un passo davanti a lui, e teneva le mani sulle loro spalle.

«Che bello che sei» disse Dani baciando Charlie sulla guancia tra le risatine dei due nipoti. «Oh, santo cielo» aggiunse portandosi le mani al petto. «Geremia e Zaccaria, ma vi siete visti, ragazzi? Charlie, sei sicuro che non posso uscirci insieme? Sono i due gentiluomini più distinti che abbia mai visto.»

«Oh, non saprei. Ti spezzerebbero il cuore questi due.»

«No, no. Non lo faremo, nonno!» «Ih ih ih, nonno!»

Dani rise e accarezzò entrambi sulla testa. «Tale nonno, tali nipoti, vero Charlie?»

Charlie emise una risata roca.

«Ti è piaciuto il concerto?»

«Oh sì, ci avete dato dentro!»

«Hai sentito, Paul?» disse Dani mentre Paul scendeva le scalette del palco.

«Sentito cosa?» disse Paul avvicinandosi.

«Dottor Rogers, è stato magnifico! Non capisco proprio come fa a farli suonare così bene tutti quanti insieme.»

«Grazie, Charlie.»

David diede un colpetto sul dorso della mano di Charlie.

«Oh, certo, ma che maniere ho! Dottor P, dottor Rogers, vorrei presentarvi il mio nuovo amico, David Webber di Los Angeles.»

David avanzò di qualche passo e strinse prima la mano di Paul, poi quella di Dani.

«Piacere di conoscerla, signor Webber» disse Paul sorridendo.

«Ehi, David Webber, benvenuto a Washington, le è piaciuto il concerto?» disse Dani con un sorriso vivace che per un istante prese David alla sprovvista. Non sapeva chi o cosa dovesse aspettarsi, di certo non era preparato per una *lei*.

«Sì, grazie» disse David evitando lo sguardo della donna.

«Vedi Paul, un altro spettatore soddisfatto, perciò smettila di preoccuparti.»

«Perché eri preoccupato?»

«Oh, temeva che a Beckman non fosse piaciuto il concerto perché abbiamo suonato Strauss e lui lo detesta.»

«Be', secondo me è stato stupendo, tu che ne pensi, David?»
«Sì... Molto bello» mormorò David.
«E lui poi se ne intende, è un pianista.»
«Sul serio?» domandò Dani. «Professionista?»
«Uh, sì» balbettò David mentre lottava per trovare un modo di tirare fuori l'argomento Henry. «Ma suono nei bar, nei locali, roba così.»
«Oh, capisco» disse Dani sorridendo. «Charlie, sei un uomo pieno di sorprese, come fai a conoscere un pianista di Los Angeles?»
Charlie rise e appoggiò la mano sulla spalla di David. «Ci siamo incontrati al museo. Ti stava cercando.»
Dani guardò David, poi guardò Paul, poi Charlie, e poi di nuovo David. «Me? Stava cercando me, signor Webber?»
«Uh, sì, dottoressa Parsons, stavo cercando lei.»
«Perché?»
David deglutì a fatica e decise che era arrivato il momento. «Dottoressa Parsons, potrei parlarle in privato un momento?»
«In privato?» disse Dani lanciando un'occhiata a Paul.
«Sì, potremmo parlare in privato?»
«Perché?»
«Uh... Veramente preferirei non dirglielo davanti a tutti, dottoressa Parsons.»
«Di cosa si tratta, signor Webber?»
«Dottoressa Parsons, se non le dispiace...»
Il sorriso di Dani svanì all'istante. Le ginocchia cedettero e un'ondata di calore le attraversò il corpo. Cadde addosso a Paul mentre Charlie la afferrava rapidamente per un braccio. «Riguarda mio padre... Sta bene?... È successo qualcosa a papà?»
«Suo padre?... No, non ha nulla a che fare con suo padre...»
«Signor Webber, insomma, di cosa si tratta?» domandò Paul.

«David?» disse Charlie, il suo sorriso del tutto scomparso.

«Scusatemi, non avevo intenzione di spaventarla. Volevo solo farle un paio di domande su... un amico comune. Dottoressa Parsons, la prego, ci vorrà solo qualche minuto ed è molto importante.»

«Forse, David, possiamo rimandare a più tardi?» disse Charlie con gentilezza.

«No!» disse David recisamente.

«Be', forse dovrà aspettare, signor Webber» sbraitò Paul.

«No, Paul, Charlie, va bene» intervenne Dani dopo aver ritrovato il controllo di sé. «Mi deve scusare, signor Webber, mio padre è malato e credevo che lei...»

«Non si preoccupi» disse David. «Mi dispiace averla spaventata.»

«No, è stata colpa mia. Non avrei dovuto saltare a conclusioni affrettate» disse Dani con un profondo respiro ed espirando con un sorriso. «Wow, devo proprio darmi una regolata. Io che cado tra le braccia di due uomini, riuscite a crederci?»

Charlie scoppiò a ridere. Paul era meno divertito.

«Così sostiene che abbiamo un amico comune?»

«Sì, penso di sì.»

«Posso chiederle il nome?»

Dani colse la frustrazione sul viso di David.

«Ho capito... In privato. Okay, stavo giusto andando via. Se vuole accompagnarmi alla macchina possiamo parlare lungo la strada.»

«Va bene.»

«Bene, può portarmi il violoncello.»

Paul aveva ancora le braccia intorno alla vita di Dani. «Dan, sei sicura che per te va bene? Se vuoi posso venire anche io.»

Dani sorrise e si staccò da lui. «Sto bene, ci vediamo domani.»

«Certo.» Paul si arrese lasciando cadere le braccia.

«Ci sei domattina, Charlie?»
«Nossignora, ho fatto il turno lungo la settimana scorsa, ma ci vediamo alle cinque.»
«Okay allora. Ehi, dove sono i ragazzi, volevo salutarli» disse Dani guardandosi intorno.
Charlie guardò giù. «Oh signore, dove sono andati quei bricconcelli?»
Paul indicò il palco. «Eccoli lì, accanto ai timpani.»
Charlie andò verso il palco. «Geremia, Zaccaria, scendete da lì, non è un giocattolo, quello! Arrivederci, David, piacere di averti conosciuto.»
David gli concesse un sorriso. «Anche per me, Charlie, e grazie ancora.»
«Chiamami quando arrivi a casa, okay Dan?» disse Paul guardando David.
«Lo farò» rispose Dani, e gli diede un bacio sulla guancia. «Paul, sei stato bravissimo, sono sicura che Beckman è molto soddisfatto.»
Paul sorrise. «Buona giornata, signor Webber, e si goda il soggiorno.»
«Grazie» rispose David senza espressione.
«Allora, signor Webber, vogliamo andare?»
«Sì, grazie mille, dottoressa Parsons.»
«Oh, per favore, lasciamo perdere questa storia della dottoressa e diamoci del tu. Chiamami Dani.»
«Ve bene, e tu chiamami David.»

Dani si era cambiata le scarpe e al posto delle ballerine nere aveva un paio di Nike bianche. David dovette sforzarsi per tenere il suo passo da corritrice mentre uscivano dal giardino sul lato est del castello alle spalle dell'edificio e attraversavano Jefferson Drive fino al prato del viale principale.

«Allora, David, cosa posso fare per te? Chi è il tuo amico?»
«Potremmo rallentare un po'? Questo violoncello non è il massimo della leggerezza e non sono in forma per i cento metri.»
Dani si fermò. «Oh, scusa... Vecchia abitudine. Di solito sono sempre in ritardo, quindi sono abituata ad andare di corsa.»
«Sì, ho saputo.»
Dani lanciò a David un'occhiata interrogativa e lui rispose rapidamente: «Charlie.»
Dani aggrottò le sopracciglia e annuì. «Ho capito.»
«Dani, ehm...» David incespicò sulle parole non sapendo da dove cominciare mentre riprendevano a camminare; stavolta molto più lentamente. «Sono un amico di Henry Shoewalter.»
«Sì?» rispose Dani.
Il cuore di David prese a battere più forte... Era il momento di tentare il tutto per tutto. «Dani, temo di doverti dare delle brutte notizie. Henry... Henry è morto.»
Dani si fermò. A David si mozzò di nuovo il fiato.
«È terribile. Mi dispiace molto.»
«Sì, è terribile. Dani... Devo sapere cosa stavate facendo tu e...»
Dani lo interruppe: «Ma non conosco nessun Henry Shoewalter.»
David rimase in silenzio per un istante poi guardò dritto negli occhi di Dani. «Non capisci, sono amico di Henry – più che un amico, in realtà –, puoi fidarti.»
Dani resse lo sguardo. «Non so di cosa tu stia parlando.»
Un vulcano cominciò ad agitarsi nel pozzo dello stomaco di David. Non poteva essere un vicolo cieco. Non lo avrebbe accettato, non dopo quello che aveva passato.

«So che Henry era in contatto con te.»

«David, mi dispiace per la tua perdita ma non conosco nessun...»

«Aveva il tuo numero di telefono addosso quando è morto!» gridò David, le mascelle serrate, gli occhi di fuoco. «Su cosa stavate lavorando? Devi dirmelo!»

Dani rimase a bocca aperta, e cominciò a guardarsi intorno per vedere se c'era qualcuno nei paraggi mentre si allontanava da lui.

David sentì di essere sul punto di perdere il controllo. *Perché mente?* Chiuse gli occhi e fece un respiro profondo. Nella sua testa cominciarono a scorrere immagini di Henry e J.P., della polizia e dell'interrogatorio. Parlava ora a voce bassa, poco più che un sussurro, incapace di formare una frase completa. «Mi dispiace, scusa, non avrei dovuto urlare, è solo che... Henry era... Tu e lui... Aveva il tuo numero nella rubrica.» David era stupito di aver gridato. Non era lui, la voce non veniva dal suo corpo... Eppure era la sua voce. «Devo saperlo! Devo saperlo, porca puttana!»

Dani trasalì e affrettò la ritirata. «Senti... Non so chi sia tu, ma tutta questa storia è follia pura. Ti ho detto che non conosco il tuo amico e di certo non so perché avesse il mio numero di telefono. Giuro di non aver mai parlato con qualcuno di nome Shoewalter in...»

«Smettila di mentire, porca puttana!» gridò David lasciando cadere la custodia del violoncello.

Ci fu un lungo silenzio in cui Dani vide l'uomo con lo sguardo da folle crollare davanti a lei. David chiuse gli occhi e prese a massaggiarsi le tempie con mani tremanti.

Dani provò a ripetere che non conosceva Henry Shoewalter ma s'interruppe quando vide David sedersi a terra nel bel mezzo del viale. Si girò per vedere se qualcuno li stava guardando... Non c'era nessuno. Stava considerando l'ipotesi di lasciare lì il violoncello e squagliarsela il più in fretta possibile ma qualcosa le disse che non correva alcun pericolo. La sua voce era dolce quando si avvicinò prudentemente a David e disse: «Mi spiace non poter essere d'aiuto... Uh, David, io... Uh.»

David non rispose.

«Be'... David... ascolta, mi ha fatto piacere conoscerti...» Vedeva chiaramente che David non era lì, mentre balbettava parole che lei non riusciva ad afferrare. Gli si accostò con cautela. Quando fu a pochi centimetri dallo strumento, afferrò in fretta la custodia del violoncello e con prudenza cominciò ad arretrare mentre continuava a parlare nel modo più calmo possibile. «Uh... Sai, non c'è bisogno che mi accompagni alla macchina, da qui in poi posso anche portarlo io. Be', ascolta, io... Insomma, in bocca al lupo... Spero che tu... Goditi la visita... e... arrivederci, signor... David.»

David rimase in silenzio mentre Dani si voltava per correre via. Dopo una decina di metri Dani si guardò indietro e diede un'occhiata a quell'uomo seduto nel bel mezzo del National Mall. Quel che vide la costrinse a fermarsi. Aveva la testa tra le mani e le spalle scosse da singhiozzi.

Di sicuro non era la cosa più razionale che avesse mai fatto, questo lo sapeva. In effetti era del tutto assurdo, ma per qualche motivo sentì che quell'uomo non rappresentava un pericolo e che anzi aveva bisogno di lei, o almeno di qualcuno.

Dani tornò verso il punto dove David era seduto, posò la custodia del violoncello e disse con un sussurro: «David?»

David non rispose.

«Stai bene? Posso fare qualcosa?»

David alzò lentamente la testa e guardò su.

«Stai bene?» domandò di nuovo Dani vedendo il suo viso contratto.

David annuì ed emise un silenzioso: «Sì.»

«Posso fare qualcosa, voglio dire, hai bisogno di un passaggio da qualche parte o, uh...»

David parlò con voce bassa e calma: «No, mi dispiace se ho, uh...»

«Dato di matto?»

Quella di Dani non voleva essere una battuta, ma la sua sincerità costrinse David a un lieve sorriso. «Sì, immagino che sia questo che ho fatto, no?»

«Sì, così si dice.»

David guardò quella ragazza così carina. Aveva il viso aperto e leale, gli angoli della bocca leggermente curvati all'insù. Non stava mentendo. Non stava nascondendo niente. Aveva la sensazione che per lei l'inganno fosse una cosa sconosciuta. Sfortunatamente, questo significava anche che era andato a Washington DC per nulla.

«Hai pranzato?» chiese Dani.

«Pranzato?» David rifletté un istante. «No, è un po' che non mangio.»

«Ecco il problema! Senti, stavo andando in questo posticino dietro al museo a prendere un'insalata. Perché non vieni anche tu?»

David stava per rifiutare l'offerta quando...

«Se vuoi possiamo parlare del tuo amico che dovrei conoscere.»

«Davvero?»

«Be', perché no? Insomma, aveva il mio numero di telefono... Non lo so, forse riusciamo a capire perché.»

David lasciò uscire un sospiro. «Magari.»

«Passiamo prima alla macchina così lascio questo elefante. Prometto di non correre troppo.»

David fece per alzarsi.

«E comunque, come è morto il tuo amico?»

«È stato ucciso» disse David senza mezze misure, alzandosi in piedi sull'erba.

Dani diventò tutta rossa. «Oh mio dio! Ucciso? Da chi?»

«La polizia non lo sa ma pensano sia stato io. Andiamo.»

Dani deglutì a fatica mentre si avviavano per il viale.

No, non era per niente la cosa più razionale che avesse mai fatto.

«È la dottoressa Dani Parsons, una delle curatrici del Museo di storia americana» disse una voce alla radio.

Fowler ascoltava seduto in macchina all'incrocio tra Jefferson Drive e la Quattordicesima.

«Nessuna traccia di Depriestiano, agente Sanders?»

«Negativo, signore.»

«E l'altro nostro amico?»

«Negativo, nessuna traccia di Petrovic.»

«Sì, be', a quanto ho capito potrebbe esserti seduto sulle ginocchia e non te ne accorgeresti neanche. Hai scattato delle foto?»

«Affermativo, ogni persona nel raggio di duecento metri da Webber.»

«Bene. Okay, questa è la procedura. Sanders, resta su Webber e la ragazza. Voglio Stevens subito in laboratorio per scaricare le foto. Il signor Woo lo aspetterà lì; lo aiuterà ad analizzarle. Capito?»

«Sissignore, Stevens è partito in questo istante; chiudo.»

Appena Fowler mise giù la radio, suonò il cellulare.

«Fowler.»

«Tom, sono Bob.»

«Da quanto tempo, cosa posso fare per te, vicedirettore?»

«Tracce di Petrovic?»

«Non ancora. Ma Webber è coperto come un materasso. Lo troveremo.»

«Trovatelo alla svelta, Tom.»

Fowler percepì la tensione nella sua voce.

«Che è successo, Bob?»

«Un tenente della polizia di Los Angeles... Stava lavorando sull'omicidio Shoewalter.»

«Sì?» disse Fowler non volendo sentire il seguito.

«È stato ucciso ieri sera... Una bomba in auto. Il procuratore distrettuale di Los Angeles è in viaggio per DC in questo momento, ha chiesto il nostro aiuto.»

«Oh, dio» sospirò Fowler.

«Già. Vogliono Webber.»

«Bob, non credo che Webber abbia niente a che fare con l'attentato alla macchina, e neanche con l'omicidio di Shoewalter se è per questo.»

«Le foto non mentono. In qualche modo è legato a Petrovic.»

«Sì, se sa che è Petrovic.»

«Che vuoi dire?»

«Non lo so, ma ho il sospetto che David Webber sia il classico disgraziato al posto sbagliato nel momento sbagliato.»

«E Depriestiano? Hai trovato qualche legame tra Webber e la famiglia?»

«Solo che lui e Anthony andavano all'università insieme.»

«E allora che aspettiamo a metterlo dentro?»

«Dobbiamo averne la certezza. Per adesso è l'unico modo che abbiamo per arrivare a Petrovic.»

«Okay, ma significa che dobbiamo vuotare il sacco con il procuratore distrettuale.»

«Bob...»

«Tom, non c'è altro modo per evitare che la polizia di Los Angeles vada a prendere Webber.»

Fowler sospirò. «Okay, diciamo tutto al procuratore. Facciamo in modo che tengano le mani giù da Webber. Un'altra cosa, Bob, da quanto tempo conosci Douglas e Woo?»

«Woo non lo conosco affatto. Douglas è nel giro da anni. È il tipico burocrate, il tipico faccendiere di Washington. Perché?»

«Perché ho l'impressione che non fossero esattamente ben disposti verso di noi.»

«Cosa te lo fa pensare?»

«Chiamalo presentimento, Bob... Solo un buon vecchio presentimento.»

L'uomo con la coda di cavallo e il cappello da baseball era sdraiato sul prato. Quando David e Dani si avvicinarono, piazzò la macchinetta da un lato e si rannicchiò in posizione fetale, dando la schiena alla coppia. I due passarono senza prestare attenzione al turista disteso.

24

L'ispettore della polizia di Los Angeles Stuart Gilbert era in piedi all'estremità del molo di Santa Monica e gettava briciole di pane nell'acqua grigia e fredda davanti a lui. Un ostinato banco di nebbia incombeva sulla superficie del mare, rendendo la mattinata primaverile insolitamente pungente; il molo, di solito molto frequentato, era deserto. A parte la starnazzante armata dei gabbiani che volavano sopra la sua testa prima di tuffarsi a bomba per pescare, il poliziotto era solo.

Non si voltò quando sentì lo scricchiolio delle assi di legno alle sue spalle. Lo stava aspettando. Gilbert guardò l'uomo e sorrise. L'uomo corpulento era completamente ricoperto di bende e cerotti.

«Guarda il lato positivo» disse Gilbert osservando le onde che si infrangevano in lontananza.

L'uomo gli rivolse uno sguardo stupefatto.

«Il mare in questo periodo è pieno di liquami, almeno non senti l'odore.»

«Non doveva essere il paradiso?» rispose l'uomo. «Mi sto congelando il culo!»

«No, il paradiso sono le Hawaii. Qui siamo in California, la terra della frutta e degli psicopatici.»

«Eh eh, hai ragione. Odio questo posto del cazzo. E tu, Gilbert?»

«Pure io.»

«Va bene, che hai per me?»

«Dipende, tu cosa hai per me?»

L'uomo estrasse un involucro di carta per alimenti e lo poggiò sulla ringhiera di legno. «Vuoi contarli?»

«No, il vecchio Nick non mi ha mai inculato» disse Gilbert infilandosi il pacchetto nella tasca della felpa col cappuccio. «Non credo voglia cominciare ora.»

Gilbert esaminò il molo. «Ti dispiace?»

L'uomo fece roteare gli occhi e alzò le braccia. Gilbert lo perquisì concentrandosi sulla zona della pancia.

«Soddisfatto?» disse l'uomo abbassando le braccia.

«Grazie.» Gilbert si voltò verso il mare e appoggiò le braccia sulla ringhiera. «Stanno impazzendo per l'omicidio di Ryan. Il capo se ne sta occupando personalmente. Ed è coinvolto anche il procuratore distrettuale.»

«Dov'è Webber?»

«Washington... O almeno credo. Prima di essere fatto a pezzi dall'esplosione, Ryan ci aveva dato ordine di non toccarlo, per nessun motivo. E così abbiamo fatto. Si è imbarcato sull'aereo ed è partito prima che ci arrivasse la notizia di Ryan.»

«Non è stata una mossa troppo intelligente.»

«Già, non è uno dei nostri momenti migliori. Stiamo collaborando con l'FBI.»

«E poi?»

«Poi niente.»

«Sai perché è andato a Washington?»

«Non ne ho la più pallida idea.»

L'uomo annuì. «Okay, riferirò. Sono certo che il vecchio Nick vuole che continui a tenere le orecchie ben aperte. Potresti guadagnarci un sacco di soldi.»

«Ehi, mi sono fatto assegnare questo caso apposta. Di' al vecchio Nick che sono qui per lui. Fa male?» disse Gilbert guardando il naso dell'uomo.

«Solo l'orgoglio. Avrei potuto spaccargli la faccia a quel frocetto...»

«Sì, lo so. Ma il vecchio Nick sa come prenderti, eh?»

«Proprio così» disse l'uomo sfregando tra loro pollice e medio. «Torno a casa, ho un lavoro vero da fare.»

«Dove?»

«Missouri... Joplin, Missouri. Ecco il biglietto da visita. Se hai bisogno di cuscinetti a sfera fammi uno squillo. Mi chiamo Harshbarger.»

Anthony, con il dito mignolo alzato, stava delicatamente spalmando del burro su una fettina di pane mentre ascoltava il resoconto del cugino.

Il Tavern on the Green, come d'abitudine la domenica pomeriggio, era affollato, così Jimmy era costretto a sporgersi in avanti sulla sedia per evitare che qualcuno potesse sentirlo dai tavoli vicini.

«È tutto. Harshbarger dice che Webber è a Washington.»

«Hanno intenzione di arrestarlo quando lo troveranno?»

«Gliel'ho chiesto. Non lo sa ma pensa di no. Non hanno prove che sia coinvolto nell'omicidio del poliziotto quindi...»

«Quindi vogliono solo essere sicuri di sapere dove si trova.»

«Sì, pare di sì.»

«C'è altro?»

«No, è tutto.»

«Okay, Jimmy, ottimo lavoro, adesso sparisci.»

«Ehi, il minimo che puoi fare è offrirmi il pranzo, sto morendo di fame!»

«Un'altra volta, James. Sei venuto in macchina o hai preso il taxi?»

«Jimmy non prende taxi, perché?»

«Bene. Voglio che vai in macchina e aspetti. Kathryn sarà qui tra poco. Quando se ne va, voglio che tu la segua, e intendo seguirla, cugino, ovunque vada. Non perderla mai di vista e non farti vedere. Hai capito?»

«Sì, certo, ma dove pensi che andrà?»

«Tu fallo e basta, Jimmy. Chiaro?»

«Chiaro.»

«Bene. Un'altra cosa: cerca di scoprire chi conosce tuo padre all'FBI.»

Jimmy annuì.

«Eccola, ora sparisci.»

Le donne belle e alla moda non mancano di certo nell'Upper West Side di Manhattan. Ma quando Kathryn entrò nell'esclusivo ristorante di Central Park, si voltarono tutti. Si muoveva come una modella durante una sfilata; aveva lo sguardo fisso e camminava con sicurezza. I capelli biondi erano raccolti lasciando bene in vista le spalle abbronzate, e il vestitino estivo verde acqua danzava sulle sue lunghe gambe lisce.

Jimmy si alzò in piedi appena Kathryn arrivò al tavolo.

«Non starai andando via per me, vero Jimmy?»

Anthony parlò prima che Jimmy avesse il tempo di rispondere. «No, cara, stava andando via comunque.»

«Sicuro che non vuoi pranzare con noi? Vedo che non hai ancora mangiato.»

Jimmy iniziò a rispondere ma fu nuovamente interrotto.

«Glielo ho già domandato, cara. Sembra che il mio cuginetto sia molto richiesto in questo periodo. Jimmy, cerca di trovare un po' di tempo per cenare con me e Kathryn una volta o l'altra. È tanto che non ci capita di stare tutti e tre insieme.»

«Uh, sì, ci proverò. Be', devo andare, mi ha fatto piacere vederti, Kathryn... Ehm... Sei molto... educata.»

Kathryn sorrise. «Grazie, Jimmy, sei gentile.»

«Sì... Ehm... Ci vediamo.»

«Arrivederci, cugino» disse Anthony con fermezza.

Kathryn continuò a sorridere fino quando Jimmy lasciò il tavolo. Quando si sedette la sua espressione mutò di colpo, poi prese il menu.

«Cosa hanno detto oggi del pescespada?» domandò Kathryn da dietro il menu.

«Non ho chiesto, ma di sicuro è buono come al solito.»

«In ogni caso penso che prenderò un'insalata,» disse Kathryn poggiando il menù «non ho molta fame.»

Anthony si tamponò gli angoli della bocca con il tovagliolo e poggiò le mani aperte sul tavolo. «Come hai dormito ieri sera? Mi sembra che ti sia alzata una o due volte.»

«Sì, forse. Scusa se ti ho svegliato.»

«Non preoccuparti, neanche io ho dormito bene.»

Kathryn non rispose. Guardava il parco attraverso la vetrata del ristorante. Passò una giovane coppia con un cane, si tenevano mano nella mano. Quell'immagine dolce e innocente la riempì di tristezza.

«Cara, forse la difficoltà a prendere sonno e la mancanza di appetito hanno qualcosa a che fare con Henry Shoewalter e David Webber?»

Kathryn si sistemò sulla sedia. Era devastante solo sentir pronunciare quei nomi. «No, non essere ridicolo» mentì, rendendosi conto di essere una pessima attrice. «Certo, è sconcertante... Voglio dire, Henry era un uomo così dolce e David Webber...»

«Qualcuno di cui un tempo eri innamorata; qualcuno che avresti sposato se non...»

«Qualcuno che un tempo conoscevo molto bene» lo interruppe Kathryn con quanta più indifferenza le fu possibile chiamare a raccolta in quel momento. «Ma è stato tanti anni fa. Dio mio, non pensavo a David Webber da... Su, Anthony, non fare il melodrammatico, non è da te.»

Anthony tese la mano sopra il tavolo e afferrò quella di Kathryn. Il contatto fisico con il marito la colse di sorpresa.

«Cara, va tutto bene» disse Anthony dolcemente. «Lo capisco. Per l'amor del cielo, se fossi in te sarei altrettanto turbato. È una cosa naturale, non c'è bisogno che cerchi di nascondermela.»

Le lacrime le riempirono gli occhi. Provò a fermarle ma fu inutile. Abbassò la testa quando la prima lacrima le corse lungo la guancia. «Scusa, Anthony.»

«Non c'è problema, ti capisco, fai pure... Sfogati.»

Anthony prese un fazzoletto dalla tasca e lo porse a Kathryn. Il cameriere si avvicinò al tavolo e Anthony ordinò per entrambi. Dopodiché Anthony non disse altro, ma attese pazientemente che la moglie ritrovasse il dominio di sé.

«Come mai sei così comprensivo? Non è da te» domandò Kathryn tamponandosi gli occhi.

Anthony si sporse verso di lei e asciugò una lacrima che le scendeva lungo la guancia. Quando parlò, la sua voce aveva una dolcezza che Kathryn aveva raramente, se non mai, sentito in lui. «Lo so, Kathryn, lo so.» Anthony si rimise a sedere lentamente sulla sedia, con le spalle curve e il mento attaccato al collo. «Oh, Kathryn, mi dispiace tanto.» Anthony alzò lo sguardo, rivelando gli occhi lucidi. «Immagino che non cambi nulla se ti dico che mi rendo conto di essere stato un pessimo marito. Dio, che cosa banale.»

Kathryn osservò il più stronzo e arrogante degli uomini non riuscire a trovare le parole.

«Cosa ci è successo? Non è stato sempre così... *Noi* non eravamo così. Ti ricordi... i primi tempi... quando andavamo all'università?»

Kathryn sussurrò: «Faccio del mio meglio per non pensarci.»

Anthony annuì. «Ti capisco.»

Lei evitò lo sguardo del marito e prese un sorso d'acqua.

«Sto parlando delle prime volte che uscivamo insieme. Te lo ricordi, Kathryn? È stato bello. È stato così...»

«Tu non hai visto la sua faccia» disse lei d'impulso.

«Lo so. Ma prima di allora...»

Anthony continuò a parlare ma Kathryn non lo ascoltava. Era altrove, stava rivivendo un pomeriggio di pioggia di dodici anni prima come fosse stato ieri.

«Un aborto! Hai ucciso nostro figlio!» gridò David.

Henry e Kathryn sussultarono quando David entrò nello studio. Aveva in mano un foglio. Kathryn stava tremando. Gli occhi di Henry si riempirono di lacrime.

«Perché?» gridò David gettando il foglio addosso a Kathryn.

«David, per favore, calm...»

«Hai ucciso nostro figlio!» David afferrò Kathryn per un braccio. «Come hai potuto?»

Henry saltò su dalla sedia e corse intorno alla scrivania per trattenere il ragazzo, palesemente fuori di sé.

«Hai ucciso nostro figlio! Stronza! Hai ucciso nostro...»

«Non era tuo figlio!» gridò Kathryn cadendo in ginocchio. «Non era tuo figlio! Non era tuo figlio!» ripeté più volte con la voce che veniva meno per il dolore.

David diventò rosso in viso. Lasciò il braccio di Kathryn e si appoggiò allo stipite della porta.

Henry si inginocchiò accanto a Kathryn.

«Anthony» sussurrò David.

Kathryn si rannicchiò sul pavimento e scosse la testa.

David fece un profondo respiro e alzò gli occhi verso il soffitto. «Da quanto?»

Kathryn non rispose.

David si ritrovò con una mano poggiata sullo scaffale della libreria. Scaraventò a terra un'intera fila di libri. «Da quanto tempo, porca troia!»

«Due mesi» mormorò Kathryn.

David guardò Henry, gli occhi spalancati e folli. «Lo sapevi. Cristo, tu lo sapevi e non...» Si fermò nel mezzo della frase, diede un'occhiata a Kathryn e poi tornò a guardare Henry. Vide il foglio che aveva appena gettato a terra. Erano le dimissioni dall'ospedale; pagato e firmato da Henry Shoewalter.

«Bastardo» disse David senza fiato.

«Henry voleva solo aiutarmi!» guaì Kathryn.

Henry abbassò la testa. «Mi dispiace, Davey. Voglio bene a entrambi perciò...»

«È la mia vita, cazzo!» guaì David come un animale ferito.

«Lo so, oh, perdonami, Davey...»

«Perdonarti!» gridò David dando un pugno contro la parete. «Vaffanculo, vecchio... Andate all'inferno tutti quanti! Porca puttana, non ho bisogno di voi!»

«Era sconvolto» sussurrò Kathryn come se fosse in trance. «Lo ha quasi ucciso, letteralmente. Henry e io lo abbiamo cercato... per tre giorni... Non abbiamo saputo nulla dell'incidente. Solo che era in ospedale. Rifiutava di dire il suo nome a chiunque. Quella è stata l'ultima volta che l'ho visto, lo stesso per Henry. Tutti quelli che aveva amato lo avevano abbandonato. Io ero solo un'altra della lista. Pensava che anche Henry lo avesse abbandonato... Il che lo avrebbe fatto soffrire anche...» La voce le venne meno. «Non avrei mai dovuto dirlo a Henry. Non avrei mai dovuto coinvolgerlo. Ma avevo bisogno d'aiuto e di soldi. Ero così stupida a quei tempi.»

Rimasero entrambi in silenzio per un istante; Kathryn immersa nei ricordi, Anthony che preparava la mossa successiva.

«Kathryn, ho una confessione da farti.»

Kathryn alzò gli occhi.

«È il motivo per cui non ho dormito ieri notte. Pensavo anch'io a Henry Shoewalter e David Webber.»

«Perché, tu non avevi un gran rapporto né con l'uno né con l'altro... Anzi, di David non ti importava proprio nulla...»

«No, non è vero. Non avevo niente contro di lui. Ero solo... Be', ero geloso, credo. Aveva una parte di te che non potevo toccare... e ancora non posso.»

«Anthony...»

«No, fammi finire. Ormai ci siamo ed è meglio se arriviamo fino in fondo. È tempo di vuotare il sacco... Di confessare chiaro e tondo i miei peccati. Kathryn, non è un segreto per nessuno dei due che il nostro matrimonio non è esattamente felice. Lo sappiamo entrambi e siamo arrivati ad accettarlo. Ma non posso continuare così. Voglio mia moglie... La mia bellissima moglie. Quando ieri ho fatto il nome di David Webber e ho visto l'espressione del tuo viso...»

«Anthony...»

«Per favore, Kathryn. Ho fatto una cosa.»

«Cosa?»

Anthony fece una pausa d'effetto. «Sai che zio Nick ha contatti ovunque, incluso il dipartimento di polizia di Los Angeles. Gli ho chiesto se poteva procurarmi qualche informazione sull'omicidio, in particolare sul presunto coinvolgimento di David Webber.»

«Perché?»

«Perché sono patetico e disperato. Kathryn, quel giorno di dodici anni fa ancora mi ossessiona. Vedi, allora pensavo che averti messo incinta sarebbe stata la mia fortuna. Tu e David vi siete lasciati. Avevo vinto io! Eri mia! Ora capisco quanto mi sbagliavo. Se non fossi rimasta incinta credo che le cose non sarebbero andate diversamente. Forse vaneggio o forse mi illudo, ma penso in tutta onestà che ti avrei conquistata comunque. Penso che avresti lasciato David di tua iniziativa, e non come è successo. Credo che ti saresti innamorata di me quanto lo ero io di te... e quanto lo sono ancora, Kathryn. Ma le cose sono andate diversamente, ed è per questo che vivo il nostro matrimonio come un premio di consolazione.»

Kathryn era sbalordita. Non sapeva cosa rispondere, specialmente perché gran parte di quel che aveva detto era vero. Infatti, benché le ci fossero voluti più di due anni e mezzo da quel terribile pomeriggio a casa di Henry per accettare le insistenti proposte di matrimonio di Anthony, ricordava di aver pensato a Anthony come più di un premio di consolazione. E a volte le sembrava perfino il suo castigo.

«Ho chiesto a mio zio di raccogliere informazioni sull'omicidio di Henry perché ho pensato che se avessi potuto mostrarti le prove che avevano contro di lui – e che genere d'uomo fosse diventato – forse ti saresti convinta di aver fatto la scelta giusta. Non ne vado fiero, ma è quel che ho fatto e mi dispiace.» Anthony chinò il capo.

Kathryn non era sicura di volerlo sapere, ma dovette chiederglielo.

«Cosa hai scoperto, Anthony?»

«No, Kathryn, non posso...»

«Anthony, cosa hai scoperto? Devo sapere. Lo ha ucciso lui?»

Anthony chiuse gli occhi e cominciò a parlare con un profondo sospiro. «La polizia non ha altri sospetti. Ritengono che Henry abbia contattato David per una cosa su cui stava lavorando. Forse aveva a che fare con il progetto su Mozart per il quale ha contattato anche te qualche mese fa. Se ti ricordi, David era una specie di fenomeno su Wolfgang. Mi sembra perfettamente normale che Henry abbia chiesto il suo aiuto. Insomma, la polizia pensa che per qualche motivo sia scoppiata una lite e David abbia perso il controllo.»

«No, non è possibile! Henry era come un padre per David, non avrebbe mai...»

«Mi dispiace, cara. Ma la realtà è che non vedi David da moltissimo tempo. Non sai com'è diventato. Zio Nick ha scoperto che ha cominciato a bere molto. Lo avevano anche arrestato quella stessa sera per una rissa in un bar. Probabilmente era ancora ubriaco quando ha visto Henry. Comunque la polizia sospetta che sia stato preda di un raptus quando lo ha ucciso.»

«Non riesco a crederci. David gli voleva troppo bene per...» Le si mozzò il fiato e si portò le mani tremanti alla bocca. «Oh, dio! Io... È colpa mia. Oh mio dio!»

«Questo, Kathryn, non possiamo saperlo. Sono passati tanti anni e David non può aver serbato quel rancore tanto a lungo.»

«Invece sì, Anthony. Henry deve avergli detto che lo avevo aiutato nella ricerca su Mozart e questo deve averlo fatto tornare indietro di dodici anni. Oh, dio!»

Anthony prese la mano tremante della moglie. «Piccola, non puoi saperlo. Non sappiamo se Henry gli ha parlato del progetto di ricerca. Non sappiamo nemmeno se è stato effettivamente David a uccidere Henry.»

«Ma tu hai detto che la polizia non ha altri sospetti» disse Kathryn riuscendo a fatica a far uscire le parole.

«Questo non significa che sia stato David, no? Può darsi che non c'entri nulla e che la morte di Henry abbia a che fare con le sue ricerche su Mozart.»

«Cosa... Perché, perché dici così?» balbettò Kathryn, avida di una spiegazione differente.

«Be', non saprei, sto cercando di immaginare qualche altra possibilità. Però non sappiamo a cosa stava lavorando Henry.»

«No, non lo sappiamo.» Kathryn cambiò postura all'improvviso, le sue pupille cominciarono a muoversi rapidamente. «Anthony, credo di ricordare qualcosa!»

«Cosa?»

Kathryn strizzò gli occhi provando a mettere a fuoco i ricordi. «Henry... Henry mi aveva detto qualcosa, all'inizio. Quando mi ha chiesto di aiutarlo nel progetto di ricerca ha detto... che la cosa su cui stava lavorando sarebbe stata una notizia sensazionale.»

«Davvero? Ha detto 'notizia sensazionale'?»

«Sì, proprio così, ne sono certa! Ha detto che questo progetto avrebbe portato alla più grande scoperta nella storia della musica di questo secolo! Ha usato proprio queste parole. Ma lì per lì non ci avevo fatto caso. Pensavo fosse una delle sue solite esagerazioni. E se invece non lo era? E se fosse davvero qualcosa di molto importante, talmente importante da essere uccisi?»

Gli occhi di Anthony erano spalancati e aveva il viso pieno di stupore. Nel suo intimo, però, regnavano la calma e la sicurezza di sé. *È veramente troppo facile!*

«Forse non è stato David» disse Anthony con un impeto di speranza nella voce. «Forse non c'entra niente. Forse è qualcosa legato alla ricerca!»

«Sì, potrebbe essere» concordò Kathryn, la sua mente volava.

«E... e se la polizia non fosse al corrente del progetto di ricerca di Henry? Devo scoprire su cosa stava lavorando.» Un brivido le percorse il corpo. Sapeva cosa doveva fare. Si domandò se l'universo le stava dando la possibilità di riscattare il dolore che aveva procurato tanti anni prima. Se era così, non voleva lasciarsi sfuggire l'occasione.

«Adesso David è in prigione?» domandò Kathryn senza giri di parole.

«No. Non avevano abbastanza prove per trattenerlo. Ma ora non possono più arrestarlo, pensano sia andato a Washington.»

«Perché a Washington?»

«Nessuno lo sa, ma sai che ti dico? Potrebbe avere a che fare con il lavoro di Henry.» Anthony lasciò sedimentare le parole per un istante. «Oppure sta solo scappando.»

Kathryn guardò fuori dalla finestra. La sua mente era tutta impegnata a riflettere su quale sarebbe stata la sua prima mossa – da dove avrebbe cominciato – e... David Webber. *David! Io ti aiuterò.*

Non sentì Anthony dirle con tenerezza: «Mi dispiace, Kathryn, ti prego di perdonarmi. Non avrei dovuto riaprire questa vecchia ferita.» E non poté sentire neanche la voce interiore di Anthony. *Eh sì, è stato troppo facile!*

25

Il bar-negozio di souvenir nel seminterrato del Museo di storia americana era affollato di turisti. Dani e David presero posto all'aperto nell'ampio patio sul lato ovest dell'edificio. Mentre David annusava un cartoccio di insalata di pollo cinese, Dani, ancora sbalordita dalla dichiarazione di David di essere sospettato di omicidio, mangiucchiava nervosamente una Caesar salad riempiendo l'aria di banalità sul museo.

«...Quindi fino al 1980 il museo era conosciuto con il nome di Museo nazionale di storia e tecnologia. Gli edifici della Smithsonian in totale sono sedici, di cui nove raggruppati qui intorno al viale. Va meglio?»

«Mmh» disse David senza alzare lo sguardo.

Ma chi è questo, il fidanzato venuto dall'inferno o cosa?, pensò Dani.

Analizzare gli uomini era diventato uno dei suoi passatempi preferiti; e sapeva di essere brava a farlo. Tralasciando la relazione già condannata in partenza con il gaio Jerry, che Dani aveva facilmente spiegato a sé stessa come un errore dovuto alla sua capacità di trovare un bel vestito in saldo, di solito riusciva a inquadrare velocemente la maggior parte degli uomini; erano così trasparenti. E più provavano a non esserlo più si scoprivano. Non che avesse una cattiva concezione del genere maschile, tutt'altro. Sospettava di preferire gli uomini alle donne. C'era qualcosa di rassicurante nella loro schiettezza. Ma quel tizio seduto davanti a lei era... Dani non riusciva nemmeno a trovare una parola per definirlo. Era tutto una contraddizione e completamente imprevedibile. Non era brutto, ma si comportava come se non gliene potesse importare di meno di quel che ne pensavano gli altri. Di certo era molto intelligente, ma non il miglior conversatore che avesse mai incontrato, e anche se a volte si abbandonava a volgarità che sconfinavano nella maleducazione, Dani aveva l'impressione che fosse una brava persona... O almeno lo sperava.

David si appoggiò allo schienale della sedia e tirò fuori una sigaretta.

«Oh... uh, ti dispiace non fumare, sono allergica.»

David si tolse la sigaretta spenta dalle labbra.

«Grazie e scusami.» Ma perché sono seduta accanto a questo fannullone?, si disse Dani pensando a un modo elegante per uscire di scena.

«Adesso possiamo parlare di Henry?» chiese David.

«Uh, sì, perché no?» *Aggiungere una totale mancanza di delicatezza.*

«Dove hai studiato?»

«Oklahoma, perché?»

Il viso di David mostrava tutto il suo disappunto. «Henry insegnava alla Juilliard, credevo che tu e lui...»

«David, ti ho già detto di non averlo mai sentito nominare prima d'ora. Penso che me lo ricorderei se fosse stato uno dei miei professori.»

David ammise che aveva ragione con un cenno del capo.

«Ehi, Paul è andato alla Juilliard.»

David la guardò confuso.

«Lo hai appena conosciuto, il direttore d'orchestra, forse il numero era...»

«No, era il tuo,» la interruppe David «ho chiamato e ha risposto la tua segreteria telefonica.»

«Be', però sono sicura che Paul lo conosce... Cioè, che lo conosceva.» *Cacchio!* Voleva sotterrarsi ma David non reagì.

«Ne dubito, ho saputo che Henry è in pensione da un po'.»

«Hai saputo? Credevo foste...»

«È una storia lunga e non è importante.»

«Oh, capisco» disse Dani senza aver capito.

Entrambi rimasero in silenzio qualche istante. Ma la domanda successiva fece capire a Dani che l'espressione del suo viso doveva essere fin troppo chiara. «Perché non me lo chiedi?»

«Chiederti cosa?» mentì Dani sapendo esattamente cosa intendeva.

«Quello che vuoi sapere. Se ho ucciso io Henry.»

Dani aprì la bocca ma non ne uscì alcun suono.

«No, non sono stato io» disse David con enfasi. «O non mi credi neanche tu?»

«Uh, sì... certo che ti credo. Perché non dovrei?»

David aveva lo sguardo fisso e non diceva nulla.

«Credi che sarei seduta qui con te se pensassi che tu sia un...»

«Un assassino?»

«Sì, un assassino» disse Dani deglutendo a fatica. «Perdonami se te lo dico, David,» mentre le parole le uscivano di bocca si rese conto che avrebbe fatto meglio a tacere «ma mi sembri un po'... paranoico.»

«Che cazzo, certo che sono para...»

«Ti prego di non usare questo linguaggio» disse Dani trasalendo, continuando però a sorridere.

David rispose con una mezza risata sorpresa. «Niente fumo, niente parolacce... Che sei... una fanatica religiosa o roba simile?» Il sorriso di Dani svanì completamente e di nuovo ci fu silenzio.

Come prima, David parlò d'impulso. «Sei sposata?»

«No, e tu?»

«Secondo te?»

Hai ragione, stramboide, che domanda stupida, pensò Dani, e invece disse: «Suppongo di no.» *Okay, zero a zero.*

«Allora, come è stato ucciso Henry?»

«Gli hanno sparato in testa.»

«Oh, buon dio.» Il suo tentativo di fare la dura ebbe vita breve.

«Già, proprio quello che ho detto anch'io... Oh, buon dio» rispose David.

Il troppo è troppo e Dani ne aveva avuto abbastanza. Si tamponò la bocca con il tovagliolo e si alzò dal tavolo.

«Dove stai andando?»

«Scusami, devo andare.»

«Ma non abbiamo ancora capito perché Henry aveva...»

«Lo so, ma credo proprio di non poterti aiutare.»

«Ti ho fatto arrabbiare, vero?»

«No, certo che no» disse Dani abbassando la testa.

«Sì invece.»

«David» disse Dani sforzandosi di sorridere. «Non ti conosco abbastanza perché possa farmi arrabbiare. E tanto per essere sinceri, tu non mi conosci abbastanza per essere così maleducato.»

«Maleducato? Di che cavolo stai parlan...»

«David,» lo interruppe Dani «capisco che hai subìto una

terribile perdita ma ho l'impressione che questo non abbia a che fare con il tuo carattere di merda.»

«Wow, una parolaccia!»

Dani sorrise e scosse la testa mentre sgombrava il proprio lato del tavolo.

«Ti irrita il mio carattere?»

Dani sospirò e guardò David negli occhi.

«Non che abbia importanza, perché probabilmente non ci rivedremo più, ma dato che me lo chiedi, sì, mi irrita molto il tuo carattere. Ma è un mio problema e non dovrebbe importartene nulla.»

«Okay, cosa ti irrita?»

Dani spinse la lingua contro la guancia e pensò per un istante, poi decise che va be', in fondo se lo meritava. «Secondo me sei uno di quelli che si ritengono duri e puri, che vanno dritti al punto senza tanti giri di parole. E questo genere di persone non mi piace. Lo sai perché? Perché li trovo solo maleducati, odiosi ed egocentrici. Come ho detto è un problema mio. Buona fortuna e, ancora una volta, mi dispiace per il tuo amico.» Dani si voltò, gettò il contenitore di plastica dell'insalata nel secchio della spazzatura e si avviò attraverso i tavolini verso gli ascensori.

David fissò la sedia vuota di Dani – *Webber, lo hai fatto di nuovo* – poi si alzò e cominciò a seguirla. «Dani... Dottoressa Parsons... Ehi, aspettami, ti chiedo scusa!»

Dani non si voltò e continuò a camminare.

David proseguì nel suo inseguimento cercando di schivare i turisti. «Ehi, mi dispiace... Per favore...»

«Non c'è nulla di cui dispiacersi» disse lei senza fermarsi. «Siamo incompatibili, ecco tutto.»

«Ma ho bisogno del tuo aiuto.»

«Non posso aiutarti.»

«Perché? Perché sono uno stronzo? Dài, Dani! Dani, potresti cortesemente fermarti un attimo?»

Dani si fermò, ma non prima di aver raggiunto gli ascensori.

«Che c'è?»

David appoggiò le mani sulle ginocchia per riprendere fiato. «Oh, dio, devo smettere di fumare!»

Dani incrociò le braccia e rimase in attesa.

«Senti, lo so che sono un... è solo un modo di fare... tu non lo meriti.»

Dani non disse nulla ma dall'espressione che aveva David capì che si aspettava delle scuse.

«Mi dispiace... sul serio... Io... di solito mi comporto meglio.»

«David» disse Dani entrando in ascensore con David appena dietro di lei. «Volevo solo aiutarti... Mi sembrava ne avessi bisogno. Come puoi comportarti in questo modo con qualcuno che ti vuole aiutare? Non è molto gentile.»

«Sì, lo so, non sono... bravo a essere gentile, mi dispiace.» Le porte dell'ascensore si richiusero. «Dani, tu non mi conosci e non hai nessun motivo al mondo per dovermi aiutare... o credermi... o niente. Ma ti prego, concedimi altri due minuti.»

Dani non rispose. Le porte si aprirono al pianoterra, Dani voltò l'angolo e si diresse verso una rientranza proprio accanto all'entrata del museo, dove c'erano altri ascensori con la scritta RISERVATO AI DIPENDENTI DEL MUSEO.

«Sto andando al parcheggio sotterraneo, c'è un controllo di sicurezza perciò non credo che potrai venire fino a lì.»

David chiuse gli occhi e disse d'un fiato: «Dani, una delle persone più importanti della mia vita è stata uccisa tre notti fa. E come se non bastasse, la mia migliore amica è scomparsa. La polizia pensa che sia tutto collegato e che io sia il responsabile. La mia vita, per quello che vale, sta andando in mille pezzi e non so cosa fare. Ho bisogno d'aiuto e tu sei la sola pista da seguire che ho.»

«David, sei ricercato dalla polizia?»

«No, te lo giuro. Sono sospettato e basta.»

Dani guardò gli occhi disperati di David. Due pensieri le attraversarono la mente nello stesso momento. *È una situazione troppo strana. Perché ho sempre un debole per gli uomini bisognosi?* «David, non so proprio come aiutarti.»

«Neanche io lo so. Ma resta il fatto che Henry aveva il tuo numero. E sembra che lo abbia avuto addosso la notte in cui è stato ucciso, forse solo poche ore prima. Era importante per lui, Dani. E devo scoprire perché.»

Dani studiò il viso di David per qualche istante, poi sospirò in segno di resa. «Va bene, David, due minuti. Cosa pensi?»

David non perse tempo. «C'è qualche legame tra te e Henry, anche se non lo sai.»

«Sono una storica della musica e archivista per il Museo di storia americana. La gente non muore a causa mia.»

David si passò una mano tra i capelli e pensò a dove gettare il prossimo amo. «Penso che Henry stesse lavorando a un libro, o qualcosa, su Mozart.»

«Sì?»

«Ti dice niente?»

Dani scosse la testa, ricominciando a provare solo empatia nei confronti di David. «Niente, mi dispiace.»

Non aveva la minima idea di cosa altro dire. *Perché il suo numero di telefono?*

«Perché pensi che stesse lavorando su Mozart?» domandò Dani.

«Perché gli ho parlato la notte in cui è stato ucciso. Era ansioso di farsi prestare una cosa che mi aveva regalato molto tempo fa. Una bozza di Mozart.»

«Wow! Originale?» L'ascensore arrivò alla fine della corsa ma Dani non ci fece caso.

«Sì.»

«Deve valere una fortuna. Da che opera?»

«Non lo so. È solo una bozza che non combacia con nessuna delle opere conosciute. Ma la firma e la filigrana sono state autenticate.»

«Davvero, di che anno è?»

«1790, 1791 al massimo. Viene dalla risma di Vienna.»

«Deve essere una delle ultime bozze che Mozart abbia mai steso. Ovviamente hai controllato se appartiene al *Requiem in re minore*?»

«È la prima cosa che ho fatto, non c'entra niente.»

«Pensi che Henry avesse scoperto a che opera appartiene?»

«Non lo so. Ma penso sia per questo che aveva il tuo numero.»

«Non ha senso, David. Se avesse avuto bisogno dell'istituto, avrebbero potuto metterlo in contatto con altri curatori molto più esperti di me su Mozart. Soprattutto se si tratta di analizzare una bozza. Paul, per esempio.»

David non disse niente.

«Te la sei portata dietro?»

«Sì, è qui dentro» disse David indicando con il mento la valigetta.

«E la porti in giro così? Una bozza originale di Mozart e tu la porti in giro per Washington DC?»

«Sì, ho pensato che avresti voluto vederla» rispose candidamente David.

David aprì la valigetta e tirò fuori una custodia di plastica. Delicatamente estrasse la pergamena e la porse a Dani.

Non se ne accorse subito. Era troppo impegnata a esaminare la consistenza del foglio e i segni scritti. Ma quando finalmente guardò le note sul pentagramma, le ci vollero solo pochi secondi. Era lì; quel *sol diesis* imprevisto nella quarta battuta.

«Oh mio dio!» sussurrò.

«Che c'è?»

Dani alzò gli occhi sconvolti. «Devi venire con me. Subito!»

26

Fowler aveva spostato la macchina sul lato del viale rivolto a Madison Avenue ed era a un centinaio di metri dal museo quando arrivò la chiamata.

«Fowler, sono Sanders, lo abbiamo trovato! Petrovic!»

«Siete sicuri?»

«Indossa pantaloncini marroni, una maglietta colorata e un cappello degli Yankees. È nel negozio di souvenir al pianoterra.»

«Sto arrivando» disse Fowler saltando giù dall'automobile.

«È la stessa melodia. Dove l'hai trovato?» disse David fissando la pergamena che Dani aveva preso da Sugarberry.

«A casa di una donna di nome Gertrude Sugarberry, a Georgetown. Dice che è un Cook.»

«Un che?»

«Non un che... un chi. James Cook era un medico e uno schiavo liberato vissuto intorno alla metà del 1800. Suonava anche il violino. Lei pensa che l'abbia scritto lui.»

«Be', non è così» rispose David. «L'ha scritto Mozart!»

«Se il tuo spartito è autentico...»

«Lo è» disse David con decisione. «È stato autenticato più di una volta.»

«Io ti credo, David, ma...»

«Come è possibile che un...»

«Esatto» lo interruppe Dani completando il suo pensiero. «Come è possibile che uno schiavo liberato del XIX secolo sia stato in grado di trascrivere esattamente una melodia di Mozart che nessuno aveva mai sentito prima...? Non lo so.»

«Lo hai già fatto...»

«No,» lo interruppe Dani nuovamente «non ho fatto niente a parte suonarlo. Ce l'ho da ieri.»

«Ieri?» rispose rapidamente David.

«Sì, una bella coincidenza, eh?»

Un brivido percorse la schiena di David. «Qualcuno ultimamente mi ha detto che le coincidenze non esistono.»

Dani non rispose. Anche lei era nervosa. Prese lo spartito di Sugarberry dalle mani di David e lo mise sulla scrivania accanto all'altro. Erano inchiodati ai manoscritti. La melodia era la stessa ma la trascrizione era diversa. Quello di Sugarberry era una semplice linea melodica mentre quello di David era una bozza completa con quattro battute in più. Inoltre recava la firma di Mozart, mentre nell'altro non c'era alcuna traccia del nome dell'autore. Laddove quello di David era scritto su carta originale del XVIII secolo, di colore giallastro e più larga che lunga, quello di Sugarberry era di un colore più chiaro ed esteso più in lunghezza che in larghezza.

A Dani cadde immediatamente l'occhio sulla dodicesima battuta dello spartito di David, e vide che mentre quello che aveva lei finiva con un *si bemolle* semiminima legato, l'altro continuava con un *do minima* col punto, seguito da una pausa di semiminima. Non si era sbagliata; lo spartito di Sugarberry terminava proprio nel mezzo di una frase. Guardò la quarta battuta – il *sol diesis* semiminima –; anche lì lei e Paul avevano ragione; c'era un accordo sospeso di *mi bemolle*.

Entrambi gli spartiti erano nella stessa tonalità e avevano la stessa indicazione di tempo, ma David notò che mentre il suo recava l'abbreviazione *adg* in quello di Sugarberry era riportata la parola completa *adagio* scritta a mano nell'angolo in alto a sinistra. Sul suo era anche indicato l'andamento; *pp* (pianissimo) nelle prime cinque battute con la notazione *cresc* per segnalare un crescendo di *mp* (mezzo piano) all'ottava battuta, poi l'abbreviazione *dimin* per un diminuendo fino alla battuta dodici, e da lì in poi *pp* per le rimanenti quattro battute. Nello spartito di Sugarberry queste indicazioni erano assenti.

«E questi cosa sono?» domandò Dani.

«Solo scarabocchi, Mozart non aveva intenzione di darlo a un copista.»

«Sei sicuro che sono solo scarabocchi? Hanno un aspetto familiare.»

«E quello?» chiese David indicando l'angolo in basso a sinistra dello spartito di Sugarberry.

«Credo siano macchie d'inchiostro.»

«No, qui, proprio nell'angolo.»

«Aspetta.» Dani aprì un cassetto della scrivania e tirò fuori una lente di ingrandimento. «Dove?»

«Qui, dove ho il dito.»

Dani avvicinò la lente al bordo del manoscritto. «Sembrano lettere... o qualcosa del genere.»

«Fammi vedere.»

Dani passò la lente a David.

«Sì, sono lettere. C, K e F.»

«Fammi dare un'occhiata.»

David restituì la lente a Dani.

«Hai ragione, C-K-F.»

«Ora guardiamo il mio... qui» le indicò David.

Dani avvicinò la lente all'angolo in basso a destra del foglio di David. «C-K-F?» Dani alzò lo sguardo. «Che significa C-K-F? Non l'ho mai visto prima.»

«Neanche io.»

«Il titolo?»

«È un posto un po' strano per metterlo» rispose David quasi parlando tra sé.

Rimasero in silenzio per alcuni istanti. Erano entrambi assorti nelle diverse ipotesi e possibilità.

«Be', almeno sappiamo perché Henry aveva il tuo numero» sussurrò David rompendo il silenzio.

Dani si voltò di scatto verso David. «Davvero? E perché?»

David rispose a Dani con uno sguardo fisso.

«David, non hai detto che Henry è stato ucciso qualche notte fa?»

«Sì, giovedì notte... In realtà credo venerdì mattina.»

«Ma l'incarico di Sugarberry non mi è stato assegnato che venerdì mattina. Prima di allora, non sapevo neanche della sua esistenza, per non parlare dello spartito. Inoltre, non è stata lei a mostrarmelo; l'ho trovato io per caso.»

David non mosse alcuna obiezione. Al contrario, aggirò la scrivania, si sedette sulla sedia di Dani e incrociò le braccia. Lei lo guardò, aveva il viso disteso e gli occhi sereni. Da quando lo aveva conosciuto, non l'aveva mai visto così.

«Ti senti bene?» gli domandò.

«Sto bene» rispose David con una calma quasi serafica.

«David, hai sentito quello che ho detto? Lo spartito ce l'ho solo da ieri e l'incarico mi è stato assegnato l'altro ieri.»

«Ti ho sentito.»

«E secondo te è una cosa sensata?»

«No, per niente.»
«E allora perché sei diventato così improvvisamente...»
«Perché almeno so che c'è qualcosa dietro... che c'è una spiegazione plausibile per tutta questa assurdità. Finora l'omicidio di Henry e la scomparsa di J.P. avrebbero potuto essere dei fatti casuali. Voglio dire, pensavo che fossero connessi – tutti ne erano convinti – ma non ero ancora sicuro. Ora lo so. Henry stava lavorando a qualcosa, qualcosa che ha causato tutto questo.»
«E questo brano musicale ne è la chiave?» chiese Dani.
«Sì che lo è» rispose David pieno di fiducia.
«Ma io...»
«Lo so, Dani, è...» David cercò le parole più appropriate. «Non cercare di capire come sono andate le cose, prova semplicemente a descriverle.»
«Che?»
«Cosa pensavi di farci con questo?»
Dani sospirò e si sedette sull'angolo della scrivania. «Domattina vedo Paul.» Dani ridacchiò. «Dio, questo sì che lo farà uscire di testa! Lo lasciamo in laboratorio per farlo analizzare e datare. Volevamo anche usare ProTools per fargli tirare fuori ogni accompagnamento possibile, ma credo che adesso non sarà più necessario.»
«Invece,» la interruppe David «secondo me dovreste farlo.»
Dani ci pensò per un istante, poi annuì. «Sì, forse hai ragione, se non altro il computer può fare un minimo di arrangiamento per orchestra partendo dalla melodia scritta da Mozart. Dopodiché andiamo a Georgetown a incontrare uno storico che potrebbe avere informazioni su Cook. Chi lo sa, adesso che sappiamo che è di Mozart potremmo riuscire a capire come ha fatto Cook a entrarne in possesso.»
«E che mi dici della donna che te lo ha dato, Sugar...»
«Sugarberry. Sì, devo passare anche da lei. Devo prendere

la sua collezione di spartiti. Potrei chiamarla adesso...» disse Dani facendo per prendere il telefono. «Anzi no. Lo farò dopo aver parlato con lo storico a Georgetown.»

«Posso venire anch'io?» disse David d'impulso, tralasciando ogni delicatezza.

Dani lo guardò e rifletté un istante. Poi sorrise. «A due condizioni. Uno: fai analizzare il tuo spartito al nostro laboratorio. Non è che non mi fido di te, ma se lavoriamo insieme preferisco che abbiamo entrambi le stesse informazioni. Inoltre in laboratorio hanno strumenti all'avanguardia per la datazione al carbonio e l'identificazione della filigrana. E su ProTools abbiamo anche l'ultimo catalogo di Köchel, così possiamo caricare il tuo spartito e vedere se è compatibile con qualcuna delle opere di Mozart conosciute... Sai chi è Köchel, no?»

«Botanico viennese, mineralogista e insegnante che per primo catalogò le opere di Mozart nel 1862» disse David in tono indifferente.

Dani alzò le sopracciglia. «Va bene, sono ammirata.»

David proseguì: «Ma potrebbe essere utile confrontare lo spartito con i primi cataloghi di Köchel, che contengono delle opere omesse nelle sei versioni successive.»

Dani sorrise. «Però, molto bravo, ma c'è un'imprecisione... Sono sette.»

«Cosa?»

«Sette edizioni. Un paio di anni fa Breitkop & Härtel ne hanno fatta uscire una più aggiornata. Si chiama il *Nuovo Köchel*.»

«Oh,» rispose David con un'indolente alzata di spalle «che vuoi che ti dica? Credo di essere stato fuori dal giro della musica seria per troppo tempo.» Finse che non gli importasse, ma un tempo avrebbe saputo questo genere di cose come il suo nome.

«Comunque non c'è problema, nel computer ci sono tutte e sette le edizioni rivedute più il catalogo originale.»

David annuì. «E la seconda condizione?»

Dani prese in mano la pergamena di David. «Che mi permetti di tenerlo nella cassaforte del mio ufficio. È meglio se non te lo porti in giro per Washington DC.»

«Va bene, tienilo tu.»

«D'accordo allora. Dove stai?» domandò lei avviandosi verso la cassaforte con entrambi gli spartiti in mano.

David si alzò in piedi. «Allo Hyatt sulla Decima strada.»

«Ti accompagno lì, e domattina passo a prenderti insieme a Paul.»

«Va bene.»

Dani notò la tristezza nella voce di David. «C'è qualcosa che non va?»

David scosse la testa e raccolse la valigetta. «No, niente... È solo che speravo di poter fare qualcos'altro stasera. Sono sicuro che non riuscirò a prendere sonno.»

Dani fece un largo sorriso mentre apriva la cassaforte. «Sembri me.»

«Sei libera per cena?»

Dani richiuse la cassaforte e si voltò leggermente sorpresa. «Wow, non perdi tempo, eh?» disse girando la chiave nella serratura.

«Cosa?» David impallidì rendendosi conto del modo in cui erano state recepite le sue ingenue parole. «Oh no, non intendevo...»

«Mi stai chiedendo di uscire con te?» domandò Dani, consapevole che non erano state quelle le sue intenzioni, decisa a divertirsi un altro po' con l'imbarazzo di David.

«No... uh... io... non...»

«Deve essere il tipico modo di fare di Los Angeles.»

«No, certo che no... Voglio dire, immagino che tu e Paul...»
«Io e Paul?» Dani rise forte e decise che David ne aveva avuto abbastanza. «Io e Paul siamo solo colleghi e amici. Scusami, ho capito.»
«Volevo solo chiederti di cenare con me stasera. Mi sembra di doverti almeno una cena decente... Sai, per il modo in cui mi sono comportato.»
Dani raccolse lo zaino e si avviò alla porta. Poi si voltò e guardò David con un'espressione d'accusa. «Lo sai, non sono ancora sicura se mi fido o no di te, e per quel che importa, non so nemmeno se mi piaci. Non mi sono dimenticata che idiota sei stato al ristorante e come hai dato di matto nel bel mezzo del viale.»
David non disse nulla a sua discolpa.
«Ti piace fare shopping?»
«Cosa?» rispose David, colto completamente di sorpresa.
«Shopping. Ti piace andare per negozi?»
«No, lo detesto.»
«Figurarsi» disse Dani ruotando gli occhi. «Be', ascolta, stasera avevo in programma di fare un po' di shopping. C'è un nuovo centro commerciale all'aperto nella zona est della città. Se ti va puoi accompagnarmi, e poi forse ti permetterò di offrirmi una cena...»
«A che ora?» Il viso di David non mutò espressione ma dentro di lui era tutta un'altra storia. Era a un tempo felice e sollevato. Felice come potrebbe essere ogni uomo all'idea di trascorrere la serata con una bella donna, e sollevato di non dover passare la notte da solo con i suoi pensieri.
Dani ridacchiò. «Probabilmente dovrei andare da uno psichiatra per questo. Vediamo, ora sono le tre. Che ne dici delle sette?»
«Bene, così avrò il tempo di fare qualche telefonata e dare da mangiare al mio gatto.»

«Il tuo gatto! Ti sei portato il gatto da Los Angeles?»
«Sì» disse David in tono ingenuo.
Dani scosse la testa. «Sei proprio un tipo strano, David Webber.»

27

Avvicinandosi a passo svelto verso l'ingresso del museo, Fowler disse: «Sanders, dove...»

«Nel negozio di souvenir all'entrata» lo interruppe Sanders.

«Cosa sta facendo?» domandò Fowler regolando il volume delle cuffiette.

«Niente in particolare. Deve aver avuto lo stesso problema che ho avuto io quando Webber e la donna hanno preso l'ascensore del personale verso gli uffici. Non c'era modo di seguirli senza essere scoperti, così mi sono sistemato nella sala d'attesa alle spalle del punto informazioni. Sia io che lui abbiamo la visuale degli ascensori e lui li sta guardando come se... Aspetta... l'ascensore sta scendendo... Non si ferma, credo stia andando nel garage. Va via, capo, sta uscendo dal negozio, si dirige all'ingresso, tra un attimo ti passerà accanto.»

Proprio quando Fowler si voltò di centottanta gradi, Petrovic uscì dalle porte a vetri del museo e discese a passo svelto la scalinata, passando a pochi metri dall'uomo dell'FBI. Fowler attese di vederlo allontanarsi lungo il marciapiede, poi lo seguì. Se Petrovic aveva fretta, non lo dava a vedere. Camminava con noncuranza lungo Madison Avenue tenendosi al passo con il resto dei turisti. Fowler era sicuro che avrebbe girato a destra verso l'uscita est del garage sotterraneo del museo per aspettare Webber e Parsons. Lo fece, ma invece di fermarsi proseguì dritto per la Dodicesima strada.

«Sanders, dove sei?»

«In macchina, capo. Sulla Quattordicesima all'altezza di Constitution.»

«Io sono all'incrocio tra la Constitution e la Dodicesima. Vieni qui, mi serve la macchina. Sono troppo vecchio per un inseguimento a piedi. Voglio un uomo tra la Pennsylvania e la Dodicesima, la Decima e la Quattordicesima. Se attraversa Pennsylvania, fai spostare tutti di un isolato... Convergere sulla Quattordicesima. Non dobbiamo perderlo.»

Il giovane agente federale accostò al marciapiede e saltò fuori dall'auto. Fowler salì sul sedile del passeggero, scivolò su quello di guida e abbassò il finestrino mentre la portiera si richiudeva. «È sulla Constitution. Lo vedi?» disse.

«Sissignore» disse Sanders quando vide Petrovic attraversare la strada.

Componendo un numero sul cellulare, Fowler disse: «Non so cosa stia facendo ma non sembra importargli molto di seguire Webber e la ragazza. Muoviamoci!»

Con un cenno del capo, Sanders partì. Fowler guardò il giovane agente attraversare la Constitution e accorciare la distanza da Petrovic.

«Bob, sono Tom. Hai saputo?»

«Sì Tom, dov'è adesso?»

«Sulla Dodicesima, abbiamo circondato la zona. È in trappola.»

Fowler sentì il sospiro di sollievo di Greenfield. «Bene, e che mi dici di Webber?»

«Abbiamo dovuto mollarlo quando abbiamo trovato Petrovic. Probabilmente sta tornando in albergo. Potrebbe essere che Petrovic stia andando lì.»

«Pensi che si debbano incontrare?»

«No. E sono certo che Webber non è con Petrovic.»

«Perché?»

«Perché Petrovic ha fatto di tutto per seguire Webber senza farsi vedere. No, Webber non ha idea di chi sia.»

«Allora David Webber è in pericolo.»

«Forse non ancora. Petrovic vuole qualcosa. Secondo me pensa che David possa aiutarlo.»

«Lo spartito» affermò Greenfield.

«Penso anch'io.»

Fowler sentì la voce di Sanders alla radio. «Aspetta, Bob. Dimmi, Sanders.»

«Capo, potremmo avere un problema. Sta scendendo verso la metro, la stazione della Dodicesima.»

«Merda, la metro!»

Fowler riprese il telefono. «Abbiamo un problema, Bob. Sta prendendo la metro. Ho sbagliato io, avrei dovuto pensarci.»

«A dopo le dimissioni, Tom, adesso non perdete di vista Petrovic!»

Fowler imboccò a tutta velocità la Dodicesima. «Mi senti, Sanders?»

«Ce l'ho» disse Sanders a voce bassa. «Siamo nel sottopassaggio, sta attraversando la stazione.»

«Pensi che prenderà il treno?»

«Non sembrerebbe... Non si capisce. Aspetta... L'ho perso, merda!»

«Dov'è andato?»

«No... Okay... Lo vedo... Rimani in linea.»

Fowler inchiodò davanti al marciapiede di fronte alla fermata e saltò giù dalla macchina. Attraversò la strada e scese di corsa i gradini della metro. Avanzava lentamente nel sottopassaggio guardandosi intorno in ogni direzione per cercare Petrovic e Sanders.

«Sanders? Sanders, mi ricevi?»

Nessuna risposta. Fowler si inoltrò nella stazione, accelerando il passo e schivando le persone. Infine raggiunse il centro della banchina proprio mentre stava arrivando il treno. Il gran fracasso lo costrinse a mettersi una mano sulla cuffia per riuscire a sentire. Mentre una folla disordinata di pendolari scendeva dal treno e un altro mucchio lottava per salire, Fowler guardò ogni viso che riuscì a scorgere; niente Sanders, niente Petrovic. Le porte si richiusero e il treno partì. Fowler sentì un parapiglia alla sua sinistra. C'erano persone che guardavano in tutte le direzioni e molti di loro chiamavano a gran voce la polizia. Fowler tirò fuori il distintivo e lo alzò in aria mentre correva facendosi largo tra gruppetti di persone.

«Agente federale, lasciate passare!»

In mezzo alla folla trovò una donna che tremava rannicchiata su una panchina. Aveva gli occhi spalancati e il viso bianco come un lenzuolo. «Signora, sono un agente federale, cosa è successo?»

La donna mosse le labbra ma non ne uscì alcun suono. Indicò il bagno delle donne. Fowler estrasse la pistola.

«Agente federale!» gridò bussando con veemenza una sola volta. Poi spalancò la porta con un calcio ed entrò tenendo la pistola ad altezza d'uomo. Fece tre passi in avanti nel bagno e quel che vide lo costrinse a fermarsi. *Oh mio dio!* Si portò una mano alla bocca e deglutì sentendo il sapore della bile che gli risaliva l'esofago. In trentadue anni di servizio non aveva mai visto nulla di così efferato. C'era una striscia di sangue che partiva da una delle cabine e terminava al centro del pavimento del bagno, dove l'agente Sanders giaceva in una pozza di sangue. Aveva gli occhi spalancati e un'espressione di terrore congelata sul viso. Era morto, e aveva sofferto. La gola aveva un taglio così profondo che Fowler riuscì a scorgere un pezzo della spina dorsale del ragazzo. Il giovane agente dell'FBI era stato praticamente decapitato.

28

La donna statuaria camminava con passo regale nell'ingresso del centro conferenze al Marriot Hotel di Washington. I capelli rosso fuoco erano pieni di lacca, e il trucco era pesante sotto gli occhiali tartarugati. Indossava scarpe marroni da passeggio, abbinate a una grande borsa di pelle nera, e non faceva nulla per nascondere la sua altezza. Portava un tailleur blu e un foulard verde intorno al collo. Non era una donna attraente.

«Signora Black?» la chiamò la concierge dell'albergo.

La donna si voltò senza avvicinarsi alla ragazza.

«Signora Black, so che non sono affari miei, e mi perdoni se le sembro troppo diretta, ma c'è una cosa che vorrei dirle.»

«Cosa, cara?» rispose la donna con voce morbida.

«Riguarda sua sorella. Ero qui ieri sera quando siete arrivate in albergo, e volevo dirle che anche mia sorella l'anno scorso ha avuto un incidente d'auto. È rimasta in coma per tre mesi. Ma adesso sta bene, praticamente è la stessa di prima. Volevo dirle di non perdere la speranza. In che ospedale è ricoverata?»

«Ospedale?»

«Sì, è per questo che è a Washington, no?»

«Oh certo. Pardon, è il jet lag... Bethesda, è al Bethesda.»

«Ottimo, anche mia sorella era lì! Si riprenderà, signora Black.»

«Grazie, cara, grazie tante... È molto rassicurante saperlo.»

La donna sorrise e si voltò verso gli ascensori. Proprio mentre si aprivano le porte, dalla sua borsa venne un acuto cinguettio. Aprì la chiusura lampo, tirò fuori il cellulare e lesse il numero sul display. Era la chiamata che stava aspettando.

«Bowen, finalmente ti ho trovato!» disse David con entusiasmo.

«Webber, scusami, mi stanno facendo fare gli straordinari.»

«Hai ricevuto i miei messaggi?»

«Sì, sei a Washington. Hai incontrato la Parsons?»

«Sì, e non ci crederai mai, ha lo stesso mio spartito di Mozart... Non proprio identico, ma è lo stesso spartito.»

«Come l'ha avuto?»

«Da una donna di Georgetown di nome Sugarberry. È strano, Bowen, lo ha trovato per caso solo un paio di giorni fa. Ancora non abbiamo capito perché e come Henry avesse il suo numero.»

«Strano davvero.»

«Ma sono sulla pista giusta, Bowen, me lo sento.» David fece una pausa e cambiò tono di voce. «Notizie di J.P.?»

Bowen sospirò. «Niente, sto impazzendo. Ho chiesto a tutti quelli che conosco in polizia di provare a chiedere a qualcuno un'attenzione particolare per questo caso. La risposta è sempre la stessa: 'Stiamo facendo tutto il possibile.' Spero tu riesca a fare qualcosa.»

«E per quanto riguarda me... mi stanno ancora alle costole?»

«Ancora più di prima. Si sono spaventati quando hai lasciato la città, ma papà dice che siccome non sei sotto arresto non possono farti niente. Quando pensi di tornare?»

«Non lo so. Domani vado a Georgetown con Dani... cioè, la dottoressa Parsons... per incontrare uno all'università che forse ha qualche informazione sul tizio che dovrebbe aver trascritto lo spartito di Sugarberry. Poi incontriamo lei. Ti terrò informato.»

«Bene, farò lo stesso.»

«Mi raccomando, Bowen! Se hai novità su J.P., chiamami.»

«Ma certo, Webber, ti chiamo se ci sono sviluppi. In bocca al lupo.»

«Crepi. Ci sentiamo domani.»

Joshua Bowen spense il cellulare e lo appoggiò sul lavandino, poi guardò nello specchio il proprio viso truccato in quel modo ridicolo. Con uno sguardo freddo e un sorriso si tolse la parrucca rosso fuoco. Aprì l'acqua calda della doccia e si levò il foulard e il tailleur blu. Dieci minuti dopo dalla doccia uscì il corpo snello, forte e nudo di Viktor Petrovic.

Petrovic, ancora senza vestiti, portò nel salottino la borsa di pelle. Allungò la mano sotto al comodino, tirò fuori il cestino della spazzatura, sfilò la busta di plastica e la distese sul letto. Uno a uno cominciò a estrarre gli oggetti dalla borsa e li dispose sulla plastica: una macchina fotografica Nikon, un cappello da baseball, una barba nera, una parrucca rossa e una maglietta insanguinata.

«Mi è stato appena detto di non preoccuparmi, perché ti rimetterai presto. Tu che ne pensi?»

J.P. giaceva sul letto, sdraiata di schiena. I suoi occhi si spostavano da un punto all'altro della stanza in frenetica confusione. Provava a parlare ma non ci riusciva.

«Credo che tutto dipenda dall'intraprendenza del tuo signor Webber.»

Petrovic aprì la maglietta insanguinata che era sopra la plastica, e con cautela sollevò tra due dita un coltello con venti centimetri di lama seghettata sporca di sangue. La fece oscillare come un pendolo davanti a J.P. «Eh sì, speriamo che sia molto intraprendente.»

«Mozart, sì! L'ho visto con i miei occhi, Paul!» tubò Dani con il telefono infilato tra l'orecchio e la spalla mentre piegava il bucato sul tavolo della sala da pranzo.

Paul rimase in silenzio per un istante.

«Paul, ci sei?»

«Sì, scusa Dan. L'amico di Webber che è stato ucciso, come hai detto che si chiama?»

«Henry Shoewalter. Forse lo hai sentito nominare, David mi ha detto che insegnava alla Juilliard.»

Paul rimase di nuovo in silenzio.

«Paul?»

«Sì, sono qui... Aspetta un secondo.»

Dani sentì che Paul aveva appoggiato il telefono. Tornò poco dopo.

«Santo dio, sì, ora mi ricordo.»

«Ti ricordi cosa?» Dani sentì rumore di pagine sfogliate.

«Mozart hai detto? Be', c'è un motivo» disse Paul con sarcasmo.

«Perché? Paul, cosa...?»

«Non pensavo più a queste persone dai tempi dell'università.»

«Paul, di cosa stai parlando?»

«Dan, ho l'annuario della Juilliard qui con me, il professor Henry Shoewalter non insegnava più quando ho cominciato io, ma era in ogni comitato possibile e immaginabile. Era il pezzo più grosso di tutti i pezzi grossi.»

«Ecco qua.»

«C'è dell'altro... Dio, è un nome così comune che non avevo collegato» disse Paul quasi a sé stesso.

«Quale nome?»

«David Webber. Ho sentito parlare anche di lui.»

«Davvero? Cioè?»

«David Webber è leggendario. Be', forse è un'esagerazione... ma non così tanto, specialmente per uno studente della Juilliard.»

Dani si sedette sul divano. «Perché?»

«Quando ero all'università, ricordo di aver sentito molto parlare del giovane prodigio David Webber. Qualche anno prima che entrassi alla Juilliard, era famoso per contestare le interpretazioni di opere celebri dei suoi professori. I suoi scritti di critica erano così brillanti che molti furono inseriti nei programmi dei corsi. Era stato una specie di bambino prodigio, acclamato come un puro genio della musica. Quando ero lì, sentivo dire che Webber era stato l'ultimo vero virtuoso a laurearsi alla Juilliard. Ed è anche nel mio annuario, nella lista degli alunni migliori.»

«Deve esserci un errore, non può trattarsi della stessa persona. Il David Webber che ho incontrato io è un rozzo pianista da pianobar di Los Angeles.»

«Be', se è rozzo non saprei dire, ma il David Webber che ha frequentato la Juilliard è tutt'altro che un pianista da pianobar. Dani, leggo da un elenco di riconoscimenti sotto il suo nome: vincitore del premio internazionale Čajkovskij, medaglia d'ora al premio Arthur Rubinstein, primo posto alla gara di pianoforte di San Antonio, e la lista prosegue.»

«Oh, dio, è il nuovo Van Cliburn.»

Paul rise. «Sì, è un premio che ha vinto... due volte.»

Dani era sbalordita e confusa al tempo stesso. *Non può es-*

sere lui! «Ti ricordi cosa gli è successo? Una persona con questi riconoscimenti non può essere caduta nell'anonimato.»

«No, io...» Paul si interruppe. «Aspetta... Vediamo... Per qualche motivo...»

«Cosa?» implorò Dani.

«Non so bene, ma... Dico senza certezza... Mi pare di aver sentito dire che fosse morto in un incidente d'auto o qualcosa del genere.»

«Un incidente d'auto?»

«Sì... sì, ora ricordo! Quando ero alla Juilliard girava voce che fosse morto in un incidente d'auto.» Paul ridacchiò. «Be', non si può mai essere certi di niente, il grande Webber è vivo e vegeto.»

«Già» mormorò Dani mentre Hemingway le saltava in grembo. «Proprio vivo e vegeto.»

David prese una sigaretta ma si fermò prima di portarla alle labbra. Con un sospiro la rimise nel pacchetto, sistemò il cuscino e si sdraiò giusto in tempo perché Ravel potesse tranquillamente passeggiargli sul petto. David chiuse gli occhi e accarezzò la testa del gatto che faceva le fusa. «Oggi ho incontrato una persona, Ravee.»

29

Dani passò a prendere David in albergo alle sette e venti. Quando salì in macchina, vide una dottoressa Parsons molto diversa da quella che aveva conosciuto poche ore prima. Portava i capelli sciolti e indossava stivali da cowboy, un paio di Levi's scoloriti e una camicia rossa a quadri sbottonata sopra una maglietta grigia. David si rese conto di essere vestito in modo troppo formale con i pantaloni marrone chiaro, la polo bianca e la giacca di tweed, ed era un po' irritato per non essere stato avvisato che quella sarebbe stata un'uscita informale. Ma per una volta aveva giurato a sé stesso di tenere a freno la lingua.

«Come sta il gatto?» disse Dani mentre David cercava di introdurre il proprio metro e ottanta nella piccola automobile.

«Ancora un po' sottosopra per il volo» grugnì David.

«Viaggi spesso insieme a lei?»

«È un lui, e di solito non viaggio affatto.»

Dani scosse la testa. «È una mia impressione o parlare con te è come parlare con un biscotto della fortuna?»

«Che vuoi dire?» disse David seriamente, temendo di aver detto qualcosa di sbagliato.

«Voglio dire che fai tutte queste affermazioni *deliziosamente* criptiche a cui non segue mai una spiegazione.»

Rendendosi conto che Dani non era arrabbiata con lui, David rise.

«Che c'è da ridere?»

«Scusa. È solo che tra tutte le ragazze dirette che ho conosciuto in vita mia, tu sei la più diretta di tutte.»

Dani sorrise. «Be', sono nel mio territorio.»

«Che territorio?» domandò David.

«Vedi,» disse Dani «anch'io posso essere un biscotto della fortuna.»

Capitol Promenade era il paradiso degli amanti delle vetrine; c'erano negozi di prodotti tipici con arredamento ottocentesco. Dani e David passeggiavano lungo un marciapiede di selciato sotto lampioni dickensiani che bagnavano il viale di un tenue bagliore giallo. Quel che poteva mancare in termini di coerenza era ampiamente recuperato sul piano del folclore. Aceri e ciliegi in fiore costeggiavano i lati della piazza, grande come quattro isolati cittadini. Cantanti di strada e prestigiatori esercitavano le loro arti su e giù per il viale, e donne che sembravano uscite dal cast originale di *My Fair Lady* vendevano fiori ai passanti.

Ci vollero appena quarantacinque minuti prima che Dani caricasse David con due buste. L'argomento Mozart fu affrontato solo brevemente quando David entrò in un negozio di dischi usati e prese tra le mani la registrazione di un concerto per pianoforte interpretato da Horowitz.

«Spettacolare, eh?»

«Mozart o Horowitz?»

«Sì» rispose lei con un gran sorriso.

Mentre camminavano, Dani si rese conto che in realtà David era una compagnia particolarmente piacevole. Era tranquillo e gentile e talvolta emanava un vero e proprio fascino. C'erano ancora schermaglie verbali, ma erano prive di malizia e in qualche modo le facevano piacere. Si chiese però quale dei due fosse il vero David Webber, se quello che aveva accanto o quello che aveva incontrato qualche ora prima. Dovette riconoscere che probabilmente era entrambi, e per questo motivo la giuria era ancora in consulto.

In quanto a David, Dani lo scombussolava completamente. Era diversa dalle donne che era abituato a frequentare. Aveva molto di J.P. – era intelligente, sveglia, vivace – ma aveva anche un velo di innocenza, una qualità che da molto tempo mancava alle compagnie di David.

Stavano guardando la vetrina di un negozio di dolci quando Dani disse all'improvviso: «David, sei mai stato a Mosca?»

David rispose a scoppio ritardato. «Mosca? Cioè, Mosca in Russia?»

«Sì» disse Dani con naturalezza.

«Ma che domanda è?»

Dani sbuffò. «Non puoi semplicemente rispondere alla domanda?»

David era stupito. «Uh... Sì, certo che posso.»

«Okay allora.»

«Perché vuoi saperlo?»

«Sei impossibile!» disse Dani alzando gli occhi al cielo. «Allora rispondi a questo: hai frequentato la Juilliard?»

«Sì.»

Dani alzò le braccia. «Finalmente una risposta diretta. Pianoforte?»

«Sì, diploma in pianoforte.»

Porca miseria, pensò Dani.

«Wow, devi essere molto bravo. Non è facile entrare in quel corso.»

«Me la cavavo.»
Dani rise.
«Cosa?»
«Oh niente. Non ti avrei mai fatto così umile.»
«Uh... Va bene.»
«Ti piace la piazza Rossa?»
«Dani, di che diavolo stai parlando?»
«Ho parlato con Paul. Gli ho detto del Mozart, non sta nella pelle.»
«Bene» disse David provando a immaginare dove volesse andare a parare.
«Si ricorda di Henry Shoewalter.»
«Davvero? Ha studiato con lui?»
«No, non insegnava più quando Paul è entrato alla Juilliard, ma era ancora attivo in facoltà.»
«Peccato, era un ottimo insegnante.»
«Ha anche sentito parlare di te.»
In quel momento David comprese ogni cosa, ma per qualche motivo che non riusciva a spiegarsi continuò a fare il finto tonto. «Di me? E come?»
«Che eri parecchio famoso... Il pezzo grosso del campus.»
«È una piccola università.»
«Ma smettila, David! Hai vinto il premio Čajkovskij a Mosca, per l'amor di dio! Lo sai cosa vuol dire?»
«Perché ho l'impressione che me lo stia per dire tu in ogni caso?»
Dani non riuscì a credere alle proprie orecchie. Perché era così restio a parlare di una simile impresa? *Va bene, proviamo in questo modo*. «Da quanto sei a Los Angeles?»
«Circa dodici anni, da non molto dopo l'università.»
«Perché Los Angeles?»
«Perché no?»

Dani lo guardò storto.

«Scusa. Per il clima, va bene?» David si rendeva conto che Dani non se l'era bevuta, e decise di cambiare rapidamente discorso. «Tu di dove sei?»

«Oklahoma, nata e cresciuta» disse Dani con cipiglio.

«La tua famiglia è ancora lì?»

«Mio padre e mio fratello.»

«Come mai sei a Washington?»

«Il museo. Mi hanno assunta dopo il dottorato.»

«Perché Storia della musica?»

«Perché no?» rispose Dani di proposito.

Rimasero in silenzio per un po'.

Alla fine David disse: «Ascolta Dani, è passato molto tempo. Non ne parlo perché non ha niente a che fare con la persona che sono adesso e con la mia vita attuale. È complicato.»

Dani guardò David e nei suoi occhi vide la tristezza e la disperazione di cui era stata testimone poche ore prima.

«Lo sai, Paul mi ha detto che tutti pensano che tu sia morto in un incidente d'auto.»

David sorrise, ma Dani vide che non era un sorriso di gioia. Era più un triste sorriso di resa. Notò anche la sua mano sinistra; si apriva e si chiudeva a pugno nervosamente.

«Lo ero» sussurrò David.

Dani non rispose. *Mmm, mi sa che la giuria rimarrà in consulto per un bel po'*. «Dài, è ora di offrirmi quella cena che mi avevi promesso.»

Fowler era curvo sulla sedia, si era tolto la giacca e aveva la cravatta slacciata, gli occhi chiusi e una mano sulla fronte.

«Non è colpa tua» disse Greenfield con voce ferma. «Questo lo sai, vero?»

«È mia, sì!» disse Fowler con disprezzo. «Non avrei mai

dovuto mandare quel ragazzo dietro a Petrovic. Era troppo giovane.»

«Era un agente federale. Quel che è successo a lui sarebbe potuto accadere a ciascuno di noi.»

Fowler si alzò in piedi. Le borse sotto i suoi occhi da sessantaduenne testimoniavano lo stress e il tormento delle ultime ore. Parlò con calma ma in tono deciso: «Voglio quel sadico bastardo, Bob.»

«Lo so. Anche io.»

«E Woo, voglio parlare con quel figlio di puttana. Sa più di quel che...»

Greenfield lo interruppe. «Non accadrà.»

Fowler alzò lo sguardo. «Che vuoi dire?»

«È irreperibile, Tom. Non possiamo raggiungerlo.»

«Cosa?»

«Subito dopo aver identificato Petrovic. Ho parlato direttamente con i vertici della CIA... Niente. Cito: Woo non è disponibile.»

«Col cazzo che non è disponibile! Abbiamo un agente federale fatto a pezzi all'obit...»

«Tom, ho anche provato con il segretario di Stato. Negativo... Woo non riceve.»

«A cosa sta lavorando?»

«Riservato... Massima segretezza. Nessuno parla.»

«Stronzate, Bob!»

Greenfield si appoggiò allo schienale e alzò lo sguardo al soffitto. «Che mi dici di Webber e la ragazza?»

Fowler sospirò per la frustrazione. «Li teniamo entrambi sotto stretta sorveglianza, una squadra di sei uomini per ciascuno. Tutti gli agenti hanno macchine fotografiche digitali e ogni squadra è equipaggiata con un computer collegato direttamente all'elaboratore centrale del Comparative Imaging Processor. Se Petrovic si avvicina lo sapremo in pochi secondi.»

«E se si traveste?»

«Può anche vestirsi da Ronald McDonald. Ora abbiamo la sua immagine archiviata e il CIP lo identificherà subito.»

«Ma secondo te non si farà vivo, giusto?»

Fowler si appoggiò allo schienale. «Molto improbabile. Sa che gli stiamo addosso. Se li sta seguendo, dovremo fotografare mezza Washington DC per trovarlo.»

«Allora qual è il piano?»

«Magari ne avessi uno, Bob.»

30

Kathryn si appoggiò alla sedia stropicciandosi gli occhi. La schiena le faceva male e le parole sullo schermo del computer erano ormai sfocate. Guardò l'orologio, le undici e mezzo, aveva lavorato più di dieci ore di fila.

I contatti di papà avevano permesso a Kathryn Depriest, allora Kathryn Whitebridge, di entrare alla Juilliard. Ma era stata una rivelazione imprevista a farla restare. Mediocre mezzo soprano, Kathryn aveva scoperto la propria vera vocazione durante il secondo anno di conservatorio. Come ricercatrice Kathryn possedeva un'abilità quasi medianica per capire dove andare a cercare le informazioni che gli altri non riuscivano a trovare. Fu Henry Shoewalter a scoprire il suo talento quando con riluttanza incluse la studentessa del secondo anno in un progetto di ricerca per un articolo che gli era stato commissionato dall'università di Cambridge. Risultò che il lavoro di Kathryn su Franz Liszt per il volume *Un'analisi comparativa dei compositori di età romantica* era brillante per gli standard di chiunque, compresi quelli stabiliti da ricercatori molto più anziani ed esperti di lei. Il suo talento era semplice buonsenso.

Mentre quelle 'teste d'uovo', come li chiamava, passavano il tempo a rimuginare sulle lettere e a esaminare e riesaminare le opere più famose per addentrarsi nella vita del compositore, Kathryn cercava informazioni in argomenti che esulavano dalla musica. Che hobby aveva? Quali erano le sue passioni? 'È lì che si trova l'oro' era solita dire a Henry. E il più delle volte aveva ragione.

Kathryn stampò la pagina sullo schermo. Aveva riletto gli appunti scritti per l'ultimo incarico che Henry le aveva assegnato – Mozart nel 1778 – e li aveva condensati in un riassunto di una singola pagina. Deve essere qui, pensò, mentre scendeva le scale per andare in cucina. Vide la luce accesa nello studio di Anthony.

«Non ti ho sentito rientrare» disse Kathryn facendo capolino nella stanza dove Anthony era seduto alla scrivania.

«Sono tornato a casa subito dopo il concerto. Sembravi occupata e non ho voluto disturbarti. Cosa stavi facendo?»

Kathryn entrò nello studio. «Rileggevo gli appunti per il progetto di Henry.»

«Hai scoperto niente?»

Kathryn sospirò. «Non lo so. Sembra tutto così banale. Non riesco a immaginare cosa Henry abbia visto di così interessante in quel periodo della vita di Mozart. È stato uno dei suoi anni meno prolifici.»

«Che anno è?»

«1778.»

«Mmm,» rifletté Anthony un istante «perché non me ne parli un po'? Non credo di poterti aiutare a scoprire qualcosa di nuovo, ma almeno potrebbe esserti di aiuto parlarne a voce.»

«Va bene.» Kathryn esaminò il foglio. «Allora, vediamo, per prima cosa Wolfgang aveva lasciato Salisburgo a settembre dell'anno precedente e si era messo in viaggio per l'Europa con la madre Anna Maria.»

«Con la madre?» domandò Anthony.

«Leopold conosceva suo figlio e si rifiutò di farlo partire da solo.»

«Quanti anni aveva Mozart?»

«Ventuno, ma il padre esercitava ancora una certa autorità su di lui. Quando lasciò la corte di Salisburgo rifiutandosi di tornare sui propri passi, Leopold in sostanza gli disse: 'Trovati un lavoro.' Lo sai com'era Mozart con i nobili; odiava strisciare davanti a loro. Questo faceva impazzire Leopold, che in continuazione esortava Wolfgang a comportarsi in modo appropriato con le persone importanti... Una cosa che capisco bene. In ogni caso, andò a Monaco, e come c'era da aspettarsi mandò su tutte le furie uno dei Grandi elettori, perciò non riuscì a trovare lavoro. Dovette proseguire per Mannheim.»

«Va bene, ti seguo. Come si è trovato a Mannheim?»

«Molto bene, gli piaceva moltissimo.»

«Ma sì, è vero, l'orchestra di Mannheim» disse Anthony scuotendo la testa.

«Esatto, in quel periodo era l'orchestra migliore del mondo. Hanno completamente rivoluzionato la musica del XVIII secolo. Mozart era al settimo cielo. Con la madre che lo teneva fuori dalla prigione dei debitori, non fece altro che comporre, suonare e frequentare feste con gli amici.»

«Ma non ci rimase a lungo.»

«No. Di nuovo Leopold.»

«Perché?»

«Secondo te perché? Una donna, o meglio, una ragazza. Subito dopo il suo ventiduesimo compleanno Mozart si innamorò perdutamente della quindicenne Aloysia Weber.»

«Scusami, cara, vuoi dire Constanze Weber?»

«No,» ridacchiò Kathryn «Aloysia. Constanze era sua sorella, ed entrò in scena molto dopo che Aloysia aveva lasciato Mozart. Ci credi? Si è innamorato di una e ha sposato l'altra.»

«Oh, sì che ci credo» disse Anthony con sarcasmo.

Kathryn si rese conto di quel che stava dicendo nel momento stesso in cui le parole le uscirono dalle labbra, ma lasciò cadere il commento di Anthony e proseguì con il resoconto.

«Il padre di Aloysia era solo un povero copista con poche speranze di arricchirsi e una famiglia numerosa da mantenere. Leopold era mortificato. Scrisse a Wolfgang un mucchio di lettere furibonde e gli ordinò di andare a Parigi.»

«E ovviamente Wolfgang obbedì.»

«Ovviamente.»

«Fu allora che scrisse la sinfonia di Parigi?»

«Molto bene, bravo, si vede che hai studiato Storia della musica. Sì, la scrisse in quel periodo, e praticamente fu tutto quello che compose. Wolfgang odiava Parigi. Disprezzava la falsità dei nobili e provava compassione per la gran massa del popolo indigente. Il suo cuore era ancora a Mannheim con Aloysia, e inoltre la madre si era gravemente ammalata.»

«Prima o dopo la sinfonia di Parigi?»

«Durante. L'unico motivo per cui la scrisse era il bisogno di soldi per potersi prendere cura di Anna Maria. Un certo Jean Le Gros gli commissionò il lavoro; era il direttore dei Concert Spirituel e, da quel che ne so, un vero e proprio stronzo opportunista. Conosceva Mozart solo di nome, ma dato che era austriaco come la regina...»

«Maria Antonietta?»

«Bingo. Così Mozart ottenne l'incarico, e il mondo la sinfonia di Parigi.»

«E la madre quando morì?»

«Poche settimane dopo, il 3 luglio. Dopodiché Mozart fu

costretto a lasciare Parigi per debiti e dovette tornare a Salisburgo per pregare l'arcivescovo Colloredo di ridargli il vecchio lavoro come primo violinista. Per il resto di quell'anno Mozart si occupò più di litigare con il padre che di comporre.» Kathryn mise giù gli appunti. «È tutto. Ti viene in mente qualcosa?»

«Sì.» Anthony si alzò, girò intorno alla scrivania, Kathryn e la baciò delicatamente sulla testa.

«E questo cos'è?»

«È il mio modo di chiederti scusa ancora una volta.»

«Per cosa?» domandò Kathryn completamente confusa.

Anthony si appoggiò alla scrivania e sorrise. «Quando all'università facevi questo genere di cose per Henry, credevo che volesse solo usarti a causa di David. Ma mi sbagliavo, Kathryn. Hai fatto uno splendido lavoro.»

In oltre dieci anni di matrimonio quella era la prima volta che Anthony si complimentava con lei per qualcosa che non riguardasse il suo aspetto esteriore; e anche quello non lo faceva più ormai da anni.

«Grazie» disse lei dolcemente.

«Qual è la prossima mossa, Miss Marple?» disse Anthony tornando a sedersi.

Kathryn sospirò. «Be', domani voglio tornare in biblioteca a controllare per la terza volta queste informazioni. Poi devo trovare il modo di scoprire per quale motivo Henry ne avesse bisogno.»

«E cosa pensi di fare?»

Kathryn rifletté per un istante. «Penso... di dover andare a casa di Henry.»

«A Westchester?»

«Sì. Forse... potrei scoprire a cosa stava lavorando.»

«Buona fortuna» disse Anthony con sincerità.

Kathryn si alzò per uscire dalla stanza. A metà strada si fermò. «Anthony?»
«Sì, cara?»
«Grazie.»
«Di che?»
«Lo sai. Perché hai capito che ho bisogno di fare questa cosa.» Anthony sorrise e si avvicinò alla moglie. Si abbracciarono. «Di niente, cara. Se c'è qualcosa che posso fare...»
«Lo stai già facendo» sussurrò Kathryn.
Anthony sorrise e la strinse più forte a sé.

31

Le prime parole che uscirono dalla bocca di Paul quando la mattina seguente passò a prendere Dani furono: «Allora, è lui?» Dani gli confermò che si trattava dello stesso David Webber di cui lui aveva sentito parlare quando frequentava la Juilliard e gli disse di non tirare fuori l'argomento perché a David non piaceva parlarne. Paul fece alcune caustiche osservazioni sulla stabilità mentale di David e alla fine acconsentì, seppur con riluttanza.

Ma il primo punto all'ordine del giorno prima di passare a prendere David era il museo. Dani recuperò entrambi i manoscritti originali dalla cassaforte nel suo ufficio e li portò al laboratorio al piano di sotto. Nel frattempo Paul aveva portato le fotocopie dei due Mozart nello studio dalla parte opposta del viale, ricavato in uno stanzino seminterrato sotto l'edificio Ripley. Un'ora più tardi Dani e Paul si incontrarono per andare a recuperare David.

Quando gli uomini sono con altri uomini si comportano come leoni, sembrano coraggiosi e spacconi e la battaglia non è mai del tutto perduta, il terreno difficilmente ceduto e mai e poi mai sprecano l'occasione di dimostrare chi è il re della giungla. Quando gli uomini sono con le donne sono come gemme preziose, scintillanti e desiderabili, intagliate con tale perfezione da sembrare prive di difetti a un occhio inesperto. Ma quando gli uomini sono con altri uomini e c'è anche una donna, non sono animali né minerali, sono vegetali; scontati come le distese di grano del Kansas e ridicoli come i cavoli a merenda. Dani, sul sedile posteriore della monovolume di Paul, meditava su questa verità mentre osservava i due uomini seduti davanti.

«Bella macchina» disse David.

«Grazie. È una sei cilindri» rispose Paul.

«Davvero?» ribatté David.

«Sì, spinge parecchio» proclamò Paul. «Tu che macchina hai?»

«Una Honda» mormorò David.

«Prelude?» chiese Paul.

«Accord» rispose David.

«Oh, ne avevo una quando ero più giovane.»

«Questa qui non è male, soprattutto se hai dei figli.»

Dani era sicura che Paul avesse percepito il suo crescente interesse nei confronti di David. Malgrado quel che era successo prima, la serata si era rivelata una delle più gradevoli trascorse con un uomo negli ultimi anni. Dopo aver mangiato l'equivalente del loro peso in chele di granchio reale, avevano continuato a passeggiare per altre due ore. Era rimasta sorpresa quando si era accorta di riuscire a conversare facilmente con lui. Gli aveva raccontato dell'Oklahoma, di suo padre e del suo lavoro per la Smithsonian. David si era perfino aperto un po' e le aveva raccontato dei genitori morti nell'incidente d'auto quando aveva nove anni, e delle famiglie adottive dell'Indiana che lo avevano cresciuto fino a quando non era andato ad abitare con Henry. Le aveva anche detto qualcosa della sua vita a Los Angeles e di J.P. Aveva provato a farsi dire il motivo per il quale lui e Henry non si erano più parlati per tutti quegli anni ma non aveva insistito quando David aveva evitato la questione. Alla fine della serata Dani si era resa conto di volerlo conoscere meglio; molto meglio. Aveva avuto la sensazione che David provasse la stessa cosa, e questo la aveva un po' preoccupata. C'erano ancora troppi segreti tra loro. E finché non avesse scoperto quali erano quei segreti, doveva tenere le emozioni sotto controllo.

La monovolume costeggiò la collina e Paul accostò nel parcheggio della biblioteca universitaria.

«Mi ripeti chi dobbiamo incontrare?» domandò David.

«Un mio amico che lavora qui all'università.»

«Come si chiama?»

«Wilbur» disse Dani prolungando le sillabe del nome.

«Wilbur?» disse David con un sorriso.

Paul lanciò un'occhiata a entrambi.

Il trio entrò nella biblioteca e Dani e David seguirono Paul verso una rampa di scale circolari nel mezzo di una rotonda al primo piano che conduceva a una sala d'attesa con le pareti di vetro al secondo piano. Una volta raggiunta la saletta, dove alcune persone parlavano dietro le pareti insonorizzate, Paul andò allo sportello informazioni. Tornò dopo un minuto.

«Wilbur sta arrivando» disse Paul sedendosi su una poltroncina.

Neanche trenta secondi dopo, le porte a vetri si spalancarono.

«Pauly!» risuonò una voce acuta.

«Wilbur!» disse Paul alzandosi e allungando la mano per stringere quella grossa e carnosa dell'amico.

«Ti trovo bene, Pauly.»

«Anch'io ti trovo in forma, ragazzone.»

Con il suo metro e novantacinque di altezza e i suoi centosettanta chili, Wilbur il bibliotecario riempiva ogni porta. Sopra le scarpe da skater numero quarantacinque aveva due gambe grandi come il girovita di una persona comune. La pancia grossa ma soda era paragonabile, in quanto a grandezza, solo all'enorme petto. Non aveva collo. Sfidando la sua mole si muoveva con la grazia di un ballerino mentre si avvicinava a Paul.

«Ti presento un paio di amici. David Webber e la dottoressa Dani Parsons.»

«Piacere» disse cortesemente Wilbur prendendo la mano di Dani.

«Tu sei Wilbur Wallace» disse David mentre allungava la mano verso di lui.

Wilbur gli diede la mano e sorrise.

«Voi due vi conoscete?» domandò Dani guardandoli entrambi.

«Be', lui non mi conosce ma io sì. Quand'era, cinque anni fa?»

Wilbur sorrise. «Nah, otto.»

«Otto anni, è passato così tanto tempo?» intervenne Paul che sapeva esattamente a cosa alludevano.

«Proprio così, riesci a crederci? Dio, sembra ieri.»

David disse: «Mi ricordo di averti visto a Pasadena.»

«Qualcuno vuole rendermi partecipe?» disse Dani sentendosi totalmente esclusa.

«Wilbur Wallace» spiegò David con un ghigno leggero. «Difensore dei Michigan Wolverines. Per tre volte nell'All-America, considerato uno dei migliori difensori centrali a livello nazionale e sicuramente destinato all'NFL.»

Wilbur sorrise con modestia. «Oh, non so se ce l'avrei fatta tra i professionisti. Non ero abbastanza veloce.»

Paul lo interruppe: «Ma che dici! Prima dell'infortunio eri l'uomo di linea più veloce dell'NCAA.»

David annuì.

«Quale infortunio?» domandò Dani sentendosi come una donna che nuoti a dorso in una piscina di testosterone.

«Prima partita della stagione contro l'Ohio State, il mio ultimo anno. Il *running back* va da un lato, io mi muovo per seguirlo ma la gamba mi rimane piantata dov'era... Sotto i centoventi chili del difensore avversario. Una bruttissima frattura.»

«Oooh, mi dispiace» disse Dani con una smorfia.

«Figurati. Alla fine me la sono cavata lo stesso.»

Paul prese la parola: «Dopo la triennale all'università del Michigan, Wilbur è venuto a Georgetown per la specialistica e il dottorato. Adesso è uno dei più importanti studiosi di Storia afroamericana degli Stati Uniti.»

L'imponente uomo sorrise in modo impacciato. «Oh, sono solo stato molto fortunato a ottenere il posto.»

«È Georgetown ad aver avuto una fortuna della madonna, Wilbur. L'amministrazione dovrebbe mandare un biglietto di auguri ogni Natale a quel difensore dell'Ohio State.»

Wilbur rise.

«Allora, Wilbur, hai scoperto qualcosa?» domandò Paul.

«Oh, spero proprio di non avervi fatto venire fin qui per niente. Non ci sono molti documenti precedenti alla Guerra civile sulle persone di colore. Sono rimasto sveglio fino a tardi ieri notte per esaminare tutto quel che l'università ha sul dottor Cook. Praticamente nulla. La Georgetown Historical Society ha qualcosa in più, ma è tutto molto vago.»

«Qualsiasi cosa potrebbe esserci d'aiuto, dottor Wallace» disse Dani.

«Ti prego, chiamami Wilbur. Allora, bisogna iniziare da un uomo di nome George Beall» disse Wilbur lasciando cadere il proprio peso su un divano imbottito. «George Beall era nipote del proprietario della maggior parte dei terreni sui quali è stata edificata Georgetown. Quando George morì, all'inizio del XIX secolo, venne fatto un inventario delle sue proprietà. Beall possedeva degli schiavi e ovviamente questi schiavi furono contati come sue proprietà. La Georgetown Historical Society ha in archivio questo inventario e così ho potuto scoprire che tra le proprietà di Beall era registrato un ragazzo di nome J. Cook, insieme a una donna registrata come sua madre. Sappiamo anche che un uomo di colore, libero, di nome Henry Cook, li aveva comprati entrambi. Henry Cook era un commerciante di tabacco molto attivo tra gli abolizionisti della Pennsylvania.»

«Era un parente di James e sua madre?» domandò Dani.

«Sì. Era il padre di James.»

Paul intervenne: «Vuoi dire che ha comprato sua moglie e suo figlio?»

«Be', per essere precisi non sappiamo se quella donna era sua moglie o la madre di James, ma in sostanza sì, è proprio quel che ha fatto... Non una cosa rara, comunque, a quei tempi. E anche se è vero che alcuni neri nel Nord possedevano degli schiavi, spesso li compravano per liberarli. Infatti risulta che Henry Cook ha comprato altre due famiglie di schiavi, una delle quali era quella della figlia, che poi ha liberato indicando nei documenti ufficiali che in cambio aveva avuto il suo amore.»

«Che cosa triste» disse Dani piano.

«È vero» rispose Wilbur con un sussurro. «Ma era così che funzionava.»

«Cosa è successo a James?» chiese David.

«Come ho detto la storia è molto sommaria. Sappiamo che è diventato medico e che era pronto per emigrare in Liberia per esercitare. Ma poi, come molti altri schiavi liberati, cambiò idea e decise di rivendicare il diritto di costruire il futuro della sua famiglia qui in America.»

«Perché avrebbe voluto farlo dopo quel che aveva passato?»

«Per lo stesso motivo che aveva spinto molti altri neri: la Underground Railroad. James era particolarmente attivo nel trasferimento degli schiavi del Sud verso il Nord.»

«Ci è stato detto che il dottor Cook era anche un musicista» disse Dani.

«Sì, e un musicista niente male a quanto pare. Insegnava violino.»

Paul e David si scambiarono un'occhiata pensando la stessa cosa ma fu Paul a parlare: «Come ha imparato a suonare il violino?»

«Be', non è un fatto documentato, ma la storia racconta che è stato Thomas Jefferson a insegnarglielo.»

«Wilbur Wallace! Come giocava!» disse David salendo sulla monovolume di Paul mentre David chiudeva la portiera posteriore.

«Scommetto che l'avrebbero preso i Rams» rispose Paul mettendo in moto.

«Dici? Avrei detto i Bears.»

«Davvero, e perché?» chiese Paul.

«Per il fisico. E poi quella velocità non è così comune per un difensore di quel tipo.»

«Oh, secondo me da professionista lo avrebbero spostato in un ruolo più offensivo.»

David rifletté sull'affermazione di Paul e annuì pensando che potesse aver ragione.

Paul guardò nello specchietto retrovisore e vide Dani che sorrideva. «Che c'è?»

«Oh niente,» disse Dani con un sorrisetto «penso soltanto che sono una donna fortunata perché assisto di persona all'antico rituale della creazione dei legami tra uomini.»

Paul partì dal vialetto per affrontare nuovamente il traffico della Strada M. Dani gli diede l'indirizzo di Sugarberry e lui andò direttamente lì.

Quando arrivarono, il furgone della Brink che Dani aveva chiamato quella mattina era già parcheggiato davanti casa di Sugarberry, ma i due corrieri erano in piedi con le braccia incrociate accanto alla vettura. Paul fermò la macchina proprio dietro al furgone e Dani fu la prima a uscire.

«Ehi ragazzi, sono la dottoressa Parsons della Smithsonian Institution. C'è qualche problema?»

Fu l'uomo con i capelli grigi, il più vicino a Dani, a parlare. «Non c'è nessuno in casa.»

Dani fece una smorfia sorpresa. «È impossibile, sapeva che sareste venuti. Avete provato a suonare di nuovo? È anziana e forse non vi ha sentiti.»

«Ho suonato, bussato e risuonato. Non c'è nessuno, dottoressa Parsons.»

Dani guardò Paul e David. «Non ha senso. Non vedeva l'ora che la sua collezione fosse esposta nel museo.»

«Magari si è solamente dimenticata che saresti passata oggi» suggerì Paul. «Come hai detto tu, Dani, è anziana.»

«È anziana ma sveglia come una faina. Non può averlo dimenticato.»

«State cercando Trudy?» squittì una vocina dall'altra parte della strada facendo voltare tutte le teste. Un anziano signore che stava portando a spasso un volpino pomerania attraversò lentamente verso di loro.

«Sì» rispose Dani in tono concitato. «Sa se è in casa?»
L'uomo prese in braccio il cagnolino. «È partita.»
«Partita?» rispose Dani.
«Sì, ieri sera, oh... Credo fosse intorno alle undici.»
Dani guardò Paul e David e poi di nuovo l'anziano signore. «Ne è sicuro?»
«Sì che sono sicuro! L'ho vista andarsene. Stavo portando a spasso Sasha ieri sera e l'ho vista che se andava con una valigia.»
«Una valigia!»
«Era sola?» domandò David in tono grave.
«No, un giovanotto distinto la stava aiutando a salire in macchina. Ho provato a chiamarla ma forse non mi ha sentito. E avevano una gran fretta!»
Tutti gli occhi si rivolsero verso David, che si appoggiò alla monovolume di Paul stropicciandosi gli occhi. «Benvenuti nel mio mondo, gente.»

Il furgone della Brink se ne andò e Dani, David e Paul rimasero seduti in silenzio per alcuni minuti nella monovolume parcheggiata. Infine Dani sussurrò quel che tutti e tre stavano pensando.
«Oh, dio, speriamo che non le sia successo niente.»
«Ma certo che non le è successo niente, Dan» disse subito Paul. «Perché dovrebbe essere altrimenti? Probabilmente si è dimenticata che doveva andare fuori città.»
Dani guardò David, lui non disse niente.
Paul proseguì: «Infatti scommetto che se controlli la segreteria telefonica ti ha lasciato un messaggio.»
Un lieve sorriso attraversò il viso di Dani. «Sì, forse hai ragione.»
«Ecco.» Paul prese il telefono dalla tasca e lo passò a Dani.

Dani compose il numero della segreteria. I suoi occhi rivelarono che non c'era alcun messaggio. Restituì il telefono a Paul, il sorriso era scomparso.

«Va bene, ha dimenticato di chiamarti, capirai.» Paul cercò immediatamente una spiegazione. «Dani, sta bene. Appena si ricorderà che dovevate incontrarvi oggi ti chiamerà per scusarsi, vedrai.»

Dani guardò di nuovo David che continuava a rimanere in silenzio. «Cosa ne pensi tu?»

David guardò Dani, poi guardò Paul. «Sì, ha ragione Paul, probabilmente non le è successo niente.»

«Non ci credi, eh?» Dani era sul punto di piangere. «Pensi che abbia a che fare con il manoscritto di Mozart, vero?»

David s'impegnò per mentire. «No...»

«Sì, è così!» lo interruppe Dani. «E lo penso anche io.»

«Dan, la tua immaginazione sta prendendo il sopravvento!» la rimproverò Paul. «Ora statemi a sentire, non so cosa sia accaduto al professor Henry Shoewalter o alla tua amica J.P., David, ma solo perché un'anziana signora si è dimenticata un appuntamento e decide di andare a trovare un parente malato chissà dove, non significa che c'è una cospirazione in atto. Aveva una valigia... Secondo voi quando uno viene rapito si porta dietro una valigia?»

Dani e David si scambiarono un'occhiata; Paul aveva ragione, non c'erano prove che Sugarberry fosse stata portata via contro la sua volontà, né che ci fosse una connessione con quel che era accaduto a Henry e J.P. Ma senza dirselo sapevano anche che Paul aveva torto; Sugarberry non era partita per piacere.

«Devo andare a New York» sussurrò David all'improvviso.

«Perché?» domandò Paul.

«Vengo con te» aggiunse subito Dani.

«No!» rispose David.

«Sì che vengo!»

Dopo alcuni secondi di silenzio David disse: «Brutte cose...» La mascella cominciò a tremargli. «...Brutte cose stanno accadendo alle persone intorno a me. Non permetterò che succeda qualcosa a te. È un mio problema. La cosa migliore che possiate fare è farmi scendere da questa macchina e dimenticare di avermi incontrato.»

Dani guardò Paul e poi di nuovo David. «Smettila con queste uscite da macho, Webber» disse Dani non senza dolcezza. «Io vengo con te, fine della storia. E poi ti sbagli, non è solo un tuo problema.» Rivolse lo sguardo alla casa di Sugarberry. «Non più. Inoltre hai bisogno di me a New York.»

«Ma di che state parlando,» intervenne Paul «perché mai dovreste andare a New York?»

Fu Dani a rispondere: «Perché dobbiamo scoprire a cosa stava lavorando Henry Shoewalter e per quale motivo lo spartito che ha David è diventato tutto a un tratto così importante. Sai dove abitava Henry?»

David provò vergogna per il proprio patetico bisogno d'aiuto. Sospettò che Dani non aveva creduto neanche per un istante a quel breve attimo di spavalderia. Era vero... aveva bisogno di lei a New York. Ma non per la sua competenza musicale; aveva bisogno di lei e basta. Annuì e guardò fuori dal finestrino. «Sì, so dove abitava.»

32

Thurman Winfield era sdraiato su un enorme divano di pelle negli sfarzosi uffici di Harlem della Electric Chair. Aveva gli occhiali da vista calati sul naso e un libro intitolato *This Business of Music* aperto poggiato sul petto. Aprì improvvisamente gli occhi. Si alzò di scatto e andò a sedersi alla scrivania davanti a una finestra dai vetri oscurati.

Come guardando in una sfera di cristallo, contemplava la scrivania. Prese un pesante posacenere e lo mise al centro del tavolo. Poi si tolse gli occhiali e li mise alla sua sinistra, infine sistemò il libro alla propria destra formando un triangolo equilatero. Rimase per qualche istante a studiare la forma geometrica che aveva composto.

Soddisfatto di quel che aveva fatto, spostò la sua attenzione su una ciotola di cioccolatini sopra il tavolino accanto al divano. La prese in mano e la mise sulla scrivania. Dispose dieci cioccolatini all'interno del posacenere. Poi tirò fuori tutte le monete che aveva in tasca e le collocò in maniera simmetrica tra il libro e gli occhiali. Infine si sedette.

Aveva l'aria di un giocatore di scacchi mentre allungava

la mano verso gli occhiali per muovere le dieci monete verso il posacenere. Prese un cioccolatino e lo mise accanto agli occhiali. Poi con la mano destra fece scivolare cinque monete che erano accanto al libro verso gli occhiali; immediatamente dopo riprese il cioccolatino e lo rimise nel posacenere, poi spostò le dieci monete accanto al posacenere, verso il libro.

Ripeté il tutto due volte. Dopodiché si appoggiò allo schienale della sedia, scartò un cioccolatino, lo mise in bocca e sorrise. «Vecchio Nick,» disse masticando «piccolo scaltro italiano... Così è questo che hai in mente.»

«Bowen, sono David. Quella donna, Sugarberry, è scomparsa. Non so dove diavolo sia andata, perciò io e Dani andiamo a casa di Henry a New York. Forse riusciremo a scoprire a cosa stava lavorando. Prendiamo l'aereo del pomeriggio e dovremmo tornare nella notte, ma non sarò più in albergo. Mi sta costando una fortuna e non posso lasciarci il gatto, quindi mi sistemo a casa di un amico che si chiama Paul Rogers. È un collega di Dani. Chiamami lì. Il numero è 703-525-9815. Se trovo qualcosa ti chiamo... Anzi, ti chiamo stasera in ogni caso. E tu, Bowen, per favore, fai lo stesso.»

Dopo aver ascoltato il messaggio di David, Petrovic si mise a sedere sul letto. Aveva il viso inespressivo mentre scrocchiava le nocche. «È ora di farla finita» disse poi abbassando lo sguardo su J.P. che giaceva priva di sensi.

Un furgone bianco per traslochi dall'aspetto ordinario era parcheggiato in fondo alla pista d'atterraggio dell'aeroporto Reagan di Washington. All'interno del veicolo, tre uomini vestiti in giacca e pantaloni sedevano in silenzio. L'unico suono era il sommesso brusio di tre computer e due ricevitori GPS che rivestivano l'interno del furgone. Dei tre uomini, due indossavano delle cuffie. L'altro, Thomas Fowler, non le aveva. Era curvo su una scrivania di fortuna e passava in rassegna l'ultimo lotto di immagini digitali appena uscite dalla stampante.

«Il vicedirettore è in arrivo, capo.»

Fowler mugugnò entrando nella cabina di guida per aprire la serratura della portiera del lato passeggeri. Quando Greenfield entrò nel furgone, Fowler si lasciò cadere sul sedile con le gambe distese nel mezzo della cabina.

«Non mi ricordo più l'ultima volta che ti ho visto sul campo, Bob.»

«Forse l'ultima volta che hai messo in pericolo il culo di tutti noi.» Greenfield diede un'occhiata al retro del furgone. «Come sta andando?»

Fowler scosse la testa. «È tutto il giorno che li seguiamo. Nessuna traccia di Petrovic.»

«Dove sono adesso?»

«Stanno per prendere un volo per New York.»

«Per andare a casa di Shoewalter?» chiese il vicedirettore con un tono più affermativo che interrogativo.

«Direi di sì. Pensavamo che potesse essere la svolta. Non c'era modo per Petrovic di passare inosservato all'aeroporto. Abbiamo agenti per tutto il terminal, sulla pista e anche nella zona bagagli nel caso avesse in mente di viaggiare clandestinamente in una Samsonite. Niente di niente!»

«Peccato» disse Greenfield.

«Già, peccato» rispose l'esausto veterano massaggiandosi la nuca. «Allora, Bob, perché sei venuto?»

«Devo incontrare il procuratore distrettuale di Los Angeles, tra mezz'ora atterra il suo aereo. Ho pensato di fare un salto per sapere se devo dirgli qualcosa da parte tua.»

«Potevi chiamare.»

«Sì, ma volevo anche potergli dire che ho personalmente in

mano la situazione, e assicurargli che si sta facendo tutto quel che deve essere fatto, e che quel che si sta facendo è la cosa giusta, Tom.»

«Secondo te dovremmo arrestare Webber?»

«Tu che dici, pensi ancora che sia meglio seguirlo?»

«Ho parlato con New York. Ci sono quindici agenti pronti a coprire lui e la ragazza appena atterrano a LaGuardia. E un'altra cosa.»

«Cosa?»

«Qualcuno sta pedinando Kathryn Depriest.»

Il vicedirettore apparve interessato. «Davvero? Chi?»

«Jimmy Depriestiano in persona.»

«Interessante. Che ha in mente il vecchio Nick?»

Fowler sorrise per la prima volta dopo il massacro nella stazione della metropolitana. «Non credo sia stato il vecchio Nick a farla pedinare.»

«Il marito?»

«Sì, penso che Anthony stia cercando di seminare zizzania a proprio vantaggio.»

Greenfield considerò le diverse possibilità. «Cosa hai intenzione di fare?»

«Intanto vediamo che succede con Webber a New York. Continuo a essere convinto della sua innocenza ma non sono sicuro di quel che ha in mente Anthony. Poi voglio accelerare l'operazione... forzare la mano a Depriestiano.»

Greenfield annuì.

«Notizie di Woo?»

«Stai scherzando?» disse Greenfield in tono di scherno. «È come se non fosse mai esistito.»

Fowler ridacchiò. «E invece sì che esiste, Bob. Quel piccolo furfante esiste eccome.»

La limousine si fece strada lungo Fifth Avenue fino all'incrocio con la Quarantaduesima strada, dove accostò al marciapiede e si fermò. Jimmy Depriestiano, con le cuffiette alle orecchie, era appoggiato alla testa di uno dei due enormi leoni di pietra che presidiano l'ingresso della biblioteca pubblica di New York. Aveva gli occhi chiusi ed era nel bel mezzo di un assolo di batteria quando la grossa macchina suonò il clacson. Jimmy si tolse le cuffiette, saltò giù dall'animale di granito e con noncuranza avanzò verso il retro della vettura accendendosi una sigaretta.

«Sali, idiota» gridò una voce dall'interno. La portiera si aprì e Jimmy scivolò sul sedile accanto a Anthony. «Ma quanto puoi essere stupido?»

«Che cazzo stai dicendo?»

«Pensavo di averti detto di non farti vedere.»

«E allora? Kathryn non s'è accorta di niente.»

«È rimasta dentro tutto il giorno?»

«Tutto il cazzo di giorno, e mi sono fatto due palle così! Posso tornare a casa?»

«No, cugino. Te lo dico io quando potrai tornare a casa, chiaro?»

«Sì, va bene, chiaro.»

«Hai parlato con tuo padre?»

«Ah già, m'ero quasi dimenticato. Ha parlato con il suo amico all'FBI. Non sa nulla di Webber tranne che ha appresso alcuni agenti. Dice che è una cosa top secret.»

Anthony digrignò i denti. «Ha per caso detto dove si trova adesso?»

«Sì, ha detto che Webber e una certa zoccola stanno venendo qui. Che te ne pare?»

Anthony rifletté un secondo e poi sorrise. «Penso che le cose si faranno molto interessanti, caro cugino. Molto, molto interessanti.»

33

Mentre David affrontava il traffico all'uscita dell'aeroporto LaGuardia per immettersi nella superstrada Whitestone, Dani sedeva sul sedile del passeggero immersa in una relazione che aveva cominciato a leggere quando erano saliti sull'aereo a Washington. Non aveva praticamente aperto bocca per un'ora e mezza, ma a David non importava, aveva bisogno di silenzio. Tornare a New York, a casa di Henry, era qualcosa per cui non era sicuro di essere preparato.

Non avevano perso tempo dopo aver lasciato la villa di Sugarberry. Paul aveva telefonato alla United Shuttle e aveva prenotato i posti per Dani e David sul primo volo disponibile. Mentre David sbrigava le pratiche per lasciare l'albergo, Paul e Dani erano passati al laboratorio del museo a ritirare la relazione sui due spartiti e avevano poi rimesso gli originali in cassaforte. Non c'era stato tempo di fare un salto allo studio di Marcus; avrebbe dovuto pensarci Paul dopo aver lasciato Dani e David all'aeroporto. Venti minuti più tardi erano passati a casa di Paul per lasciare le cose di David, Ravel incluso. Alla fine era passata un'ora e mezza da quando David aveva espresso la sua intenzione di andare a New York fino al momento in cui Paul aveva chiesto a Dani, davanti al Reagan, di fargli uno squillo quando fossero arrivati a casa di Shoewalter.

«Be', avevi ragione» proclamò infine Dani, lo sguardo ancora sulle pagine. «Il tuo manoscritto è compatibile con la risma che Mozart usava a Vienna nel 1791. La filigrana sulla sinistra del foglio è un CS con una piccola C in negativo, e sulla destra ci sono tre lune sopra la scritta REAL in negativo. La grandezza del pentagramma, la distanza tra la riga più alta del primo e la più bassa dell'ultimo è compresa tra 182,5 mm e 183 mm, e fa pensare che le righe siano state tracciate a mano.» Dani alzò lo sguardo e sorrise. «È sicuro... Viene proprio dalla stessa risma che Mozart ha usato per *Così fan tutte*, *Il flauto magico* e il *Requiem*.»

«Sì, è quello che mi hanno detto» disse David senza mostrare particolare interesse.

Dani sapeva che tornare a New York non era qualcosa di cui David fosse particolarmente entusiasta. Non sapeva perché, ma era certa che avesse a che fare con il motivo per cui lui e il professor Shoewalter non avevano più avuto rapporti in tutti quegli anni. E molto probabilmente aveva anche a che fare con il motivo per cui un pianista di fama mondiale era finito nell'anonimato a suonare nei pianobar di Los Angeles.

«Va tutto bene?» domandò Dani con delicatezza.

«Sì, sto bene» disse David lanciandole una rapida occhiata.

«Quanto tempo è passato dall'ultima volta che sei stato qui?»

«Dodici anni circa... Da quando me ne sono andato.»

«Non sei più tornato?»

«No» fu la semplice risposta di David. «Allora, che dicono dell'altro spartito?»

«Preparati perché non crederai alle tue orecchie.»

«Perché?»

«Per due motivi. Prima di tutto, lo spartito di Sugarberry è stato facile da datare per via della filigrana. Lo stampo è stato creato da un artigiano della Pennsylvania di nome Nathan Sellers. Era famoso nel suo campo tra la fine del XVII e l'inizio del XIX secolo. Era l'unico in America a utilizzare la tecnica della trafilatura. Questo, e l'analisi chimica dell'inchiostro, collocano il manoscritto intorno al 1810. Con un'incertezza di tre anni in più o in meno.»

David rifletté un istante. «Se quel che ci ha detto Wilbur è vero, vorrebbe dire che Cook era bambino quando è stato scritto.»

«Sì, e i conti tornerebbero» disse Dani con un sorriso.

«Perché sorridi?»

Dani fece un profondo respiro. «La mano che ha scritto questo pezzo...»

«Non è quella di Cook» concluse David.

«No, non proprio. In parte è anche di Cook.»

«In parte?»

«L'analisi della grafia indica che ci sono tre differenti mani in questo spartito.»

«Tre?» replicò David.

«Vuoi sapere a chi appartiene una di esse?»

«Vuoi dire che hanno tirato fuori un nome?»

«In questo caso particolare, sì» rispose Dani.

David rifletté un istante e poi fece a sua volta un lieve sorriso. «Jefferson! Non ci credo, Thomas Jefferson!»

«In persona» ridacchiò Dani.

David era presissimo. «Perciò è vero che Jefferson ha insegnato a Cook a suonare il violino.»

«Sembrerebbe di sì. Quando Cook era bambino, deve aver abitato a Monticello. È cosa nota che Jefferson amava la musica, perciò non è così difficile immaginare che scoprendo in uno dei suoi schiavi un orecchio musicale abbia voluto insegnargli il violino e i rudimenti della notazione musicale. Questo spiegherebbe perché nello spartito ci sia la mano di entrambi e perché la scrittura di Cook sia così simile a quella di Jefferson. Inoltre, quel che si sa degli ultimi anni di vita di Jefferson e della sua amante Sally Hemmings rende il tutto ancora più plausibile. Certamente Jefferson aveva con i suoi schiavi un rapporto molto diverso rispetto agli altri padroni.» Dani sorrise e aggiunse: «Elementare, mio caro Watson.»

«Va bene, ma aspetta un attimo, Sherlock. Fila tutto, ma rimane la stessa domanda irrisolta; come faceva Jefferson a conoscere un lavoro di Mozart? Stiamo parlando di quasi cinquant'anni prima della pubblicazione del primo Köchel.»

Toccò a Dani riflettere un momento. «Devono essersi incontrati. Forse quando Jefferson era in Europa.»

«Dobbiamo raccogliere altre informazioni su Jefferson.»

Dani sorrise. «Ehi, questo è il mio lavoro. Sono nell'industria della raccolta informazioni. Appena torniamo a Washington controlliamo i viaggi di Jefferson tra il 1790 e il 1791. Poi voglio andare all'archivio nazionale.»

«Perché?»

«È dove tengono gli alberi genealogici. Dobbiamo scoprire qualcosa di più sul dottor Cook e la sua famiglia... Forse riusciamo a trovare qualcosa che lo leghi a Jefferson.»

David annuì. «Hai detto che c'è una terza grafia sullo spartito, si sa a chi appartiene?»

«No, è sconosciuta. Ma di certo non appartiene alla notazione originale.»

«Vuoi dire che è stata aggiunta dopo?»

«Eh già, molto dopo.» Dani sfogliò alcune pagine della relazione. «Leggo: 'Un'analisi completa delle lettere C, K e F riportate nell'angolo in basso a destra dell'artefatto identificato come reperto B, il manoscritto Sugarberry, rivelano una terza grafia, sconosciuta. Strumento utilizzato, una matita numero due. Data di creazione stimata: ultimi tre mesi.'»

Attenzione: il Museo nazionale di storia americana chiuderà tra quindici minuti. Si prega di avviarsi verso le uscite del primo e secondo piano. Vi ringraziamo per aver visitato il Museo nazionale di storia americana.

Quando la voce registrata cominciò a ripetere le istruzioni, il giovane monsignore gettò la bottiglietta d'acqua nel cestino e uscì dall'ascensore che conduceva alle caffetterie e ai negozi di souvenir del seminterrato.

«Mi scusi» disse il prete alla ragazza attraente dietro la cassa. «So che state chiudendo, ma mi domandavo se fosse possibile comprare dei cappelli da portare ai miei ragazzi dell'orfanotrofio.»

«Certo, padre, li trova lì nell'angolo» disse la ragazza indicando la mensola carica di cappelli da baseball con lo stemma della Smithsonian.

«Sì, ma me ne servirebbero una trentina, e non sarebbe male se fossero tutti gialli, il giallo è il colore delle nostre divise per l'atletica. Mi domandavo se per caso ne ha uno scatolone in magazzino.»

L'impiegata si guardò intorno. Il negozio era quasi vuoto. «Be', non saprei...»

«Oh, non importa, mi scusi, non avrei dovuto chiederglielo, di certo sarà stanca e si stava preparando per tornare a casa.»

«Può tornare domani, sono certa che...»

«No,» disse rapidamente il prete «stasera parto per Chicago. Va bene lo stesso, cara, era solo un'idea estemporanea. Pensavo che ai ragazzi avrebbe fatto piacere. Dio la benedica, buona serata.»

Il monsignore si voltò e cominciò ad avviarsi. La ragazza lo fermò. «Padre, aspetti!»

Il prete si voltò nuovamente.

«Facciamo una cosa, perché non mi passa uno di quei cappelli là? Lo passo in cassa e moltiplico l'importo per trenta. Lei può pagare qui e poi venire via con me. Uscendo passo per il magazzino, lì ci sono tutti i cappelli che vuole.»

«Che dio la benedica, cara, sarebbe magnifico. Purché questo non le crei alcun problema.»

«Nah, sono il vicedirettore del negozio, non c'è problema. Dirò a quelli della sicurezza che lei è con me. Vada pure a prendere il cappello mentre chiudo la serranda.»

Mentre la ragazza avanzava verso l'entrata del negozio, Petrovic infilò i guanti di latex e mise le mani in tasca.

«Ti ricordi dove abitava?»

«Sì, mi ricordo» rispose David con voce grave.

Aveva il viso come impietrito; non mostrava alcuna emozione mentre guidava per le strade di White Plaines. Guardava dritto davanti a sé, come se si rifiutasse di accettare la presenza di qualsiasi cosa distante più di un metro e mezzo dall'automobile. Si fermò a uno stop e si guardò intorno per la prima volta. «Quello non c'era prima» disse indicando con un gesto del capo un piccolo centro commerciale all'aperto.

Svoltò a destra in una zona residenziale alberata, in cui i villini sorgevano dignitosamente a una certa distanza dalla strada costeggiata da prati. David cominciò a rallentare e si fermò prima della fine del secondo isolato.

Si appoggiò allo schienale e trasse un profondo sospiro. «Siamo arrivati.» Era un semplice edificio a due piani di legno bianco con un patio coperto. Era piccolo e vecchio, ma tutt'altro che una bettola fatiscente.

Nessuno dei due uscì dalla macchina. Dani rimase in attesa mentre David fissava la casa.

«È carina» sussurrò Dani.

«È... più piccola.»

Dani sorrise, comprendendo subito. «Lo so, anche per me è così ogni volta che torno a casa.»

David la guardò per un lungo istante, poi annuì con un sorriso triste. Aprì la portiera e Dani fece lo stesso.

All'inizio Dani aveva pensato che David si fosse fermato perché non era in grado di proseguire. Poi vide quel che vide. Sulla porta d'ingresso era applicato del nastro giallo con la scritta DIPARTIMENTO DELLO SCERIFFO DELLA CONTEA DI WESTCHESTER.

«Non ci avevo pensato» disse David.

«C'è una porta sul retro?»

David fece cenno di sì e Dani lo seguì intorno alla casa. Il giardino era enorme e l'erba verde e ben falciata. Non c'era alcuna staccionata, ai due lati crescevano aiuole di fiori e un orto costeggiava il perimetro della proprietà. Giunsero di fronte a tre gradini di legno che conducevano alla porta sul retro: lì il nastro giallo non c'era.

«E adesso come entriamo?»

David salì i gradini e si guardò intorno. Vasi di gerani, disperatamente bisognosi di essere innaffiati, erano raggruppati qua e là sul ballatoio di assi di legno. David sollevò i vasi uno a uno. Trovò la chiave sotto il quarto. La inserì nella serratura e aprì la porta. Dani rimase in attesa quando David inspirò profondamente prima di entrare.

«Certo che lavori fino a tardi» disse Charlie mentre Paul gli porgeva la carta d'identità.

«Non c'è pace per i malvagi, Charlie.»

Charlie sorrise. «Dov'è il dottor P?»

«L'ho messa su un aereo per New York un paio d'ore fa.»

«Non mi ha parlato di vacanze.»

«No, è per lavoro, torna stanotte» disse Paul riprendendo la carta d'identità. «Senti Charlie, devo lasciare dei documenti sulla scrivania di Dani, e dovrei controllare la mia email; il computer nel mio ufficio non va, così ho pensato di usare il suo. Pensi che vada bene?»

«Non vedo perché no. Hai bisogno di me per entrare?»

«No, ho la chiave.» Fece tintinnare un mazzo di chiavi.

«Questi computer! Ecco perché non me ne faccio uno.»

Paul sorrise. «Hai ragione, Charlie, torno giù tra un minuto.» Quando Paul salì in ascensore, Charlie notò un foglio di carta caduto dalla cartellina, atterrato sul pavimento.

«Dottor Rogers! È caduto un...» Era troppo tardi, le porte si erano chiuse.

Paul uscì dall'ascensore e si avviò per il corridoio vuoto verso l'ufficio di Dani. Era a meno di tre metri dalla porta quando si rese conto che era socchiusa e che la luce era accesa. «Dani, dove hai la testa» mormorò aprendo la porta.

I loro occhi si incontrarono. Ma l'uomo inginocchiato davanti alla cassaforte non disse nulla. Se era sorpreso non lo dava a vedere. Il viso era rilassato, il respiro tranquillo. L'attenzione di Paul fu catturata da un grido acuto e smorzato. Si voltò rapidamente nella direzione di quel suono. La ragazza era seduta a terra in un angolo dell'ufficio e aveva del nastro adesivo sulla bocca. Le lacrime le rigavano le guance. Paul si spaventò e cominciò ad arretrare verso la porta.

Alla fine lo sconosciuto disse: «Non muoverti.»

Paul lo guardò. Era un prete! E gli stava puntando una pistola a un metro dalla testa.

«Ce ne andiamo.»

Paul deglutì e rispose con un cenno del capo.
Petrovic gli intimò di voltarsi e di cominciare a camminare. Sentì un rumore che gli sembrò uno sputo. Paul voltò involontariamente la testa; non avrebbe voluto farlo. La ragazza era caduta su un fianco. Aveva smesso di gridare. Il proiettile le era penetrato nel cranio proprio al centro della fronte.
«Cammina!» ordinò la voce dietro di lui.
Gli mancò la terra sotto i piedi. Era paralizzato dalla paura. Era ancora ad alcuni metri di distanza quando sentì il tintinnio dell'ascensore appena arrivato. Quando si aprirono le porte, vide la canna della pistola spuntare sopra la sua spalla.
«Charlie, no!» gridò Paul afferrando il braccio di Petrovic.
Le pareti di cemento fecero riverberare lo sparo per tutto il corridoio. La presa di Paul sul braccio dell'assassino durò poco e si sentì spinto a terra. Cadendo vide Charlie, la pistola puntata per sparare... *Spara, Charlie, spara! Perché non spari?*
Quando toccò terra, guardò l'assassino e capì perché Charlie non aveva risposto al fuoco. L'uomo non era più in piedi, era sdraiato a terra e lo stava usando come copertura.
Petrovic sparò due volte, e uno dei proiettili colpì Charlie sulla spalla facendolo ruotare verso destra. Petrovic si alzò in piedi e sparò ancora, stavolta colpendo Charlie in pieno petto. Quando il prete cominciò ad avvicinarsi verso il suo obiettivo, Paul distese una gamba colpendo Petrovic dietro il ginocchio, facendolo incespicare. Petrovic ritrovò l'equilibrio e si rivolse verso Paul. Aveva occhi d'acciaio, freddi e morti. Paul non aveva mai creduto nel demonio, ma adesso aveva cambiato idea. In quel momento si rese conto di essere di fronte al volto impassibile del male assoluto.
Paul trattenne il respiro quando vide il killer puntargli la pistola alla testa. Ecco, pensò, ecco la fine di ogni mistero. Chiuse gli occhi e attese il colpo. Il suono che ci fu non era il

colpo letale. L'esplosione provenne da alcuni metri di distanza. Paul vide il prete cadere all'indietro tenendosi un braccio. Guardò in fondo al corridoio e vide Charlie seduto a terra, completamente coperto di sangue, con la schiena appoggiata alla parete e la pistola fumante in una mano. Aveva gli occhi spalancati e la testa che si alzava e abbassava a scatti. «La pistola!» mormorò.

Paul abbassò gli occhi e la vide... La pistola!

Allungò una mano per prenderla ma sentì un dolore improvviso al fianco. Vide il prete alzarsi da terra tenendosi il braccio. Paul afferrò l'arma ma non riuscì a sollevarla. Era come un incubo; per quanto si sforzasse, il suo corpo non obbediva. D'improvviso si rese conto di non essere più in grado di muoversi. Il dolore al fianco era troppo intenso. Guardò di nuovo il demonio. Il prete adesso era in piedi davanti a lui. Paul lo vide chinarsi e sentì la pressione di una mano contro la schiena. Le pareti del corridoio cominciarono a girare in tondo, il killer disse qualcosa ma ogni suono era lento e distorto. Stava per perdere i sensi e non sentiva più alcun legame con il suo corpo quando vide il prete rimettersi in piedi e pulire il sangue dal coltello. Poi venne il buio più completo.

34

Nulla era cambiato. I rivestimenti in legno, i tappeti lavorati a mano, le fodere di flanella, le lampade di ottone ossidato erano ancora dove ricordava. Le pareti erano ingombre degli stessi strani quadri di pittori che nessuno aveva mai sentito nominare, allora come dodici anni prima, e che probabilmente erano lì da quando Henry si era trasferito in quella casa. David era in piedi nel piccolo salone e osservava ogni cosa. La vecchia carta da parati stava venendo via in più punti e il parquet aveva bisogno di essere lucidato, ma nel complesso tutto sembrava essersi mantenuto in buono stato.

«Sei tu questo?» domandò Dani prendendo una fotografia incorniciata dal polveroso mobile della televisione in salone.

David le si avvicinò e guardò da sopra la sua spalla. «Sì, sono io.»

Dani cominciò a ridere. «Guarda quanti capelli... E quanto eri magro.» Ripose la fotografia e con lo sguardo esaminò le altre, raggruppate in fila. «Ma sono tutte foto tue.» Dani sentì che David faticava a mantenere il respiro regolare. Si voltò a guardarlo ed era evidente che stesse facendo del suo meglio per non crollare.

«Vieni qui» disse Dani mettendogli le braccia intorno al collo.

«Lo sai,» disse David schiarendosi la gola «non sono il tipo che piange facilmente.»

«Eh?» sussurrò Dani.

«Di solito non piango. È... una cosa che non faccio.»

«Ah, quindi di solito sei il tipo forte e silenzioso?»

Gli uscì una risatina sommessa. «Sì, qualcosa del genere.»

«Be', se dovessi cominciare adesso, non c'è problema. Io piango anche per le pubblicità della AT&T.»

David arretrò lentamente... Stava sorridendo. Guardò nei dolci occhi nocciola di lei per un lungo istante.

Dani era sicura che si sarebbero baciati. Sentiva le labbra attratte dalle sue.

Il cuore le batteva all'impazzata quando David disse: «Credo sia meglio andare nello studio di Henry. È in fondo al corridoio.»

Abbandonò le braccia lungo i fianchi mentre David cominciava ad avviarsi fuori dalla stanza. Chiuse gli occhi ed emise un sospiro profondo, barcollava.

Lo studio era disseminato di oggetti. Era così che David lo ricordava. Libri ovunque, sul pavimento, sulla scrivania, sul davanzale, impilati a file di tre negli scaffali della libreria. Dalla soglia della porta David osservava il piccolo studio, e la sua mente fu invasa dai ricordi. Guardò il vecchio Steinway nell'angolo, ancora riusciva a vedere un *piccolo David* che si esercitava con le scale mentre Henry correggeva i compiti. Ricordò tutte le volte in cui era stato certo che Henry non lo stesse ascoltando, e in quelle occasioni Henry gridava all'improvviso: «Legato, Davey, legato!» Vedeva ancora quell'uomo anziano circondato da libri e spartiti, seduto alla scrivania di mogano davanti all'unica finestra della stanza. Leggeva e prendeva appunti, poi riprendeva a leggere... Oppure era al telefono che concedeva un'intervista a qualche rivista accademica o consigliava un collega, o ancora, come spesso succedeva, mentre incoraggiava qualche studente pietrificato dalla paura che avrebbe dovuto affrontare l'esame finale esibendosi davanti alla commissione presieduta da Henry. Henry amava il suo lavoro e solo allora David si rese conto di quanto gli piacesse poter assistere alla dimostrazione di quella passione. Sì, lo studio era disseminato di oggetti, ed era un casino. Ma era il santuario di un accademico. Era Henry in persona. Era la vita di Henry. Era la casa di David.

«Non sarà facile, eh?» disse Dani guardando il caos davanti a loro.

«Quando Henry lavorava a qualcosa teneva sempre il progetto sulla scrivania.» David entrò nella stanza, andò dietro la scrivania e si sedette su una vecchia poltrona di pelle consunta con uno schienale molto alto.

Dani seguì l'indicazione di David e cominciò a rovistare tra le file di fogli e libri accatastati sulla scrivania.

«C'è un libro sui canti gregoriani... Non credo possa servirci. Un volume su Copland... Una biografia di Ellington, mi piacerebbe leggerla.» Dani continuò a spostare oggetti dalla scrivania poggiandoli poi a terra. «Questa sembra la bozza di una lettera di raccomandazione per uno studente. Ce ne sono una decina, ognuna con un nome diverso.»

«Sì, ne ho trovate un paio anche io» aggiunse David mentre passava accuratamente al vaglio quella roba.

«È mai stato sposato?» domandò Dani cominciando a scavare in una nuova pila di fogli.

«Sì, con il suo lavoro.»

«Capisco» disse Dani sollevando una catasta di libri e poggiandoli sul pavimento.

«No, non si è mai sposato. Ogni tanto frequentava qualcuno, ma mai nulla di serio per quanto ne sappia. E poi, come ti ho detto, a quei tempi ero troppo assorbito da me stesso per poter notare una cosa del genere. Ma per quanto ne so, per lui esisteva solo il suo lavoro.»

«Doveva sentirsi molto solo.»

David non rispose, ma si rese conto di non averci mai pensato prima.

Per i venti minuti successivi i due passarono meticolosamente in rassegna tutto quel che trovarono sulla scrivania e in ciascuno dei quattro cassetti. Non venne fuori nulla che avesse anche solo vagamente a che fare con Mozart. La scrivania era ormai quasi vuota quando David si appoggiò allo schienale della sedia e si guardò intorno.

«Che c'è?» chiese Dani.

«Aspetta.» David si avvicinò alla libreria e passò la mano sopra i volumi. Poi andò dall'altra parte della stanza e fece la stessa cosa. Osservò bene la stanza, esaminando con lo sguardo i titoli dei libri sparpagliati ovunque. Si fermò e fece un giro completo su sé stesso guardando in tutte le direzioni. «Va bene, questo sì che è strano.»

«Cosa è strano?»

David andò al pianoforte, sollevò il coperchio della panca, guardò all'interno e poi si sedette.

«David, cosa c'è?»

«Non solo non abbiamo trovato nulla su Mozart sulla scrivania di Henry, ma non c'è proprio niente in tutto lo studio!»

Dani scrollò le spalle. «Forse non stava lavorando qui.»

«No. Che stesse o meno lavorando qui, dovrebbe comunque esserci qualche libro su Mozart in questa stanza. Insomma, dài. Henry adorava Wolfy. E poi era un professore di Storia della musica. Quanti ne conosci che non abbiano in casa del materiale sul più grande compositore mai vissuto? No, c'è qualcosa che non torna. È come se qualcuno fosse entrato qui e avesse portato via tutto quel che c'era su Mozart. Non abbiamo trovato neanche uno spartito.»

Dani non rispose. David aveva ragione: non aveva senso.

Dani stava passando al vaglio gli ultimi oggetti rimasti sulla scrivania quando sentì la musica. David aveva iniziato a suonare il pianoforte.

Si alzò, in silenzio, e si avvicinò. Sul leggio c'era uno spartito, ma David non stava leggendo. Aveva gli occhi chiusi mentre ondeggiava e accarezzava i tasti. La melodia era ipnotica e bellissima; sgorgava tra accordi esuberanti ma semplici come il canto di un uccello, senza mai *sforzarsi* di essere emotiva o coinvolgente. David eseguì un finale rallentato che terminava con una progressione di accordi suonati con una leggerezza di tocco che Dani non aveva creduto possibile fino a quel momento.

«Oh mio dio» sussurrò Dani.

David alzò lo sguardo con un lieve sorriso. Aveva gli occhi rossi.

«È meraviglioso... Sei bravissimo. Cos'era?»

«È un concerto che ho scritto per Henry durante il mio primo anno alla Juilliard. Gliel'ho regalato per Natale. Era qui sul leggio. Non lo suonavo da anni.»

Dani fece il giro del pianoforte e si sedette sulla panca accanto a David.

David levò gli occhi dallo spartito e vide che lei lo stava fissando. «Che c'è?»

Dani non rispose subito. Sorrideva e lo guardava negli occhi. «Chi diavolo sei, David Webber?»

Non sentirono la porta sul retro, né l'intruso muoversi per casa. Fu Dani a vederla per prima. Era in piedi sulla porta. David si rese conto dell'improvvisa paura sul viso di Dani e si guardò intorno. Fu assalito da una nausea violenta.

«Ciao, David» disse Kathryn Depriest con un sorriso.

35

«Mi... mi dispiace avervi spaventati, la porta era aperta e sono entrata... io, uh, pensavo ci fosse la polizia e...» Kathryn si rese conto che stava balbettando, si fermò a metà della frase e sorrise a Dani. «Ciao, sono Kathryn Depriest.»

Dani si riprese dallo shock e restituì il saluto. «Dani Parsons» disse tendendo la mano.

Kathryn diede la mano alla donna e poi guardò David. Non stava sorridendo. Aveva i lineamenti contratti e la sua mano sinistra si apriva e si chiudeva a scatti. «Allora, David, neanche un abbraccio a una vecchia amica?» disse Kathryn stoicamente.

David esitò prima di alzarsi e di porre meccanicamente le braccia intorno a Kathryn. Non aveva ancora detto una parola.

«Sto bene, David, grazie per avermelo domandato» disse Kathryn.

Dani non ci pensò due volte. Anche se non sapeva *chi* fosse questa Kathryn Depriest, si rese subito conto dall'espressione di David di *cosa* fosse. Se poteva ancora uscire di scena in modo elegante, quello era il momento giusto.

«Uh... ascoltate,» disse Dani «sembra che abbiate un po' di cose da dirvi quindi penso che andrò... Ehm... Sì, penso che andrò in cucina a preparare il caffè.» Kathryn e David si fissavano negli occhi mentre Dani diceva: «E un'altra cosa, David, mi sono dimenticata di chiamare Paul per dirgli che siamo arrivati, vado a farlo adesso.» Dani vide che nessuno dei due la stava ascoltando così uscì dalla stanza senza dire altro.

Kathryn rise nervosamente. «Wow, è un po' strano, eh?»

David non disse niente.

«Lo sai, mi sono sempre chiesta come sarebbe stato il giorno in cui ci fossimo incontrati di nuovo. Di certo non mi aspettavo che potesse accadere in questo modo.»

David continuava a rimanere in silenzio.

«Ti trovo bene, David.»

David annuì.

Seguì un'altra pausa carica di tensione.

«È bella, da quanto tempo state...?»

«È un'amica, non la conosco da molto» disse infine David.

«Oh.»

«Come sta Anthony?» chiese David prendendo spunto dalle parole di Kathryn.

«Sta bene.»

«Già, così ho letto.»

Kathryn sembrò confusa, poi sorrise. «Ah, ti riferisci all'articolo su *People*? Sì, è stato un po' eccessivo. Non volevo che Anthony lo facesse... I fotografi dentro casa che ci seguivano...»

«Che ci fai qui, Kathryn?» la interruppe David.

Lei scosse la testa e sorrise. «Sempre il solito David Webber, dritto al punto.»

David non rispose.

L'espressione di Kathryn si fece seria mentre guardava David negli occhi. «Ho saputo di Henry... E di te. Credo di essere venuta per darti una mano.»

Proprio in quel momento il viso di Dani spuntò dalla soglia. «Scusate, non sono riuscita a trovare il caffè, spero che un tè vada bene lo stesso. Ho messo l'acqua a bollire.»

Kathryn guardò Dani e sorrise. «Il tè andrà benissimo, grazie.»

David non distolse lo sguardo da Kathryn. «Henry odiava il caffè.»

«È vero, lo avevo dimenticato» disse Kathryn nel tentativo di rompere la tensione con un ricordo vagamente nostalgico.

David andò alla scrivania e si sedette. Aveva il viso contratto e il corpo rigido. «Kathryn mi ha appena detto di essere venuta per dare una mano. Finalmente i nostri problemi sono finiti, non è meraviglioso?»

Dani non sapeva cosa rispondere, perciò non lo fece. Il David accanto al quale si era seduta poco prima al pianoforte era scomparso; quello della caffetteria del museo era tornato.

«David...» disse Kathryn.

«No, sul serio, non sapevo cosa fare, ora non dovrò più preoccuparmi.»

Kathryn distolse lo sguardo.

Dani decise che se doveva essere coinvolta in qualcosa, sarebbe stato meglio esserlo con tutte le scarpe. «Signora Depriest, come pensa di poterci aiutare?»

«Chiamami Kathryn, e diamoci del tu, ti prego. Come David sa bene, lavoravo insieme a Henry come ricercatrice. Quando ho sentito che è stato ucciso e che David era tra i...»

Dani coprì le parole di Kathryn. «Sai a cosa stava lavorando?»

«Sì, più o meno. Mi ha contattata circa un mese fa, non lo sentivo da anni.» Kathryn guardò David per essere certa che avesse sentito quel che aveva appena detto. «Voleva che facessi delle ricerche per lui.»

«Avevano a che fare con Mozart?» domandò Dani.
«Sì.»
Dani cominciò a dire qualcosa ma fu interrotta da un fischio acuto proveniente dal fondo del corridoio. «Bolle l'acqua, torno subito.»
Dopo che Dani ebbe lasciato la stanza, Kathryn tornò a guardare David. Era appoggiato allo schienale della poltrona. Le labbra contratte e le mascelle serrate.
«Immagino che non sia vero quello che si dice sempre.»
«Cosa?» rispose asciutto David.
«Che il tempo rimargina tutte le ferite. Mi odi ancora, vero?»
David guardò la donna in piedi davanti a lui. Il biondo dei suoi capelli era più chiaro di come lo ricordava, aveva delle piccole rughe intorno agli occhi e il viso più pieno, ma era bella com'era sempre stata. Cosa doveva dire? Cosa avrebbe potuto dire, e qual era la risposta giusta? Ammise tra sé di non saperlo.
«Come hai saputo di Henry?»
«Me lo ha detto Anthony. L'ha sentito dai musicisti dell'orchestra. Alcuni amici in California lo hanno informato che eri tra i sospettati.»
«Deve esserne stato deliziato.»
Kathryn trasse un profondo respiro e senza guardarlo negli occhi disse: «Ascolta, David, forse è meglio se vado via. È chiaro che non hai alcuna voglia di vedermi e tantomeno di accettare il mio aiuto. Ma voglio tu sappia che ho intenzione di continuare a cercare di capire cosa è accaduto a Henry perché sono certa che non lo hai ucciso tu. È mio dovere dimostrare che non sei stato tu... che non avresti mai potuto.» Kathryn deglutì a fatica provando a trattenere le lacrime. «Sai quanto gli volessi bene anche io. Ed è orribile quel che è successo tra voi per colpa mia. David, è stata solo mia la colpa, lui non c'entrava niente. È stato tanto tempo fa ed eravamo poco più

che ragazzini... Io ero una ragazzina, una ragazzina che ha incasinato tutto. Mi dispiace, mi dispiace per te e mi dispiace per me stessa, ma soprattutto mi dispiace per Henry. Perché non si meritava quel che gli hai... quel che gli abbiamo fatto. Ora ho la possibilità di rimediare. E non me la lascerò sfuggire.»

«E come?» disse Dani comparendo sulla soglia.

«Qualunque fosse la cosa sulla quale Henry stava lavorando era importante, molto importante. Così mi ha detto. Penso sia il motivo per cui è stato ucciso.»

Dani andò dietro la scrivania e s'inginocchiò accanto a David. Disse quasi in un sussurro: «David, se può davvero aiutarci, devi permetterglielo, per Henry.»

David guardò Dani, la bocca gli si aprì leggermente, poi chiuse gli occhi passandosi una mano tra i capelli e annuì.

Kathryn parlò senza indugio: «Henry mi aveva chiesto di fare uno studio su Mozart concentrandomi sul 1778. Era tutto quello che gli interessava, quell'anno. Non so perché. Ti fa venire in mente niente, David?»

David si alzò e andò verso la libreria. Mio dio, pensò, Kathryn è qui, in questa stanza, in questo momento. Tutti gli anni trascorsi a rivivere l'ultima volta che la aveva vista all'ospedale, la rabbia, il dolore, il rimorso; un'enorme parte della sua vita era stata influenzata da quella donna, il cui ricordo aveva esercitato un potere immenso su di lui; e adesso era lì, in piedi, nella stessa stanza!

«David,» domandò Dani «ti fa venire in mente niente quell'anno in particolare?»

David annuì e provò a concentrarsi. «Sì, forse. È l'anno in cui è morta la madre di Mozart. Dobbiamo parlare con un certo Sullivan.»

«Raymond Sullivan?» chiese Dani con curiosità.

David si voltò di scatto. «Sì, lo conosci?»

«No,» disse Dani cominciando a rovistare tra i fogli che aveva gettato a terra «ma subito prima che cominciassi a suonare avevo trovato qualcosa... Dove l'ho messa... Eccola!» Dani teneva in mano una rubrica telefonica. «Dottor Raymond Sullivan. Il suo nome compare diverse volte, con un numero di telefono.»

«Perché questo nome mi sembra familiare?» chiese Kathryn.

«Perché quando eravamo all'università aveva formulato una teoria secondo cui Mozart avrebbe scritto un requiem per la morte della madre, che poi sarebbe andato perduto. Stavo per scrivere un articolo per contestare la sua teoria quando...» David si interruppe. «Poi ho perso l'interesse.»

Intervenne Dani: «David, forse è così! Henry deve aver scoperto che quel requiem esiste veramente. Forse è proprio quello che abbiamo noi.»

«Che avete voi?» disse Kathryn. «Avete il requiem?»

«No, ma entrambi abbiamo un foglio di uno spartito, lo stesso pezzo da due fonti diverse. Quello di David è stato scritto da Mozart in persona, il mio da...» s'interruppe «da qualcun altro.»

Kathryn guardò David a bocca aperta. «La bozza che ti aveva regalato Henry... Sta parlando di questo?»

David annuì.

«È parte di una messa per la madre. Coma avete fatto a...»

«Lavoro per la Smithsonian Institution a Washington. Ero impegnata in un altro progetto quando mi è capitato per le mani questo spartito. David mi ha contattata perché Henry aveva un foglietto con il mio nome e numero di telefono la notte in cui è stato ucciso.»

«Perché?»

«Non lo sappiamo.»

«Però siete certi che abbia a che fare con il Mozart.»

«È così,» confermò Dani «e se quel che abbiamo è davvero il requiem composto per la madre, sarebbe l'opera più importante di Mozart scoperta negli ultimi decenni... Certamente la più personale. Varrebbe una fortuna!»

«Non è un requiem» disse David con calma, il viso impassibile.

«Perché?» domandò Dani.

«Perché tanto per cominciare le date non coincidono. La bozza che ho io è del 1791. La madre di Mozart è morta nel 1778. Perché mai avrebbe dovuto scrivere una bozza per una cosa che aveva composto tredici anni prima? Secondo, se davvero ha scritto la messa nel 1778, avrebbe avuto un sacco di occasioni per eseguirla, ma di queste esecuzioni non c'è nessuna testimonianza. E abbiamo prove precise di ogni sua opera mai eseguita. Cristo, sappiamo pure i nomi di ogni cantante. E poi come si spiega il fatto che fra tutte le lettere che Mozart ha scritto a Leopold, neanche una faccia riferimento a questo fantomatico requiem? Non vi sembra qualcosa che un figlio condividerebbe con il padre, soprattutto questo particolare figlio e questo particolare padre? No, non ci ho creduto quando Sullivan ha proposto la teoria per la prima volta e non ci credo adesso. Mozart non ha mai scritto un requiem per la madre.»

«Forse Henry aveva trovato la prova che secondo te non esiste» disse Dani.

David continuò a scuotere la testa con insofferenza.

Kathryn disse la sua: «Ma David, cosa altro potrebbe essere? Quel che mi lascia perplessa è che il 1778 è stato l'anno meno rilevante di Mozart. La morte di Anna Maria è stato l'unico evento significativo di quell'anno.»

«Ma perché dobbiamo interessarci del 1778?» gridò David. «La mia bozza è del 1791. Solo perché Henry ti ha dato una ricerca da fare! Non significa un cazzo! Cristo, Kathryn, pensi ancora che il mondo ruoti intorno a te?»

Kathryn non rispose e nessuno parlò.

Dopo un istante, Dani si avviò verso la porta.

«Dove stai andando?» le chiese David con un tono di voce molto più dolce.

«Vado a chiamare Paul» disse Dani bruscamente. «Poi torno e telefoniamo al dottor Raymond Sullivan. Forse hai ragione, David, forse Mozart non ha mai scritto una messa per la madre. Ma Henry voleva che Kathryn facesse delle ricerche su quell'anno in particolare, e non credo sia una coincidenza il fatto che sulla scrivania di Henry abbiamo trovato il nome e il numero di telefono di Sullivan. Nel frattempo,» aggiunse col tono di una madre che rimprovera i figli «vi consiglio di dirvi quel che avete da dirvi. A quanto sembra dovremo collaborare e mi rifiuto di avere a che fare con queste scenate da fidanzatini adolescenti! Perciò cercate di crescere e cambiate atteggiamento, torno tra un minuto.»

Dani uscì furiosa dalla porta e lasciò la stanza nel silenzio completo. David camminò un po' intorno alla scrivania e poi si lasciò cadere sulla poltrona di pelle. Per alcuni istanti nessuno dei due parlò.

Poi Kathryn si sedette di fronte a David ed emise un lungo sospiro. «Come va la mano?»

David alzò lo sguardo. «Fa quello che deve fare.»

Kathryn annuì.

«Anthony sa cosa stai facendo?»

Kathryn annuì nuovamente. «Sì, mi ha anche incoraggiata.»

«Ammirevole. È un uomo migliore di me.»

Lei si sporse verso di lui; David vide che aveva gli occhi pieni di dolore e supplica. «Pensi di potercela fare, David? Perché io non so se ne sono in grado.»

David trasse un profondo respiro e chiuse gli occhi prima di parlare. «Sì, ce la posso fare. Come hai detto tu, è stato tanto tempo fa e non eravamo che ragazzini.»

D'improvviso sentirono uno schianto dall'altra stanza, seguito subito dopo dalle grida di Dani. David era saltato in piedi e aveva già raggiunto la porta quando si imbatté in Dani che stava letteralmente barcollando per tornare da loro. Aveva il viso terreo e le lacrime che le scendevano sulle guance; era in iperventilazione. «P... Paul, oh dio, Charlie!»

«Che è successo?» implorò David reggendola per un braccio.

«Qua... qualcuno è entrato nel mio ufficio. Oh dio, David! Charlie è morto e Paul, è... è...» Poggiò la testa sul petto di David e scoppiò in singhiozzi.

36

David si accovacciò accanto a Dani mentre Kathryn le porgeva un bicchiere d'acqua. Ne bevve un piccolo sorso. Tremava ancora ma il respiro era meno irregolare.

«Dobbiamo tornare a Washington. Paul è stato accoltellato, è ancora in chirurgia. David, gli hanno asportato un rene e...» ricominciò a piangere «non sanno se ce la farà. David, cosa sta succedendo?» gridò abbandonando la testa sulla sua spalla.

«Non lo so» mormorò David. «Non lo so.»

«A Charlie hanno sparato quattro volte, è morto prima ancora che qualcuno potesse raggiungerlo... Oh dio, non riesco a credere che sia successo veramente!»

Kathryn si inginocchiò accanto a David. «Con chi hai parlato, Dani?»

«Con la polizia di Washington. Ho telefonato a Paul e hanno risposto loro. Stavano cercando di contattarmi.»

«Ti hanno detto precisamente cosa è successo, o chi è stato?»

Dani scosse la testa soffiandosi il naso con un fazzolettino. «Solo che qualcuno è entrato nel mio ufficio e Paul lo ha trovato lì.»

David chiuse gli occhi e prese le mani tremanti di Dani. «Io non...» Si fermò e alzò la testa di scatto. «Cosa è stato?»

«Cosa?» rispose Kathryn.

«*Sssh*, la porta sul retro... È entrato qualcuno!»

David saltò in piedi e andò di corsa a chiudere la porta dello studio. Quando mise le mani sulla maniglia, due uomini in completo scuro apparvero nel corridoio. David fu spinto all'indietro e inciampò in una pila di libri. I due uomini entrarono nella stanza e osservarono la scena. Poi uno dei due tirò fuori un cellulare dalla tasca della giacca e compose un numero.

«Li abbiamo presi, capo.»

«Chi siete?» domandò David.

Rispose l'uomo con il cellulare, mentre se lo rimetteva in tasca: «Signor Webber, signorina Parsons, signora Depriest... Sono l'agente Grimes e lui è l'agente Burns, siamo dell'FBI. Dovete venire con noi.»

«Perché? Dove volete portarci?» chiese David, rigido come un blocco di pietra.

«Abbiamo l'ordine di riportarvi a Washington, tutti e tre.»

«Washington?» disse Kathryn quasi gridando. «Non posso andare a Washington!»

«Non ha altra scelta, signora, adesso seguiteci, per favore.»

Gli agenti federali portarono in fretta e furia Dani, Kathryn e David all'aeroporto di Westchester County dove c'era un jet privato ad attenderli. Quarantacinque minuti dopo un SUV nero li prelevò dalla pista di atterraggio del Reagan e li portò direttamente all'ufficio di Dani.

Dani si sentì cedere le ginocchia quando uscì dall'ascensore al quinto piano. David la prese per un braccio, l'agente Burns per l'altro. Kathryn rimase dietro e chiuse gli occhi per non vedere la raccapricciante scena che si trovò di fronte.

La parete davanti all'ascensore era rosso scuro per il sangue rappreso e il pavimento subito sotto era tutto inzaccherato. C'erano uomini in giacca e pantaloni che cercavano di farsi strada tra uomini in camice bianco da laboratorio e, sui due lati del corridoio, fotografi che immortalavano la scena del crimine.

«Attenti a dove mettete i piedi» li istruì l'agente Grimes mentre camminavano accanto a piccoli coni gialli numerati che indicavano la posizione dei bossoli vuoti. Dopo tre o quattro metri di pavimento pulito, incontrarono un'altra pozza di sangue. Non si era del tutto coagulato ed era ancora rosso brillante, alta cinque o sei millimetri.

Nell'ufficio di Dani era stata predisposta una barella; il corpo era già stato coperto.

«Oh dio, Charlie, no!» gridò Dani.

«No,» disse per rassicurarla l'uomo accanto al corpo «non è Charlie.»

«Chi è?» domandò David, anche lui in stato di shock.

«Si chiamava Christine Foster. Lavorava al negozio di souvenir qualche piano sotto a questo. Pensiamo che l'assassino l'abbia utilizzata per accedere a un'area riservata e poi l'abbia portata qui.»

Tutti guardarono in silenzio il cadavere che veniva portato per il corridoio, poi l'uomo parlò di nuovo, stavolta quasi tra sé: «Aveva diciotto anni. Ha ottenuto quel che voleva e poi l'ha uccisa. Non sarebbe stato necessario, ma ha voluto farlo.»

L'uomo riportò la propria attenzione sulle persone che aveva davanti. «Signor Webber, signorina Parsons, signora Depriest, sono l'agente Tom Fowler dell'FBI. Entrate nell'ufficio, prego, dobbiamo parlare.»

Gli agenti Grimes e Burns fecero un cenno d'assenso al loro

superiore e si allontanarono. I tre entrarono esitanti nell'ufficio e Fowler chiuse la porta alle loro spalle.

«Sedetevi.»

Dani si guardò intorno.

«Non si preoccupi,» disse Fowler notando l'agitazione di Dani «non c'è altro qui dentro. È accaduto quasi tutto nel corridoio.»

Dani si sedette sulla sedia davanti alla sua scrivania; Kathryn prese posto accanto a lei. David rimase in piedi tra le due donne finché Fowler non gli passò una sedia da sopra la scrivania. «Ecco, si accomodi.» Fowler si sedette su un angolo del tavolo. «Per prima cosa, signorina Parsons, vorrei dirle che mi dispiace molto per il signor Cheevers... Charlie. So che era suo amico. E so anche che era un brav'uomo. Se la cosa può consolarla, sappia che è morto da eroe. Se non ci fosse stato lui il dottor Rogers probabilmente non sarebbe più tra noi.»

Dani guardava dritto davanti a sé, gli occhi pieni di lacrime.

«Paul?»

«È in rianimazione... È troppo presto per poter dire qualcosa.»

Dani chiuse gli occhi e annuì.

Fowler proseguì: «È tempo che sappiate cosa sta succedendo.»

«Non ho ucciso io Henry o J.P.!» sbottò David.

Fowler non rispose. Si rivolse a Kathryn.

«Direi che possiamo cominciare da lei, signora Depriest. Forse è proprio per lei che il colpo sarà più duro.»

«Non conoscevo nessuna di queste persone» disse Kathryn.

«Sto parlando di suo marito, signora Depriest.»

«Anthony! Sta...?»

«Sta bene, sì. Non è coinvolto direttamente in questa storia ma è in un mare di guai.»

«Non capisco» rispose Kathryn.

«Lo so. È per questo che è qui *anche* lei.»

Fowler fece una breve pausa e poi cominciò.

«Alcuni mesi fa la IRS e la Federal Trade Commission hanno iniziato a indagare su un uomo di nome Thurman Winfield. Il signor Winfield è il fondatore di una casa discografica di musica rap, la Electric Chair Records. Non starò ad annoiarvi con i dettagli che hanno portato il signor Winfield a essere indagato, è sufficiente dire che l'evasione fiscale e la corruzione di un revisore dei conti della IRS figurano in cima alla lista. Così hanno messo Winfield sotto sorveglianza ed erano pronti ad arrestarlo quando Winfield è stato contattato da un certo Bernie Freeman.»

«Zio Bernie?» disse involontariamente Kathryn.

«Sì.»

«Chi è?» domandò David guardando Kathryn.

«Il legale della famiglia Depriestiano» rispose Fowler. «Signora Depriest, lei è al corrente della... diciamo della colorita reputazione della famiglia di suo marito?»

Kathryn guardò David e poi di nuovo Fowler. «Credo che dovrei rispondere a questo genere di domande, signor Fowler, esclusivamente alla presenza del mio avvocato.»

Fowler alzò un sopracciglio. «Lo prendo come un sì.» Proseguì: «Quando abbiamo saputo che Freeman aveva contattato Winfield per un annuncio, abbiamo intravisto un'opportunità.»

«E cosa c'entra tutto questo con quel che è successo qui dentro?» chiese David.

«Se devo essere onesto, signor Webber, probabilmente nulla.»

«E allora perché diavolo...»

«Ascolti fino in fondo» ordinò Fowler. «Signor Webber, la notte in cui è stato ucciso Henry, lei era stato arrestato alcune ore prima dell'omicidio, giusto?»

David sbiancò. «Come... come fa a sapere...»

«Perché la stavamo osservando.»

Fowler si alzò e fece il giro della scrivania.

«La proposta di business con cui Bernie Freeman si è presentato a Winfield era stata ideata da Anthony Depriest.»

«Cosa?» esclamò Kathryn quasi in un sussurro.

«L'idea era di convincere Winfield a trasformare la Electric Chair in una casa discografica di musica classica.»

«Perché Anthony avrebbe dovuto fare una cosa del genere?» domandò Kathryn.

Fowler fece una pausa, poi parlò guardando Dani e David.

«Perché vuole incidere e pubblicare un rarissimo e inedito lavoro di Wolfgang Amadeus Mozart e gestire direttamente tutta la baracca.»

37

Fu come se qualcuno li avesse colpiti tutti e tre con un pugno nello stomaco nello stesso momento; Dani ansimò, Kathryn abbassò il capo, David perse la testa.

«Quel figlio di puttana!» gridò David scagliandosi contro Kathryn. «Ha ucciso Henry! Il tuo marito del cazzo ha ucciso Henry!»

«Si sieda, Webber» gli intimò Fowler senza alzare la voce. «Anthony Depriest non ha ucciso nessuno.»

«Ma lui...»

«Si sieda!» ordinò Fowler.

David si sedette. Kathryn non riusciva a guardarlo, e anche se lo avesse fatto, non sarebbe cambiato nulla: lo sguardo di David era fisso in avanti. Si aprì la porta ed entrò Greenfield con un altro uomo. Fowler fece un cenno del capo ma non li presentò. Invece proseguì con il resoconto. «Ora, non c'è nulla nella piccola impresa di Anthony che sia necessariamente illegale, a parte il fatto che per portarla a termine ha dovuto servirsi dell'organizzazione di suo zio. E dato che il vecchio Nick è pur sempre il vecchio Nick, non poteva accontentarsi di entrare in possesso di uno spartito così raro e di farlo pubblicare, anche se vale una piccola fortuna. Vedete, il vecchio Nick è un uomo infinitamente avido. Perciò, signora Depriest, il progetto di suo marito è diventato sempre più grande e sempre più illegale. Questo era il meccanismo: la Renaissance Records, per mezzo dei suoi distributori internazionali, avrebbe riciclato i soldi per ogni organizzazione criminale del mondo. Mi spiego meglio. Prendetene una a caso. Diciamo il cartello colombiano della droga. Supponiamo che abbiano bisogno di riciclare del denaro. Per semplicità di conto, facciamo cento dollari, okay? Allora, la Renaissance Records vende ai colombiani, o più probabilmente a una finta azienda colombiana, cd, cassette eccetera. E addebita loro i cento dollari che i colombiani vogliono riciclare. Poi, il vecchio Nick, tramite un'altra azienda, magari un negozio al dettaglio che senza dubbio opera in un'altra nazione, ricompra quei prodotti dai colombiani a cinquanta dollari. Ecco che i soldi sono puliti. Il vecchio Nick ci fa sopra un sostanzioso guadagno che reinveste in altro o deposita su un conto in qualche paradiso fiscale.»

Dani lo interruppe: «Ma di sicuro sa che gli starete addosso appena apre l'attività.»

Fowler annuì. «Dottoressa Parsons, le posso assicurare che il nome Depriestiano non comparirà in nessun atto della Renaissance Records. E poi, è una pratica ampiamente utilizzata e non è illegale in sé e per sé.»

«Che intende?» chiese David.

«Considerate che non compro un disco da quando... Be', da quando hanno cominciato a venderli. Ma so che la musica è venduta e comprata in questo modo ogni giorno, specialmente sul mercato mondiale. E non solo dalle piccole etichette indipendenti, lo fanno anche le major: acquisizioni, contraccambi, fate voi. È questo che rende l'idea così ingegnosa.

Anche quando è tutto legale, il percorso del denaro è praticamente impossibile da tracciare. E in particolare perché si tratta di musica classica che, a differenza di altri generi, per natura attraversa ogni confine nazionale. E poi non dimentichiamo che stiamo parlando di opere intellettuali di pubblico dominio, perciò non c'è nessuno che possa reclamare una parte dei profitti, tutto rimane in famiglia.»

«Che idea geniale» disse David quasi in un sussurro.

«Infatti» concordò Fowler. «Il vecchio Nick farà milioni, forse miliardi. I colombiani, i russi, i siciliani, i messicani, e perfino le organizzazioni terroristiche di tutto il mondo faranno la fila per entrare in affari con il vecchio Nick. In pratica, sarà il Walmart del riciclaggio.»

«Come faceva a saperlo?» mormorò Kathryn sommessamente, rivolta a nessuno in particolare.

«Del Mozart? Lo ha saputo da Henry Shoewalter» affermò Fowler senza giri di parole.

«Ma Henry non aveva contatti con...» Si interruppe e si portò una mano alla bocca. «Oh mio dio!»

«Sì, è questo che ha fatto» disse Fowler provando compassione per Kathryn. «Come era in contatto con Shoewalter?»

Kathryn chiuse gli occhi e annuì. «Quasi sempre per posta.»

«Per un po' di tempo, signora Depriest, abbiamo pensato che fosse coinvolta anche lei. A proposito, la stanno pedinando. Jimmy.»

Kathryn sentì un conato.

Infine parlò Dani: «Signor Fowler, è sicuro di quel che dice? Anthony Depriest è uno dei più stimati direttori d'orchestra del mondo e questo signor Winfield non sembra essere una fonte particolarmente attendibile.»

«Lui no. Ma il *nostro* Thurman Winfield sì.»

Dani e David si scambiarono un'occhiata.

Fowler proseguì: «Vedete, il Thurman Winfield con il quale sta avendo a che fare la famiglia Depriestiano non è il vero Thurman Winfield. È un nostro agente. Ci siamo messi d'accordo con il vero Winfield e abbiamo fatto lo scambio prima che sapessero che aspetto avesse.» Fowler tornò a guardare Kathryn. «Mi dispiace, signora Depriest, le nostre informazioni sono esatte. Suo marito l'ha usata.»

Kathryn si alzò in piedi e andò in fondo alla stanza. Fowler scambiò qualche breve sguardo con Greenfield e l'altro uomo.

Kathryn rimase immobile con le braccia conserte, di spalle. Dopo un istante si girò. Aveva il mento alto e gli occhi asciutti. «Cosa volete che faccia?»

Fowler guardò Greenfield e annuì. «In effetti speravo che la sua reazione fosse questa. Tra un attimo glielo dico, ma prima devo continuare il mio resoconto. E questo mi porta a lei, signor Webber.»

«Sono anni che non vedo Anthony Depriest» disse David sulla difensiva.

«Lo so, e so anche perché» disse Fowler guardando Kathryn. «Ma prima lasci che le dica quello che vuole sentirsi dire. Questo signore» disse Fowler facendo un cenno verso Greenfield «è il vicedirettore dell'FBI. Vuole che la informi che l'FBI non ha creduto neanche per un istante che sia stato lei a uccidere Henry Shoewalter o che possa avere qualcosa a che fare con la scomparsa di Jean Ann Peterson.»

David chiuse gli occhi e lasciò andare un lungo respiro. Dani gli prese la mano.

«Però,» disse Fowler con enfasi «resta il fatto, David, che le persone hanno cominciato a morire da quando lei è entrato in scena.»

«Signor Fowler,» supplicò David «io... io non so perché.»

Fowler si alzò in piedi e gli diede una pacca sulla spalla. «Lo so, David.»

Poi l'uomo dell'FBI si voltò verso la scrivania e prese una cartellina.

«Qui non c'è un *perché* ma un *chi*.» Fowler aprì la cartellina e porse a David una fotografia 20x25. Era di un uomo con la barba e un cappello degli Yankees.

«Chi è?» disse David osservando la foto.

Fowler lanciò di nuovo uno sguardo a Greenfield e all'altro uomo, poi passò a David una seconda fotografia. «È lo stesso uomo.»

David guardò l'immagine di un giovane prete dietro a un registratore di cassa.

«La prima l'abbiamo scattata noi, nel viale appena fuori questo edificio. La seconda viene dalla telecamera di sicurezza del negozio di souvenir al piano di sotto. David, è lui che ha ucciso Henry.»

La mano di David cominciò a tremare e la fotografia cadde a terra.

«Signor Fowler,» domandò Dani piano «è lui che ha...»

«Sì, è responsabile anche di quel che è successo qui. E della morte di un giovane agente dell'FBI.»

«Ma perché, e chi è?» chiese Dani con la voce che tremava.

Fowler riprese la cartellina e tirò fuori una terza fotografia.

«David, ora voglio che guardi questa foto e mi dica chi vede.»

David prese la fotografia e immediatamente saltò sulla sedia. «Siamo io e Bowen» disse quasi in tono interrogativo.

«Chi?» rispose Fowler.

«Io e Joshua Bowen. È un poliziotto di Los Angeles. Mi sta aiutando. È stato il solo a credermi quando dicevo di non aver ucciso Henry e J.P.»

Fowler guardò i due uomini in fondo alla stanza. Poi

Greenfield parlò per la prima volta: «Per quale motivo le ha detto di crederle?»

«Perché aveva incontrato J.P. la sera che mi hanno arrestato per la rissa nel locale. Hanno passato la notte insieme e perciò sapeva che non potevo essere stato io.» Greenfield scambiò un'occhiata con l'uomo accanto a lui. David proseguì: «Bowen non ha niente a che fare con tutto questo. È il figlio del procuratore distrettuale di Los Angeles.»

«Chi?» rispose Fowler spalancando gli occhi.

«Il procuratore distrettuale, Arthur Bowen, lui è il figlio. È per questo che mi hanno rilasciato. Ha raccontato al padre di aver passato la notte con J.P. e che non potevo aver fatto quello di cui mi accusavano. Perciò suo padre mi ha fatto rilasciare. Non può testimoniare direttamente perché gli rovinerebbe la carriera.»

Fowler alzò lo sguardo verso i due uomini nell'angolo e scosse la testa per l'incredulità. Poi tornò a guardare David e di nuovo gli mise una mano sulla spalla.

«Signor vicedirettore, vuole presentare al signor Webber il nostro ospite?»

Greenfield guardò l'uomo accanto a lui e poi guardò David.

«Signor Webber,» disse Greenfield in tono formale «le presento il procuratore distrettuale di Los Angeles, Arthur Bowen.»

L'uomo stempiato, dall'aspetto distinto, fece un passo in avanti. «Piacere di conoscerla, signor Webber, sono lieto di averle fatto un simile favore. C'è un problema però, non ho figli maschi.»

David sbiancò in viso. «Cosa?»

«Tre figlie... Nessun figlio.»

«Ma... no! Bowen mi ha detto... Mi ha fatto uscire di prigione.»

«No, non sono stato io. Ho letto i documenti sul suo caso mentre ero in aereo per venire qui. Se ne occupava uno dei miei assistenti. Lei è stato rilasciato per semplice mancanza di prove.»

David guardò Dani e poi guardò Fowler. Aveva il viso contratto in una smorfia di confusione; nulla aveva senso. Poi Fowler parlò.

«David.» Si rese conto che non stava ascoltando. «David!»

David voltò di scatto la testa verso di lui.

«Quest'uomo» disse Fowler indicando la fotografia «che lei conosce come il figlio del signor Bowen, e questi due» mostrò a David le fotografie del prete e dell'uomo col cappello degli Yankee «sono la stessa persona. Si chiama Viktor Petrovic ed è un criminale internazionale.»

Nessuno parlò mentre David guardava in faccia le persone nella stanza come per chiedere la risposta a un problema irrisolvibile. «No... non può essere... Gli ho parlato... Non è qui, è a Los Angeles!»

«Gli ha parlato di recente?» domandò Greenfield guardando Fowler.

«Ieri, e oggi gli ho lasciato un messaggio. Non può essere lo stesso uomo.»

Fowler si sedette nuovamente sulla scrivania e con un sospiro disse: «Dov'era quando l'ha chiamato, David?»

«Gliel'ho detto, a Los Angeles. Non può essere...»

«No,» lo interruppe Fowler «dove l'ha chiamato, a casa, in ufficio?»

«Sul cellulare» rispose David.

Fowler annuì. «Signor Bowen, ha il cellulare con sé?» «Sì.»

«Le dispiacerebbe darmi il numero?» disse Fowler alzando il telefono dell'ufficio di Dani.

«213-238-9098.»

Fowler compose il numero. Dieci secondi dopo uno squillo acuto venne dalla giacca del completo di Arthur Bowen. Fowler guardò David e attaccò il ricevitore. «Vedi, David, con i cellulari, solo perché componi il prefisso di una certa zona non significa che la persona sia effettivamente lì.»

David si lasciò cadere sulla sedia. «Dio!»

«David, ci serve quel numero.»

David non rispose.

«David!» disse Fowler con maggiore forza.

David alzò lo sguardo frastornato e prese il portafoglio. Tirò fuori un pezzetto di carta e lo porse a Fowler. Fowler lo prese, lesse il numero, si avviò alla porta, la aprì e diede il foglietto a un altro uomo. Poi rientrò nella stanza.

«Lo faremo analizzare. Credo sia rubato. Inoltre dubito che Petrovic sia ancora raggiungibile a quel numero.»

«Quindi è stato qui tutto il tempo?» domandò David in tono di resa.

Fowler sospirò. «Mi azzarderei a dire da poche ore dopo il suo arrivo.»

«Subito dopo aver ucciso un ispettore della polizia di Los Angeles» aggiunse Arthur Bowen.

David alzò la testa con gli occhi chiusi. In qualche modo sapeva la risposta ancor prima di formulare la domanda. «Ryan?»

«Sì» disse Fowler brevemente. «Era un buon poliziotto. Quando non è riuscito a identificare Petrovic tramite il dipartimento di Los Angeles e la polizia federale, ha subito mandato le impronte all'INTERPOL. Hanno impiegato appena qualche minuto. Ma sfortunatamente per Ryan, Petrovic lo aveva saputo.» Proseguì: «E questo è il resto della storia, David, o almeno il motivo per cui lei è stato coinvolto. Stavamo seguendo due uomini di Depriestiano che a loro volta stavano seguendo Henry Shoewalter. Shoewalter li ha colti di sorpresa prendendo all'ultimo minuto un volo per Los Angeles; perché? Non lo sappiamo.» Fowler guardò Kathryn. «Ma qualunque sia la ragione, suo marito era convinto che Shoewalter stesse andando a Los Angeles per incontrare David a proposito del Mozart. In tutta onestà, non ne sono sicuro quanto lo era Anthony.» Tornò a guardare David. «Quindi per far guadagnare tempo ai suoi tirapiedi, ha fatto in modo che lei fosse arrestato.»

David spalancò gli occhi per lo sconcerto. «Harshbarger... Depriest?»

«Le sono stati dietro dal momento esatto in cui la Peterson l'ha fatto uscire di prigione. Ma a un certo punto della notte gli uomini di Depriestiano ci sono scomparsi da sotto il naso. Fino a che, oggi pomeriggio, abbiamo scoperto quel che gli è successo. Sono stati trovati insieme a un'altra persona che galleggiavano nelle acque di Echo Park Lake.»

David impallidì. «J.P.»

«No, non J.P., un poliziotto. Aveva la gola tagliata ed era nudo. Ora sappiamo perché» disse Fowler guardando Greenfield e Bowen. «Petrovic aveva bisogno di un'uniforme.»

«Dov'è J.P.?» domandò David non volendo sentire la risposta.

Fowler prese in mano la cartellina. «Non lo sappiamo ma riteniamo che sia viva.»

«Cosa! J.P. è viva?» gridò David.

«Ho detto, *riteniamo* che sia viva, David. Abbiamo bisogno che ci confermi la sua identità.»

Fowler passò a David un'altra fotografia. «L'abbiamo scattata qualche ora fa. Dato che ha lasciato Los Angeles così all'improvviso, abbiamo pensato che Petrovic non avesse avuto il tempo di pensare bene a un posto dove nascondersi. Sapevamo che la stesse seguendo e che perciò avrebbe dovuto trovarsi in un posto nelle immediate vicinanze, così abbiamo sequestrato le registrazioni delle telecamere di sicurezza di tutti gli alberghi nei dintorni. Questa viene dal Marriott sulla Dodicesima. Deve dirmi se la donna sulla sedia a rotelle è J.P.»

David guardò la fotografia di una donna alta e mascolina dietro una sedia a rotelle. Fowler ebbe la risposta senza che David dicesse una parola.

«È quello che pensavamo» disse Fowler riprendendo la foto.

David si appoggiò allo schienale della sedia. Aveva il cuore a mille. Non sapeva se avrebbe dovuto sentirsi felice, triste, sollevato o pietrificato. Aveva la mano poggiata sul ginocchio che tremava a scatti quando Dani la prese nella sua. «È ancora viva, David, è ancora viva! Non dobbiamo perderci d'animo. La troveremo!»

David le strinse la mano. Annuì e si sforzò di sorridere.

Kathryn li guardava; non si era mai sentita tanto sola.

«Signor Fowler,» domandò Dani «cosa vuole Petrovic?»

«La stessa cosa che vogliamo tutti.»

«Il Mozart?»

«Sembrerebbe proprio di sì. E comunque, di che si tratta?» chiese Fowler.

Dani scosse la testa. «Pensiamo che possa essere un requiem che Mozart ha composto per la madre. Se esistesse veramente varrebbe un mucchio di soldi.»

«Credete di sapere dove si trova?» domandò Greenfield.

«No» rispose Dani.

«E Shoewalter?» chiese Fowler.

«Non lo sappiamo. Abbiamo prove discordanti. David non pensa nemmeno che *sia* una messa.»

«Perché?»

Dani guardò David prima di rispondere; stava ancora tremando. «Perché la data sulla bozza di David non è compatibile con la data della morte della madre di Mozart. Quello che ho io, invece, appartiene a una donna di nome Sugarberry...» Dani si interruppe. «Oh mio dio, no! Deve essere...»

«Non lo sappiamo, signorina Parsons» disse Fowler. «Non è più nella casa dove lei, il dottor Rogers e David siete stati oggi, dico bene?»

«Sì» rispose Dani.

Fowler annuì. «Vada avanti, stava dicendo che le date non sono compatibili.»

«Guardi, posso mostrarglielo.» Dani si alzò e andò verso la cassaforte ma si fermò dopo un solo passo.

La porta della cassaforte era aperta. Dentro non c'era niente.

«Oh dio, no» disse Dani con la voce che le veniva meno.

«Immagino» disse Fowler «che era lì che conservava i fogli.»

Dani respirò profondamente e a fatica, chiuse gli occhi e scosse la testa.

«Oh, benissimo!» disse Greenfield dal fondo della stanza.

Fowler sbatté le foto sulla scrivania.

Nella stanza ci fu silenzio per alcuni istanti. Fowler si avviò alla porta e la aprì. Disse qualcosa all'uomo che aspettava fuori. Nessuno riuscì a cogliere le sue parole. Poi richiuse la porta, si avvicinò a Greenfield e gli bisbigliò qualcosa all'orecchio. Greenfield annuì e Fowler tornò alla scrivania.

«Va bene, lo dico a tutti, non so voi ma io sono stanco di farmi prendere per il culo da Viktor Petrovic.»

«Cosa vuole dire?» domandò Arthur Bowen.

«Voglio dire» rispose Fowler «che quel bastardo ha tirato troppo la corda. È tempo che gli restituiamo lo stesso trattamento.»

«Come?» chiese David.

Fowler cominciò a parlare ma subito si interruppe. Guardò Greenfield, poi David e Dani. Alla fine, dopo alcuni istanti di silenzio, emise un lungo sospiro e scosse la testa. «No, Bob, non possiamo farlo, è troppo pericoloso.»

Greenfield annuì senza ribattere.

«Cosa?» disse David quasi gridando. «Signor Fowler, se c'è qualcosa che posso fare, me lo dica! Voglio aiutarvi! Voglio quel bastardo! Devo ritrovare J.P. Avete bisogno di me!»

Trascorsero alcuni istanti di silenzio in cui Fowler lottò contro ciascuna delle opzioni possibili. Infine si arrese alla verità dell'affermazione di David. «Ha ragione. Ma ho bisogno anche della dottoressa Parsons.»

David lanciò una rapida occhiata a Dani e poi si voltò nuovamente verso Fowler. «No, non Dani, lei non c'entra, farò tutto quel che vuole, ma Dani no!»

Dani parlò come se non avesse sentito le parole di David: «Cosa vuole che facciamo?»

«Dani, no! Non permetterò che...»

«David!» tagliò corto lei. «È entrato nel mio ufficio. Ha ucciso Charlie. Paul è in fin di...» Si portò le mani al volto.

David le pose una mano sulla schiena e la accarezzò dolcemente. «Cosa vuole che facciamo, signor Fowler?»

Fowler annuì. «Lei e la dottoressa Parsons cercherete di trovare quel Mozart. Avrete a vostra disposizione tutte le risorse del governo degli Stati Uniti. Tutto ciò che vi servirà lo avrete. Se può essere trovato, voi lo troverete. Abbiamo una casa sicura in Virginia dove potrete vivere e lavorare finché questa storia non sarà finita.»

Dani provò a protestare ma Fowler tagliò corto: «Non permetterò che vi sottraiate al controllo dell'FBI, e non provate nemmeno a discutere al riguardo.»

«Anche io voglio aiutare... Posso aiutarvi» disse Kathryn Depriest.

«Oh, certo che ci aiuterà, signora Depriest» disse Fowler sarcastico.

«Ma ho bisogno di lei per un'altra cosa. Dottoressa Parsons, come se la cava come attrice?»

Dani alzò lo sguardo completamente persa.

«Perché ho bisogno di una performance da Oscar con la stampa.»

Dani spalancò la bocca. «Signor Fowler, non credo di essere in grado di...»

«Dottoressa Parsons... Dani, tutti quanti, ascoltatemi bene. Petrovic è convinto di avere ormai tutto quello che avete voi. Il che vuol dire che pensa non gli serviate più. E questo significa che pensa di non aver più bisogno nemmeno della Peterson. Se abbiamo qualche speranza di stanare questo mostro e recuperare la Peterson viva, dobbiamo fargli credere che si sbaglia, che sappiamo qualcosa che lui non sa.»

Nella stanza cadde nuovamente il silenzio.

Fowler proseguì: «Non voglio raccontarvi balle: è una cosa molto pericolosa. Non devo... cioè, non *dovrei* permettervi di farla. Vi sto usando come esca per far uscire Petrovic allo scoperto. Avete qualcosa da dire?»

«Va bene, facciamolo» rispose Dani senza esitazione.

«Signor Webber? Ho bisogno di sentire anche lei.»

David guardò Dani, ancora turbato dalla sua decisione.

«Signor Webber?» chiese di nuovo Fowler.

David si voltò verso di lui, il viso teso e gli occhi calmi. «J.P. è viva. Farò tutto quel che mi dirà di fare.»

Fowler annuì.

Quaranta chilometri a ovest del centro di Washington DC,

una macchina bianca presa a nolo era ferma nel parcheggio vuoto di un cadente motel. All'interno della stanza numero 4 Viktor Petrovic era seduto nudo alla scrivania e si guardava allo specchio. Il sudore stillava dal suo corpo mentre teneva un paio di pinze sulla fiamma dell'accendino.

Poggiò per un attimo gli strumenti e slegò la maglietta insanguinata che si era legato intorno alla spalla come fasciatura. La ferita aveva smesso di sanguinare e adesso era solo un grumo appiccicoso. Prese una busta di carta marrone da cui tirò fuori una bottiglia di alcol. Con un profondo respiro si versò il liquido sulla spalla. Lanciò la testa all'indietro mentre il bruciore gli attraversava il corpo, ma non gridò, non emise alcun suono.

Quando il dolore cominciò a diminuire, aprì gli occhi e ansimò per respirare. Senza indugio prese le pinze e, muovendosi verso lo specchio, le infilò nel piccolo foro. Si fece rosso in viso e gli occhi gli si riempirono di lacrime mentre spingeva le pinze sempre più a fondo nella ferita. Sentì il rumore della cartilagine triturata. Lacerò muscoli e tendini ruotando lo strumento per poi estrarlo. Gli venne un po' di nausea, la sudorazione aumentò ed ebbe la sensazione di poter svenire da un momento all'altro. Mosse l'impugnatura delle pinze fino a sentire il piccolo pezzo di piombo premergli contro la clavicola. Fece in modo di aprire le pinze e poi le strinse forte quando fu sicuro di aver afferrato il proiettile. Emise un ringhio mentre lo estraeva dalla carne.

Ansimando aprì la fasciatura e la dispose sulla ferita sanguinante. Assicurò le estremità e abbassò la testa. La nausea stava aumentando. Guardò verso il letto. Gli occhi di J.P. si muovevano con lui mentre le si avvicinava. In quegli occhi c'era tutta la paura e l'odio che provava per l'uomo che aveva di fronte.

«Jean Ann,» ansimò Petrovic, i genitali a pochi centimetri

dal viso di lei «dopo tutto quel che abbiamo passato, non provi un po' di compassione per me?»

J.P. lo fissava senza espressione. Se avesse potuto, si sarebbe sollevata per strappargli i testicoli a morsi e sputarglieli in faccia. Ma i sonniferi erano troppo potenti.

«Tranquilla, è quasi finita.» Petrovic si voltò e tornò alla scrivania. Prese in mano il proiettile che solo qualche momento prima aveva piantato in corpo. Si voltò verso J.P., tenendo il proiettile bene in vista con una risata sadica. «Pensavano di ammazzarmi con una cosetta così!»

Petrovic si voltò verso lo specchio e sorrise. Poi, senza alcun preavviso, gli uscì uno schizzo di vomito dalla bocca. Girò gli occhi all'indietro e cadde con la testa sulla scrivania.

Un fragile libretto di pelle era aperto accanto a lui. Sotto una lente d'ingrandimento c'erano una pergamena marrone e i due spartiti che aveva preso al museo.

'Caro Wolfgang' cominciava la lettera, scritta in tedesco. La mano di Petrovic copriva la parte centrale del foglio. Ma le parole alla fine erano ben leggibili e in inglese: '*God be with you brother, Ben.*'

38

The Washington Post
Edizione del mattino

Mozart vive!
Ieri sera, alla Smithsonian Institution, la curatrice del settore di archeologia musicale, la dottoressa Danielle Parsons, ha annunciato la scoperta di un'opera inedita di Wolfgang Amadeus Mozart. In una breve dichiarazione alla stampa la dottoressa Parsons ha detto in modo criptico: «Sappiamo che esiste e pensiamo anche di sapere dove si trova. Dovremmo entrarne in possesso nel giro di qualche giorno.»
La dottoressa Parsons ha negato che la natura precoce del comunicato serva per distrarre l'attenzione dalla tentata rapina avvenuta il giorno stesso nel Museo di storia americana. Nell'occasione...»

Conrad Woo guardò la Lincoln Continental nera svoltare da Pennsylvania Avenue in un parcheggio sotto Capitol Hill. Il sole crescente del mattino faceva brillare la cupola dell'edificio che si rifletteva sulle acque immobili della Reflecting Pool. Vestito in modo informale, pantaloni marroni e giacca a vento blu, Woo era appoggiato a un muro di cemento che circondava la fontana e aspettava che il guidatore spegnesse il motore. Alla fine si spensero le luci della Lincoln e Woo si avvicinò all'automobile, aprì la portiera del lato del passeggero e salì sulla vettura.

«L'hai visto questo?» domandò Douglas gettando un foglio sulle gambe di Woo.

«Sì, l'ho visto.»

«E?»

«È falso.»

«Ne sei sicuro?» domandò Douglas.

«No, ma in ogni caso otterrà l'effetto voluto. Devo concederglielo, Fowler ha fatto una mossa coraggiosa. Non credevo che quel vecchio potesse esserne in grado.»

«Quindi pensi che Petrovic andrà a cercarli?» domandò Douglas.

Woo scosse la testa. «Andrà a cercarli, che dio li aiuti.»

Douglas sospirò. «Bene. Dobbiamo sbrigarci.»

Nella periferia di Alexandria, Virginia, proprio a ridosso della superstrada George Washington, sorgeva un grande villino di legno bianco pacificamente immerso tra querce antiche e salici piangenti. A chiunque si fosse avventurato lungo il tortuoso vialetto d'accesso, la casa bianca a due piani sarebbe parsa indistinguibile da una qualsiasi altra residenza delle regioni storiche della Virginia. Quel che un estraneo non avrebbe notato, tuttavia – o più precisamente, non avrebbe potuto notare –, erano le telecamere di sicurezza tra i rami degli alberi, e il filo spinato elettrificato che correva lungo tutto il perimetro della proprietà.

La mano di David scivolava sulla balaustra mentre faticosamente scendeva la rampa di scale che dalle stanze da letto al piano superiore, quattro in tutto, conduceva allo studiolo nel retro della casa. Entrando nella stanza, trovò Dani e l'agente Fowler intenti ad ascoltare un uomo che stava spiegando lo scopo e il funzionamento di ciascuno dei computer che Fowler aveva fatto recapitare la sera prima.

«'Giorno,» disse David strofinandosi via il sonno dagli occhi «che ore sono?»

«Quasi le sette e mezzo» rispose Dani alzando lo sguardo con un tenero sorriso. «C'è del caffè in cucina.»

David annuì. «Quando ti sei alzata?»

«Verso le sei... Mi ero messa a letto cinque minuti prima. Tu come hai dormito?»

David parlò sbadigliando: «Bene, credo. Ravel è un po' scombussolato da questi continui traslochi e mi ha svegliato un paio di volte, ma questo posto gli piace più degli altri.» Osservò la splendida stanza; parquet, pareti di alabastro e soffitti alti quasi quattro metri. «Anzi, sono certo che gli piace più di casa sua.»

Dani sorrise. «Sì, anche Hemingway si è abituato subito. Non sa neanche cosa fare in quel giardino per quanto è grande. Grazie per avermelo portato, signor Fowler.»

David aggiunse: «E grazie per aver portato Ravel.»

Fowler osservò il tecnico che collegava la linea telefonica ai modem e gli mostrò il suo apprezzamento con un rapido cenno di saluto.

«Prendo il caffè, volete niente?»

«No, grazie» rispose Dani. Di nuovo Fowler rispose solo con un gesto che significava no.

David si fermò un attimo prima di uscire dalla stanza e si voltò.

«Uh, signor Fowler... Kathryn... È andato tutto bene?»

«Sì, l'ho messa io stesso su un jet privato. Ho anche fatto in modo che qualcuno la prelevasse a LaGuardia e la portasse a casa. È arrivata sana e salva.»

«Mi domando come farà a spiegarlo al signor Depriest» disse Dani.

«Non preoccuparti di lei, se la caverà benissimo. Nel frattempo voi due avete altre cose a cui pensare.»

David fece un profondo respiro. «Infatti. Dobbiamo trovare J.P. Mi faccio una tazza di caffè e una doccia veloce, poi possiamo cominciare.»

«Prima le cose importanti però» disse Fowler. «Prima che vi lanciate in questa impresa vorrei provare una cosa.»

«Cosa?» domandò Dani.

«Voglio far ipnotizzare David. Un nostro uomo dovrebbe essere qui tra mezz'ora per iniziare la procedura.»

«Cosa?» esclamò David con una mezza risata.

«Non preoccuparti, non è niente di strano, solo per sciogliere un po' la tensione.»

«Sta scherzando, vero? Non ho bisogno di essere...»

Fowler lo interruppe bruscamente: «David, penso che lei abbia qualcosa in testa che dobbiamo far uscire. Proveremo così. Vada a farsi la doccia, ma il caffè lo prenda tra un'oretta.»

Jimmy era seduto sul balcone davanti ad Anthony, e annusava un bagel ripieno di crema di formaggio, salmone affumicato e cipolle rosse.

«A che ora è rientrata?»

«Non lo so» rispose Anthony senza giri di parole. «Quindi ripetimi, dove li hanno portati dopo che sono andati via da casa di Shoewalter?»

«All'aeroporto. I federali avevano un jet che li aspettava. Le hai parlato?»

«No, quando sono tornato dal concerto stava dormendo. E il tuo contatto all'FBI sa qualcosa?»

«Nada» rispose Jimmy con la crema di formaggio sul mento. «Ha detto solo che è successo qualche casino al museo dove lavora la tipa, la Parsons, furto con scasso o qualcosa del genere. Non sappiamo altro.»

Anthony si tamponò la bocca con il tovagliolo e si alzò in piedi. «Be', non resta che chiedere a lei cosa è successo, no?»

«Vuoi dire che glielo domandi direttamente?»

«Sì» rispose Anthony. «Non hai saputo che sono diventato il marito modello? E poi si insospettirebbe se non le chiedessi niente.»

Jimmy scolò il bicchiere di succo d'arancia e si pulì la bocca sulla manica. «Sì, forse hai ragione.»

«Va bene, sparisci adesso. Sento Kathryn muoversi al piano di sopra.»

«Mi dici sempre di sparire.»

«Levati dai piedi, subito!»

«Okay, me ne vado. Chiamami tu, *all right*?»

«Sì, sì, ti chiamo, ora ciao.»

Jimmy aveva appena chiuso la porta quando Kathryn scese le scale.

«Cara, sei sveglia» cantilenò Anthony baciando la moglie su una guancia. «Ero così in pensiero per te, dove sei stata?»

Kathryn avrebbe potuto vincere un Oscar.

«Oh, caro!» gemette, avvinghiandosi al collo di lui. «È stato orribile, orribile!»

«Cosa, cosa è stato orribile?»

«Avevi ragione tu, David è cambiato. È un'altra persona.»

«Hai visto David?» le chiese Anthony facendo del suo meglio per fare il finto tonto.

«Sì, a casa di Henry. Era lì con una donna quando...»

«Quando cosa?»

«Quando è arrivata la polizia... Cioè, l'FBI. Ci hanno presi e portati a Washington. È lì che sono stata tutto il giorno, ieri.»

«Washington! Vi ci ha portati l'FBI?»

«Sì! È stato orribile.»

Kathryn lasciò la presa di Anthony e si sedette sul divano. Anthony si sistemò vicino a lei, prendendole la mano. «Ma perché?» chiese lui con dolcezza. «Perché mai hanno arrestato anche te?»

«Perché pensavano fossi con David. Anthony, ha davvero ucciso Henry.»

Anthony fu colto completamente alla sprovvista. Non era quel che si aspettava di sentire. «Ha confessato? Ha detto di aver ucciso Henry?»

«Sì. Oh, Anthony, cova ancora così tanto odio. Ha detto che voleva vendicarsi di tutti noi per come è andata a finire la sua vita.»

«E in che modo, cara, ha detto che lo avrebbe fatto?»

«Il Mozart. Avevi ragione anche su questo. Henry era andato a Los Angeles per chiedere l'aiuto di David per quel progetto di ricerca. E lui, invece di aiutarlo, lo ha ucciso.»

«Perché? A che scopo?»

«Soldi, solo per soldi!» disse Kathryn scoppiando nuovamente in lacrime. «È una messa di requiem che Mozart aveva composto per la madre. Vale una fortuna e sono certa che David sappia dove si trova. Ma non parla. Lo tiene nascosto a tutti. Ha detto che è il suo asso nella manica.»

Anthony aveva sentito ogni parola ma non riusciva a credere alle sue orecchie. *Una messa. Lo sapevo!*

«Kathryn, cara, sono mortificato che tu abbia dovuto sopportare tutto questo. Ma prova a pensare, David si è lasciato sfuggire qualcosa su dove potrebbe essere lo spartito?»

Kathryn si asciugò gli occhi e rifletté per un istante. «No, non ha detto praticamente nulla dopo che è arrivato l'FBI.»

Anthony provò a spingersi oltre: «Forse prima che arrivassero. Prova a pensarci, cara!»

«Ha detto soltanto che lo aveva lui e che nessun altro avrebbe potuto prenderlo. E poi ha aggiunto una cosa molto strana.»

«Cosa?»

«Su di te. Deve odiarti moltissimo.» Kathryn scoppiò di nuovo in lacrime. «Non riesco a credere di aver causato tutto questo!»

Anthony, trovando a fatica la pazienza necessaria, respirò profondamente e con delicatezza sollevò la testa della moglie dalla sua spalla. «Cosa ha detto di tanto strano, cara?»

Kathryn sospirò. «Ha detto che lui e il vecchio Winston avevano in serbo una bella sorpresa per te e zio Nick.»

Anthony rifletté. «Winston, chi è Win...?» S'interruppe. Un brivido gli percorse la schiena. «Cara, potrebbe forse aver detto Winfield, il signor Winfield?»

Kathryn si mise di nuovo a pensare e annuì lentamente. «Sì, forse ha detto così, Winfield. Lui e Winfield avevano una sorpresa per te e lo zio Nick.»

Anthony si appoggiò allo schienale del divano senza dire nulla.

«Cosa significa, Anthony? Chi è Winfield?»

Anthony guardò la moglie e si sforzò di sorridere. «Un amico di mio zio, credo, ma non ne sono sicuro. Non preoccuparti, piccola mia. È tutto finito ormai.»

Anthony prese Kathryn tra le braccia. Aveva gli occhi chiusi ma riusciva comunque a vedere: vedeva Thurman Winfield con la canna di un fucile a pompa dentro la bocca.

Gli occhi di Kathryn erano invece ben aperti. Ma Anthony non poteva vedere tutto il disgusto e l'odio che li riempivano.

39

«Come ti senti, David?» chiese l'uomo con la barba grigia alla Van Dyke.

«Bene» rispose David in tono morbido e rilassato.

Il dottor Richard Wright, lo psichiatra più alto in grado del dipartimento, si voltò verso Fowler e fece un cenno d'assenso con la testa.

Tutte le tende erano tirate e, a parte la piccola lampada da tavolo nell'angolo, la stanza era buia. David era disteso su una poltrona reclinabile. Fowler era accanto e teneva in mano un taccuino aperto, mentre Dani era sul divano e si mordicchiava le unghie.

«David,» sono Tom Fowler «riesci a sentirmi?»

«Sì» rispose David in tono piatto.

«Voglio che torni all'ultima volta che hai parlato con Henry.»

«Sì.»

«Cosa stavi facendo in quel momento?»

«Dormivo.»

«Dormivi?»

«Sì, stavo dormendo e Henry mi ha telefonato... Mi ha svegliato.»

«Ti ricordi a che ora?»

«Le 3:58 del mattino» replicò David con voce monotona.

«Bene. E perché ricordi l'ora in modo così preciso, David?»

«Ho guardato l'orologio.»

«Bene. Ricordi la prima cosa che ti ha detto?» David strizzò gli occhi chiusi e provò a ricordare. «Ha detto, Davey, Davey, sono io... Ci sei?»

«Davey, ti ha chiamato Davey?»

«Sì, mi chiamava sempre così.»

«Va bene, e tu cosa hai detto?»

«Ho detto...» Il suo respiro si fece d'improvviso leggero e la testa ebbe un leggero spasmo; era tornato nel suo appartamento a North Hollywood. «Ho detto, Henry, non riesco a credere che sia proprio tu!»

«Non lo sentivi da molto tempo, vero David?»

«Non ci sentivamo da anni.»

«Perché ti sta chiamando?»

«Non lo so.»

«Be', lui cosa ti dice?»

«Dice... Ha bisogno che gli presti una cosa.»

«Cosa, cosa ha bisogno di farsi prestare?»

«Il regalo.»

«E tu sai subito a cosa si riferisce.»

«No.»

«Quand'è che capisci di che regalo sta parlando?»

«Quando dice... quello per la laurea.»

«A quel punto sai che sta parlando dello spartito di Mozart.»

«Sì.»

«David, hai idea del perché non ti ha detto esplicitamente che voleva farsi prestare lo spartito di Mozart?»

«No. Lui...» Il viso di David si contrasse in una smorfia.

«Lui cosa, David?»
«È... molto emozionato, agitato... C'è qualcosa che non va.»
«Cosa c'è che non va?» chiese Fowler scrivendo sul taccuino.
«Non lo so... Solo che... è parecchio nervoso.»
«Quindi è più nervoso che emozionato?»
«Sì, è nervoso.»
«E poi si calma quando gli dici che può avere lo spartito?»
«Sì... No, un po', ma...»
«Ma cosa, David?»
«Si calma un po' ma solo fino a quando gli dico di non averlo con me. Adesso è emozionato... di nuovo nervoso. Gli dico che ce l'ho ma è in una cassetta di sicurezza alla banca e che non posso prenderlo fino alla mattina, quando aprono le banche.»
«Poi si calma di nuovo?»
«Sì.»
«David, gli chiedi perché lo vuole?»
«Sì.»
«E cosa risponde?»
«Risponde che non può parlarne per telefono... Lo farà quando ci incontreremo.»
«E tu cosa dici?»
David deglutì a fatica; le lacrime cominciarono a rigargli le guance. «Io dico... mi dispiace... e... sarà bello rivederci, professore. Ho pensato molto a te e non vedo l'ora di parlarti... Ho davvero bisogno di parlare con te...»
Dani ascoltava dal divano con la mano sopra la bocca per attutire il respiro.
«E lui cosa dice, David?»
«Lui dice, sarà bello anche per me rivederti, Davey...» David cominciò a singhiozzare. «Anche a me dispiace molto.»
Fowler lo incalzò: «A che ora devi incontrarlo, David?»

«Alle undici» gemette David.
«Quindi...»
«No, alle dieci, ho detto le undici ma Henry dice che alle dieci è meglio perché alle undici ha un impegno. Dopodiché avremmo potuto passare la giornata insieme.»
«È quello che pensavo» disse Fowler a voce bassa, scrivendo qualcosa sul taccuino.
«Devo andare da lui!» cominciò a balbettare David. «Devo andare da lui ora. Lo so che devo... Che non devo aspettare.» David inspirò all'improvviso e trattenne il respiro. «Oh dio, no!» disse con un sussurro intenso.
«Cosa, David?»
«La tv... C'è stato un omicidio all'albergo di Henry... Lo so... Oh, dio, lo so... È Henry, non so come ma... Lo sento, posso...»
«Non c'era niente che potessi fare» provò a consolarlo Fowler.
«La polizia... nella mia casa, dicono che sono stato io! È una follia! È...»
«Va bene, David, calmati.»
«Oh dio, perché?» grida. «Perché, perché... No, no...»
«David...»
«Oh, David, tesoro!» gridò Dani dall'altra parte della stanza.
«Dicono che è stato ucciso dopo che gli ho parlato... Dicono che lo sanno perché ha ordinato la colazione. Se fossi andato subito da lui tutto questo non sarebbe mai...»
«David, non è vero! David, non è colpa tua! Dottore?» Fowler guardò lo psichiatra dell'FBI che si stava già inginocchiando davanti a David.
«Va bene, David, respira profondamente» disse con calma Wright. «Ascolta la mia voce, respira profondamente. Il tuo corpo galleggia nell'acqua. Galleggia, immerso nella pace. Respira profondamente, respira profondamente.»

La respirazione di David rallentò fino a stabilizzarsi e il suo corpo si rilassò.

«Credo che dovremmo fermarci qui» disse lo psichiatra rivolto verso Fowler.

Fowler annuì.

«Allora, David, conto fino a tre, al tre riaprirai gli occhi. Ti sentirai benissimo, come dopo una buona notte di sonno, e ti ricorderai tutto quello che hai detto, okay? Uno... due... tre.»

David aprì gli occhi arrossati e si guardò intorno.

«Non era andato a Los Angeles per vederti» disse Fowler aprendo le tende. «Era lì per un altro motivo... E aveva paura. Sapeva che qualcun altro stava cercando lo spartito. Dobbiamo scoprire chi doveva incontrare alle undici.»

Dani si avvicinò a David e lo abbracciò. Quando lo lasciò andare e si tirò indietro, vide che stava guardando nel vuoto.

«David, stai bene?» gli chiese Dani.

David guardò Dani e poi Fowler. «Non era solo.»

«Come fai a saperlo?» chiese Fowler.

«Perché aveva fatto colazione.»

«David, non è colpa tua. Non avresti potuto...»

«No, non sto parlando di questo» continuò a dire David, la voce calma e controllata. «Mi ricordo che quando la polizia è venuta nel mio appartamento, uno dei modi con cui sono riusciti a stabilire l'ora dell'omicidio è il fatto che Henry aveva ordinato la colazione... Mi sembra che Ryan abbia detto che era intorno alle cinque e mezzo.»

«Va bene, e quindi?»

«Ha detto che Henry aveva ordinato strudel e caffè.» David lanciò un'occhiata a Dani. «Henry odiava il caffè.»

40

Petrovic era in macchina e guardava Thomas Fowler uscire dal garage sotterraneo dell'edificio J. Edgar Hoover. Tenendosi a tre automobili di distanza, seguì l'agente federale lungo la Constitution, attraverso la galleria della Nona strada e sull'autostrada 395. Continuò a seguirlo oltre il confine della Virginia e nel piccolo distretto di Alexandria fino al vialetto di ghiaia di una casa bianca a due piani.

Petrovic proseguì per altri tre chilometri finché non ritenne più sicuro fermarsi. Prese il giornale dal sedile accanto e lesse nuovamente l'articolo. «Che buffoni!»

Guardò nello specchietto retrovisore e vide l'automobile della polizia dello Stato della Virginia avvicinarsi rapidamente.

Aveva già ingranato la marcia ed era pronto a tornare indietro quando d'improvviso si fermò, e voltandosi vide la volante della polizia accostare in un parcheggio. Vide gli agenti uscire dalla macchina e avviarsi verso un ristorante.

Petrovic sorrise, fece inversione e si diresse verso il ristorante.

***

Su esortazione di Anthony, Kathryn tornò a letto. Anthony, marito premuroso come mai prima di allora, le preparò una tazza di latte caldo con un goccio di rum. Kathryn sorseggiò l'intruglio e rimase in attesa fino a che non fu certa che Anthony fosse uscito di casa.

Sapeva da anni della cassaforte segreta e ne conosceva perfino la combinazione, anche se non aveva mai avuto la necessità o il minimo interesse di aprirla. Attese la comparsa della luce verde, poi ruotò la maniglia. All'interno non c'era che la pesante custodia marrone della fisarmonica. La prese e la collocò sopra il pianoforte di Anthony. Con il cuore che le batteva forte, sciolse lentamente la cordicella di nylon e aprì un raccoglitore.

Sapeva già cosa avrebbe trovato ma non fece differenza. Fu comunque uno shock, continuava a sembrarle inconcepibile. Il primo foglio era una fotocopia della prima lettera che Henry le aveva inviato, la lettera in cui Henry si scusava per 'le colpe passate' e chiedeva il suo aiuto. Poi c'era la lettera di risposta in cui lei diceva che 'qualsiasi scusa dovrebbe venire da parte mia' e accettava l'offerta di Henry. Riprese fiato e strinse tra le mani il raccoglitore quando vide un plico di fogli: la sua relazione. Prese il pacco e rimase a fissarlo. C'erano ancora le graffette che tenevano insieme i fogli, e il francobollo sulla busta non era stato timbrato. Ansimò per respirare e cominciò lentamente a colpire il pianoforte con il pugno. «Mai! Mai!» gridò mentre le lacrime cominciavano a rigarle le guance. «Non lo ha mai visto! Che stronzo! Non gli ha permesso di vederlo!»

Nel raccoglitore vide qualcos'altro. Si asciugò gli occhi ed estrasse la busta, era indirizzata a lei. Tirò fuori un foglio e osservò lo spartito fotocopiato. In alto c'era la grafia di Henry. 'Kathryn, questo potrebbe essere d'aiuto. Tuo, Henry.'

Si lasciò cadere sul pianoforte e cominciò a singhiozzare.

A parte il ronzio dei computer e il rumore della stampante, la stanza era silenziosa. Dani era seduta sul bordo di una sedia girevole, e passava di tanto in tanto da un terminale all'altro per scaricare dati dall'archivio nazionale, da quello del Museo nazionale di storia americana e della Georgetown University, per stampare documenti e nel frattempo leggerne altri e contemporaneamente scaricarne altri ancora da un altro computer. Un esempio di catena di montaggio dell'alta tecnologia.

David era sdraiato sul pavimento, circondato dai libri e dagli appunti che Kathryn aveva consegnato all'agente Fowler prima di tornare a New York. Dio, è ancora così brava, pensò David mentre passava in rassegna la montagna di informazioni che Kathryn aveva recuperato per Henry. Era stupefatto da come non soltanto riportava i fatti oggettivamente – date e luoghi – ma provava anche a fornire interpretazioni degli stati d'animo di Mozart in quel periodo. Se avesse voluto, rifletté, avrebbe potuto farlo pubblicare come un libro fatto e finito.

Era ormai pomeriggio e i due avevano lavorato senza sosta per più di cinque ore consecutive. Non si erano praticamente mai rivolti la parola, troppo presi dal proprio lavoro, talmente tanto che non si accorsero di Fowler quando entrò nella stanza.

«Henry era andato a Los Angeles per incontrare Raymond Sullivan» proclamò Fowler saltando a piè pari ogni convenevole.

«Ne è sicuro?» domandò David da terra.

«Sì, sono sicuro.»

«È con lui che ha fatto colazione?»

«Non lo so, non siamo riusciti a trovarlo.»

«Cosa?» domandò Dani confusa.

«L'università ci ha detto che è andato in pensione qualche anno fa, dopo la morte della moglie.»

«Ha a che fare con questa storia?» chiese Dani.

«No. L'avevano aggredita per rubarle la macchina, a Los Angeles. Il colpevole sta scontando l'ergastolo. Il vecchio ha passato anni difficili. Ha anche perso il suo unico figlio più o meno nello stesso periodo.»

«Oh, poverino» disse Dani.

«Già.» Fowler fece una pausa improvvisa e le palpebre gli si abbassarono un poco ai lati.

«Qualcosa non va, signor Fowler?» chiese David.

Fowler ritrovò subito la concentrazione. «No... È solo che devo controllare una cosa. Comunque, ci hanno dato un indirizzo. Ma di Sullivan nessuna traccia, e nessuno dei vicini lo vede da una settimana.»

«Una settimana?» disse David alzandosi in piedi. Non c'era bisogno che aggiungesse altro; tutti pensarono la stessa cosa.

«Ma come fa a sapere che Henry...»

Fowler parlò prima ancora che David finisse di formulare la domanda: «Hanno setacciato la sua casa. Non è quel che hanno trovato, ma quel che *non* hanno trovato.»

«Cosa intende?» chiese Dani.

«Niente, gli agenti non hanno trovato assolutamente niente che avesse a che fare con Henry o con Mozart. Ma mentre erano lì è arrivata la donna delle pulizie. Le hanno fatto alcune domande da cui sono emerse chicche interessanti.»

«Del tipo?» domandò David.

«Sullivan era entusiasta del progetto al quale stava lavorando. Le aveva detto che stava per essere ricompensato per tutti gli anni di lavoro. Poi la donna ha affermato che Sullivan le aveva dato il venerdì libero. Diceva di avere un appuntamento importante quella mattina.»

«Ma pensa» disse David quasi tra sé.

«Ora, se stava lavorando su Mozart, che fine hanno fatto i risultati di quella ricerca? In casa non c'era niente che avesse a che fare con Mozart o Henry. Capite cosa voglio dire?»

«Sì, a casa di Henry era lo stesso» rispose David.

Fowler distolse di nuovo lo sguardo. «Davvero? Mmm, mi domando se...»

«Se cosa, signor Fowler?» chiese Dani poggiandosi allo schienale della sedia e distendendo le braccia sopra la testa.

Fowler tornò su quel che stava dicendo. «Niente. Solo un'altra cosa che dovrei controllare. Ma voi due sarete sicuramente affamati. In cucina ci sono dei panini, spostiamoci là così mi raccontate cosa avete scoperto.»

Nicholas Depriestiano sedeva con i gomiti poggiati sulla scrivania e si massaggiava le tempie con le dita. Jimmy e zio Bernie erano seduti su un divano laterale mentre Anthony, con le gambe accavallate, era proprio di fronte al vecchio. Dopo un lungo silenzio il vecchio Nick si appoggiò allo schienale della poltrona e parlò con voce bassa e ferma: «Allora, questo Webber come ha fatto a conoscere Winfield?»

«Secondo me, zio, non è stato Webber a cercare Winfield ma piuttosto il contrario. Ti ricordi che Winfield aveva detto che un suo contatto di Los Angeles lo aveva informato della morte del vecchio e dell'arresto di Webber? Penso che possiamo dire con certezza che Winfield ha contattato Webber per primo.»

«E secondo te lavorano insieme da allora?»

«Sì. Kathryn mi ha detto che l'FBI era interessato a uno spartito che apparteneva a Webber. Ricordo che Shoewalter aveva dato a Webber una bozza originale di Mozart come regalo di laurea. Credo che Shoewalter abbia scoperto che in quello spartito ci fosse la chiave per trovare il requiem scomparso e che sia andato a Los Angeles per questo. Penso che Webber abbia ucciso Shoewalter a causa del risentimento che ancora nutre nei miei confronti, e che Winfield lo abbia convinto a collaborare con lui per completare la sua vendetta. Sono convinto che Winfield gli abbia saputo rendere molto allettante l'idea di rovinarci. E penso anche che sappia dove si trova lo spartito, o che ne sia già in possesso.»

«Come fai a saperlo?» chiese Bernie Freeman dal divano.

«Grazie a questo.» Anthony gettò una copia del *Washington Post* sulla scrivania. «Secondo me hanno fatto spifferare a Webber le informazioni ottenute dal suo nuovo amico.»

Nicholas raccolse il giornale. Quando finì di leggere, lo sbatté con violenza sul tavolo. «Se è vero, andranno a prendere Winfield.»

«Sì, perciò dobbiamo agire in fretta.»

Nicholas si sporse in avanti sulla poltrona. Aveva il viso tirato e rosso. «Nessuno fa questo a me. Nessuno! Jimmy,» ringhiò il vecchio Nick «chiama i tuoi amici.»

«Allora, cosa abbiamo?» disse Fowler appoggiandosi al bancone per scartare l'involucro di un sandwich al tacchino.

Dani e David presero posto sugli sgabelli. Dani mandò giù un boccone di insalata di pollo e tirò fuori i suoi appunti. «Allora, ho iniziato provando a collegare il dottor Cook a Thomas Jefferson.»

«E come hai fatto?» chiese David.

Dani sorrise. «Penso di esserci riuscita. Wilbur aveva ragione, non ci sono molti documenti sugli schiavi del periodo precedente alla Guerra civile. Ho spulciato tutto quel che c'era nell'archivio nazionale sulla famiglia Cook e su George Beall, che avrebbe dovuto essere il padrone del dottor Cook quando era bambino. Ho trovato le stesse informazioni che ha trovato Wilbur. In realtà, lui ne aveva di più. Poi mi sono ricordata di una cosa che aveva detto: che gli schiavi venivano registrati tra le proprietà. Così mi è venuta l'idea di cercare nell'inventario delle proprietà di Thomas Jefferson.»

«Ed è possibile consultarlo?» domandò David con scetticismo.

«Certo, nell'archivio nazionale. Ci sono tutti i documenti riguardanti il governo federale. Jefferson è stato presidente, perciò i documenti che lo riguardano sono stati conservati.»

«Continua» la esortò Fowler.

«Nel febbraio del 1817, Jefferson si era trovato in gravi difficoltà finanziarie. Perciò ha fatto una svendita a Monticello. In altre parole, ha venduto i suoi beni, gli schiavi. George Beall figura tra gli acquirenti.»

«Ha comprato Cook» disse David, meravigliato dall'abilità di Dani.

Dani sorrise. «Credo di sì.»

«Bene,» disse Fowler ricambiando il sorriso di Dani «ottimo lavoro.»

«Aspettate, non ho ancora finito» disse Dani mentre scorreva i suoi appunti. «Ho deciso di andare avanti su questa strada e provare a collocare Mozart e Jefferson nello stesso luogo allo stesso tempo.»

«E?» chiese Fowler.

«Non ci sono riuscita. Jefferson non è mai andato in Europa prima del 1785, quando fu nominato ambasciatore in

Francia. Non è mai stato in Austria, Germania, Polonia o in qualunque altro posto vicino a dove si trovava Mozart tra il 1785 e il 1791, anno della sua morte.»

«Peccato!» disse David.

«No, va bene. Sono informazioni che potranno forse portarci alla verità. Ed è questo che stiamo cercando, no?»

David non era dell'umore giusto per i sentimenti accademici. «Ora, come ha fatto a conoscere quella musica e impararla così bene da poterla insegnare a Cook? È a questo che sto lavorando.»

Fowler intervenne: «E tu, David, hai scoperto qualcosa?»

David emise un sospiro di frustrazione. «Ho letto e riletto gli appunti di Kathryn. Aveva ragione; l'unico evento significativo di quell'anno della sua vita è stata la morte della madre. Comunque continuo a non credere che, secondo Henry, Wolfy avesse composto un requiem per lei. Al contrario, sono sicuro che Henry non lo pensasse affatto, ne abbiamo parlato moltissime volte.»

«Potrebbe aver cambiato idea, David. Le persone lo fanno.»

David scosse la testa con insofferenza. «Non così tanto.»

«Invece sì,» rispose Dani «io l'ho fatto con te.»

L'ostilità di David fu istantaneamente spazzata via. Sorrise di sé stesso, poi fece un leggero ghigno. «Va bene, va bene, forse hai ragione. Forse Henry ha cambiato idea, ma mi piacerebbe sapere per quale motivo.»

«Che dici del tuo spartito?» domandò Fowler.

«No, no, lo aveva tenuto per anni prima di regalarmelo. E poi lo abbiamo studiato a fondo insieme, e la scansione prosodica non è quella di un requiem.»

«La che?» disse Fowler socchiudendo gli occhi.

Dani spiegò: «David vuole dire che la struttura non si adatta a nessuna delle sezioni che compongono un requiem.»

«Esatto» disse David. «Una messa di requiem è un unicum musicale. La successione di toniche e dominanti, la composizione, la struttura armonica, il modo, in un requiem sono tutti elementi ben riconoscibili. Devono essere commisurati alla gravità dell'argomento.» David proseguì: «Un requiem si basa sul testo latino della messa per i morti che inizia con la parola requiem, e cioè 'riposo'. Tutti i requiem sono praticamente uguali nel libretto. Le sezioni sono l'*Introito,* che dice...» David chiuse gli occhi per cercare tra le pieghe della memoria. «*Requiem aeternam dona eis Domine,* che significa... 'L'eterno riposo dona loro, o Signore'. La seconda sezione è il *Kyrie Eleison,* ovvero, 'Signore pietà'. Subito dopo viene il *Dies Irae,* 'Giorno d'ira', poi l'offertorio, *Domine Jesu Christe,* 'Gesù Cristo Signore, Re della Gloria'. Poi arriviamo al *Sanctus,* 'Santo, Santo, Santo', e dopo, l'*Agnus Dei,* che vuol dire 'Agnello di Dio' e infine la comunione, *Lux Aeterna,* 'Splenda ad essi la luce perpetua'. Talvolta c'è anche un *Libera me,* ovvero, 'Liberami, o Signore, dalla morte eterna' e un *In Paradisum,* 'In Paradiso ti accompagnino gli angeli'.

«Ora, è un po' che sono fuori dal giro degli studiosi appassionati ma credetemi, la bozza che ho io, quella che mi ha regalato Henry, non rientra in nessuno di questi schemi.»

Nessuno rispose. Fowler e perfino Dani sapevano di non poter competere con le sue conoscenze musicali.

«Andiamo, Dani,» aggiunse David «di sicuro sei d'accordo anche tu.»

Dani sorrise. Quello non era il rozzo e villano pianista da pianobar di Los Angeles che aveva conosciuto quando si erano incontrati la prima volta, quello era David Webber, l'impertinente fenomeno della Juilliard, sicuro di sé, di cui Paul aveva sentito parlare. E quel David Webber le piaceva molto. Annuì. «Hai ragione, David. Non sembra un requiem.»

David lasciò cadere la testa. «Finalmente.»

Ma quando la rialzò, vide che Dani lo stava guardando. I suoi dolci occhi nocciola scintillavano. Sentì un calore diffuso nel corpo e un debordante sentimento di gioia riempirgli l'anima. Non aveva mai provato una cosa simile. Le restituì lo sguardo. Per un istante, tutto il male che si era abbattuto sulla sua vita svanì. Esistevano soltanto loro due.

«E allora cos'è?»

David sentì le parole come se provenissero da un altro mondo.

«David, ehi, ci sei? Cos'è allora?»

David si riprese rapidamente e vide Fowler che li osservava entrambi. «Uh, credo sia una sinfonia.» Ritrovò il contegno. «Dovrei ricontrollare lo spartito, ma penso faccia parte dell'adagio di una sinfonia, il secondo dei tre movimenti. Dopo aver riletto gli appunti di Kathryn, è l'unica possibilità sensata. Mozart si occupava di sinfonie in quel periodo, e poi funziona anche dal punto di vista musicale.»

Anche Dani si era assentata. Si sforzò di tornare alla realtà e aggiunse: «Dobbiamo far venire qui Marcus Burg.»

«Chi è?» chiese Fowler.

«Gestisce lo studio di registrazione della Smithsonian. Dobbiamo sentire cosa è riuscito a fare. Ha anche le fotocopie dei due spartiti.»

«Lo farò arrivare entro due ore.»

«Ehm, signor Fowler» disse timidamente Dani.

«Sì?»

«Marcus... Devo dirglielo, è un ragazzo dolce e brillante ma...» Dani sorrise. «Non è proprio il tipico impiegato della Smithsonian.»

41

Esattamente due ore e sette minuti più tardi, Marcus Burg era seduto su una sedia girevole, intento a fissare il monitor di un computer. Stava premendo i tasti del sintetizzatore che aveva accanto quando Fowler accompagnò Dani e David nel garage convertito a ufficio, accanto alla casa. Marcus si voltò, sbirciò da sopra le lenti dei suoi occhiali tondi alla John Lennon e si alzò sorridendo.

«Ehi, Dan, bella, hai fatto bene a chiamarmi.»

«Marcus!» disse Dani stendendo le braccia verso quel metro e ottantadue di ossa dai capelli biondi lunghi e sottili. «Sono contenta di rivederti, tesoro.»

«Anch'io, bella» rispose Marcus mentre i due si abbracciavano.

«Ti presento il mio amico David Webber, è lui che ha la bozza.»

«Ehi, amico, gran bel pezzo, spacca il culo alle major della classica.»

David lanciò un'occhiata a Dani mentre stringeva la mano di Marcus, tesa verso di lui.

«Uh... Sì, grazie. Che c'è scritto sulla maglietta, non riesco a leggere?»

«Hendrix, amico! Hai presente, *Excuse Me While I kiss the Sky*!»

«Ah» fu l'unica risposta che David fu in grado di offrire.

Intervenne Fowler: «Abbiamo sistemato un ufficio qui così sia voi che lui potete lavorare indipendentemente e senza essere disturbati.»

«Questo posto è una gran figata, Dan. Guarda te, potrei viverci alla grande. C'è perfino la cucina. Il frigo scoppia, e sto parlando di roba grossa!»

«Sì, gran figata» disse Dani con una risatina sbirciando l'espressione stupefatta sul viso di David. «Marcus, hai portato i due pezzi che ti ha dato Paul?»

«Sì, ce li ho proprio qui» rispose Marcus porgendo a Dani le fotocopie che aveva chiuso in ufficio in quella che sembrava adesso un'altra vita.

«Posso vederle?» chiese Fowler prendendo il foglio dalle mani di Dani.

«Ho saputo di Pauly... Brutta cosa, Dan, bruttissima cosa. Come sta?»

«Fino a ora se la sta cavando» disse Dani a voce bassa.

«Gli mando energie positive tutti i giorni, Dan, un sacco di energie positive.»

«Grazie, so che lo apprezzerebbe molto.»

«È questo?» domandò Fowler mostrando la bozza a David.

David annuì. «Sì. Sa leggere la musica, signor Fowler?»

«Terzo trombone nella banda del liceo. Mi è anche stato detto che all'organo suono una dignitosa *Unchained Melody*. Allora, signor Burg,» proseguì Fowler restituendo a Dani lo spartito «ha già qualcosa da farci sentire?»

«Sicuro, sedetevi e mettetevi comodi.»

Quando David, Dani e Fowler si sedettero, Marcus digitò alcuni comandi sulla tastiera del computer.

«È lo stesso che usa il mio nipotino?» disse Fowler con scetticismo.

«Non proprio, agente» disse Marcus mentre digitava. «Questo sistema ProTools sembra un normale pc; tastiera, monitor e mouse, ma il software è tutto tranne che ordinario. È come avere un'orchestra al completo; gli ingegneri del suono e i giocattolini che ingombrano le pareti dello studio di una major racchiusi in novantacinque fenomenali gigabyte di memoria. E le possibilità di editing sono praticamente infinite. Posso filtrare i suoni indesiderati, modificare la tonalità senza ripercussioni sul tempo, correggere l'intensità, cambiare il timbro, isolare, e via dicendo.»

«Vuoi dire che se sono stonato puoi farmi diventare intonato?»

«Ehi amico, dammi quindici minuti e ti faccio sembrare Pavarotti.»

«E non c'è nessun registratore magnetico?»

Marcus rise. «Si vede proprio che lei viene dallo scorso millennio. È roba digitale, amico! Tutto registrato sull'hard disk.»

«A che serve il microfono, Marcus?» chiese Dani indicando il microfono rettangolare con la base, accanto alla tastiera.

«Quando lavoro mi piace registrare i suoni della stanza. Aggiungono qualcosa di impercettibile ma piacevole alla registrazione digitale. Capite, viene meno perfetto.»

«Come hai scelto gli strumenti?»

«Ho lavorato soprattutto sulla bozza di David perché dà un'idea più completa di quel che Mozart avrebbe voluto. Il problema è che non sappiamo di che tipo è la composizione. Ovviamente avrebbe aiutato nella scelta degli strumenti più appropriati, quelli che il nostro vecchio amico voleva utilizzare. Nel Köchel non c'è niente di neanche lontanamente simile. La notazione dà qualche spunto ma è molto meno che completa. Per il resto ho dovuto tirare a indovinare, perciò ho usato la strumentazione tipica delle orchestre dell'epoca. Ma una cosa è certa, il pianoforte doveva essere lo strumento principale.»

«Come fai a saperlo?» chiese David.

«Per come è scritta la melodia e il contrappunto. Per un po' non ci ho dormito. Ho provato ad assegnare uno strumento diverso a ogni nota della linea melodica. Un volta fatto questo, non restavano altri strumenti per il contrappunto e l'accompagnamento. Ero proprio sotto un treno quando ho capito di avere a che fare con una melodia polifonica e che tutti gli altri strumenti dovevano supportarne uno solo, capace di suonare almeno sei note allo stesso tempo. Un pianoforte.»

«È piuttosto strano, anche per Mozart» disse Dani.

«Sì, soprattutto per una cosa scritta alla metà del XVIII secolo.»

Dani e David si scambiarono un'occhiata. «Perché pensi che sia stata composta proprio in quel periodo?» domandò David.

«Di nuovo, per via della melodia. Senti.»

Marcus spinse la barra spaziatrice e il cursore sullo schermo cominciò a muoversi lungo i pentagrammi musicali; il suono proveniva da amplificatori di trenta centimetri disposti ai due lati del computer. David aveva suonato quella melodia centinaia di volte, ma non la aveva mai sentita eseguire in quel modo. L'adagio era ricco e caldo, e, se non avesse saputo come stavano le cose, avrebbe giurato che lo stesse suonando la filarmonica di Londra. Capì anche come aveva fatto Marcus a stabilire la datazione.

«Capite che intendo?» disse Marcus ruotando sulla sedia.

David annuì. «Bartolomeo Cristofori, tecnica viennese, dove hai trovato...»

«Ne ho campionato uno qualche anno fa in Italia» disse prontamente Marcus.

«Te l'ho detto che era bravo» disse Dani sorridendo a David.

«Non capisco» ammise Fowler.

Fu David a spiegare: «Il pianoforte che ha usato Marcus è del XVIII secolo. Lo aveva inventato un uomo di nome Bartolomeo Cristofori. Tra parentesi, ne esistono ancora soltanto tre esemplari.»

«Va bene,» disse Fowler continuando a non capire «ma perché se ha usato un... come si chiama, siamo in grado di risalire alla data?»

Marcus rispose: «Alla metà del XVIII secolo lo strumento era molto in voga ma non era ancora il pianoforte che conosciamo oggi. La tastiera era più piccola, più o meno quattro ottave, e la tavola armonica era molto più sottile e così anche il suono che ne veniva fuori.»

Dani proseguì la spiegazione: «L'unica cosa che in quel periodo distingueva i pianoforti era la tecnica. Quella viennese era molto leggera, si adattava meglio ai compositori dell'Est Europa come Mozart o Haydn che scrivevano arpeggi veloci, mentre quella inglese era molto più rigida. Si adattava meglio a una musica con molti accordi. C'era un tale di nome Clementi, rivale di Mozart, che era uno specialista della tecnica inglese.»

Intervenne Marcus: «Ma alla fine del XVIII secolo in quasi tutti i pianoforti, inclusi quelli che usava Mozart, erano state combinate le due tecniche aprendo così la strada a una musica più versatile, come quella dei compositori che seguiranno di lì a poco, Beethoven per esempio. Ma questo pezzo, con il contrappunto per mano sinistra e gli arpeggi per la destra, di certo è stato scritto per uno strumento a tecnica viennese.»

Fu il turno di David: «E dato che dal 1790 in poi Mozart, come tutti i più importanti compositori del periodo, cominciarono a scrivere musica più verticale che orizzontale, possiamo assumere con certezza che quest'opera è stata scritta ben prima del 1790.»

«Esatto, amico» confermò Marcus.

«Non lo so,» disse Fowler «sembra un salto troppo grande.»

«Non proprio» spiegò David. «Immagini di venire da un altro pianeta e di leggere un brano, diciamo di Jimi Hendrix» disse indicando la maglietta di Marcus. «Saprebbe con certezza che è stato scritto molto dopo l'introduzione della chitarra elettrica e degli amplificatori ad alto voltaggio.»

«L'arte segue sempre la tecnologia, e viceversa» aggiunse Dani.

«Si impara qualcosa ogni giorno» disse Fowler annuendo.

David si spostò lentamente in fondo alla stanza. Tutti aspettavano che dicesse qualcosa. Alla fine Fowler ruppe il silenzio. «Cosa?»

David alzò lo sguardo con evidente frustrazione. «Sempre la stessa domanda; perché Mozart nel 1790 avrebbe dovuto scrivere una bozza per qualcosa che aveva composto nel 1778?»

«Forse stava provando a ricordarselo» disse Marcus con semplicità.

«Sì, certo» rispose David in tono sarcastico.

Dani intervenne: «No, aspetta, forse Marcus ha ragione.»

«Andiamo, Dani, conosci bene quanto me l'abilità che aveva Mozart di trascrivere le enormi quantità di musica che aveva in testa.»

«Sì, per le cose che creava in quel momento, ma qui è diverso. E se fosse qualcosa che aveva composto anni prima, nel 1778, per esempio, e che stesse provando a ricordare? E poi, tieni presente che Mozart non stava bene nell'ultimo anno di vita.»

«Ma perché non avrebbe dovuto averla ancora con sé?»

«Forse l'aveva persa.» Dani fece una pausa e rifletté per un istante. «Oppure l'aveva data a qualcuno.»

«Chi? E perché? E non dire Jefferson perché già sappiamo che non era a Parigi, Mannheim o Salisburgo nel 1778.»

Dani fece per rispondere ma si interruppe. Rifletté ancora, poi un sorriso cominciò gradualmente a insinuarsi sul suo viso. «Sì, so a chi. E scommetto che anche Henry lo sapeva.»

42

Prima ancora che qualcuno avesse avuto il tempo di chiederle spiegazioni, Dani era già uscita dalla porta del garage per rientrare in casa. Per oltre dieci minuti i tre uomini sedettero in silenzio, guardandola mentre esaminava una dopo l'altra le pagine sullo schermo del computer, mormorando parole inudibili mentre prendeva appunti. Alla fine si allontanò con la sedia dal computer, guardò i tre uomini e sorrise.

«Be', hai intenzione di dirci qualcosa?» domandò David.

«No, me lo direte voi.»

«Cosa?» replicò David.

«Dottoressa Parsons,» intervenne Fowler «il tempo non è dalla nostra parte...»

«Lo so,» disse lei con serietà «e mi dispiace, ma è necessario. È il modo in cui lavoriamo noi storici, ognuno ha diritto di veto. Dovete solo seguirmi nel mio ragionamento e dirmi se sto sbagliando. Va bene?»

«Che dobbiamo fare, bella?» chiese Marcus.

«Io faccio le domande, voi rispondete.»

Fowler e David annuirono.

Dani fece un respiro. «Okay, cosa sappiamo?»

I tre uomini si guardarono l'un l'altro, poi fu David a rispondere: «Sappiamo di avere una bozza composta da Mozart per un pezzo di cui nessuno conosce l'esistenza.»

«Non esattamente,» lo corresse Dani «in realtà abbiamo due versioni dello stesso spartito composto da Mozart. La prima, una bozza di sua mano, databile intorno al 1790; l'altra, una linea melodica scritta a due mani, dell'inizio del XIX secolo. Che altro?»

Ci fu silenzio per un istante poi parlò Marcus: «Be', sappiamo che è stata composta alla metà del XVIII secolo.»

«Bene,» acconsentì Dani «poi?»

Di nuovo David: «Sappiamo che uno dei due pezzi è stato trascritto da un certo dottor Cook e da Thomas Jefferson, probabilmente nel periodo in cui Cook era tra i suoi schiavi.»

«E Jefferson non ha mai incontrato Mozart» aggiunse Fowler.

«Giusto. Poi?»

«Dunque è impossibile che Jefferson abbia avuto il pezzo direttamente da Mozart» disse David.

«Corretto» disse Dani con un sorriso.

«E allora dove l'ha sentito?» chiese Fowler.

Rispose Marcus: «Per esempio da un amico che lo aveva sentito da Mozart.»

«Bene, ragazzi, state andando alla grande. Ora che mi dite di Henry?»

David rispose mentre rifletteva: «Sappiamo che Henry aveva la bozza che poi mi ha regalato. Sappiamo che la rivoleva indietro, e sappiamo che aveva chiesto a Kathryn di fare una ricerca su Mozart concentrandosi sul 1778.»

Dani sorrise.

David stava andando nella direzione che voleva Dani. «1778. Chi era in Europa nel 1778?»

«Benjamin Franklin» disse Dani in tono piatto.
«Benjamin Franklin?» le fece eco David.
«Sì, ricordate che ho detto che Jefferson non è andato in Europa prima del 1785? Be', mi sono ricordata di aver letto che è andato lì per rimpiazzare *il suo amico* Benjamin Franklin come ambasciatore in Francia.» Dani guardò lo schermo del computer. «Ecco qui, nell'agosto del 1776, Franklin era stato mandato a Parigi con lo scopo di persuadere la Francia a sostenere l'America nella sua lotta per l'indipendenza; Jefferson lo ha rimpiazzato nel 1785. David, hai l'itinerario che ha compilato Kathryn?»
David saltò in piedi e si diresse verso la pila di fogli sul pavimento.
«Ben Franklin,» sussurrò Marcus «che spettacolo!»
«Ecco qui» disse David da terra.
«Mozart quando è stato a Parigi?» chiese Dani.
David lesse: «Uh... Ha lasciato Mannheim a marzo ed è arrivato a Parigi alla fine del mese. Anna Maria è morta il 3 luglio e lui è ripartito poco dopo.»
«Quindi stiamo parlando solo di tre, massimo quattro mesi, della primavera del 1778.»
Fowler domandò: «Tre mesi per cosa?»
«Per collocare Franklin e Mozart nello stesso posto» rispose David.
«Dani, sei sicura?»
Dani si alzò in piedi e cominciò a camminare lentamente avanti e indietro. «Henry ha chiesto a Kathryn una ricerca sulla vita di Mozart nel 1778; solo quell'anno. Penso che Henry abbia fatto più o meno la nostra stessa strada, partendo dal fatto che la tua bozza, David, è stata scritta intorno a quell'anno. Ma *noi* abbiamo il vantaggio di avere qualcosa in più, un altro spartito, quello di Sugarberry. Sappiamo anche che appartiene allo

stesso pezzo di Mozart che nessuno ha mai sentito... Tranne la persona, o in questo caso le persone che l'hanno trascritto. E queste persone sono uno schiavo liberato un tempo proprietà di Thomas Jefferson, e lo stesso Jefferson. Ora, dove lo ha sentito? Ovviamente Cook deve averlo sentito da Jefferson quando era piccolo e abitava a Monticello. Ma Jefferson? Sappiamo che non l'ha sentito per caso, altrimenti sarebbe un'opera conosciuta e non ci sarebbe alcun mistero. No, o glielo ha dato direttamente Mozart, il che sappiamo essere impossibile, oppure glielo ha dato qualcun altro che era in contatto diretto con Mozart. Fatto: Franklin era a Parigi nello stesso periodo in cui Mozart era a Parigi, 1778; l'anno su cui Henry aveva chiesto a Kathryn di concentrare la sua ricerca. Nessun altro americano di qualche rilievo poteva essere in contatto con Mozart, neanche lontanamente. E ricordate che siamo nel bel mezzo della Rivoluzione. Non è che i coloni americani facessero molti viaggi oltreoceano a quei tempi.»

«E allora perché non c'è alcun documento che provi un incontro tra Mozart e Franklin?» domandò Marcus.

«Non lo so, forse c'è e noi non lo sappiamo. O più probabilmente Mozart non era ancora abbastanza famoso perché qualcuno sentisse il bisogno di raccontarlo. Ma pensateci, Franklin era una superstar a Parigi. Era continuamente tra nobili e capi di Stato. Non è difficile immaginare che Franklin abbia potuto incontrare Mozart durante uno dei suoi concerti, e che poi avesse voluto far conoscere quel pezzo al suo amico Jefferson quando è arrivato a Parigi per rimpiazzarlo. Tenete presente che anche Jefferson era un musicista.»

«C'è solo un problema,» disse David «se lo ha sentito durante il concerto, allora lo conosceremmo anche noi e il resto del mondo.»

Tutti rimasero in silenzio per qualche istante.

«E se» disse lentamente Dani «il rapporto tra Mozart e Franklin fosse più che un rapporto musicista-spettatore? Forse si conoscevano di persona.»

Nessuno parlò; stavano tutti riflettendo su quella possibilità.

«Qual è il prossimo passo?» disse Fowler rompendo il silenzio.

«Dobbiamo esaminare bene l'itinerario ricostruito da Kathryn. E dobbiamo farne uno analogo per Franklin. Marcus, come te la cavi con internet?»

«Il mio soprannome è 'pirata informatico', tu che dici?»

Dani sorrise. «Bene, vedi cosa riesci a trovare su Benjamin Franklin. Ci sarà una biblioteca piena di informazioni su di lui, quindi seleziona gli articoli in base all'anno: 1778, nei... Teniamoci larghi, primi sei mesi circa. David, tu continui a studiare gli appunti di Kathryn? Vediamo se riusciamo a metterli insieme, questi due. Signor Fowler, posso telefonare a mio padre?»

Fowler rifletté un secondo. «Certo, ma non puoi dirgli dove ti trovi.»

«Va bene.»

«Perché tuo padre, Dani?» chiese David.

«C'è qualcosa negli scarabocchi sulla tua bozza, è da quando me li hai fatti vedere la prima volta che ci penso. Li ho visti da qualche altra parte.»

«E tuo padre può aiutarci?»

Dani rifletté mentre rispondeva: «Sì, penso di sì.»

Fowler stava per domandare se c'era qualcosa che potesse fare, quando la porta si aprì e nella stanza entrò l'agente Burns. Sussurrò all'orecchio di Fowler, che reagì subito: «Sei sicuro?»

L'agente annuì.

Fowler provò a mostrarsi disinvolto, ma non ci riuscì. «Ragazzi, mi sembrate parecchio impegnati e io non posso essere d'aiuto, perciò vado via per un po'. Non sarò di ritorno fino a stasera ma mi farò vivo. Se avete bisogno di qualsiasi cosa c'è qui l'agente Burns.»

David e Dani si scambiarono un'occhiata. Lo sapevano entrambi ma fu David a domandare: «Depriest, eh?»

Fowler ci pensò su prima di rispondere. Poi, nel modo più indifferente che poté, disse: «Sì. Vi chiamo io. Continuate con l'ottimo lavoro. E ricordate, il tempo non ci è amico.» Poi l'uomo dell'FBI si affrettò alla porta.

La ghiaia schizzò in aria quando Fowler si lanciò con la macchina lungo il vialetto per raggiungere la strada principale. Non si era accorto della volante della polizia parcheggiata a un lato della strada, duecento metri nella direzione opposta.

«Pattuglia 32, mi ricevete?»

Il poliziotto nell'automobile non rispose.

«Pattuglia 32, qui è la centrale, dove siete?»

Ancora nessuna risposta.

«Pattuglia 32, mi ricev...»

Viktor Petrovic, con gli occhiali scuri e in uniforme verde della polizia della Virginia, allungò con indifferenza una mano e spense la radio.

43

Aveva i pollici legati dietro la schiena con una corda di pianoforte. La corda era poi avvolta tra l'indice e il medio della mano destra, e correva fino alle gambe che erano entrambe legate ai sostegni anteriori della sedia di legno. Una pallina da tennis tagliata a metà gli era stata infilata in bocca, fissata con del nastro adesivo. La guancia destra era ferita e gonfia, le lenti degli occhiali frantumate. Due giganti in completo scuro erano in piedi ai lati dell'uomo di colore: uno dei due si stava massaggiando le nocche. Jimmy era di fronte all'uomo e mangiava una mela.

Il magazzino di Clifton, New Jersey, era vuoto tranne per la sedia e una lampada puntata sopra la testa di Winfield.

«È il mio turno.»

«No» disse Jimmy all'uomo che si massaggiava le nocche.

«Dài, Jimmy, fai divertire un po' anche me.»

Jimmy diede un morso alla mela e sorrise mentre masticava. «Va bene, Lenny, solo uno.»

L'uomo fece un passo verso la sedia e poggiò la mano sinistra sulla spalla di Winfield. Chiuse la destra a pugno e tirò indietro il gomito. Proprio quando stava per sferrare un colpo, dal retro dell'edificio venne il rumore acuto della porta metallica che si apriva. L'uomo si fermò e tornò nella posizione precedente accanto alla sedia mentre il rumore dei passi sul pavimento di cemento si faceva sempre più vicino.

«Thurman, Thurman, Thurman» canticchiò la voce dall'oscurità. «L'hai fatta proprio grossa stavolta.» Anthony Depriest avanzò verso la luce; indossava uno smoking nero e sorrideva. «Thurman, hai un bruttissimo aspetto. Non è che questi ragazzi sono stati un po' troppo scortesi?»

Depriest lanciò un'occhiata a uno dei due gorilla in piedi accanto alla sedia e fece loro un rapido cenno con il capo. L'uomo strappò il nastro isolante che teneva la pallina da tennis nella bocca di Winfield. La mezza pallina cadde a terra e Winfield cominciò a tossire ripetutamente.

Anthony guardò Jimmy. Jimmy annuì, aprì una bottiglia d'acqua e ne versò il contenuto sul viso di Winfield, che cercò disperatamente di leccarne un po'.

«Allora, va meglio adesso?»

Winfield lasciò cadere la testa, incapace di guardare Depriest.

«Perché?» domandò con voce roca.

«Oh, lo sai bene perché, Thurman. Pensavi veramente di arrivare fino in fondo? Amico mio, devo concedertelo. Credevo di essere il solo con un ego tanto smisurato. Quasi ti ammiro.»

«Non so di cosa tu stia parlando.»

Il colpo del dorso della mano di Anthony riecheggiò nel cavernoso edificio. «Dov'è?» ringhiò Anthony tirando fuori un fazzoletto dalla tasca per asciugarsi la mano.

Winfield alzò la testa e sussurrò: «Non so di cosa tu stia...»

Anthony lo colpì una seconda volta con un manrovescio.

«Dov'è? Dov'è il Mozart? Ce l'ha Webber?»

«Non so di cosa tu stia parlando» mormorò Winfield.

Anthony fece un cenno all'uomo verso cui Jimmy si era rivolto chiamandolo Lenny.

Lenny non perse tempo. Tornò di fronte a Winfield, caricò il colpo portando il gomito all'indietro e sferrò un pugno feroce. La sedia cadde all'indietro. Winfield gemette per il dolore, non tanto quello provocato dal pugno ma per la tensione lacerante che la caduta esercitò sulla giuntura dei pollici.

Jimmy e l'altro lo risollevarono da terra.

«Thurman, tutto questo non mi diverte per niente, ma devi capire che il requiem è mio. Sono predestinato, se vuoi. Quindi te lo chiedo ancora una volta, e ricordati che stasera ho un concerto e non ho tempo da perdere, ma questi signori qui ne hanno eccome. Dov'è?»

Winfield mosse di scatto la testa per non perdere i sensi. Il sangue gli usciva dal naso e dalla bocca. «Voglio parlare con il vecchio» mormorò.

«No, non è...»

«Voglio parlare con il vecchio Nick. Lo dirò a lui!» gridò Winfield con un moto di ribellione.

«Sta' zitto, negro di merda!» urlò Jimmy colpendolo con il dorso della mano.

Sopra il rumore dello schiaffo riecheggiò una voce acuta: «Basta così!» Nicholas Depriestiano avanzò zoppicando verso la luce e spinse via il figlio. Si voltò verso l'uomo sanguinante sulla sedia e rimase a fissarlo. Gli occhi del vecchio erano freddi e il suo viso non aveva espressione. «Dimmelo» disse il vecchio Nick senza alcun accento nella voce.

Winfield attese prima di parlare. «Come faccio a sapere che se te lo dico poi non mi ammazzi?»

«Ragazzo mio, ti ammazzo in ogni caso. L'unica cosa di cui dovresti preoccuparti è se lo faccio in modo rapido e indolore oppure lento e doloroso.»

Winfield guardò il vecchio negli occhi. Non stava bleffando. «Non puoi uccidermi.»
«E perché no?» rispose con calma il vecchio Nick.
«La mia azienda... per la distribuzione... So cosa hai in mente. Hai bisogno di me per far funzionare il piano del riciclaggio.»
Il vecchio Nick fissò Winfield con sguardo inespressivo. Se pure rimase sorpreso da quel che sapeva Winfield, non lo diede a vedere. Un istante dopo un ghigno si fece largo sul suo viso. Poi scoppiò in una fragorosa risata, acuta e orrenda. Jimmy si unì al padre e cominciò a ridere.
Anthony non accennò nemmeno un sorriso. «Dov'è, figlio di puttana?»
«Aspetta!» ordinò il vecchio Nick. «Ce lo dirà. Cominciate con le dita. Se si rifiuta di parlare, uccidetelo.»
Anthony intervenne: «No, deve dircelo!»
«Nessuno può farmi quello che lui mi ha fatto e continuare a vivere. Il Mozart è secondario, la reputazione è tutto. Sono sicuro che mi capisce, signor Winfield.»
«No zio, noi...»
«Fine della storia, Tony» disse eloquentemente il vecchio.
Nicholas Depriestiano guardò Lenny e gli fece un cenno. Lenny girò intorno alla sedia, slegò la corda e spostò a forza la mano destra di Winfield sul bracciolo. L'altro uomo prese qualcosa dalla tasca. Winfield lo vide aprire la lama con un movimento secco del polso.
«Per l'amor di dio, dicci dov'è» lo implorò Anthony.
Winfield scosse la testa e il suo respiro si fece sempre più rapido mentre l'uomo gli avvicinava la lama alla mano.
«Ora,» sbraitò il vecchio Nick «l'ultima possibilità, solo per mio nipote. Dov'è?»
Winfield spalancò gli occhi sentendo la lama affilata insinuarsi all'altezza di una nocca del mignolo.

Nessuno li vide arrivare. L'incursione di Fowler fu rapida e precisa. «Getta il coltello!» ordinò Fowler avvicinandosi alla luce. L'uomo con il coltello alzò lo sguardo e vide la pistola calibro 9 di Fowler puntata contro il cranio. Istintivamente lasciò cadere il coltello.

«Chi cazzo siete...» gridò la flebile voce del vecchio Nick.

«Nicholas Depriestiano? Agente Thomas Fowler, FBI» disse Fowler, e in quell'istante una squadra di agenti federali comparve dal nulla. «Tutto bene, Rick?»

L'uomo che Depriestiano conosceva come Thurman Winfield annuì e gli agenti iniziarono a liberarlo dalla sedia.

«Scusa se ci abbiamo messo tanto, dovevamo aspettare che entrasse in scena il vecchio Nick. Nicholas Depriestiano, ho il piacere di dirle che la dichiaro in arresto. Ha il diritto di rimanere in silenzio. Ha diritto a un avvocato. Se rifiuta questo diritto, tutto quel che dirà potrà essere usato, e mi permetto di aggiungere che *sarà* usato, contro di lei in tribunale. Ha capito?»

Anthony era bianco come un lenzuolo quando le manette gli si chiusero intorno ai polsi con un *clic*. «C'è un errore! Non sapete chi sono? Sono Anthony Depriest, cazzo! Ho un concerto stasera. Levatemele di dosso! Sono famoso! Conosco il sindaco!»

«Ha compreso i suoi diritti?» chiese nuovamente Fowler al vecchio Nick.

Il vecchio Nick guardò Jimmy e gli altri due uomini che venivano portati via. Lanciò un'occhiata all'afroamericano, un agente gli stava medicando le ferite. «Lui è con voi?»

«Oh, certo» rispose Fowler. «Le presento l'agente speciale Richard Ballard.»

Il vecchio Nick conservò l'espressione tirata e annuì. Poi si voltò verso Anthony il cui balbettio era diventato una supplica. «Vi prego, ci deve essere un errore! Non dovevo essere qui. C'è un errore!»

«Sta' zitto» gridò il vecchio Nick. «Sta' zitto, coglione imbecille. Sei penoso e inutile come tuo padre.» Depriestiano si voltò verso Fowler. «Portatemi via di qui.»

«Agente,» disse Fowler all'uomo che si stava occupando di Anthony «accompagni il signor Depriestiano alla macchina. Ho bisogno di parlare a quattr'occhi con quello lì.»

«Agli ordini. Da questa parte, signor Depriestiano.»

Mentre il vecchio Nick veniva portato via, Fowler si avvicinò ad Anthony.

«Può aiutarmi? C'è un errore.» Anthony continuò a supplicare.

«Non è un errore» rispose Fowler con solennità. «Come ti ho sentito dire qualche minuto fa, stavolta l'hai fatta proprio grossa.»

Anthony abbassò il capo. «Cosa posso fare?»

Fowler scosse la testa. «Devi vedertela con il pubblico ministero federale.»

«E cosa vuole da me?»

«Ho fatto una promessa che devo mantenere. Signora Depriest?»

Kathryn avanzò dall'oscurità. Aveva gli occhi asciutti e il viso sereno. Avanzò fino a trovarsi a qualche centimetro di distanza da Anthony e lo fissò negli occhi.

«Cara,» cominciò a dire Anthony «è solo un grosso erro...»

Lo schiaffo riecheggiò per tutto l'edificio. «Anthony» disse Kathryn con calma. «Voglio il divorzio.»

«Quanto è messo male?» domandò Kathryn mentre Fowler le apriva la portiera della macchina.

«Dipende da quanto sa dell'operazione di suo zio. Se ha delle informazioni, potrà patteggiare. Se è intelligente, deve parlare. Dio, Jimmy sta già cantando come Sinatra. Ma si rifiuta di parlare del paparino. Potrebbe essere la fortuna di Anthony. Peccato per lui, fino a stasera non era mai stato veramente coinvolto. Lo si poteva accusare soltanto di qualche reato minore legato alla malavita organizzata, e di essere uno stronzo. Ma stasera ha preso parte all'aggressione, alla tortura e al tentato omicidio di un agente federale... È roba piuttosto grave.»

Kathryn aveva lo sguardo fisso fuori dal finestrino e annuiva.

«Dove posso portarla?»

Kathryn guardò disperata l'agente. «Con lei a Washington?»

Fowler non rispose.

«Posso esservi utile. Per favore, devo andarmene da New York.»

Fowler continuava a non rispondere.

«Signor Fowler, posso essere...»

«Signora Depriest, non credo sia una buona idea...»

«Ho scoperto qualcosa che David e Dani non sanno...»

«Cosa?»

«Uno spartito. Era nella cassaforte di Anthony, me lo aveva spedito Henry ma lui lo ha intercettato e me l'ha tenuto nascosto. Signor Fowler, so che è un Mozart.»

Fowler ricambiò lo sguardo di Kathryn. Su ogni millimetro del suo splendido viso c'era un'espressione di supplica. «Lo ha qui con lei?»

Kathryn annuì e tirò fuori la fotocopia dalla borsa.

Fowler osservò lo spartito e poi chiuse gli occhi. «Lo sapevo. Quel figlio di puttana» disse dopo un lungo sospiro.

«Chi, Anthony?»

«No, un altro figlio di puttana» rispose Fowler. Recuperò il cellulare dalla tasca interna della giacca e compose un numero. Al terzo squillo rispose David. «David?» disse Fowler sorpreso. «Dov'è l'agente Burns? Perché non ha risposto lui?»

«È appena stato chiamato fuori da uno degli altri agenti.»

«Chi?»

«Non lo so, hanno detto che c'era uno della polizia di Stato al cancello che stava cercando qualcuno, o qualcosa... Non so bene come stiano le cose... Ma non è niente, veramente... Com'è la situazione lì?»

Fowler guardò Kathryn. «Conclusa. Sto tornato a Washington. Il lavoro come va?»

«Credo che siamo arrivati a qualcosa. È un po' strano, ma forse abbiamo trovato la connessione tra Mozart e Franklin, forse anche di più.»

«Tipo?»

«Glielo spiego appena torna, è troppo bizzarro per parlarne adesso.»

«La dottoressa Parsons ha parlato con suo padre?»

«Sì» rispose David. «È parte della storia. Adesso è in garage con Marcus. Ha trovato nuove informazioni sulla famiglia del dottor Cook e le sta confrontando con la biografia di Franklin che ha ricavato Marcus. È fenomenale, ha l'istinto di un segugio.»

«È il suo lavoro. E di te, che mi dici?»

«Ho appena finito con gli appunti di Kathryn. Come ho detto, credo che abbiamo trovato qualcosa ma dobbiamo mettere insieme i vari pezzi.» Ci fu una pausa. «Come sta lei?»

«Sta bene. Ascolta David, Kathryn ha trovato una cosa; è uno spartito inviatole da Henry che Anthony Depriest teneva in cassaforte. È una fotocopia dello spartito di Sugarberry.»

«Cosa?» rispose David.

«Già.»

«Come ha fatto Henry a...»

Fowler lo interruppe: «Non posso spiegartelo in questo momento ma penso di saperlo. David, Kathryn vuole portarvelo di persona in modo che tu e la dottoressa Parsons possiate esaminarlo.»

Ci fu qualche istante di silenzio all'altro capo della linea.

«David, sei lì?»

«Sì, va bene. Signor Fowler, è proprio sicuro che...»

«Sì, ne sono sicuro. Perfino un terzo trombone come me è in grado di capire che è lo stesso. Ci vediamo tra un'ora circa.»

Fowler chiuse il telefono e guardò Kathryn. «Non abbiamo tempo per fermarci a prendere i suoi vestiti.»

Kathryn sorrise. «Non fa niente.»

Fowler ricambiò il sorriso e si mise di nuovo al telefono.

«Bob, sono Tom, lo abbiamo preso! Il vecchio Nick è al gabbio! E la registrazione ti piacerà un sacco. L'agente Ballard è stato fenomenale e...»

Greenfield lo interruppe.

Mentre il vicedirettore parlava, il sorriso di Fowler scomparve. Con il telefono ancora in mano accese il motore e schizzò via dal parcheggio.

«Bob, manda lì tutti gli uomini che riesci a trovare! E chiama il dipartimento di polizia di Alexandria! È lì! Petrovic è lì! Cristo santo, sto arrivando.»

Fowler chiuse il telefono e ricompose il numero della casa di Alexandria. Uno, due, tre, quattro squilli, Fowler lasciò che il telefono squillasse dodici volte ma non ci fu risposta. Imprecò scagliando il telefono a terra e lanciò l'automobile verso il casello dell'autostrada per l'aeroporto di Newark.

«Che è successo?» domandò Kathryn allacciandosi la cintura di sicurezza.

«Hanno appena trovato un poliziotto con la gola tagliata nella periferia di Alexandria, ecco che è successo!» Diede un pugno al volante. «Cristo, dio, no!»

44

Era già buio quando Fowler lasciò la strada principale e imboccò il vialetto. Kathryn si teneva al cruscotto mentre l'agente dell'FBI guidava a tutta velocità sulla ghiaia. Era frustrato, irritato e soprattutto spaventato a morte. Non soltanto l'incolumità di David, Dani e Marcus era in pericolo, ma nell'ultima ora e mezza Greenfield non aveva risposto al cellulare.

Fowler fermò la macchina davanti alla casa. Con la pistola in mano saltò giù dalla vettura e ordinò a Kathryn di non muoversi. Era quasi a metà degli scalini che conducevano all'interno quando Bob Greenfield aprì il portone di ingresso.

«Bob,» gridò Fowler abbassando la pistola «che diavolo sta succedendo...?»

«Spegni il cellulare e seguimi» lo interruppe Greenfield con voce bassa e veloce.

«Dove sono Webber e...»

«Spariti» rispose bruscamente Greenfield. «Non c'è più nessuno, ora spegni quel cazzo di cellulare, è un ordine. Signora Depriest, ha con sé un cellulare?»

«No» rispose Kathryn scendendo dalla macchina con un salto.

«Bob, cosa...» fu tutto ciò che riuscì a dire Fowler prima che Greenfield si voltasse per rientrare in casa.»

Fowler spense il cellulare come gli era stato detto e, insieme a Kathryn, seguì Greenfield.

Il vicedirettore parlò con precisione e freddezza mentre procedevano verso il retro. «L'agguato è stato disgustosamente semplice. Agente Burns, proiettile in testa, morto sul colpo. Agente Grimes, proiettile in testa, morto sul colpo. Anderson, Williams, Gardiner, tutti morti con un proiettile in testa sparato a bruciapelo: Anderson e Williams morti sul colpo, Gardiner in condizioni critiche e in coma.»

«Mio dio» rispose Fowler senza fiato.

Greenfield proseguì: «Tutti gli agenti sono stati trovati sul vialetto a pochi metri di distanza l'uno dall'altro. A quanto pare Petrovic è rimasto in attesa che le sue vittime andassero da lui una a una, come agnelli sacrificali. Il fatto che le pistole di ciascun agente siano rimaste nelle fondine fa pensare che tutti si siano avvicinati senza pensarci due volte. Non ci sono segni di colluttazione, nessuna intrusione segnalata dal nostro cosiddetto sistema di sicurezza e, naturalmente, la benché minima traccia di Webber, Parsons e Marcus Burg.»

«Oh dio, no» gemette Kathryn.

«Lei l'ha trovata la polizia di Alexandria» continuò Greenfield conducendo Fowler e Kathryn nell'ufficio improvvisato. «Grazie a dio il poliziotto di pattuglia che l'ha trovata è un ex artificiere. Agente Morris della divisione antiterrorismo.» Greenfield indicò un uomo di mezz'età che con delle cuffie alle orecchie era seduto davanti a uno schermo. «Questa è la situazione.»

Fowler e Kathryn guardarono oltre la testa dell'agente il monitor poggiato sul tavolo tra i computer dove Dani e David avevano lavorato fino a poco prima.

«Cosa stiamo guardando?» domandò Fowler.

«Il garage con l'attrezzatura del signor Burg» rispose Greenfield.

Fowler si avvicinò allo schermo. L'immagine era a colori, ma ballava. Gli ci volle qualche istante per metterla a fuoco, ma quando lo fece, capì ogni cosa; perché l'esterno della casa era deserto e perché Greenfield non aveva risposto al cellulare.

J.P. era priva di sensi. Era su una sedia e aveva la testa bassa, il mento poggiato sul petto. Intorno al busto le era stato avvolto un giubbotto di dinamite. Alla dinamite era attaccato un filo per l'innesco, collegato a un cellulare... Il cellulare era acceso.

Aveva un aspetto diverso nell'oscurità, senza forma; una massa fredda che riempiva uno spazio vuoto; un'ombra gigante riflessa su un'ombra ancora più grande. Il prato rigoglioso, i fiori, le larghe chiome degli alberi, tutto era nascosto nella notte e reso banale dalla situazione.

Fila indiana, Dani faceva strada lungo il sentiero di pietre levigate che conduceva alla villa in cima a Georgetown Heights, la casa di Gertrude Sugarberry.

Marcus la seguiva subito dietro, poi David, che si teneva una maglietta insanguinata sul sopracciglio. Petrovic chiudeva la fila; ancora con l'uniforme della polizia della Virginia, una pistola nella fondina e l'altra in mano, puntata all'altezza del bacino a pochi centimetri dalla schiena di David. Nell'altra mano aveva un cellulare.

Gli ostaggi non parlavano. Erano state pronunciate pochissime parole da quando David era entrato nel garage della casa di Alexandria e aveva trovato il finto agente con la pistola puntata contro Dani e Marcus. Era riuscito a mantenere il sangue freddo fino a quando non aveva visto J.P. A quel punto aveva perso la testa. Le urla e le suppliche di Dani non furono ascoltate. David sprofondò in una rabbia cieca e, ignorando l'arma dell'assassino, prese a gridare mentre cercava di afferrarlo per la gola: «Bowen, stronzo figlio di puttana!» L'attacco fu respinto da un colpo alla testa con il calcio della pistola. Da quel momento in poi le regole furono chiare; era proibito parlare se non in risposta a una domanda diretta, la punizione sarebbe stata l'esecuzione del trasgressore e la morte di Jean Ann Peterson.

Dani raggiunse il portico e rimase ferma davanti al portone d'ingresso.

«Perché ti sei fermata?» chiese bruscamente Petrovic.

«È chiuso» rispose Dani in tono piatto, rifiutandosi di guardarlo.

Gli occhi di Petrovic erano fissi sui tre mentre si avvicinava alla porta. Senza un istante di esitazione o riflessione tirò fuori dalla tasca un cilindro nero e lo attaccò alla canna della pistola. Bastò un colpo per far sparire la maniglia dalla faccia della terra. Petrovic spinse Dani nell'oscurità dell'atrio e con la pistola fece cenno agli altri di seguirlo.

«Da quale parte?» chiese Petrovic, in piedi sulla soglia.

Perfino in quella penombra David riuscì a distinguere l'espressione di sfida negli occhi di Dani.

Petrovic estrasse il cellulare e lo aprì. «Dottoressa Parsons, l'unico modo di salvarla è portare a termine il lavoro con successo. Dite di sapere dove si trova... Allora, dove sta?»

«Non serve a niente» sbraitò David tra i denti serrati. «Che lo troviamo o no, non te ne frega niente se J.P. vive o muore, stronzo bastardo.»

«Può darsi» rispose Petrovic con un sorriso, trascurando l'infrazione di David. «Vuoi scommetterci la vita di Jeep?» Petrovic cominciò a comporre il numero.

«No!» gridò Dani.

Petrovic si fermò e sorrise di nuovo.

David fissò l'uomo che una volta conosceva come Bowen. La persona che si era sentito fortunato di avere al proprio fianco. Fu una sensazione travolgente. Aveva paura, è vero, era pietrificato. Ma era anche carico di un odio cristallino, un odio che non aveva mai provato, divorante e completo, senza rimorso. Desiderava uccidere quell'uomo quanto fare il suo prossimo respiro.

«È piuttosto elementare, signore» disse una voce ferma dal piccolo altoparlante accanto allo schermo perché tutti potessero sentire.

«Cosa abbiamo, Kosik?» domandò Morris guardando nel monitor.

«Triplice minaccia, signore. Si muove la sedia, si muove lei, squilla il telefono; il risultato è lo stesso. La buona notizia è che il filo parte dal telefono. L'innesco è semplice, sicuramente aveva fretta.»

«Kosik, sei in grado di raggiungerlo?» chiese Morris.

«Affermativo, signore, mi dia un istante.»

Rimasero tutti con il fiato sospeso vedendo la mano guantata del tecnico che avvicinava al cellulare le pinze da elettricista.

Un istante sembrò eterno.

«Fatto» disse la voce nel microfono. «La piccoletta è morta.»

Fowler tirò un sospiro di sollievo e Kathryn si prese il viso tra le mani. Greenfield cominciò immediatamente a dare istruzioni agli agenti che erano nella stanza. «Entrate.»

Fowler si voltò e uscì dalla stanza.

«Tom, dove vai?»

«Nel garage» mormorò cupamente Fowler, voltandosi appena.

***

«Okay, mi sono stufato di questi giochetti» gridò Petrovic puntando la pistola alla testa di Marcus. «Per l'ultima volta, da quale parte?»

Marcus chiuse gli occhi e si irrigidì. «Dài, no!»

«No, per favore, di qua» gridò Dani.

Dall'ingresso si diresse nel salone dove la aveva ricevuta Sugarberry. «È lì.»

Gli sguardi di tutti si concentrarono sul quadro sopra il camino.

«Dietro il quadro?» chiese Petrovic.

«No, non il quadro, il camino» precisò Dani.

Petrovic le si mise davanti con il cellulare bene in vista e si avvicinò a pochi centimetri dal suo viso; per un istante i loro nasi si toccarono. «Dietro il camino?»

Dani non si mosse di un millimetro. «Non dietro, dentro.»

Indietreggiando, l'assassino tenne gli occhi fissi su Dani. Fu solo quando si voltò verso il camino che Dani lasciò andare un sospiro di sollievo. Tutti guardarono Petrovic dirigersi verso il camino e passare la mano sopra la mensola. Diede un'occhiata al dipinto, poi guardò a terra. «Dentro» mormorò tra sé. Si levò di spalla la borsa e tirò fuori un foglio di pergamena. Lo aprì, lo esaminò brevemente e di nuovo diede uno sguardo al camino. Poi si voltò verso i tre e dopo una risata folle sussurrò: «Dentro? Sì, certo, dentro.» E fece su e giù con la testa mentre un ghigno cominciava a riempirgli il volto. «Capisco.» Il sussurro divenne un urlo. «Ma certo! Dentro!»

Fowler, Greenfield e Kathryn attesero che i paramedici portassero Jean Ann fuori dal garage su una barella. Era a malapena cosciente. Entrarono e Fowler si guardò velocemente intorno. Era come si aspettava; niente, nemmeno lo straccio di una riga del lavoro di Dani, David e Marcus. Si lasciò cadere sulla sedia girevole, si appoggiò allo schienale e chiuse gli occhi.

«Stiamo collaborando con la polizia di Stato della Virginia e del Maryland,» disse Greenfield guardandosi intorno «abbiamo istituito posti di blocco ai quattro lati della città, ma già domattina non serviranno più a niente.»

Fowler si passò una mano sulla fronte. «Qualche idea sui piani di Petrovic?»

«No. Abbiamo trovato una volante in un burrone una decina di chilometri a nord di qui. I testimoni in un fast food lungo la strada, dove si era fermato a mangiare il vero poliziotto, hanno detto di averlo visto parlare con un uomo in una macchina bianca. Nessuno è stato in grado di ricordarne la marca o il modello, figuriamoci la targa. Sicuramente Petrovic teneva la Peterson nel bagagliaio.»

Fowler annuì. «Una macchina bianca. Questo sì che restringe il cerchio.»

«Ti senti bene?» chiese Greenfield all'amico.

«Sì» rispose Fowler a voce bassa, curvando le spalle mentre si strofinava gli occhi stanchi. Ma non si sentiva bene. Tutt'altro. Il cervello gli faceva male fisicamente. Non ricordava l'ultima volta che aveva dormito. La scarica di adrenalina che aveva sentito nel New Jersey lo aveva lasciato esausto. Ora la sua mente si rifiutava di concentrarsi e sentiva le gambe di gelatina. Aveva un disperato bisogno di sonno; un lungo sonno. Ma sapeva che anche se fosse stato possibile, non sarebbe riuscito a dormire. Doveva telefonare a sua moglie; non parlava con lei dalle quattro e mezzo di quella mattina. Una delle sue figlie quella sera sarebbe andata a trovarli: avrebbe fatto in tempo ad arrivare a casa? E come? Fino a quando quell'animale di Victor Petrovic fosse stato in grado di respirare la sua vita non sarebbe potuta tornare alla normalità. In più era assillato da dubbi e sensi di colpa. *È colpa mia? Sono arrivato alla fine? Forse dovrei ritirarmi. Una mente più giovane avrebbe permesso che accadesse tutto questo?* Le domande lo fecero alzare dalla sedia. Camminò verso il fondo della stanza, senza fare caso agli sguardi fissi di Kathryn e Greenfield.

Quando parlò, lo fece con una combinazione di rabbia e impotenza. «Come si può essere così audaci da introdursi in un complesso dell'FBI, uccidere tutti gli agenti e rapire tre persone?» La mano gli tremava quando se la passò tra i capelli grigi e unti. «Chi è questo maniaco? Da dove viene? Gli uomini come lui non nascono... Sono creati da qualcuno.»

«Da chi?» domandò Kathryn ingenuamente.

Fowler non rispose.

«Li ucciderà?» chiese Kathryn con la voce che le tremava.

Alla domanda seguì un istante di silenzio, poi Fowler rispose: «Se avesse voluto ucciderli lo avrebbe fatto qui. No, ha preso quel che gli serviva. Il mio stupido, piccolo piano ha funzionato, che dio mi perdoni. Lui crede che sappiano dov'è il Mozart.»

«E lo sanno?» intervenne Greenfield.

Fowler guardò il vicedirettore. Non ci aveva pensato. «Non lo so, in effetti David ha detto che avevano scoperto qualcosa dopo che Dani aveva parlato con...» Fowler si fermò immediatamente e lanciò un'occhiata a Greenfield e Kathryn. Riattraversò la stanza quasi correndo e alzò il telefono accanto al computer di Marcus.

«Chi chiami?» domandò confuso Greenfield.

«Il padre di Dani Parsons, spero.» Fowler spinse il tasto per la ricomposizione automatica e rimase in attesa. Risposero al primo squillo.

«Pronto?»

«Il signor Parsons?»
«Sono io, chi parla?»
Fowler fece un cenno al vicedirettore.
«Signor Parsons, mi scuso per il disturbo, sono l'agente Tom Fowler dell'FBI. Sua figlia ci sta dando una mano in un caso.»
«Oh certo, il signor Fowler,» rispose una voce robusta e allegra «Dan mi ha detto tutto. A quanto pare è una cosa grossa. Avete fatto bene a farvi aiutare da mia figlia. È una ragazza intelligentissima.»
Fowler capì che Dani non aveva rivelato al padre i dettagli del caso: non sarebbe stato così entusiasta se avesse saputo che la figlia aveva fatto da esca per catturare uno spietato assassino.
«Ha ragione, è molto in gamba. E le siamo grati per il suo aiuto.»
«Allora, cosa posso fare per lei, signor Fowler? Ho parlato con Dani appena un paio d'ore fa.»
«Lo so.» Fowler fece una breve pausa. «Uh... È solo che... un altro agente ha avuto bisogno dell'aiuto di sua figlia e adesso lei non è qui. Non sono riuscito a incontrarla prima che andasse via. Vede, avrebbe dovuto riferirmi la vostra conversazione ma non ne ha avuto il tempo. Mi domandavo se potesse essere così gentile da ripetermi quel che le ha detto.»
Fowler trattenne il fiato sperando che se la fosse bevuta.
«Be'... credo di sì, dal momento che lei è dell'FBI.»
Fowler tirò un sospiro di sollievo.
«Da come Dan mi ha descritto i simboli, sono sicuro di poter dire che sono della setta.»
«La setta?»
«Sì.»
«Intende dire... una setta satanica?»
L'uomo all'altro capo del telefono rise forte.
«No, non una setta satanica. Buon dio, che le ha raccontato mia figlia? La setta, la confraternita...»

«Cioè la...»

«Sì, naturalmente, la loggia, la massoneria, ne faccio parte da più di trent'anni, e da otto sono Gran maestro della mia loggia.»

«Perciò Dani pensa che i disegni sullo spartito siano simboli massonici?»

«Sì. E credo che abbia ragione, almeno per quanto posso dire senza averli visti di persona. Dani sa che le curiosità sulla massoneria sono il mio piccolo hobby, quindi...»

«Scusi se la interrompo, signor Parsons, ma lei *sa* cosa significano?»

«Be', sì, ma capisce che non posso rivelare a un estraneo il significato dei simboli segreti della confraternita. Ho fatto un giuramento e...»

«È molto importante. Sua figlia vorrebbe che me lo dicesse.»

Ci fu una breve pausa.

«Be', okay, comunque non è niente. Al contrario di quel che forse avrà sentito, noi massoni non cerchiamo di rovesciare la democrazia. Costruiamo ospedali per bambini, per dirne una. Sedie a rotelle e cose del genere.»

«Sì, signore, i massoni fanno cose buone. Ma i simboli...»

«Vediamo, me ne ha descritti parecchi. Uno era composto da due triangoli di cui uno dritto e l'altro a testa in giù. Ha detto che si sovrapponevano; mi ha fatto pensare alla squadra e compasso. Un antico simbolo massonico, uno dei più importanti, è il cuore di qualsiasi cosa connessa alla massoneria. Lo usiamo accanto alla firma, nelle intestazioni delle lettere, sul grembiule...»

«Il grembiule?»

«Sì, il grembiule... Sa, quello che si mette intorno al bacino. È uno dei nostri oggetti di più alto valore simbolico. Omaggia quello che indossavano i primi massoni, artigiani e tagliapietre. È utilizzato per le cerimonie, capisce?»

«Uh... Credo di sì» rispose Fowler prendendo la penna e un taccuino.

«Mi ha anche descritto qualcosa che assomigliava a una spada e ha detto che sembrava puntare verso qualcosa. Io le ho domandato se poteva essere un cuore e lei ha risposto di sì. Ora, se è così, si tratta del simbolo che indica che un giorno la giustizia trionferà; e che se pure i nostri pensieri, le nostre parole e le nostre azioni sono celate agli occhi degli uomini, non lo sono per l'occhio che tutto vede. Che tra parentesi è un altro dei simboli che mi ha descritto.»

«E l'occhio che tutto vede sarebbe...?»

«Dio, naturalmente.»

«C'è altro?»

«Sì, e per questo ho dovuto riprendere in mano i miei libri. Mi ha descritto qualcosa che assomigliava a una bara.»

«Una bara?»

«Sì, un antico simbolo che risale alle origini della massoneria, al XVIII secolo. Di solito indica la morte ma questa ha un ramoscello d'acacia disegnato sopra... Non ne avevo mai sentito parlare.»

«Un cosa?» chiese Fowler che non aveva sentito le ultime parole.

«Un ramoscello d'acacia; be', non ha detto proprio così, ma dalla sua descrizione è quel che sembrava. L'albero d'acacia è lo *shittah* del Vecchio Testamento. È il simbolo dell'immortalità, per questo è strano che si trovi sopra una bara.»

«Mmh» rispose Fowler che nel frattempo scriveva più velocemente possibile.

«Vediamo, c'era anche un altro simbolo... Sembrava il muro a nove strati.»

«Il muro?»

«Esatto, il muro di mattoni a nove strati. Anche questo è antico. Spunta spesso negli scritti massonici del XVIII secolo, ma nessuno sa cosa significhi. La spiegazione più probabile è che rappresenti il luogo dove si trovava l'altare nelle vecchie logge. Pare che la Bibbia, la squadra e il compasso, e il grembiule del Maestro fossero conservati lì, ma provare a spiegarne il significato è pura speculazione.»

«Vorrebbe, la prego, speculare un po'?»

Il signor Parsons tentennò. «Be', alcuni pensano che possa rappresentare l'Arca dell'alleanza.»

«Come nel film *I dieci comandamenti*?»

«Sì» ridacchiò Parsons. «Deve sembrarle un po' strano, eh? All'inizio lo fu anche per me. Vede, signor Fowler, gran parte del simbolismo della massoneria si basa su miti e leggende fiorite intorno al tempio di Salomone in Israele. Alcune delle nostre storie e dei nostri rituali coincidono con quei simboli. Ma è tutto completamente allegorico, sono soltanto insegnamenti edificanti, consigli per una buona condotta di vita, niente di più. E quindi è possibile considerare il muro a nove strati come il luogo della loggia che ospita i grandi simboli della fede; in maniera letterale o figurata.»

«Capisco. È tutto?»

«Sì, non ha menzionato altri simboli. Le sono stato d'aiuto?»

«Sì, signore, forse. La ringrazio molto.»

«Ah, un'altra cosa, ma non so se è importante.»

«Cosa?» domandò rapidamente Fowler.

«Mi ha chiesto se ho mai sentito parlare di qualche loggia precedente alla Guerra civile.»

«E la risposta?»

«Ovvio che sì, i massoni erano fortemente contrari alla schiavitù e contribuirono alla formazione di molte logge di uomini liberi di colore che vivevano nel Nord. Fin dai tempi della Guerra d'indipendenza, i massoni neri hanno tenuto incontri e officiato cerimonie nelle loro case. In effetti molti massoni, sia bianchi che neri, parteciparono alla costruzione dell'Underground Railroad. E di questo noi massoni siamo molto orgogliosi. E alla fine mi ha fatto la più semplice delle domande.»

«E quale sarebbe?»

«Se Benjamin Franklin e Mozart significano qualcosa per un massone?»

«E?»

«Be', ma certamente! Ogni massone che si rispetti sa che Mozart e Franklin sono stati i due esponenti più importanti della massoneria di tutti i tempi.»

Fowler annuì. *È questo il collegamento di cui parlava David.* «Signor Parsons, la ringrazio. È stato di grande aiuto. Le auguro una buonanotte.»

«Buonanotte anche a lei, e dica a Dani che suo padre le vuole tanto bene.»

Fowler si sentì fermare il cuore. «Certo, glielo dirò.»

Poi attaccò il telefono e si voltò verso Kathryn e Greenfield.

«La massoneria, è questo il collegamento. Mozart e Franklin erano entrambi massoni e la bozza di David è piena di simboli della confraternita.»

«E che vogliono dire?» disse Kathryn con voce implorante.

«Non lo so, ma sono sicuro che decifrarli ci condurrà allo spartito completo.»

«Pensa che Dani e David siano riusciti a interpretarli?»

Fowler si lasciò andare nuovamente sulla sedia di Marcus. «Spero di sì. Per il loro bene, spero di sì.» Poi poggiò le braccia sulla scrivania e urtò il mouse del computer. Il salvaschermo si chiuse e comparve quel che sembrava il davanti di un mangianastri.

Fowler guardò il monitor ma non se ne accorse subito. Poi i numeri nell'angolo in basso a destra catturarono la sua attenzione. Guardò la schermata e poi di nuovo i numeri; stava registrando!

Mise la mano sul mouse e spostò il cursore sul pulsante *Stop* del mangianastri virtuale. Cliccò sul mouse e guardò i numeri. Si erano fermati. Spostò il cursore sul pulsante del riavvolgimento e cliccò. Dopo qualche secondo spinse di nuovo il tasto *Stop*. Infine mosse il cursore su *Play* e cliccò ancora. Le voci tuonarono dagli altoparlanti.

«*La massoneria, è questo il collegamento. Mozart e Franklin erano entrambi massoni e la bozza di David è piena di simboli della confraternita.*»

«*E che vogliono dire?*»

«*Non lo so, ma sono sicuro che decifrarli ci condurrà allo spartito completo.*»

«*Pensa che Dani e David siano riusciti a interpretarli?*»

«*Spero di sì. Per il loro bene, spero di sì.*»

Fowler, Kathryn e Greenfield si guardarono.

«Ha registrato per tutto il tempo» mormorò Greenfield.

Ci pensarono tutti e tre nello stesso istante. Nessuno parlò, ma Fowler rispose comunque alla domanda: «Non lo so, vediamo.»

Spostò di nuovo il cursore sul riavvolgimento e cliccò con il mouse. Questa volta attese fino a quando i numeri divennero tutti zeri. La macchina si fermò da sola.

«Dài, Marcus» disse Fowler con un intenso sussurro. «Dimmi che sei così geniale.»

Fowler posizionò il cursore sul tasto *Play* e cliccò.

45

Petrovic non perse tempo. Prese Dani per i capelli e la spinse sul divano accanto a David, mettendoli poi schiena contro schiena.

«Voi due aspettate qui» disse, poi tirò fuori due paia di manette e li legò. «Marcus e io torniamo subito.»

«Oh, amico, ti prego, non uccidermi!» implorò Marcus.

«Stai tranquillo, andiamo solo a prendere gli attrezzi in macchina.» Petrovic guardò i due prigionieri e sorrise. «Sì, sono venuto preparato. E ricordatevi questo» canticchiò Petrovic scuotendo il cellulare.

Appena scomparve dalla loro vista, David cominciò a lottare per liberarsi dalle manette.

«No, David» disse Dani come una furia. «Non c'è tempo, e non ci penserebbe due volte a uccidere J.P.»

David si fermò e provò a calmarsi il più possibile.

«Sei sicura che è nel camino?»

«Deve essere quello il muro a nove strati, l'Arca. E guarda il dipinto – il sole –, non è proprio un sole, no? Mi è venuto in mente mentre parlavo con papà. È l'occhio che tutto vede, l'occhio di dio; e la Underground Railroad. Quelle persone stanno per essere condotte verso la libertà, ed è per questo che sul viso hanno quell'espressione di speranza. Dopo aver capito il soggetto del quadro, ho subito cercato gli atti di proprietà della casa. È un luogo storico di Georgetown. Costruita alla fine del XVIII secolo. Henry Cook, il padre di James, ti ricordi, Wilbur ha detto che era un nero libero, commerciante di tabacco? Be', era anche un noto abolizionista e uno degli uomini più in vista nel progetto della Underground Railroad. Ed era anche Gran maestro della locale loggia nera. David, questa casa era... la sede della sua loggia e quel camino era l'altare.»

«Ma come ha fatto Franklin...?»

«Dalle ricerche di Marcus è emerso che negli ultimi anni di vita Franklin passava il tempo a scrivere la propria autobiografia, oltre ad alcuni articoli. Indovina su che argomento?»

«La schiavitù» rispose David.

«Sì, sulla schiavitù. La aborriva. Il fatto che questa nazione, la nazione che aveva contribuito a edificare, praticasse quella che lui vedeva come una barbarie lo riempiva di rabbia e gli spezzava il cuore. Il suo ultimo atto pubblico fu di firmare un documento in qualità di presidente del movimento della Pennsylvania per l'abolizione della schiavitù.»

«E Franklin era nella massoneria, perciò conosceva Henry Cook.»

«Esatto.»

«Il che vuole anche dire...»

Dani chiuse il cerchio: «Che il giovane James non ha conosciuto lo spartito di Mozart grazie a Jefferson, ma piuttosto il contrario; Jefferson lo ha conosciuto grazie a James.»

«Mio dio, allora questo significa...»

«Che James lo ha insegnato al suo vecchio maestro molto dopo che Jefferson lo vendesse a George Beall e che poi Beall a sua volta vendesse James al padre, Henry Cook, che lo ha infine liberato.»

David aggiunse: «Quindi al padre di James è stato insegnato da Franklin che lo ha avuto da Mozart?»

«Sì, e si chiude il cerchio.»

«Ma Dani, se è in quel camino... o altare, se è di questo che si tratta, allora perché Franklin avrebbe dovuto darlo a Cook? All'epoca Mozart era famoso. Perché non renderlo pubblico?»

«Non lo so» rispose Dani con la voce che le tremava. «Non ho tutte le risposte. Ma David, se non è in quel camino, non so dove altro possa essere. E se non so dove si trova, allora siamo...»

«Vi divertite?» disse Petrovic rientrando nella stanza.

Dalla borsa provenne un rumore metallico. Marcus barcollò nella stanza e lasciò cadere la sacca sul pavimento. L'ingegnere del suono dai lunghi capelli aveva l'aspetto di chi avesse scalato una montagna portandosi dietro un grosso macigno.

Petrovic liberò Dani e David dalle manette. «Va bene, amici miei, nella borsa ci sono due martelli e due scalpelli. Voglio quel camino demolito entro un'ora, altrimenti la Peterson muore. E uno di voi tre insieme a lei.»

«*Oh dio, J.P., Jeep, Jeep! Tu, brutto stronzo!*»

«*David no!*»

Un indistinguibile rumore di fondo.

«*Nessuno parla se non è interrogato. Una parola e siete morti!*»

Un istante di silenzio.

«*Sapete dov'è?*»

Silenzio; poi un *clic* metallico.

«*Vi ho fatto una domanda. Sapete dov'è?*»

«*Sì.*» La voce di Dani. «*È a Georgetown. In una...*»

Irruppe la voce di David: «*Cosa le hai fatto, schifoso...!*»

«*Hai parlato, David. Mossa stupida.*» Altro *clic* metallico.
«*Oh dio, ti prego, non ucciderlo!*» gridò la voce di Dani.
Silenzio.
«*Se non ti importa di te stesso, forse ti importerà di lei.*»
L'uomo rise.
Silenzio.
«*Non devo fare altro che comporre il numero e boom. Chiaro?*»
«*È in una casa. La casa di Gertrude Sugarberry!*» urlò ancora la voce di Dani.
«*Portamici. Andiamo.*»
La voce di David: «*J.P., andrà tutto bene, oh, dio, J.P., mi dispiace così tanto, mi...*»
Fruscio di passi, poi più nulla.

Greenfield era già al cellulare. «Esatto, due squadre di dodici uomini. Codice rosso, massima urgenza, ripeto, massima urgenza! La villa di Gertrude Sugarberry, a Georgetown... L'indirizzo a breve. L'obiettivo è un maschio bianco, un metro e ottantasette, colore dei capelli ignoto. Ha tre ostaggi. Probabilmente indossa una divisa della polizia della Virginia. È armato fino ai denti e deve essere considerato letale. Avvicinarsi di nascosto. L'agente Fowler e io saremo lì ad attendere.»
«Attendere un cazzo!» disse Fowler dirigendosi verso la porta.
Kathryn fece per seguirlo.
«Spiacente, signora Depriest, lei deve restare qui.»
Kathryn non ebbe il tempo di protestare. Fowler e Greenfield erano già usciti.

«Dani, non credo troveremo niente qui dentro» sussurrò David mentre rompeva un pezzo di calce tra due mattoni.
«Perché?»

«È fatto di calce e mattoni... Non ha duecento anni.»
«Ha ragione, Dan» aggiunse Marcus avvicinandosi al muro. «Al college mi mantenevo facendo questo genere di lavori. La calce non è nemmeno del tutto asciutta. Non può avere più di un paio di settimane.»
«Sento parlare!» gridò Petrovic dall'altra parte della stanza. Guardò l'orologio e tirò su il cellulare. «Avete sette minuti.»
I tre ostaggi erano piegati sulle ginocchia. Erano coperti di polvere e circondati da detriti e mattoni. Dani e David erano a un angolo; David dava colpi di martello e scalpello mentre Dani puliva via i frammenti. Marcus faceva lo stesso dalla parte opposta. Avevano rotto il primo strato solo per trovarne un secondo.
«Vuoi dire che è nuovo?» sussurrò Dani.
«Non tutto,» rispose Marcus a voce bassa «solo la parte sopra. È quella roba a presa rapida. Ma la parte sotto è molto vecchia... Un impasto di sabbia, fango e ghiaia.»
«Oh dio,» ansimò Dani «questo vuol dire che qualcuno è già stato qui.»
«Sì, penso di sì» rispose Marcus con riluttanza.
«Cosa facciamo?»
David rispose: «Un problema alla volta. Abbiamo meno di cinque minuti per demolire questo coso.»

46

Il parafango posteriore produsse delle scintille quando all'incrocio tra la Wisconsin e P Street la macchina cominciò a risalire la collina. Greenfield diede un'occhiata al taccuino. «Una volta in cima, gira a destra, è la prima casa davanti al cimitero.»

Fowler superò veloce uno stop e accostò al marciapiede. Entrambi videro la Ford Escort bianca parcheggiata davanti alla casa. Fowler aprì la portiera.

«Tom, aspettiamo i rinforzi. Saranno qui a momenti.»

«Aspetta tu, io non ci riesco.»

«Tom» disse Greenfield afferrando il braccio dell'amico. «Non è una mossa intelligente! Sappiamo bene quanto...»

«Faccio il giro della casa, deve esserci una porta sul retro. Non entro finché non sono arrivati i rinforzi.» Greenfield annuì rendendosi conto che un ordine non sarebbe servito a niente.

Fowler saltò giù dall'automobile e si diresse rapidamente verso gli alberi per avere una copertura. Greenfield vide l'agente dell'FBI che tirava fuori la pistola e scompariva nell'oscurità.

***

C'era un'apertura di sessanta centimetri, dal contorno irregolare. Con il martello David appianò i mattoni che sporgevano. Dani e Marcus si rannicchiarono sul pavimento.

«Spostati!» ordinò Petrovic dando uno spintone a David.

David lasciò cadere il martello e arretrò. Petrovic infilò la pistola nei pantaloni, si posizionò a breve distanza dal muro, si voltò di lato, e con tre rapidi saltelli si preparò a colpire. Il calcio fu veloce come un fulmine, violento, e accompagnato da un ruggito bestiale. Si staccarono due mattoni. Poi un altro calcio, altri quattro mattoni a terra. Al quinto colpo l'apertura di sessanta centimetri era grande quanto un uomo in piedi.

Petrovic prese una torcia dalla sacca, si mise in ginocchio e illuminò l'interno. David, Dani e Marcus si prepararono al peggio.

«È vuota!» gridò. «È... Aspettate...»

Dani strinse forte il braccio di David.

«...C'è qualcosa... Una porta.»

Petrovic tirò indietro la testa e prese il martello. Il suono dell'acciaio contro l'acciaio riverberava per tutta la casa mentre Petrovic, seduto a terra, martellava con il braccio dentro il muro. Poi si sentì uno scatto. Petrovic si fermò, gettò via il martello e indirizzò nuovamente la luce della torcia all'interno dell'apertura. Si voltò verso i tre ormai sfiniti, e sorrise.

«Tu,» disse Petrovic bruscamente a Dani «tieni la torcia.»

Dani prese la torcia mentre Petrovic sollevava un pannello di legno.

David vide l'espressione sul viso di Dani.

«Allora?»

«Sembra una scala» rispose Dani.

Petrovic uscì dal camino ed estrasse la pistola dai pantaloni. «Dove porta?»

«Non lo so.»

Puntò l'arma alla testa di Dani.

«Giuro, non lo so» supplicò Dani. «Deve essere una stazione.»

«Una che?»

«Una stazione dell'Underground Railroad. Le chiamavano così a quei tempi. Probabilmente porta a una delle gallerie che servivano per nascondere e far scappare gli schiavi. Ma non lo sapevo... Giuro di non sapere dove porta, ammesso che porti da qualche parte.»

Petrovic abbassò la pistola, guardò l'apertura e poi di nuovo i suoi ostaggi. «Va bene, allora, scendiamo tutti. E le stesse regole...» Petrovic si interruppe a metà frase e voltò la testa. Si spostò dal camino verso la finestra principale e si appiattì contro la parete. Aprì le tende con la canna della pistola. «Idioti!» Tornò di corsa verso il camino, afferrò Dani e la spinse davanti a sé.

Fu un'azione irrazionale, la cui follia non penetrò nella coscienza di David. «No!» gridò scagliandosi contro Petrovic, e lo colpì all'altezza del bacino.

L'attacco colse Petrovic completamente alla sprovvista, nell'impatto dovette lasciare la presa su Dani. I due uomini cominciarono a incespicare per tutta la stanza, aggrappati l'uno all'altro come lottatori di sumo finché a Petrovic venne meno l'appoggio di un piede. Caddero entrambi sul tavolino davanti al divano che si disintegrò sotto il loro peso. David era sopra, ma il suo vantaggio ebbe vita breve. Prima che potesse rendersi conto di quel che stava accadendo, Petrovic lo aveva già sottomesso, e con le mani gli stringeva la gola. La bocca di David si spalancò in cerca di ossigeno mentre la presa di Petrovic si faceva sempre più forte. David guardò gli occhi del suo assassino... Erano completamente privi di emozione. Sentì Dani gridare e Marcus dire qualcosa, ma tutto sembrava lontanissimo; a quel punto sentì una voce familiare.

«Agente federale!»

Poi uno sparo.

Il sangue schizzò sul viso di David, e Petrovic lasciò andare la presa di colpo.

David ansimava mentre l'aria ricominciava a riempirgli i polmoni. Non era ancora del tutto cosciente quando la vide con la coda dell'occhio. *Cos'è? La pistola di Petrovic?* Non ci pensò un attimo. Agì subito; David ruotò su un fianco e afferrò l'arma.

Poi un altro sparo.

Abbassò istintivamente la testa. L'immagine del viso di lei gli invase la mente. *Dani!*

Si mise in ginocchio e guardò verso il camino. Petrovic la teneva per i capelli mentre con l'altra mano frugava nella sacca. Aveva la maglietta ricoperta di sangue ma teneva in mano l'arma che prima era nella fondina.

«Lasciala andare!» gridò David alzando la pistola.

Petrovic guardò David con indifferenza e cominciò a sparare continuando a rovistare nella sacca. David si gettò a terra dietro il tramezzo alto circa un metro che divideva il salone dalla sala da pranzo. Non si aspettava di trovare quel che trovò. Fowler, ed era stato colpito. L'uomo dell'FBI aveva gli occhi ben aperti ma c'era sangue tutto intorno a lui.

«Stai giù!» ordinò Fowler.

David non rispose. Al contrario, fece un profondo respiro e si alzò per sbirciare oltre la parete, con la pistola che gli tremava furiosamente nella mano. Quel che vide lo atterrì; Petrovic era nell'apertura del camino e Dani era ancora fuori, piegata in avanti, e gridava disperata. Petrovic le aveva messo una corda intorno al collo come un guinzaglio e la stava trascinando verso di sé. David fece per alzare la pistola ma si fermò impietrito quando vide Petrovic prendere in mano il cellulare e cominciare a spingere i tasti. Per David, ogni cosa si mosse al rallentatore. Alzò la pistola. Petrovic alzò il cellulare. David fece fuoco ma lo mancò di un chilometro. Petrovic distese il braccio che teneva il cellulare. David sentì i battiti impazziti del proprio cuore quando l'assassino sorridendo gridò: «*Boom!*»

«No!» ululò David come un animale ferito. Non ebbe modo di sentire le parole di Fowler: immediatamente abbassò la pistola e saltò fuori dal nascondiglio dietro la parete.

Ma era troppo tardi; Petrovic e Dani erano già scomparsi.

«Oh dio, Dani!» sussurrò David. Corse verso il camino. Marcus si stava riparando dietro una catasta di mattoni. Tremava in modo incontrollato.

«Stai bene?» gli domandò David, e afferrò la torcia dalla sacca.

«Io sì, ma ha preso Dan!»

«Di' a tutti che hanno sparato a Fowler!» disse David entrando nell'apertura.

«Che hai intenzione di fare?»

«Vado a prendere Dani e ammazzare quel lurido figlio di troia!»

E sparì.

«Colpi di arma da fuoco! Colpi di arma da fuoco!»

Greenfield si allacciò il giubbotto antiproiettile e si avviò per il vialetto di pietre aggiustandosi le cuffie. «Unità 2 in copertura. Ricordate, sono quattro in tutto, il nostro è uno solo. Unità 1, disporsi a ventaglio, attenzione a un possibile agguato!»

Tranne Greenfield, i sei uomini della migliore unità tattica dell'FBI erano vestiti completamente di nero, compresi gli elmetti, le cuffie, e gli occhiali di protezione. Avevano tutti armi semiautomatiche.

«Capo, qui unità 2, siamo dietro la casa... La porta sul retro è aperta.»

«Cazzo, Tom!» disse Greenfield tra sé. «Roger, unità 2.»

«Colpi di arma da fuoco! Colpi di arma da fuoco!»

«Via, unità 2, muoversi!» ordinò Greenfield. «Unità 1, stiamo entrando!»

Greenfield arrivò sul patio per primo, e fece cenno agli altri di seguirlo.

«Capo, abbiamo un intruso, ripeto, abbiamo un intruso!»

«Dove, unità 2?» disse Greenfield fermando i suoi uomini con la mano alzata.

«Corre verso un lato della casa. Deve essere uscito da un'altra porta... Gli ho mandato dietro tre dei miei uomini. Devo seguirlo?»

Greenfield fece una pausa di un millisecondo. «Negativo, mando due dei miei. Ora entrate in quella casa!»

Greenfield indicò due uomini, un istante dopo erano già scomparsi.

«Capo, qui Renegade» disse un'altra voce. «L'intruso ha attraversato la strada ed è entrato nel cimitero.»

Greenfield non rispose. Aprì la porta ed entrò nell'atrio buio. La squadra di tre uomini entrò dietro di lui. Greenfield fece cenno verso il salone.

«Capo, abbiamo perso l'intruso! Ripeto, abbiamo perso l'intruso!»

Greenfield diede il segnale. Dall'atrio i tre uomini si precipitarono nel salone. Uno si mise su un ginocchio, pronto a sparare, gli altri due si accovacciarono.

«Ha preso Dani!» gridò Marcus dal pavimento. «David gli è andato dietro!»

«Dove?» domandò Greenfield mentre i due uomini dell'unità 2 entravano di corsa dalla cucina.

Marcus indicò il camino. «Lì dentro.»

Venne un rumore dal fondo della stanza. Greenfield alzò l'arma.

«No!» gridò Marcus. «È il signor Fowler.»

Greenfield corse dietro il tramezzo. Fowler era seduto e si teneva un braccio. «Ah, cristo, Tom!»

«Sto bene. Dobbiamo prenderlo!»

Greenfield serrò le mascelle.

«Capo, lo abbiamo perso, è scomparso.»

«Cazzo!» esclamò Greenfield. «Roger, Renegade, mantenete le posizioni.»

«Che è successo?» chiese Fowler.

«Lo abbiamo perso, è scappato dalla casa.»

Fowler scosse la testa. «Bob, non era lui. È sceso nel camino.»

«E allora chi...»

Fowler fece per alzarsi. «Aiutami. Dobbiamo scendere in quel buco.»

47

Dopo una discesa di tre metri nell'oscurità più completa, David si alzò in piedi in una stanzetta di due metri per tre. Puntò la torcia contro le pareti di argilla rossa. Otto travi di legno, due per ogni lato e tutte di dimensioni diverse, si estendevano in verticale dal pavimento lercio fino a un traballante soffitto di roccia. Nel punto in cui si trovava lui, era alto tre metri buoni. Ma sul lato opposto della stanza era meno di un metro e mezzo; sembrava che uno starnuto potesse far crollare l'intera struttura. C'erano tre uscite visibili; la scala di legno alle sue spalle, una fenditura alla sua destra, e una alla sua sinistra. In quella di destra si era già avventurato, e si era trovato davanti un muro di argilla rossa appena quattro o cinque metri dopo. Quella di sinistra avrebbe quindi dovuto condurlo da Dani.

Con la torcia in una mano e la pistola di Petrovic nell'altra, David cominciò ad avviarsi a passo svelto lungo la galleria. L'aria odorava di fango ma non era stagnante; doveva esserci un'apertura da qualche parte all'altra estremità. Il vantaggio di Petrovic non era poi così grande, ma era pur sempre un vantaggio. David pregò che per scendere quella scala Petrovic avesse impiegato tanto quanto lui.

Dopo trenta secondi nella galleria, David si rese conto che faceva fatica a non correre; stava scendendo, e velocemente. Anche le pareti erano cambiate; all'argilla rossa del Maryland si era sostituito un calcare ruvido e duro. Si fermò ad ascoltare. La temperatura si era abbassata di almeno cinque gradi e sopra la testa sentiva il rumore di acqua corrente. Puntò la torcia contro le pareti. Un rigagnolo stava colando da una formazione rocciosa alla sua destra. Alzò la luce e capì perché. In quel punto il soffitto era alto una decina di metri; la galleria era diventata una caverna. C'erano stalattiti che scendevano come lacrime giganti e stalagmiti che sorgevano da balconi di roccia. Chi aveva costruito la stanza sotto il camino aveva poi scavato una grotta. Era bella, ma anche pericolosa. David si rese conto che Petrovic avrebbe potuto nascondersi dietro una qualunque di quelle formazioni e lui non lo avrebbe più visto.

Con questo pensiero in mente, David ricominciò a muoversi spostando la luce da terra alle pareti mentre avanzava. Si era abituato a camminare su un terreno piuttosto liscio, perciò fu colto alla sprovvista quando scivolò, rischiando di cadere di schiena. Puntò la torcia verso il basso. Il colpevole era un oggetto sottile e cilindrico, di colore bianco. David si mise la torcia sottobraccio e si piegò per raccoglierlo. Sollevò l'oggetto in modo che la luce lo colpisse direttamente. Lo mosse da un lato e dall'altro fino a quando si rese conto di cosa si trattava. Un brivido gli percorse la schiena e David lo buttò a terra. Era un osso, ed era umano. Muovendo la luce, vide che ce ne erano degli altri, quattro o cinque, di diverse dimensioni. Ma quando alzò la torcia illuminando la galleria, cominciò a vederne ancora. Poi lo vide; in una nicchia sulla destra, a meno di tre metri dal punto in cui si trovava lui. Se non lo avesse saputo, avrebbe pensato a un'abilissima trovata per una decorazione di Halloween. Ma non era una decorazione... Era vero, ed era un cimitero. Scheletri completi, almeno una quindicina, uno accanto all'altro, ossa contro ossa, ricoprivano la parete, tutti con la testa da un lato, ammucchiati come un cumulo di panni sporchi. Capì subito cosa stava guardando; erano schiavi. Schiavi che per un motivo o per un altro non ce l'avevano fatta. «Oh mio dio!» mormorò mentre si avvicinava. Brandelli di vestiti pendevano ancora da molti di loro, e il terreno tutto intorno era cosparso di oggetti personali, come bastoni da passeggio e borse da donna. Poi vide qualcos'altro, uno scheletro isolato da una parte. Avvicinandosi, si sentì venire meno. Era piccolo, molto più piccolo anche del più piccolo degli altri. Giaceva di lato in posizione fetale, con un pezzo di tessuto marrone intorno alla cassa toracica, e tra le ossa della manina quella che sembrava una bambola fatta a mano con ovatta e cotone. David si sentì mancare l'aria e cadde in ginocchio.

«Oh, dio» sussurrò con le lacrime che gli riempivano gli occhi.

Pensava di esserci abituato; l'eterna crudeltà che l'uomo perpetra ogni giorno contro i suoi simili. Pensava di esserne immune. Pensava che dopo aver trascorso la parte migliore della sua vita adulta tra persone che vivono solo da mezzanotte in poi, avesse visto ogni possibile esempio di umanità degenerata. Amarezza, egoismo, insensibilità, meschinità e solitudine; non avrebbe mai potuto dimenticare la solitudine. Erano le malattie delle persone che vivono di notte. Ma lui ne era immune, le aveva viste tutte. O così pensava. Ma lì, in quella caverna che conservava le prove del più efferato atto di violenza che la sua nazione avesse mai testimoniato, si sentì a un tempo scosso e contaminato.

Nella sua mente si formò l'immagine di un anziano e divertente custode del Museo di storia americana e dei suoi due nipotini. E quella di un atleta fenomenale e umile, diventato poi accademico alla Georgetown University. E quella di una donna di nome Sugarberry, che non aveva mai conosciuto ma che Dani aveva descritto in modo tanto vivido come l'essenza stessa della grazia e della dignità. Pensò a tutti loro, e comprese che appena centocinquant'anni prima uno qualsiasi di quegli scheletri avrebbe potuto essere il loro. Si avvicinò ai resti piccoli e fragili. Non provò che vergogna mentre si chinava per coprire il piccolo teschio con il lembo di tessuto. Fu questione di pochi secondi. Ma più tardi avrebbe confessato di aver completamente perso la cognizione del tempo, e che fu solo la voce di Dani a riportarlo al presente. «No!»

Non sapeva dire quanto fosse lontana, ma era Dani. Cominciò a correre, addentrandosi sempre più nella caverna. I muscoli delle gambe gli facevano male; stava correndo in salita. Faceva meno freddo e sentì l'odore dell'aria aperta; si stava avvicinando all'uscita. La galleria cominciò a restringersi e la pendenza a farsi sempre più ripida. Le voci provenivano dall'alto, non molto lontano, ma David non riusciva ancora a capire quel che dicessero. Dopo qualche altro passo vide una luce contro la parete. Era Petrovic. Fu solo allora che si pose la domanda. Cosa avrebbe fatto? Sarebbe stato in grado di premere il grilletto e porre fine alla vita di un altro essere umano? Poi pensò a J.P. e Dani... La risposta era sì, ci sarebbe riuscito.

David si rese conto di aver lasciato la caverna e di aver raggiunto un ambiente artificiale. Il soffitto si era progressivamente abbassato; fu costretto a mettersi carponi per percorrere gli ultimi dieci metri. Ma ormai le voci si distinguevano chiaramente e poteva vedere l'apertura pochi metri davanti a sé. Spe[illegible] torcia e, f[illegible]ndo meno rumore possibile risalì la stretta fessura. Raggiunse la sommità e rimase in attesa. Petrovic stava parlando.

David alzò lentamente la testa e vide che si trovava in una struttura chiusa, molto ampia, con un'apertura dalla parte opposta; di Petrovic e Dani riusciva a vedere solamente le gambe. Si tirò su dalla botola e si ritrovò sotto quel che gli sembrò un tavolo. Assicurandosi che Petrovic fosse ancora di spalle, strisciò sotto il tavolo... Ma non era un tavolo, era una tomba. Era nel cimitero davanti alla casa, dall'altra parte della strada, e quello era un mausoleo.

David si nascose dietro il grande blocco di cemento e attese un attimo prima di guardarsi intorno. Petrovic era in piedi nell'ombra sulla parte opposta della stanza e aveva lo sguardo rivolto oltre il cancello arrugginito; teneva Dani davanti a sé, con la corda ancora intorno al collo.

«Quando vanno loro, andiamo anche noi.» David sentì sussurrare Petrovic.

Un colpo, basterebbe un colpo, pensò David puntando la pistola alla schiena di Petrovic. Aveva la mano ferma ed era certo di poterlo fare... Ma non poi così tanto. Petrovic avrebbe potuto spostarsi all'ultimo secondo e l'avrebbe mancato, colpendo Dani. Non poteva rischiare. Doveva avvicinarsi.

Proprio mentre stava cominciando a uscire da dietro il blocco di cemento, Petrovic parlò di nuovo: «Sono andati via, andiamo.»

Senza allentare la tensione della corda, Petrovic aprì il cancello e spinse Dani all'esterno. David saltò da dietro la tomba e corse verso l'ombra che Petrovic e Dani proiettavano alle loro spalle. Vide l'assassino accertarsi che il cimitero fosse vuoto.

Era il momento; non poteva aspettare oltre. David fece qualche passo verso Petrovic e accese la torcia.

«Lasciala andare!» gridò con la pistola puntata.

Petrovic non si voltò. Non ebbe neanche un sussulto. Rimase immobile, stringendo la presa sulla corda. Dani cercò di riprendere fiato.

«Lo sapevo che dovevo ucciderti in quella casa. Molto bene, David.»

«Ho detto lasciala andare! Giuro su dio che ti ammazzo.»

Dani stava per soffocare quando Petrovic aumentò ancora la tensione della corda. «Oh, ne sono certo, David. C'è solo un problema, la tua ragazza è in una posizione molto rischiosa. Lo sai quanto ci metto a sfasciarle la trachea? Scommetto meno di quel che impieghi tu a premere il grilletto, vogliamo provare?»

David tirò indietro il percussore della pistola e disse: «Sì.»

Non era la risposta che Petrovic si aspettava, ma comunque non si mosse. Poi all'improvviso lasciò andare la corda e allargò le braccia.

Dani corse al fianco di David cercando di riprendere fiato mentre si sfilava la corda dal collo. Petrovic si voltò e li guardò in faccia. Era stato colpito, l'uniforme era coperta di sangue, ma sorrideva ancora. «E adesso? Sono disarmato.»

David fece un passo indietro e puntò la pistola alla testa di Petrovic.

«No, David, non farlo» disse Dani a voce bassa.

«Ha ucciso J.P.!» gridò David, distendendo ancor di più il braccio. «Ha ucciso Henry e Charlie e dio sa chi altro. Perché non dovrei ammazzarlo?»

Dani strinse il braccio di David e lentamente disse: «Perché tu non sei un assassino.»

David mantenne la posizione. Voleva premere il grilletto. Voleva far sparire quella creatura senz'anima dalla faccia della terra. Dani aveva ragione, non era un assassino, ma quel che aveva davanti non era un essere umano. Sapeva di potergli infilare un proiettile in testa senza che nessuno avesse niente da obiettare, eccetto lui stesso. David si rese conto che qualunque fosse stata la sua decisione, avrebbe dovuto conviverci per il resto della vita. Ma per come andarono le cose, fu una decisione che non dovette prendere.

«Getta la pistola!» ordinò una voce sconosciuta dall'oscurità.

David voltò di scatto la testa. Mise subito Dani dietro di sé dando una rapida occhiata a Petrovic, poi guardò di nuovo nella direzione della voce.

«Ho detto getta la pistola» disse l'uomo emergendo dall'ombra del mausoleo. Era completamente vestito di nero e teneva la pistola puntata contro David.

David si voltò verso Petrovic e poi di nuovo verso lo sconosciuto. Non riusciva a vedergli il viso.

«Signor Webber,» disse l'uomo con calma «*dovrò* spararle se mi costringe a farlo.»

Ci volle ancora qualche secondo, poi David gettò la pistola e immediatamente abbracciò Dani.

Petrovic ghignò. «Bene bene, come stai, vecchio mio?»

«Sta' zitto!» rispose l'uomo puntandogli contro la pistola.

Il ghigno di Petrovic sparì di colpo.

«Signor Webber, dottoressa Parsons, ora dovete andarvene.»

David e Dani si scambiarono un'occhiata ma nessuno si mosse.

«Rientrate in casa attraverso la galleria. Subito.»

Dani si mosse per prima, esitante.

«Avete capito? Ora! Andate!»

La forza con cui l'uomo impartì l'ordine li spinse a rientrare di corsa nel mausoleo. Mentre aiutava Dani a scendere nella fessura, David diede un'ultima occhiata verso il cimitero. L'uomo non c'era più, e anche Petrovic era sparito.

Scivolarono sul sedere lungo lo stretto cunicolo finché non ci fu abbastanza spazio per alzarsi in piedi. David teneva Dani per mano e nell'altra reggeva la torcia mentre dalla galleria correvano spediti verso la caverna. Giunti all'altra estremità, udirono le voci. Si fermarono quando videro le luci. Per primo riconobbero Greenfield. Poi, accanto a lui, videro l'agente Fowler. Dani guardò David, gli occhi pieni di lacrime di sollievo. David sorrise, la prese tra le braccia e la strinse a sé.

Greenfield e Fowler erano a poche decine di centimetri dalla coppia che si abbracciava, quando tutti lo sentirono distintamente. Un unico colpo di pistola da qualche parte sopra le loro teste.

48

Dani fece solo una risatina. David, al contrario, se non proprio sconvolto, era quantomeno a disagio per la robusta dimostrazione di affetto di Marcus al loro ritorno sani e salvi. Li accolse entrambi con un abbraccio simultaneo traboccante di gioia. Talmente gioioso e forte, in effetti, che David fu costretto a spostargli braccio dal collo dolorante per respirare. Dopodiché Greenfield ordinò che Marcus fosse riaccompagnato a casa. Riuscirono a sentire le parole del gasatissimo ingegnere del suono mentre lasciava il patio.

«Ragazzi, quel tizio era alto tipo due metri e mezzo. Le mani sembravano guantoni da baseball. Ehi, avete presente *X-Files*? Avete mai investigato su quella roba degli UFO? Dio, sono in astinenza da pizza, voi avete fame?»

In casa, la situazione si era notevolmente calmata. Greenfield era in piedi accanto al camino demolito e confabulava con gli agenti dell'unità tattica mentre Fowler, che aveva solamente una ferita superficiale, sedeva dall'altro lato della stanza e stava parlando al cellulare. David e Dani colsero l'occasione per stare un po' senza fare nulla. Sedevano in silenzio sul divano; nessuno dei due diceva niente. Il braccio di David era intorno alle spalle di Dani, che aveva la testa poggiata contro il suo petto.

Greenfield si avvicinò al divano. «Abbiamo perlustrato il cimitero e la grotta. Nessuna traccia di Petrovic né dell'altro uomo. Voi lo avete visto in faccia?»

David rispose scuotendo la testa.

«David,» disse Fowler, passandogli il cellulare da sopra il tavolino rotto «qualcuno vuole parlarti.»

David prese il cellulare senza chiedere chi fosse. «Pronto?»

«Oh, amore, faresti proprio di tutto per non restituirmi quei settecentosettanta dollari che mi devi, non è vero?»

Gli occhi di David si riempirono di lacrime, riusciva a stento a parlare. «Jeep?»

«Ciao» rispose lei con voce debole.

«Jeep, oh, dio... Mi... mi dispiace... Mi dispiace tanto.»

«Mi hanno detto che non è stata colpa tua... per una volta.»

Un sorriso riempì il viso di David mentre si asciugava le lacrime.

«Già, è quello che hanno detto anche a me, riesci a crederci?»

Non ci fu risposta.

«Jeep?»

«Eccomi, sono solo un po' stanca... Mi hanno dato qualcosa, credo.»

David aveva così tante cose da dire, così tante cose di cui scusarsi. Ma si rese conto che non era il momento, avrebbe aspettato, per adesso, ma prima o poi gliele avrebbe dette.

«Non preoccuparti, Jeep, vai a dormire, ci vediamo domattina, va bene?»

«Mmh, va bene.»

David strinse il telefono. «Ti voglio bene, piccola.»

La voce di lei era quasi impercettibile: «Ti voglio bene anch'io.»

David restituì il telefono a Fowler e lo ringraziò con un cenno del capo.

«Dov'è?» chiese Dani asciugandosi le lacrime.

«Al Washington General» disse Fowler spegnendo il telefono. «È nella stanza accanto a quella del dottor Rogers. Non dovrebbe essere necessario ma abbiamo messo qualcuno di guardia ventiquattr'ore su ventiquattro per entrambi, tanto per sentirci tutti più sicuri.» Guardò David e sorrise. «I medici dicono che se la caverà, ha solo bisogno di riposo.»

David chiuse gli occhi e sospirò come se avesse trattenuto il fiato per anni interi. «Grazie a dio. Pensavo che Petrovic... Con il cellulare...»

Dani gli prese la mano. «Hai visto, te l'avevo detto che sarebbe andato tutto bene.»

Lui sorrise. «Eh già, me lo avevi detto, eh?»

Dani gli baciò la mano.

«Be', ragazzi, mi dispiace fare il guastafeste ma abbiamo ancora un paio di questioni irrisolte; in particolare, dottoressa Parsons, immagino che il Mozart non era dove credeva che fosse.»

Dani, incredula, scosse la testa. «No, non c'era.»

«Nessuna possibilità che sia stato rimosso?» domandò Greenfield.

«In realtà è molto probabile, ma da chi, e perché? La caverna doveva essere un turbinio di attività all'inizio del XIX secolo. Cook e la sua loggia massonica probabilmente la usavano per gli scopi più disparati, sia per cose pratiche che per le cerimonie. Ha visto anche lei le ossa. Sono certa che era un punto di raccordo tra due linee della Underground Railroad. Era lì che gli schiavi, o come dicevano loro, i carichi, venivano affidati a qualcuno che facesse loro proseguire il viaggio verso nord. Doveva essere un luogo di primaria importanza per i massoni neri che operavano in questo tratto della linea. Suppongo che se il manoscritto di Mozart è mai stato qui, probabilmente era conservato in quel preciso punto della caverna.»

Fowler intervenne: «Perciò non è tanto una tomba quanto un...»

«Reliquiario. Quelle ossa sono state messe lì a futura memoria.»

«Ha funzionato» disse David.

«Sì, ha funzionato» concordò Dani alzando lo sguardo verso David.

Rimasero tutti in silenzio.

Un giovane agente entrò nella stanza e sussurrò qualcosa all'orecchio di Greenfield. Greenfield annuì. «Fatela entrare.»

Kathryn Depriest corse in salone e andò direttamente da David. «Oh, David, grazie a dio!» Si protese verso di lui e lo abbracciò.

David non si mosse.

«Ero certa che...» Kathryn non riuscì a pronunciare le parole.

«Stiamo bene, Kathryn» disse David dandole una carezza sulla schiena.

L'uso del verbo al plurale non passò inosservato alle orecchie di Dani.

Kathryn guardò l'altra donna. Vide le mani di Dani sul petto di David. Sapeva che era una cosa ridicola, sapeva che erano passati quasi dodici anni, un'altra vita, eppure si sentì mancare e fu sul punto di piangere. Invece, sorrise. «Sono contenta che stiate bene.»

«Signora Depriest, posso portarle qualcosa?» chiese Fowler intuendo la situazione e rendendosi conto che quella non doveva essere stata la migliore delle serate neanche per lei.

«No, la ringrazio, non c'è bisogno.»

Fowler rispose con un sorriso rassicurante.

Il capo dell'unità tattica accorse nella stanza. «Vicediret-tore, agente Fowler, giù c'è una cosa che dovreste vedere.»

«Cosa?» chiese Greenfield.

Fowler si accostò e l'uomo gli sussurrò qualcosa all'orecchio. Fowler fece una mezza risata e scosse la testa come se non fosse sorpreso. «Be', non è una cosa di cui essere orgogliosi?»

«Cosa?» domandò Greenfield.

«Signore e signori,» annunciò Fowler «credo che stiamo per trovare la risposta alle domande irrisolte.»

Furono condotti fuori dal salone attraverso l'atrio in uno studio dall'altra parte della casa. Dani si rese immediatamente conto che si stavano dirigendo verso la rampa di scale che portava alla stanza della musica, nel patio sul retro della casa. Fowler entrò per primo, poi Greenfield. Poi Dani e Kathryn. David fu l'ultimo.

Quando David entrò nella stanza vide tutti gli altri in piedi, completamente immobili. Completamente immobili; a stento respiravano.

«Che succede?» domandò David.

Dani fu l'unica a rispondere, e lo fece solo con uno sguardo.

David le si avvicinò. Era bianca. Le stava chiedendo cosa c'era che non andava quando sentì un suono oltre la schiera di persone davanti a lui. Si fece largo tra Fowler e Greenfield e per poco non inciampò su Kathryn che era caduta in ginocchio.

«Che cavolo sta...?» Vide lei per prima, un'anziana donna afroamericana seduta accanto al pianoforte che sorrideva imbarazzata al corteo di visitatori.

Per David, i secondi successivi si mossero al rallentatore. Guardò la donna per un lungo istante ma non disse nulla. Poi guardò il pianoforte accanto a lei, e di nuovo rivolse lo sguardo alla donna. Infine, quasi la sua mente si rifiutasse di capire, guardò ancora il pianoforte. Guardò ma non vide. Il cervello non riusciva a collegarsi con l'immagine che vedevano gli occhi.

Deglutì. *Non respiro.* Poi l'immagine divenne più chiara.

Al pianoforte, seduto sullo sgabello e chinato sopra la tastiera, vide l'esile figura di un uomo con i capelli grigi e sottili. L'uomo si voltò e sorrise mestamente.

David espirò forte ma non proferì parola.

«Ciao, Davey» disse il vecchio.

«Ciao, Henry» rispose David.

49

Henry si alzò dal pianoforte e si avvicinò a David, non disse nulla ma lo guardò con amore negli occhi assenti. I due si fissarono per diversi secondi ma nessuno dei due parlò. Poi Henry, tremando, alzò una mano e gli sfiorò la guancia. All'inizio David non ebbe alcuna reazione. Dopo un istante il labbro inferiore cominciò a tremargli e le prime lacrime iniziarono a scendergli sul viso. Henry distese le gracili braccia verso di lui. Gli occhi di David si spalancarono; inspirò rapidamente. Poi, lasciando uscire l'aria, David gemette per l'angoscia e sprofondò il viso sulla spalla del vecchio.

Henry lo teneva stretto e gli accarezzava la testa. «Oh, Davey, mi dispiace tanto.»

Kathryn era in lacrime, scioccata e incapace di parlare. Dani, con gli occhi rossi e umidi, corse verso Sugarberry, cadde in ginocchio e prese la mano della donna.

David sollevò la testa; sul viso aveva una smorfia di confusione. Guardò il fantasma che aveva davanti e passò delicatamente le dita sulla fronte rugosa di Henry. Alla fine, con voce rotta, David disse: «Sei... vivo...»

Henry si sforzò di sorridere tra le lacrime. «Oh, Davey, sì, sto bene.»

«Io... io... non capisco.»

«Lo so...»

«Ma... Io... Perché...»

«Oh, Davey, io... non lo sapevo, non lo sapevo.»

«Non... non lo sapevi?»

Henry si guardò intorno disperatamente.

«Non sapeva di lei, signor Webber» disse Scott Douglas entrando senza preavviso nella stanza. «Sono spiacente, era per la sua incolumità... Io stesso l'ho scoperto ora.»

Tutti rimasero scioccati e confusi quando Douglas avanzò verso il vecchio e gli diede una pacca sulla spalla; tutti tranne Fowler.

«Chi è lei?» chiese David, stringendo più forte Henry.

Rispose Fowler: «Lui, David, è l'uomo che risponderà alle nostre domande irrisolte. Non è vero, signor Douglas?»

Douglas ignorò la domanda. «Sono felice che siate tutti sani e salvi. Mi hanno appena informato che Petrovic non rappresenta più una minaccia. Vicedirettore, agente Fowler, congratulazioni, ottimo lavoro.»

«Informato da chi? E dov'è il signor Woo?» domandò Fowler con freddezza.

Douglas sorrise. «Informato da quelli che sanno, agente. Non posso davvero dire altro. E il signor Woo non è reperibile.»

Greenfield stava fremendo di rabbia. «Va bene, Douglas, parliamo a viso aperto. Perché il professor Shoewalter è qui e sembra in perfetta salute?»

Douglas scosse la testa. «Be', da quello che ho capito, e ripeto, non ho seguito la storia dall'inizio, il professor Shoewalter stava collaborando con il governo.»

«Per la ricerca del Mozart?» ribatté subito Fowler.

«Sì. E per prendere Petrovic» rispose Douglas. «Signor Webber, il professor Shoewalter non sapeva che lei fosse coinvolto. Gli era stato detto che la avevano contattata per disdire il vostro appuntamento.»

David rimase con lo sguardo fisso su Henry. Non si era ancora ripreso. «Ma... Come... Tu eri... Ti hanno trovato... morto. Petrovic... Me lo ha detto Fowler...»

«No, non hanno trovato *lui*» intervenne Fowler. «Petrovic ha ucciso qualcuno, ma non era Henry. Vero, signor Douglas?»

«Per l'amor di dio, chi?» implorò Dani ai piedi di Sugarberry.

Douglas aggrottò le sopracciglia. «Agente, non dovremmo...» Si interruppe, rifletté un istante e poi sorrise. «No, ovviamente non era il professor Shoewalter, ma il professor Raymond Sullivan.»

«Sullivan? Perché?» domandò Dani.

«Essenzialmente perché Sullivan aveva qualcosa che Petrovic voleva, e per impossessarsene ha dovuto ucciderlo. In realtà l'omicidio è stato commesso alcune ore prima dell'arrivo a Los Angeles del professor Shoewalter. Lo scambio è stato fatto nella notte.»

«Di nuovo, per quale motivo?» domandò un esasperato Greenfield.

«Perché, proprio come avete fatto voi con la vostra trovata del giornale, era essenziale far credere a Petrovic che sapessimo più di quel che in realtà sapevamo. E, naturalmente, quando uso il *noi* intendo il governo degli Stati Uniti. Come ho già detto, sono solo stato informato dei fatti.»

«Ma certo» disse Fowler in tono sarcastico.

Douglas proseguì: «Vedete, Petrovic sapeva che qualcun altro stava cercando il Mozart, e cioè suo marito, signora Depriest. Il fatto di aver messo l'uomo che ha realmente ucciso, il professor Sullivan, nella stanza di Henry, e di aver detto alla stampa che la vittima era il professor Shoewalter, ha costretto Petrovic a credere che Shoewalter, che sapeva ancora vivo, fosse vicino al ritrovamento del Mozart. Ha dovuto credere che lo scambio di persona fosse stato fatto per proteggere il professore dal vecchio Nick e mettere fuori strada i Depriestiano. E poi, se non lo avessimo fatto, scovare Petrovic sarebbe stato praticamente impossibile.»

«Perciò quando il professor Shoewalter quella notte ha telefonato a David, Sullivan era già morto?» domandò Fowler pur conoscendo la risposta.

«Sì» rispose Douglas in modo diretto e senza scuse.

Gli occhi di Henry si riempirono di lacrime mentre guardava David. «Avevo chiamato Raymond alcune settimane prima per parlargli di te e della bozza che ti avevo dato. Gli ho suggerito che avrebbe dovuto contattarti lui, non io, per recuperarla. Io...» Henry abbassò il capo «non volevo intromettermi nella tua vita.»

David chiuse gli occhi per la vergogna.

«Mi dispiace moltissimo averti coinvolto, Davey. Ma dopo che Raymond è stato ucciso, rientrare in possesso di quella bozza era più importante che mai. Non avevo scelta.»

David tese le braccia verso Henry e i due si abbracciarono ancora.

Kathryn, sopraffatta dal senso di colpa, si portò le mani al volto e cominciò a singhiozzare.

Fowler guardò Greenfield. «Questo spiega perché Petrovic sapeva di David Webber... Probabilmente gli è stato addosso fin dall'inizio. E gli scagnozzi di Depriestiano erano carne da macello appena messo piede a Los Angeles.»

Douglas attraversò la stanza. «Quattro mesi fa abbiamo saputo dall'intelligence che Petrovic era in suolo americano.

Era stato identificato al campus dell'università di Los Angeles mentre bazzicava intorno al dipartimento di musica. Quando il professor Sullivan è stato trovato morto, abbiamo subito capito chi era l'assassino, quel che non sapevamo era il movente.»

«Il Mozart» affermò Fowler.

«Sì.»

David intervenne: «Ha ucciso soltanto per una sinfonia di Mozart?»

«Come fa a sapere che è una sinfonia?» domandò subito Douglas.

«Perché lui è David Webber!» dichiarò Henry con orgoglio, tamponandosi gli occhi con un fazzoletto e guardando David pieno di ammirazione.

David restituì lo sguardo a Henry. Erano passati dodici anni, una vita, dall'ultima volta che aveva sentito quella voce acuta e visto quegli occhi blu eternamente sorridenti.

Douglas ripeté la domanda: «Signor Webber, come fa a...»

«È così e basta» replicò David. «Non è una messa, è una sinfonia.» David guardò Henry. «Fidatevi.»

«Ma certo, signor Webber» disse Douglas. «Ci fidiamo. E infatti è una sinfonia. E se il professor Shoewalter e il compianto professor Sullivan hanno ragione, non è una sinfonia qualunque. Varrebbe un sacco di soldi.»

«Perché?» domandò Fowler a bruciapelo.

Ma fu Henry a rispondere. L'espressione del suo viso mutò di colpo e guardò David con infantile entusiasmo. «Perché non è una semplice sinfonia, Davey... È *la* sinfonia. Il Maestro l'ha scritta per noi!»

«Cosa? Per noi?» rispose David balbettando.

«Si chiama *Sinfonia neoamericana a undici instrumenti*; la sinfonia per la nuova America. Mozart ha composto una sinfonia in onore degli Stati Uniti d'America.»

50

«Proprio così!» gridò Henry. «È la bozza che ti ho regalato. Te lo immagini? In tutti questi anni Raymond Sullivan ha creduto di cercare un requiem, e invece stava cercando qualcosa di gran lunga più importante.»

«E varrebbe così tanto?» intervenne Fowler.

Rispose Douglas: «È come possedere la Dichiarazione di indipendenza scritta di suo pugno da Jefferson... In poche parole, è inestimabile. Sappiamo che Petrovic stava già accettando aste a partire da duecento milioni di dollari.»

«E ovviamente anche questo l'ha saputo da qualcuno» disse Fowler con le mascelle serrate.

Douglas scrollò le spalle in segno di innocente diniego. «Appena qualche ora fa.»

Fowler scosse la testa. «Ha detto di avere delle prove, professore.»

«Sì, una lettera... Anzi, due lettere. Una inviata da Sua altezza Maria Antonietta a Jean Le Gros.»

«Il direttore dei Concert Spirituel di Parigi» disse Kathryn.

«Proprio lui» confermò Henry con un sorriso. «Sullivan ha

trovato la lettera anni fa quando era lì per una collaborazione con il Louvre. È stata la prova che lo ha portato a credere che Mozart avesse composto un requiem per la morte della madre.»

«Cosa dice la lettera?» domandò Dani.

«In gran parte è un ringraziamento per i servizi prestati da Le Gros, ma si chiude con la regina che scrive: 'Se vedete il talentuoso signor Mozart vi prego di riferirgli che ho visto il suo ultimo lavoro e che lo ritengo un tributo splendido e molto appropriato.' Ora, dato che la lettera reca la data del 9 luglio 1778, e la madre di Mozart morì il 3 di luglio, naturalmente Sullivan ha pensato che il riferimento fosse a una messa in suo onore.»

«Ma certo, probabilmente avrei pensato la stessa cosa» disse David.

«Non ne sono così sicuro, Davey. Hai fatto caso che c'è un'incongruenza nella frase di Maria Antonietta?»

David rifletté per un istante e poi annuì. «Sì, dice *ho visto* il suo ultimo lavoro, non sentito. Come ha fatto a vedere uno spartito non pubblicato?»

Henry sorrise. «Esatto, e dalla frase 'se vedete il talentuoso signor Mozart' è ovvio che la regina non conosceva Wolfy di persona. Raymond avrebbe dovuto accorgersene, ma era troppo desideroso di confermare la storia che aveva costruito.»

«Ha detto due lettere, professore?» chiese Fowler.

«Sì.» Henry allungò la mano verso il pianoforte e prese un foglio di pergamena marrone. «Questa.»

Fowler sbirciò Douglas mentre tutti gli altri si concentrarono su Henry che srotolava delicatamente il foglio.

«È questa lettera che aveva fatto finalmente cambiare idea a Raymond. A volte i vecchi professori come noi hanno bisogno di sbattere la testa contro il muro dell'evidenza. Questo è stato il muro di Raymond. Non l'avevo mai vista fino a pochi minuti fa, quando me l'ha data il signor Douglas; sapevo solo quello che mi aveva detto Raymond. Ed è per questo motivo che ero andato a Los Angeles, per esaminare la lettera. Ma il povero Raymond è stato ucciso prima di avere il tempo di mostrarmela.»

«Cosa dice, Henry?» domandò David.

«La leggo ad alta voce per tutti. È in tedesco, perciò perdonate la traduzione approssimativa.»

Henry si infilò gli occhiali bifocali e cominciò a leggere. «È indirizzata a Mozart ed è datata 4 febbraio 1790. Inizia così: 'Caro Wolfgang, spero che questa mia ti trovi in buona salute e con il morale alto. Mi auguro...' No, scusate... Non è mi auguro... È... 'Vorrei poter dire lo stesso di me. I giorni sono lunghi e le notti gravose. Ma non ho paura. Ho vissuto bene, certo molto meglio di quanto un vecchio monellaccio come me avrebbe meritato. Sarai sorpreso di ricevere mie notizie dopo così tanto tempo. Sono passati molti anni da quando ci riunimmo in quella piccola *salle* a Parigi. Ricordo con grande affetto quella magnifica serata trascorsa a scambiarci battute salaci e ad ascoltare la tua musica. Il ricordo ancora riscalda le fredde e fragili ossa di questo vecchio.'»

«Deve riferirsi alla sera della prima esecuzione della sinfonia di Parigi; l'apertura dei Concert Spirituel» suggerì Dani.

Henry alzò gli occhi dal foglio e le sorrise fugacemente.

Continuò a leggere: « 'Ricevo molte lettere dai miei amici in Europa. Gli domando spesso di te e loro mi dicono che ormai sei una celebrità e che ti sei guadagnato l'ammirazione di tutti. La cosa non mi sorprende affatto, perché tu sei il grande Mozart. Il che mi porta al cuore di questa lettera.'»

Henry fece un respiro profondo e si inumidì le labbra. «Dunque, eccoci al punto. 'Il dono splendido e ispirato di cui con tanta generosità e benevolenza hai voluto omaggiarmi non è ancora stato goduto da tutti, ma solo dagli amici più stretti. E questo non per avarizia da parte mia, anche se a riguardo un po' di avarizia devo confessartela, ma per disgusto. In tutto candore, fratello mio, non credo che in questo momento la mia patria meriti il tuo capolavoro. Infatti, l'ingiustizia regna sovrana. Ma non mi scoraggio. Quando ne abbiamo parlato, tanti anni fa, ti avevo raccontato di un luogo in cui tutti gli uomini sono liberi e le idee hanno pari dignità; un ideale anche per te così caro, ma ho paura di aver detto un po' troppo. Perché anche adesso, mentre scrivo, non tutti gli uomini sono liberi nella mia nazione e non tutte le idee hanno pari dignità. Alcuni uomini sentono ancora il bisogno di dominarne altri. Ciò mi addolora ed è il grande rimorso di questi miei ultimi giorni di vita. Perciò ho preso un impegno. Il tuo capolavoro rimarrà nel silenzio fino a quando questa nazione sarà in grado di ascoltarlo con le orecchie per le quali la *Sinfonia neoamericana a undici instrumenti* è stata composta. Quando questa sarà una nazione dove ogni uomo di qualsiasi angolo del mondo, senza distinzioni di razza o religione, possa venire e dire, sono a casa e sono onorato con la medesima dignità di chi è nato su questo suolo. Tale è il mio auspicio e ti prego di non serbarmi rancore per questa decisione. I nostri fratelli hanno compreso. E saranno loro e soltanto loro a custodire il tuo dono, il mio tesoro e l'anima di questa nazione in un luogo sicuro fino a che non lo riterranno opportuno. E di certo ne sentirò la mancanza di qui al giorno della mia morte. Stai bene. E che dio sia con te, fratello. Ben.'»

Henry alzò lo sguardo e tolse gli occhiali.

Rimasero tutti in silenzio, per lasciar depositare le parole di Benjamin Franklin.

«Professore,» domandò Dani quasi con timore «i *fratelli*... Franklin si riferisce alla massoneria, giusto?»

Henry annuì. «Sì, cara, Raymond ha avuto la lettera a Vienna da un vecchio massone... Ci si è imbattuto mentre cercava la messa. Sembra che circa duecento anni fa un fratello massone trovò la lettera dopo la morte di Mozart e che la restituì alla loggia perché fosse conservata.»

«Restituì?» domandò Kathryn.

«Sì, è lì che Franklin l'aveva inviata inizialmente. In qualche modo, forse tramite un amico massone in Europa, Franklin aveva saputo che Mozart si era unito alla confraternita, perciò deve aver pensato che sarebbe stato il modo più efficiente di contattarlo. E naturalmente aveva ragione.»

Dani si illuminò. «E dato che lei sapeva del legame massonico, ha provato a cercare nella grotta sotto il camino.»

«Esatto, cara. Ma purtroppo niente Mozart.»

«Ma, professor Shoewalter, come...»

«Ti prego, cara, chiamami Henry, ho la sensazione che diventeremo piuttosto intimi.»

Dani lanciò un'occhiata a David e sorrise. «Va bene, Henry. Come ha fatto a capire che doveva essere nel camino? Io l'ho capito solo dopo aver incontrato la signora Sugarberry e aver visto il quadro.»

«E Henry,» aggiunse David «cos'è che ti ha portato qui, tanto per cominciare?»

Henry guardò David e gli diede un buffetto sulla guancia. «Il caso, Davey. Anche se devo ammettere che è stato tutto molto appassionante sia per me che per Trudy.»

David guardò Henry, poi Dani e la signora Sugarberry, poi di nuovo Henry. «Trudy?»

Henry sorrise. «Sì, Davey.» Gli lasciò andare la mano, si avvicinò a Gertrude Sugarberry e prese la sua mano da quella di Dani. «Trudy, lui è Davey. Davey, vorrei presentarti mia moglie.»

51

Gertrude Sugarberry Shoewalter si alzò con un sorriso pieno d'entusiasmo e tese la mano. «Ossignore! Il piccolo Davey Webber. Be', è un piacere fare finalmente la tua conoscenza, non sai quanto Hanky mi ha parlato di te.»

«Hanky?» rispose David a bocca aperta.

«Ma,» disse Dani, presa anche lei completamente alla sprovvista dalla rivelazione «suo marito, Edgar... Lui...»

«Edgar e io abbiamo passato quarantacinque splendidi anni insieme, non pensavo che avrei mai potuto trovare qualcun altro. Poi ho incontrato Hanky.»

Henry baciò la mano di Gertrude. «Sono quasi tre anni. Stavo facendo una conferenza all'università. Ho guardato verso il pubblico e lei era lì.»

Finalmente David riuscì a trovare le parole. «Ma la casa, lo studio, sono ancora...» In quel momento David guardò la stanza intorno a sé e tutto divenne chiaro. I libri sullo scaffale. Tutti i libri che non erano nello studio. E poi lo vide, il busto di Fryderyc Chopin. David tornò a guardare Henry. «Adesso abiti qui.»

Henry alzò le spalle. «Sì, la maggior parte del tempo. Ma ho ancora la casa di White Plains. Sono nella commissione del conservatorio, e Trudy la preferisce all'albergo. Anche se da quando ho incontrato questo distinto signore,» disse guardando Douglas «non sono stato molto né da una parte né dall'altra. Mi hanno sistemato in un sudicio appartamento in centro.»

«Mi è mancato moltissimo» disse Gertrude alzando lo sguardo verso Henry. «Quando quel bel giovanotto orientale di Woo è venuto a prendermi qualche sera fa, è stata la prima volta che ci siamo rivisti dopo quasi un mese.»

Douglas evitò di guardare Fowler e Greenfield, pur essendo consapevole dei loro sguardi fissi.

Dani scoppiò in una risata. Poi pensò al pianoforte. «Signora Sugarberry, voglio dire, signora Shoewalter...»

«Oh, vanno bene entrambi, cara. Sono stata Sugarberry talmente tanto a lungo che ci si confonde, non è un problema.»

«Per me lo è» disse Henry con finta serietà.

Dani sorrise e proseguì: «Il pianoforte; mi sembrava strano possedesse uno strumento simile senza suonarlo. Ora capisco, è...» Dani guardò Henry «di suo marito.»

«Oh, no, è mio, vero caro?» disse Gertrude voltandosi verso Henry. «Hanky me lo ha regalato per il matrimonio. Ha provato a insegnarmi a suonare ma sapete com'è, non si possono raddrizzare le zampe ai cani vecchi.» La donna si portò una mano alla bocca e rise. Henry si unì a lei.

Dani sorrise. Quei due vecchi erano il ritratto dell'amore.

Fowler dovette interromperli: «Professore, congratulazioni. Ma stava per spiegarci come e perché si è trovato ad avere a che fare con questo...» guardò Douglas e sospirò «distinto signore.»

«Oh sì, è vero. Be', vediamo, mi sembra sia cominciato tutto l'estate scorsa, subito dopo che Trudy e io ci siamo sposati. Avevo appena iniziato delle ricerche per un nuovo libro. Il titolo doveva essere *Mozart: composizioni perdute, incomplete, dubbie, attribuite, spurie*. So che è troppo lungo ma l'argomento è buono. Volevo contestare il fatto che molte delle composizioni escluse dal Köchel, perché considerate non originali, invece lo sono. E anche se non lo fossero, avrei sostenuto che vanno inserite comunque per l'interesse storico di quei compositori che si sentivano obbligati a scrivere come il Maestro. Sarebbe stato un progetto di enormi proporzioni. Be', non mi ero addentrato ancora molto nelle ricerche, e Trudy e io avevamo in programma la luna di miele. Così siamo partiti per Parigi. È stato bello, vero, cara?»

«Sì, caro, è stato molto bello» rispose Trudy con uno sguardo capriccioso.

«Un giorno eravamo al Louvre e chi incontriamo se non Raymond Sullivan? Io e Raymond ci conoscevamo da cinquant'anni, ma da quando gli era presa l'ossessione del requiem perduto non facevamo che scornarci. Avrei volentieri evitato di salutarlo, ma Trudy, la pacifista, non voleva saperne.»

Gertrude si limitò a sorridere nuovamente.

«Perciò, nonostante le nostre divergenze, ho deciso che era il momento di sotterrare l'ascia di guerra.» Henry guardò direttamente David. «Oh Davey, è stato eccezionale. Per ore abbiamo parlato e riso di quando eravamo al conservatorio di Vienna e delle imprese di gioventù. Be', è stato alla fine di una cenetta deliziosa che gli ho parlato del nuovo libro, e con mia grande sorpresa Raymond ne era entusiasta. Prima l'unica cosa capace di entusiasmarlo era la sua ossessione, ma, ahimè, si era entusiasmato anche in questo caso. Mi ha detto che voleva farmi ascoltare una cosa e così siamo andati nel suo piccolo appartamento a pochi isolati di distanza. Naturalmente ho pensato, oh dio, di nuovo la messa perduta, e difatti mi ha detto che quel che aveva suonato era una parte della messa che Mozart aveva cominciato a scrivere per la madre Anna Maria. Mi sono subito reso conto che era la stessa musica della bozza che avevo comprato a Vienna anni prima e che poi ti avevo regalato, David.»

«Esiste ancora un'altra copia dell'*adagio*?» sbottò David.

«Sì. Raymond ha detto di averla trovata a Parigi. Ha fatto analizzare la filigrana ed è venuto fuori che il foglio appartiene alla stessa risma della sinfonia di Parigi. E questo non ha fatto che aumentare la sua convinzione della teoria della messa perduta.»

«Incredibile!» esclamò David.

«Proprio così, ma ero ben determinato a non rovinare una splendida serata per una vecchia faida, perciò sono rimasto zitto e l'ho assecondato. E poi ero realmente affascinato dal fatto che Raymond possedesse un'altra copia dell'*adagio*, su un foglio di una risma che Mozart aveva utilizzato tredici anni prima di quello che avevo regalato a te. Infine, come ciliegina sulla torta, è intervenuta la mia dolce sposa.»

«E cosa ha detto?» domandò Dani.

«Non solo ha detto di aver già sentito quella musica, ma di possederne una copia anche lei. Be', inutile dire che sia io che Raymond siamo scoppiati a ridere. Credo tu sia rimasta un po' disorientata dalla nostra reazione, non è vero, cara?»

Gertrude diede un colpetto sulla mano di Henry.

«In ogni caso, alla fine della serata Raymond mi aveva promesso di inviarmi una copia della bozza perché potessi esaminarla... Ha detto che avrei anche potuto utilizzarla per il libro se avessi voluto. Gli ho detto di sì.»

«E l'ha fatto?» domandò David.

«No, non l'ho mai ricevuta» rispose Henry. «Ma appena siamo tornati a casa Gertrude mi ha mostrato la copia di cui aveva parlato.» Henry guardò Douglas. «La cara donna la teneva seppellita sul fondo di una cassapanca di cedro. Ve lo immaginate?»

Gertrude ridacchiò innocentemente.

Kathryn intervenne nella conversazione: «È il pezzo che mi avevi mandato, Henry?»

Henry sorrise. «Sì, Kathryn, proprio quello.»

«Il Cook» disse Dani a Gertrude fingendosi seccata.

«È di questo che sta parlando, vero? *Non l'ho* trovato per caso, eh, signora Sugarberry?»

Gertrude chinò il capo e poggiò le mani sulle braccia di Dani. «Mi dispiace tanto, cara... Sì, mi hai scoperta. Ma Henry mi mancava talmente tanto che ho pensato che con un aiutino sarebbe tornato a casa prima. E, Henry, devi confessare che quando ti ho parlato della dottoressa Parsons della Smithsonian hai pensato anche tu che fosse stata una buona idea.»

Henry scosse la testa con disapprovazione. «È vero, Trudy, ma resta il fatto che non è stato un bel modo di comportarsi.»

Dani stava cercando di capire. «Quindi la storia degli spartiti era solo una...»

«Sì, ho chiamato il tuo dottor Beckman e ho usato la mia collezione di spartiti per farmi mandare uno dei vostri esperti. Anche se avevo in mente di farla davvero, la donazione, a un certo punto.»

Dani scosse la testa, incredula.

«Quindi, come stavo dicendo,» proseguì Henry «il pezzo di Trudy non era autografo di Mozart ed era trascritto per violino, ma la melodia era la stessa che aveva suonato Raymond e la stessa della bozza che avevo regalato a David. Era l'*adagio*! Sono rimasto sconcertato!»

«Io ho pensato fosse una cosa romantica» disse Gertrude.

«Romantica?» chiese David.

«Be', sì, caro.» Gertrude sorrise come una bambina. «Due persone nei loro anni migliori, che hanno alle spalle esperienze di vita tanto diverse, si innamorano e si sposano. E poi scoprono di possedere entrambi lo stesso rarissimo spartito. È come se fossimo predestinati. Non lo trovate romantico?»

«Oh sì» disse Dani, ricambiando l'espressione sognante di Sugarberry.

«In ogni caso,» proseguì Henry «Trudy mi ha raccontato la storia del dottor Cook.» Concentrò nuovamente l'attenzione su David. «Non si era mai sentita una cosa del genere! Come ha fatto un afroamericano dell'inizio del XIX secolo a venire a conoscenza di un'opera di Mozart, e per di più, un'opera che nessuno aveva mai sentito prima? Ho telefonato immediatamente a Raymond a Los Angeles e gli ho detto che Trudy aveva ragione, che aveva veramente uno spartito con lo stesso brano. E per la prima volta gli ho anche parlato di te e della bozza.»

«E la sua reazione?» domandò Fowler.

«Sorprendentemente, non molto sorpresa. Ma non avevo ancora capito che Raymond aveva già fatto il collegamento Franklin-Mozart e che rispetto a me era di gran lunga in vantaggio nelle ricerche sul loro coinvolgimento con la massoneria. Mi ha detto solamente di concentrarmi sul 1778. Ora mi rendo conto che si stava comportando da perfetto scienziato; voleva farmi percorrere gli stessi passi che aveva percorso lui per vedere se fossi giunto alle stesse conclusioni. Be', è stato allora che ho chiesto a Kathryn di indagare sulla vita di Mozart nel 1778.» Henry guardò David con serietà. «Mi dispiace, David, ma è la migliore assistente che abbia mai avuto e avevo bisogno di una mano.»

David guardò Kathryn, poi di nuovo Henry e sorrise. «Non importa, professore, è una storia vecchia.»

E il viso di Kathryn non fece trapelare prove del contrario.

Henry annuì e continuò: «La maggior parte di quello che ha trovato è risaputo, ma mi ha comunque condotto a Jean Le Gros e ai Concert Spirituel. Per tradizione tutti i dignitari partecipavano alla serata inaugurale, e se Franklin era a Parigi, e infatti era lì, sarebbe stato sicuramente tra loro. Ho subito contattato Raymond per dirgli che avevo ristretto le ricerche al mese di giugno del 1778, il giorno dei Corpus Christi; la serata inaugurale dei Concert Spirituel.»

«Il debutto della sinfonia di Parigi» aggiunse David.

«Esatto! Non dimenticate che la bozza di Raymond viene dalla stessa risma. I tasselli stavano andando ognuno al proprio posto.»

«E il dottor Sullivan cosa ha detto al riguardo?» domandò Fowler.

«Naturalmente era elettrizzato, avevo corroborato le sue scoperte anche se non riuscivamo ancora a spiegarci da dove venisse lo spartito di Trudy, o per quale motivo Mozart avesse sentito la necessità di riscrivere la bozza tredici anni dopo. Così abbiamo deciso che sarebbero state necessarie ulteriori ricerche. Raymond ha suggerito che mi sarei dovuto concentrare sullo spartito di Trudy e sul dottor Cook, mentre lui avrebbe continuato a lavorare sul suo. Gli ho detto che ero d'accordo.»

«Poi sei venuto a sapere del padre di Cook proprio come noi e questo ti ha portato a Franklin. E il cerchio si chiude» disse Dani.

Henry sorrise. «Molto, molto brava, signorina. Sì, è proprio quel che è successo. Avevo scoperto che il padre di Cook era un fervente massone abolizionista ancora prima che Sullivan mi informasse della lettera di Franklin. A quel punto bastava individuare il luogo in cui un fratello devoto avesse deciso di custodire una reliquia tanto preziosa. Appena ho saputo che questa casa, la casa di Cook, era stata una loggia, restava soltanto da capire dove potesse essere il reliquiario duecentocinquanta anni fa. David, tu sai quanto mi affascini l'arte antica. Quel quadro sopra la mensola mi ha sempre intrigato. Quando Trudy mi ha detto che era appeso nello stesso posto fin dalla costruzione della casa... Be', a quel punto la deduzione è venuta da sé.»

David e Dani si scambiarono un'occhiata di intesa.

«Ma mi domando» disse Henry cambiando tono di voce. «Voi non sapevate della lettera che Franklin aveva inviato a Mozart, perciò come avete fatto a capire che bisognava cercare nel camino? Di certo non può avervelo suggerito il quadro, e so che sullo spartito che ha Trudy non c'è alcun riferimento.»

Rispose David: «Grazie alla bozza, Henry. Ricordi tutti quei disegnini? Dani ha scoperto che sono simboli massonici.»

Henry spalancò la bocca. «Però! Dovrei vederlo di nuovo, quello spartito.»

«Petrovic lo ha...»

«Lo ho qui con me, professore» intervenne Douglas.

E si guadagnò un'altra occhiata di traverso da parte di Greenfield e Fowler. Douglas consegnò la bozza a Henry.

«Affascinante!» disse Henry guardando il foglio attraverso le lenti bifocali. «Sono simboli! Adesso credo di aver capito perché Mozart ha riscritto la bozza dopo tanti anni.»

David lanciò un'occhiata confusa verso Dani e Kathryn. «Perché?»

Il professore si rivolse allo studente: «Davey, Franklin ha scritto quella lettera a Mozart circa due mesi prima di morire. Credo che Wolfgang stesse solo cercando di ricordarsi il brano. Forse aveva intenzione di eseguirlo in onore di Franklin.» Henry si voltò verso Dani. «Dimmi, cara, sai cosa significano questi simboli?»

«*Pensavamo* di sì,» rispose Dani «ma se non hai trovato niente...»

«Questo cos'è?» la interruppe Henry indicando uno dei simboli.

«È l'occhio che tutto vede, rappresenta dio. È il motivo principale per cui ho pensato al quadro.»

«Affascinante» mormorò Henry. «E questo?»

«Una spada che punta a un cuore; significa che un giorno la giustizia regnerà.»

Henry si limitò a sorridere e annuì.

David disse: «Henry, le lettere C-K-F nell'angolo in basso...»

«Ah sì,» disse Henry «era praticamente l'unica cosa che ancora mi ricordavo. Mi hanno sempre lasciato perplesso, le ho anche scritte a matita sulla copia di Trudy per non dimenticarmene.»

David guardò Dani. «La terza mano.»

«È strano» disse Henry.

«Cosa?» domandò Dani.

«Questo sembra una bara.»

«Sì, è una bara. Non siamo sicuri del significato perché c'è una contraddizione. Nella tradizione massonica la bara rappresenta la morte, ma la foglia che c'è sopra è il simbolo dell'immortalità.»

«Mmh, molto interessante» disse Henry quasi a sé stesso.

«Cosa ne pensi?» gli domandò David.

Henry guardò Kathryn dall'altro lato della stanza.

«Kathryn,» disse «vuoi spiegarcelo tu, cara?»

Kathryn non disse nulla, avanzò e si mise accanto a David. Prese la bozza da Henry e la guardò. Tutti rimasero in silenzio mentre la donna esaminava il foglio.

«È una lettera» disse in modo quasi indifferente.

«Una che?» ribatté David.

Henry guardò di nuovo la pagina, poi alzò gli occhi verso Kathryn e annuì con un sorriso. «Molto bene, davvero molto bene.»

Dani, senza malizia, si mise tra David e Kathryn per guardare il foglio. Dopo un istante, se ne rese conto anche lei. «Avete ragione.»

David ci arrivò per ultimo. «Ma certo, come ho fatto a non pensarci prima?»

Henry gli diede un colpetto amichevole sul braccio. «Perché prima non stavamo guardando veramente.»

«Eh?» domandò Douglas. «Che lettera?»

Fowler gli mise una mano sulla spalla: «Rilassati un po', eh? In che senso è una lettera? Credevo fosse una bozza di uno spartito.»

Fu Kathryn a rispondere: «Lo è, e probabilmente nelle intenzioni di Mozart doveva essere un tentativo, come ha detto il professore, di ricordare qualcosa che aveva scritto tredici anni prima. Ma alla fine è diventata una lettera... Una lettera in simboli.»

«Indirizzata a chi?» domandò Douglas.

Dani rispose: «A un fratello massone, probabilmente qui in America... Forse proprio il padre del dottor Cook.»

Henry prese in mano la spiegazione: «La lettera di Franklin deve aver impiegato settimane per raggiungere Mozart. Una volta ricevuta, Wolfy non ha perso tempo dato che sapeva che Franklin era prossimo alla morte. Vedete, Mozart era più di ogni altra cosa un egotista, e il pensiero che il mondo potesse perdere per sempre uno dei suoi capolavori doveva risultargli insopportabile a prescindere dal fatto di simpatizzare o meno con le motivazioni di Franklin. Perciò ha deciso di occuparsene in prima persona. E perché no, visto che era a tutti gli effetti un membro della confraternita, poteva al tempo stesso rispettare le volontà di Franklin e avere il controllo sulla propria creatura. In questa lettera Mozart indica ai suoi confratelli dove nascondere la sinfonia dopo la morte di Franklin.»

I tre agenti si guardarono l'un l'altro.

«E quindi dov'è?» domandò bruscamente Douglas.

I quattro ignorarono la domanda secca e tornarono a concentrarsi sulla bozza. Kathryn si voltò verso Dani. «Dani, potresti cominciare a leggere i simboli dall'inizio secondo il loro significato?»

«Certo.» Dani mise il dito in cima alla pagina. «Questo qui è il simbolo squadra e compasso; è l'elemento principale di tutto quel che ha a che fare con la confraternita.»

«È il saluto» disse Henry.

«Questa è la spada che punta verso il cuore; uh... Indica che prima o poi la giustizia trionferà; che se anche i nostri pensieri, le nostre parole e le nostre azioni sono celate allo sguardo umano, non lo sono di fronte all'occhio che tutto vede.»

«Chiaramente in riferimento all'*ingiustizia* di cui Franklin parlava nella lettera: la schiavitù» affermò Kathryn.

Henry aggiunse: «E che se anche non basterà una vita umana per testimoniarlo, la giustizia, dio, un giorno avrà la meglio.»

Kathryn annuì. «Bene, andiamo avanti.»

Dani continuò: «Allora, questo è l'occhio di dio, l'occhio che tutto vede. E questa è la bara; la morte con il ramoscello d'acacia, l'immortalità. Ma non so cosa significano combinati insieme.»

«Va bene, cara, continua» la confortò Henry.

«E questo è il muro a nove strati; è il simbolo dell'Arca dell'alleanza o più in generale di un luogo dove venivano custoditi i grandi cimeli della fede. Infine ci sono le lettere C-K-F, che a quanto ne so non hanno alcun significato massonico.

È tutto.» Dani non se ne era accorta, ma Kathryn teneva in mano una penna e prendeva appunti su un taccuino.

Kathryn scosse la testa. Henry stava guardando sopra la sua spalla. David, invece, fissava il vuoto.

«David,» disse Dani «tutto bene?»

David prese la vecchia pergamena dalle mani di Dani.

«Che c'è, Davey?»

David parlò come se stesse pensando ad alta voce: «Cosa poteva ritenere immortale, Mozart?»

«Cristo» rispose subito Kathryn. «Era molto religioso.»

«Vero, ma che altro?»

Ci fu silenzio.

Poi Henry disse a voce bassa: «La sua musica.»

David annuì con un sorriso. Dani, Kathryn e Henry si riunirono intorno a David e guardarono la bozza. Li colpì tutti nello stesso istante. Ma fu Dani a dare voce alla loro reazione comune.

«Oh mio dio!»

«Cosa?» domandò Douglas quasi gridando.

David lo guardò. «Il presidente degli Stati Uniti è al corrente di questa storia?»

Douglas lanciò una rapida occhiata alla stanza prima di rispondere. «Forse, perché?»

Fowler non poté fare a meno di ridere.

David sorrise candidamente. «Perché se volete mettere le mani su questo spartito, credo che avrete bisogno di chiamarlo.»

52

STRADA CHIUSA
CITTÀ DI PHILADELPHIA

Il blocco posto all'incrocio tra Arch Street e la Quinta bloccava l'accesso sia ai pedoni che alle vetture. Transenne simili chiudevano in dieci punti differenti il perimetro dalla Seconda alla Sesta tra Market e Race Street. Motivazione ufficiale: era stata individuata una perdita nel metanodotto che correva presso l'Independence National Historical Park. Perciò, alle 5:45 del mattino, il centro storico fu ufficialmente evacuato e l'accesso interdetto. Ai media fu assicurato che erano già sul posto squadre di tecnici e vigili del fuoco, e che l'area sarebbe stata riaperta, sicura e nuovamente agibile, per le nove del mattino seguente. Non c'erano pericoli immediati. La chiusura era a scopo puramente precauzionale.

Questa era la linea ufficiale.

Due uomini in giubbotto arancione ed elmetti protettivi fecero cenno all'autista del grande furgone nero di attraversare la transenna. Il veicolo procedette per Arch Street e parcheggiò dietro un camioncino. Le portiere furono aperte e uscirono otto persone stremate.

Dopo essere saliti sull'elicottero Bell nella base militare di Andrews, Scott Douglas aveva suggerito a tutti di sfruttare il volo per dormire un po'. Nessuno lo aveva fatto. Nonostante la stanchezza accumulata, la responsabilità di quel che si apprestavano a fare era troppo grande, le possibili conseguenze troppo importanti.

«Il signor Douglas, giusto?» domandò il militare con il viso scavato e segnato dal tempo avvicinandosi al gruppo.

«Sì.»

«Generale Stanley Turner, al vostro servizio.»

Non ci furono strette di mano.

«La ringrazio, generale» rispose Douglas. «La zona è stata messa in sicurezza?»

«Chiusa ermeticamente. Nessuno è autorizzato a entrare o uscire senza un ordine da parte mia.»

«Bene. I suoi uomini non hanno perso tempo, eh?»

Il vecchio soldato rispose con precisione: «Siamo stati informati da Bragg alle 4:00, alle 6:00 eravamo pronti.»

«Vi hanno istruito sui dettagli?» chiese Douglas.

«Sembrerà che non ci sia mai stato nessuno. Prego, faccio strada.»

Douglas si voltò verso gli altri e fece cenno di seguirlo. Due marine erano di guardia ai lati del cancello. «Mettetevi comodi, ci vorrà ancora un po'» ordinò il generale Turner mentre il gruppo entrava nel cortile del cimitero della Christ Church, dove era sepolto Benjamin Franklin.

All'interno del cimitero le luci alogene ad alta intensità avevano trasformato l'alba in mezzogiorno, e il sottile gemito degli attrezzi elettrici contro la pietra riverberava per tutto il cortile. Il cuore di ciascuno batteva sempre più forte mentre in fila indiana si avvicinavano alle due lastre di pietra alla loro sinistra, una con il nome di Franklin, l'altra con quello di sua moglie, Deborah.

Dani si lasciò cadere di peso a terra a metà strada e si appoggiò con la schiena al muro di mattoni rossi della vecchia chiesa. Henry e Gertrude si accomodarono su una panchina nel retro del cimitero, lontani dal trambusto, e Gertrude immediatamente si appisolò sulla spalla di Henry. David, che da quando avevano lasciato la casa di Georgetown non aveva permesso a Henry di allontanarsi più di qualche metro, trovò posto su una panchina non distante dalla coppia. Kathryn si sedette accanto a lui. Fowler, Greenfield e Douglas rimasero vicino alla tomba insieme al generale.

«Lo sa, signor Douglas,» disse Fowler sottovoce «a cosa stavo pensando?»

«A cosa, agente Fowler?» rispose Douglas, intento a guardare lo svolgimento delle operazioni.

«Stavo pensando che ha gli occhi marroni perché è un sacco di letame.»

Greenfield lanciò un'occhiata al suo agente, poi guardò Douglas per vederne la reazione. Nessuna.

«Be', mi dispiace che la pensi così, agente» disse Douglas con calma.

Fowler sorrise. «Lo sa, due cose mi hanno infastidito da quando ho conosciuto lei e il misterioso signor Woo.»

«E sarebbero, agente?»

Fowler incrociò le braccia e parlò guardando dritto davanti a sé. «Come ha fatto la CIA a trovare per caso proprio quella particolare foto di Webber e Petrovic scattata dal servizio di sorveglianza dell'FBI? Passeranno migliaia di foto dal nostro ufficio. E lei mi racconta che la CIA ha trovato per caso la fotografia di un tizio che per loro stessa ammissione era impossibile identificare? No, penso che sapessero dove guardare. Il che mi porta alla seconda cosa; come ha fatto un criminale del calibro di Petrovic a venire a conoscenza di un'opera di Mozart scomparsa?»

Douglas sospirò ma non perse la sua disinvoltura.

Il sorriso di Fowler scomparve. «Avrebbe dovuto dircelo, Douglas.»

«Dirvi cosa, agente?»

«Che eravate in affari con Viktor Petrovic.» Fowler aprì il taccuino e cominciò a leggere a voce alta. «Vero nome: maggiore Michael Peter Sullivan, figlio del professore di musica dell'università di Los Angeles Raymond Sullivan. Dato per morto durante un'operazione in Bosnia.»

Douglas rispose con un battito di ciglia, ma fu comunque una risposta.

«Oh, certo. Dopo aver scoperto che il professor Sullivan aveva un figlio maschio, un uccellino mi ha consigliato di andare più a fondo. Vede, anche io sono nel giro da un po', signor Douglas, e ho degli amici molto in alto.» Fowler continuò a leggere. «Maggiore Michael Peter Sullivan, Forze speciali, addestrato per infiltrarsi ed eliminare obiettivi specifici. Operazioni segrete sotto copertura. Congedato per instabilità mentale. Ultimo luogo di avvistamento: Montana. In breve, il vostro sicario è diventato un fanatico neonazista. Come sto andando?»

Douglas non aprì bocca.

«Il resto posso solo ipotizzarlo ma non credo di sbagliare molto. Il maggiore Sullivan è soltanto uno stravagante isolazionista fino a che la madre non viene ammazzata da un ragazzino afroamericano. A quel punto perde la testa, decide di puntare più in alto. E con le sue capacità, per gentile concessione dello zio Sam, è in grado di farlo. Si trova un bel nome slavo come Viktor Petrovic e si mette sulla piazza mondiale. Ooops, ora avete un bel problema! Un sicario di livello internazionale che ha scritto in fronte MADE IN USA. Non sono tanto fuori strada, eh?»

Douglas guardò Fowler fisso negli occhi. «Una storia interessante.»

«Vero?» rispose Fowler. «Ora voglio farti solo una domanda, ma voglio una risposta diretta. Il maggiore Sullivan è ancora un problema per me o se n'è occupato il signor Woo in quel cimitero?»

Douglas attese un istante, si leccò le labbra e poi si voltò verso le tombe. «Non avrete altri problemi, agente Fowler.»

«Quell'uomo ha ucciso suo padre, per l'amor di dio! Avevamo il diritto di saperlo.»

Douglas sospirò e scrollò le spalle. «Lo sa, agente Fowler? Forse ha ragione. Ma ormai...»

Fowler guardò Greenfield e scosse la testa. «Sto diventando troppo vecchio per questo, Bob.»

Dall'altro lato del cimitero, Kathryn guardava David che guardava Henry e Gertrude. «Non credo di averlo mai visto così felice.»

David non rispose.

«Non abbiamo ancora avuto occasione di parlare.»

«No, non l'abbiamo avuta» rispose David continuando a guardare Henry.

«Avrei voluto...»

«Sì, anch'io.»

«Avrei voluto,» terminò la frase «rincontrarti in circostanze diverse. Sento che abbiamo ancora molto da dirci.»

David si decise a voltarsi verso la donna. «Non c'è niente da dire, Kathryn.»

«No?»

David rispose dolcemente, senza tensione nella voce: «No, è passato troppo tempo.»
«Non hai mai pensato a noi?»
David abbassò la testa. Stava per mentire ma si fermò; aveva mentito per troppi anni. «Sì, praticamente ogni giorno.»
«Allora...»
«Ma ho sbagliato.»
Kathryn non rispose.
David proseguì: «Kathryn, non ti odio, ma ti ho odiata. Ho odiato te, ho odiato Anthony, ho odiato Henry e soprattutto ho odiato me stesso.»
«Te stesso? Perché mai...»
«Perché ho sempre saputo che era mia la colpa.»
«Non capisco.»
David prese Kathryn per mano. «Kathryn, perché è successo? Perché frequentavi Anthony mentre eravamo ancora insieme?»
Kathryn ritrasse la mano. «Oh, David, non lo so...»
«Sì che lo sai, Kathryn. E, cosa più importante, lo so anche io... finalmente.» David emise un lungo sospiro e guardò Henry e Gertrude. «Non ero una bella persona. E di certo non quel che si definisce un uomo premuroso. No, ruotava sempre tutto intorno a me; la mia carriera, la mia vita, la mia...» David si interruppe e tornò a guardare Kathryn. «Se non fosse stato Anthony, sarebbe stato qualcun altro, ne sono certo.»
«Il mio è stato solo un infantile atto di ribellione. E ne ho pagato le conseguenze. Non eri tu...»
David distolse lo sguardo. «Non ho mai apprezzato quel che avevo... Te, Henry, i premi e i riconoscimenti. E sai perché? Perché dalla morte dei miei genitori mi sono sempre sentito come se il mondo mi dovesse qualcosa, un risarcimento di qualche genere. Ma sai cosa credo di aver finalmente impa-

rato? Che sono solo stronzate, il mondo non mi deve niente, non deve niente a nessuno, e pensare il contrario è la ricetta del disastro. Le cose brutte succedono, è la vita. E la vita che ho vissuto negli ultimi dodici anni me la sono cercata. Devo rimproverare me stesso, non il mondo, e di certo non te o Henry. Ma adesso posso finalmente perdonarmi. Non ho più bisogno di comportarmi in quel modo.»

Kathryn gli strinse la mano. Quel che avrebbe voluto dire non poteva dirlo. Quel che avrebbe voluto fare non poteva farlo. Perciò si limitò a sorridere. «Sei un brav'uomo, David.»

Entrambi rimasero in silenzio qualche istante.

Kathryn guardò Dani, che aveva gli occhi chiusi. «La ami?»

David non rispose subito: «Penso di sì.»

Kathryn si sentì mancare, ma si sforzò di sorridere. «Mi piace molto.»

David guardò Kathryn; la donna che pur non facendone più parte aveva influenzato la sua vita per così tanto tempo.

«Mi dispiace per Anthony» disse David.

«Sul serio?»

Lui sorrise. «Sì, sul serio. Io e lui non siamo tanto diversi.»

Kathryn scosse la testa. «Sì che lo siete.»

Il sorriso di David si fece triste. «Cosa hai intenzione di fare?»

Kathryn sospirò. «Non lo so. È da un po' che non sto da sola. Ma penso mi piacerà. Forse torno all'università, finisco il master. A quanto pare ho ancora il bernoccolo della ricerca. Chi lo sa, magari Dani può trovarmi un posto alla Smithsonian.»

David ridacchiò. «Tu? Che lavori? Nevicherà quel giorno.»

«Ehi» protestò Kathryn, e per scherzo gli schiaffeggiò il braccio. «Prima lavoravo! O ti sei dimenticato tutte quelle nottate da Henry?»

David la guardò a lungo negli occhi prima di rispondere. «No, non le ho dimenticate. E mai lo farò.»

Gli occhi di Kathryn si riempirono di lacrime, ma non scomparve il sorriso. Si sporse verso di lui e lo baciò con delicatezza sulla guancia. In quel momento David vide con la coda dell'occhio Fowler che si avvicinava a passo svelto.

«Stanno tirando su la cassa.»

La bara nera e rovinata fu sistemata su una grata d'acciaio accanto alla fossa nel terreno. Un soldato si avvicinò e ripulì il coperchio dalla terra. Una lamina d'oro riportava le semplici parole: RIPOSA IN PACE – BENJAMIN FRANKLIN. Sotto c'erano le lettere CCC.

David se ne rese conto immediatamente. «CCC, ma certo. Lo abbiamo avuto sotto gli occhi tutto il tempo.»

«Cosa, Davey?» domandò Henry sottovoce.

«CCC, Christ Church Cemetery. In tedesco è *Christus Kirche Friedhof*... C-K-F.»

Henry guardò le lettere e scosse la testa. «Ma pensa!»

Un secondo uomo, in borghese, fece un passo avanti e cominciò a muovere un metal detector sopra la cassa. «Generale, ci sono solo due chiavistelli da questo lato. Suggerisco di usare il laser per aprire la serratura. Sarà un lavoro più pulito.»

«Procedete» ordinò il generale.

Un attrezzo simile a una fiamma ossidrica fu passato all'uomo in borghese. Lo accese e ci fu un lieve ronzio. Ci volle meno di un minuto. L'uomo alzò lo sguardo verso il suo superiore e annuì.

Il generale Turner si voltò verso Douglas.

«Tocca a voi» ordinò Douglas.

Le tre donne si raggrupparono una accanto all'altra, Gertrude tra le più giovani. Henry e David si avvicinarono alla cassa. Henry diede un'occhiata all'interno e poi guardò David. David provò a respirare a fondo ma non ci riuscì. Poi, con le mani che tremavano, tirò fuori dalla cassa un involto di tessuto. Lo aprì con delicatezza e vide che era un grembiule rettangolare con dei lacci ai lati. Sopra una tasca era ricamato in rosso il simbolo massonico della squadra e del compasso. La tasca non era vuota. David estrasse un foglio di pergamena arrotolato stretto. Henry ne teneva la sommità mentre David lo srotolava. Poi lo fissarono a lungo.

«Be'?» domandò nervosamente Douglas.

David guardò Henry. Henry guardò David. Sorrisero entrambi.

Douglas era già al telefono: «Signor presidente, lo abbiamo trovato!»

'Carino' era l'aggettivo che meglio descriveva il ragazzo effeminato che uscì dall'ascensore all'ultimo piano del Grand Hyatt di Hong Kong. Raggiunse la fine del corridoio e suonò il campanello. Un soldato nordcoreano aprì la porta.

«Entra» ordinò.

Lui entrò.

«Su le braccia.»

Fece come gli era stato detto.

Il soldato fece scorrere le mani sul corpo del ragazzo, poi sulle gambe.

«Le scarpe!»

Si sfilò le scarpe da ginnastica.

Dopo averle esaminate, il soldato si avviò alla porta e abbassò la luce. «Il generale sarà qui a momenti.»

Rimasto solo, il ragazzo si tolse jeans e maglietta e rimase nudo in piedi al centro della suite. Dopo un istante si aprì la porta della stanza da letto. Un asiatico tarchiato, di circa sessantacinque anni, apparve sulla soglia con solamente una vestaglia nera addosso. Lanciò un'occhiata alla figura che gli era di fronte e sorrise.

«Vieni qui» ordinò.

Il ragazzo si fece avanti.

Il generale Kim Kei Chek fece scorrere le mani su quell'eburneo corpo muscoloso. «Bello» sussurrò lasciando cadere la veste e chinandosi sulle ginocchia.

Il ragazzo non perse tempo. Con una mano sulla testa del generale, portò l'altra dietro la schiena e prese una siringa che stringeva tra le natiche. Infilò l'ago nella nuca del nordcoreano. Il generale ebbe solo il tempo di alzare gli occhi pieni di terrore prima di cadere a terra.

Il generale Kim Kei Chek era morto.

Viktor Petrovic sollevò il cadavere e lo depositò sul letto. Si vestì, si sedette su una sedia e rimase in attesa. Dopo un opportuno lasso di tempo, si alzò e aprì la porta che conduceva nel corridoio. Come sospettava, il soldato era di guardia.

«Il generale Focoso mi ha detto di riferirle che non vuole essere disturbato. Per quanto mi riguarda, penso sia già piuttosto disturbato di suo, se capisce cosa voglio dire» canticchiò Petrovic dirigendosi verso l'ascensore, mentre si massaggiava il cavallo dei pantaloni.

Il soldato non nascose il proprio disgusto. Ma non entrò nella suite.

Petrovic uscì dall'ascensore al terzo piano e andò direttamente verso la stanza numero 300.

«Fatto?» domandò Conrad Woo appena vide entrare Petrovic.

«Ma certo» rispose Petrovic levandosi la parrucca bionda. «Da stasera c'è un muso giallo di meno sulla terra. Non è una cosa che ti scalda tutto?»

Woo non rispose.

«Dimmi, Conrad, perché ho ucciso quel vecchio?»

Woo rimase impassibile. «Te ne importa qualcosa?»

Petrovic rifletté un istante, poi scrollò le spalle. «No.»
Woo si limitò ad annuire.

«Però,» disse Petrovic mentre si levava i jeans per infilarsi un paio di pantaloni neri «c'è una cosa che invece mi interessa molto.»

Woo, senza distogliere lo sguardo dall'assassino, aprì il cellulare e compose un numero. La risposta arrivò subito. «Completate la transazione.»

Woo chiuse il telefono e lo lanciò a Petrovic. Petrovic lo riaprì e compose un numero. Anche questa chiamata ricevette una risposta immediata. «Account due-tre-zebra-sette-alfa. In attesa.»

I due uomini rimasero in silenzio.

«Può ripetermi il codice? Sì, è esatto. Grazie.»

Petrovic chiuse il telefono e con un sorriso lo rilanciò a Woo.

«Soddisfatto?» domandò Woo.

«Lo sai,» disse Petrovic infilandosi una camicia bianca «non avremmo dovuto sopportare tutte quelle assurdità se aveste accettato subito il prezzo che vi avevo offerto. Cioè, Connie, che vuoi che me ne freghi di uno stupido spartito musicale?»

Woo si alzò, e avviandosi alla porta disse: «Dimmi, cosa si prova a uccidere il proprio padre?»

Petrovic si stava guardando allo specchio per annodare la cravatta. «Mmm, interessante. Ma non molto diverso dall'ammazzare un vecchio frocio comunista.»

Woo lo guardò per un lungo istante, poi aprì la porta. «Michael, stai alla larga dagli Stati Uniti. Altrimenti dovrò eliminarti con le mie mani.»

Petrovic sorrise e strinse il nodo della cravatta. «Forse nei tuoi sogni, Connie, nei tuoi sogni. E poi, vi mancherei troppo.»

Woo si voltò e uscì lasciando che la porta si chiudesse alle sue spalle.

«E comunque,» gridò con accento tedesco l'ormai inappuntabile uomo d'affari «il nome è Viktor. Viktor Petrovic. Non dimenticarlo!»

Epilogo

Washington DC
4 luglio 2009

Un delirio!

Centinaia di uomini, donne e bambini spingevano e sgomitavano per accaparrarsi una posizione vantaggiosa accanto al red carpet del Kennedy Center. Una a una, le limousine arrivavano portando personaggi dello spettacolo, politici di ogni partito e leader religiosi di ogni confessione. Ovunque c'erano troupe di cameraman e tecnici delle luci. L'evento sarebbe andato in onda in contemporanea su NBC, ABC, CBS, FOX e CNN. Sia Showtime che Pay-Per-View avevano provato a comprare i diritti in esclusiva, ma erano stati loro negati. Nelle settimane precedenti c'era stato un bombardamento a tappeto di programmi dedicati a Mozart e Franklin; interviste con musicologi di fama, interminabili documentari biografici e discussioni infinite sulla valenza politica e storica della sinfonia perduta.

Anche l'atmosfera dietro le quinte, sebbene con toni più sobri, era elettrica. Henry indossava un elegante smoking nero con il risvolto in stile europeo. Sua moglie, Gertrude, era distinta ed elegante nel suo vestito viola tenue con scarpe satinate in tinta. Erano entrambi in piedi, sereni, e ascoltavano Dani che non aveva ancora smesso di parlare dal momento del loro arrivo. «So che andrà bene. Anzi, benissimo. Oh, speriamo. Henry, è vero che non succederà niente? Voglio dire, non gli è mai capitato di avere paura del palcoscenico? Lui dice di no ma è passato tanto tempo. E poi dice che il pezzo lo conosce bene, io non l'ho ancora sentito. Non me l'ha permesso. Si è esercitato all'università, sei ore al giorno nelle ultime due settimane. So che andrà bene. Oh, dio, sono agitatissima!»

Henry provò invano a trattenersi dal ridere. «Cara mia,» prese per mano la ragazza impazzita «Davey suonerà splendidamente.»

Per quanto irrequieta, Dani era uno schianto. Indossava un vestito crema senza spalline, lungo quasi fino a terra. Pochi accessori; una collanina e un braccialetto d'argento. Ma anche se avesse indossato il diamante di Hope non sarebbe cambiato nulla. Perché era il suo viso a essere il centro dell'attenzione di tutti, un viso angelico: rossetto leggero sulle labbra, guance delicatamente rosate e capelli castani tirati all'indietro in modo che i suoi occhi nocciola scintillassero liberi e il suo sorriso si catapultasse attraverso la stanza.

Fece un respiro per calmarsi. «Dov'è Kathryn? Devo dirle che ho parlato con Wilbur Wallace, è interessato a prenderla come ricercatrice.»

«È seduta.» Henry roteò gli occhi. «È venuta con un modello, Phillip qualcosa. Dubito che abbia più di diciott'anni.»

Dani si guardò intorno. «Perché ci mette tanto?»

La domanda ancora riecheggiava nell'aria quando David, in frac, uscì dal camerino.

«Oh, mister Webber,» disse Dani sottovoce «stai benissimo.»

David sorrise. «Grazie mille, dottoressa Parsons.»

La strinse a sé e le baciò le labbra.

«Oh, ma prenditi una stanza, amore!»

David si tirò indietro e guardò oltre la spalla di Dani. C'erano J.P. e Paul Rogers mano nella mano.

«Mio dio, J.P., che storia è questa?» disse David fingendosi infastidito dalla vista di lei e Paul insieme.

Paul gli tese la mano. «Che vuoi che ti dica, vecchio mio, è la medicina migliore.»

«Eh, lo so io che medicina è» rispose David mentre dava un bacio sulla guancia a J.P.

Dani prese Paul tra le braccia. «Come ti senti?»

«Meglio. I medici dicono che in un mese sarò al cento percento.»

Dani sorrise.

«Senti, David, dobbiamo parlare.» J.P. lo prese da parte. «Ho parlato con Bob Danials, il produttore del concerto di stasera. Mi ha detto che sarebbe interessato a un tour. Chicago, Atlanta, San Francisco. Ha accennato anche al Super Bowl. Domani ci vediamo per discutere le condizioni. Poi, non ci crederai, hanno chiamato quelli di Leno. Vogliono farti suonare al *Tonight Show*. Gli ho detto...»

«Wow, wow, wow, Jeep» disse David alzando le braccia. «Ehi, mi fa piacere che tu stia meglio ma... Tesoro, non posso pensarci in questo momento.»

«Ma santo dio, perché no?»

David ridacchiò. «Be', intanto perché tra cinque minuti inizia il concerto più importante della mia vita. E poi perché non ho ancora deciso cosa voglio fare dopo.»

«Cosa vuoi fare? Stai scherzando? Suoni, ecco che fai. Cosa può esserci di più importante?»

David cominciò a rispondere, poi si interruppe e guardò

la scena pochi passi più in là. Henry, Gertrude, Paul e Dani si stavano tenendo per mano, Gertrude diceva una preghiera.

David sorrise. «Ecco cosa.»

J.P. diede uno sguardo ai quattro, poi si voltò di nuovo verso David. Annuì e sorrise. «Lo sai, amore,» la voce si fece più morbida «mi sono quasi stufata di Los Angeles. Forse è il momento di cambiare aria.»

«Tipo Washington, per esempio.»

J.P. sorrise e alzò le sopracciglia. «In bocca al lupo.»

David abbracciò la sua vecchia amica.

«Ai posti, signore e signori» echeggiò la voce del direttore di scena.

L'orchestra cominciò a prendere posto sul palco. Dani si avvicinò a David subito dopo che J.P. e Paul erano andati a sedersi. Lo baciò velocemente sulla bocca. «Nervoso?»

«No» rispose lui con disinvoltura. «Pietrificato!»

«Non so se potrà esserti di aiuto ma volevo dirti una cosa» disse lei aggiustandogli la cravatta.

«Cosa?»

Si fermò e lo guardò negli occhi. «Ti amo.»

«Ti amo anch'io» rispose David in un sussurro.

Il direttore di sala li interruppe con un colpetto sulla spalla di David. «Signor Webber, mi perdoni, dovrebbe venire con me.»

Dani gli diede un altro bacio, sorrise, e indietreggiò. «Non fare casini.»

Mentre l'orchestra accordava gli strumenti, David era solo tra le quinte; chiudeva e apriva le dita della mano sinistra. Erano calde e veloci. Il cuore martellava e i palmi erano intrisi di sudore. Si guardò le mani e sorrise. Il miracolo non era avvenuto; continuava a sentire fastidio tra l'anulare e il mignolo, ma era un fastidio gestibile.

«Davey?»
David si voltò. «Henry, dovresti essere al tuo posto. Il concerto sta per iniziare.»
«Lo so, vado subito. Volevo solo dirti... che sono fiero di te.»
David aveva gli occhi lucidi e un nodo alla gola. Riuscì a rispondere soltanto con un cenno del capo.
«Ora suoni tutto per bene, vero?»
David scosse la testa e sorrise. «Sì, professore.»
Henry si voltò e fece per avviarsi, ma David lo richiamò. «Henry!»
L'anziano signore fece mezzo giro su sé stesso.
«È o non è un bel salto dalla casa del signor Ramsey a South Bend?»
Gli occhi di Henry scintillavano, sorrideva. «È così, Davey, un gran bel salto.» E di nuovo si voltò per avviarsi.
«Papà!»
Si fermò ancora, voltò la testa.
«Ti voglio bene.»
Il professor Shoewalter alzò il mento con orgoglio. Gli ci vollero due tentativi prima di riuscire a formulare le parole in modo chiaro: «Ti voglio bene, figlio mio. Ora vai, e suona bene.»
Il pubblico si alzò ad applaudire con entusiasmo quando il presidente Hartley e la First Lady presero posto nel palco presidenziale. Furono spente le luci e il sipario si alzò su un'enorme bandiera americana, affissa alle spalle dell'orchestra, che mandò il pubblico in visibilio per la seconda volta.
«Signore e signori,» annunciò una voce profonda «il direttore dell'Orchestra sinfonica nazionale, maestro Hugo Corrine.»
Il pubblico fece un'ovazione quando dalle quinte di sinistra entrò un uomo calvo e tarchiato che si inchinò elegantemente e prese posto sul podio.

«Signore e signori, pianoforte solista, David Henry Webber.»

Ancora una volta il pubblico applaudì con veemenza quando David entrò dalle quinte di destra. Fece un inchino con la testa, diede la mano al maestro e prese posto al gran coda Steinway da concerto.

Sul pubblico calò un silenzio di tomba quando Corrine sollevò le braccia. Poi, con un rapido cenno della bacchetta, il Kennedy Center esplose, e fu scritta la storia.

Se il suono potesse essere un colore, sarebbe rosso acceso. Se un'emozione, pura gioia. Se una condizione atmosferica, senza dubbio un uragano. Il pubblico rimase ipnotizzato mentre veniva condotto in un viaggio nel genio. I presenti riferirono più tardi che quella musica aveva influenzato perfino la loro respirazione. Qualcuno confessò di essersi spaventato di fronte alla novità di quel che aveva sentito. Altri giurarono che in quella sera d'estate, a Washington DC, dio si fosse rivelato nella successione di accordi tonici e dominanti di un capolavoro assoluto.

Il crime nel catalogo One

One Crime

Ossessione di Jonathan Kellerman
Killer di Tom Wood
Sotto tiro di David Baldacci
I tre demoni di John Connolly
La lunga notte di Linda Castillo
La regola del gioco di Allison Leotta
L'inganno di Jonathan Kellerman
Corsa contro il tempo di Karin Slaughter
In difesa di Jacob di William Landay
L'ombra della verità di Karin Slaughter
Ogni goccia di sangue di Michael Robotham
Tre giorni per morire di Karin Slaughter
In un vicolo cieco di Linda Castillo
Il gioco estremo di Adriano Casassa
Il codice Amadeus di Phillip Shawn
Nemico di Tom Wood

Dal catalogo Timecrime

L'ombra della verità di Karin Slaughter
Venti corpi nella neve di Giuliano Pasini
In difesa di Jacob di William Landay
Omicidio allo specchio di David Ryan Jahn
Ogni goccia di sangue di Michael Robotham
I dannati non muoiono di Jim Nisbet
I sonnambuli di Paul Grossman
La lunga notte di Linda Castillo
L'ultimo Vangelo di Barbara Goldstein
Il caso Maloney. La prima indagine dell'ispettore Faraday di Graham Hurley
Tre giorni per morire di Karin Slaughter
Il settimo sacramento di David Hewson
L'ultima profezia di Liz Jensen
La casa sul fiume di Penny Hancock
L'ermellino di porpora di Pierre Borromée
La trilogia nera di Dave Zeltserman
Punto di rottura di Simon Lelic
Morte di uno sbirro di William Landay

Vittime di Jonathan Kellerman
Il canto delle sirene di Val McDermid
Genesi di Karin Slaughter
The Game di Michael Olson
Tra due fuochi di Karin Slaughter
Nessun indizio di Paul Grossman
La preda di Graham Hurley
Il Codice Amadeus di Phillip Swann
Killer di Tom Wood
Lo Strangolatore di William Landay
Sotto tiro di David Baldacci
Il libraio di Parigi di Mark Pryor
I tre demoni di John Connolly
L'imprevisto di Liz Jensen
Morte sospetta di Tim Weaver
Senza nessuna colpa di Helene Tursten
Abisso senza fine di Karin Slaughter
Venerdì nero di Michael Sears
Il Giardino del Male di David Hewson
Il manipolatore di Michael Robotham
Costretta al silenzio di Linda Castillo
Ossa di Jonathan Kellerman
Senza traccia di David Levien
L'assassino americano di Vince Flynn
Il burattino di Jim Nisbet
In un vicolo cieco di Linda Castillo
Nel segreto dei codici di Barbara Goldstein
La colpa di Jonathan Kellerman
L'innocente di David Baldacci
Il testimone di Nora Roberts
Omicidi a luci rosse di Allison Brennan
Attrazione letale di JoAnn Ross
Noi siamo qui di Michael Marshall
Alta velocità di David Jackson
Nemico di Tom Wood
La frode di Michael Sears
Mente criminale di Karin Slaughter
Tracce di morte di Tim Weaver
Indagine mortale di David Levien
Sotto protezione di Chris Ewan
Sutler di Richard House
Scomparsa di Linda Castillo
Non guardarti indietro di Clare Donoghue
Il mistero della cripta sepolta di Mark Pryor
Una sporca faccenda di Robert Littell
Diari di sangue di Chuck Driskell

Questo libro è stampato col sole

Azienda carbon-free

Finito di stampare nel giugno 2014 presso
Grafica Veneta - via Malcanton, 2 - Trebaseleghe (PD)
Printed in Italy